講談社文庫

# 耽溺者《ジャンキー》

グレッグ・ルッカ｜古沢嘉通 訳



講談社

本書を友人たちに捧げる。
だれのことか、あいつらにはわかっている——
けっして言葉にされないことでも、
あいつらにはわかっている。

以下のみなさんに噴水のごとき賞賛を――N・マイクル・ルッカ、コリー・ルッカ、キャロル・リー・ベンジャミン、エヴァン・フランキー、アレックス・ゴンバック、レイチェル・レオナーディ、マイティ・モー、ブライアン・ドネリー、カフェ・ローマ、モーガン・ウルフ、ブライアン・スワンストン、ザ・ギャング・オブ・フォー、マイク・アーンセン、ニック・ウィッキー、ダリア・ペンタ、ケイト・ミチャク、アマンダ・クレイ・パワーズ、ベン・モーリン、そして、名前は記さず、ただ覚えているだけにしてほしいと言われたそのほかのみなさんにも。

必要なときにはことごとくそこにいてくれたスコット・ニュバッケンに、格別の感謝を。きみこそベスト・マンだ。

そしておしまいは、ジェニファー、美しい目をしたきみに。

人間の行動には、常にふたつの理由がある。
もっともらしい理由と、真の理由が。
——J・P・モーガン

人とは善きものだが、なんと高くつくことか！
汝がため、我は我に支払わねばならぬ
——ラルフ・ウォルド・エマソン

Opiate　名詞【阿片】自己意識という獄舎のなかにある鍵のかかっていない扉。
あけると獄舎の中庭、すなわち処刑場に通じている。
——アンブローズ・ビアス

# 耽溺者《ジャンキー》

●主な登場人物〈耽溺者〉

**ブリジット・ローガン**　私立探偵、本篇の主人公
**アティカス・コディアック**　ボディーガード、ブリジットの恋人
**ライザ・スクーフ**　ブリジットの友人
**ゲイブリエル（ゲイブ）・スクーフ**　ライザの息子
**ヴェラ・グリムショー**　ライザの叔母
**ケイシェル・ローガン**　ブリジットの妹、修道女
**ライラ・アグラ**　探偵事務所共同経営者、ブリジットの上司
**エリカ・ワイアット**　アティカスの被後見人
**ヴィンセント・ラーク**　麻薬密売人
**ピエール・アラバッカ**　麻薬密売組織の元締め
**ロリー・バトラー**　アラバッカの側近
**アントン・ラディーポ**　アラバッカの側近
**ミランダ・グレイザー**　弁護士
**アンドルー・ウルフ**　ブリジットの昔のボーイフレンド
**スコット・ファウラー**　FBI特別捜査官
**ジュリアン・ランジ**　DEA（麻薬取締局）捜査官
**ジェイムズ・シャノン**　NYPD（ニューヨーク市警）刑事
**クリスチャン・ハヴァル**　デイリー・ニューズ紙記者

# プロローグ

十三歳の誕生日に、親父《おやじ》からミッドタウン・サウス署支給のあたしにはぶかぶかのスウェットシャツと、ニューヨーク市警《NYPD》の短パン、それにランニングシューズを贈ってもらった。まえから頼んでおいたとおりだった。

翌日は、朝早くからその一式を身につけて、車で親父とブロンクス区の北端にあるヴァン・コートランド・パークに向かった。親父とあたしのふたりだけで。あたしがストレッチをしているあいだ、親父は車のトランクに載せてあったオレンジ色の道路用三角コーンを使って、ちょっとした障害物コースの用意にかかった。それができあがると、どんなふうに走るかやってみせてくれた。

「アカデミーにあるのもこんな感じ？」

「いや、だが、おまえがはじめるにはこの程度がちょうどいい」

あたしはそのコースを走ることに全力を注ぎこんだ。こなせるようになると、次は後ろ向きで走ってみろと言われた。

一分一秒が、あたしには楽しくてたまらなかった。

その日からずっと、ほぼ週に一度のペースで親父に連れられてヴァン・コートランド・パークに通い、親父が用意してくれるままにさまざまなコースを走りこむようになった。雨や雪の日も、陽の照った蒸し暑い日も、あたしは走った。たまに親父のパートナーだったジミーおじさんが仲間にくわわる日もあって、ふたりは煙草をふかしてビールを飲みながら、あたしに目を注ぎ、野次をとばし、いくつもの助言を投げかけてきてくれた。同じ年、妹のケイシェルも二度ほど一緒についてきたが、妹はひどく嫌がり、三度目からは来なくなった。かくして土曜日は親父とあたし、おふくろとケイシェルにそれぞれ別れる日になった。

それって最高、と思ったものだ。

十四歳の誕生日に、親父は新しいランニングシューズとボクシング・グラブを贈ってくれた。

頼んでおいたとおりに。

ヴァン・コートランド・パークに行くと、親父は一年前のその日に作ったコースと同じものをこしらえ、あたしに走らせてタイムを測った。走り終えると、小さな手帳にそれまでつけてきた記録を見せて、進歩のほどを教えてくれた。

「さすがはおれの娘だ」と言って。

それから親父はスパーリング用のミットをはめ、男をノックダウンさせるパンチの打ち方を教えてくれた。その日から、ふたりのセッションの終わりには、きまってあたしの手にボクシング・グラブがはまっているようになった。

「周囲はつらくあたってくるぞ。おまえは女だ。行く先々でだれもがそいつを思い知らせにかかってくる。でも、おれたちは迎えうって、みんなにひと泡吹かせてやるんだ。おまえはおれより頭がいい。おれより強くだってきっとなれる。おれには手の届かなかった金バッジも、おまえなら手に入れられるはずだ。いや、陣頭指揮を執ることだって夢じゃないさ。ありったけの教育を受けて、ありったけの能力を身につけて、そのうえで心意気と強さを自分のものにするんだ。そこんところがなにより大切なんだぞ」

「わかった、父さん」

「さすがはおれの娘だ。よし……アッパーカットを打ってみろ」

十五歳の誕生日に、親父は新しいシューズと新しいミッドタウン・サウス署のスウェットシャツ、新しい短パン、スポーツブラ、そしてポリス・アカデミーの教習生ハンドブックを一冊贈ってくれた。あたしがスポーツブラの包みを開けると、親父は赤くなって、「そいつは母さんが選んだんだ」と言った。

あたしたちはヴァン・コートランド・パークに出かけ、ふたたび進歩のほどをたしかめ、あとからジミーおじさんもやってきた。その日の特訓を終えたあと、親父とジミーおじさんはあたしにも一本、ビールをくれた。あとからまた一本もらい、さらにもう一本もらって、四本目をほとんど飲みきったところで、あたしは悪酔いして意識を失った。

なかなかいける口だと、親父は冗談の種にしていた。

親父は気づいていなかったのだ。もう何ヵ月も前から、あたしが放課後にビールをくすねては友だちと飲んでいたのを。

マリファナを吸いはじめていたことにも、親父は気づいていなかった。

やがてふたりの特訓の日も、親父が信用している友だちの家に泊まりこんだり、悪いウイルスにやられたらしいと、強烈な二日酔いのくせに仮病を訴えたりして、たびたび抜けるようになったが、それでも親父には事態が見えていなかった。

親父はがっかりしていたが、それを口に出したことは一度もなかった。

ようやく疑いはじめ、自分の長女がどんな世界に足を踏み入れたのか認める気になったころには、あたしは家を出ていた。

十六歳の誕生日、あたしはアルファベット・シティの廃墟と化したアパートメントに住みつき、一発ヤクを仕入れる金をどうやって盗みだそうかと算段していた。

三ヵ月後、その生活は終わりを告げた。親父とジミーおじさんが明け方の四時にあたしをブロンクスの自宅まで連れもどして、ベッドに押しこんだのだ。叫んだりわめいたりするあたしを親父が押さえつけ、そのあいだにジミーおじさんはおふくろを呼んで、洗面器一杯の湯とタオル数枚をとりに走った。

「ああ、神さま」おふくろはあたしを見るなり、そう言って十字を切った。

「ジミー、ケイシェルについててやってくれないか」親父は言った。「あの子をここに入れないでくれ」

「ケイシェルと一緒に奥の部屋にいるよ、デニス」

ドアが閉じられるのを待って、親父はあたしを動かないように押さえ、おふくろが服を脱がせて体を拭き清めた。あたしの腕を見たとたん、おふくろは泣きだした。

それが済むと両親は出ていき、あたしひとりを部屋に残し、ドアに鍵をかけた。

六日後、朝の七時に親父が起こしにきて、ベッドの足元にスウェットシャツとシューズを放《ほう》った。

「車のところで待ってる」親父はドアの鍵をあけたまま、部屋から出ていった。

スウェットを着てみると、まえよりもぶかぶかになっていた。シューズは足首を締めつけた。階段を降りるのに手摺りを使って体を支えなければならなかった。

おふくろとケイシェルがキッチンにいて、朝食のワッフルを食べていた。ふたりから体の具合はどうかと訊ねられた。

「ましになった」と嘘をつき、ガレージに出ていくと、親父は愛車のアルファ・ロメオの脇で待っていた。

ヴァン・コートランド・パークまで車を走らせるあいだ、一言も交わさなかった。あれは冬で、あたしは震え、歯がかちかち鳴らないようにこらえていた。親父はヒーターの温度をあげてくれたが、それも役に立たなかった。

雪のなかで障害物コースをこしらえた親父は、走れと言った。

あたしは持てる力のすべてを振り絞ってそのコースを走ろうとしたが、果たせなかった。脚は動こうとせず、筋肉はまるっきり協調性を失っていた。まっすぐ立っているのがやっとだった。ほんの五分で汗が吹きだし、胃がきりきり痛み、手が震えだした。つまずいて何度も何度も転ぶあたしを、親父は黙って見ていた。

あたしは吐き気をもよおし、空えずきに体を折った。

ようやく親父が口をひらいた。「こっちに来い」

「ジャブだ」親父は命じた。

親父はあたしの手にグラブをはめ、自分の手にスパーリング・ミットをはめた。

「父さん……」あたしは言った。「父さん……できないよ」

「泣くな」

「気持ち悪くて……できない」

「ジャブだ」

「父さん……」

「あのジャブを打ってくるんだ、ちくしょう、このおれがおまえをぜったいに立ち直らせてやる！」親父は怒鳴り、その声は練兵場一帯に響き渡って、雪の向こうにこだましていった。

差しだされた手にパンチを当てようにも、あたしの手を包んだグラブは濡れた砂でも詰まっているみたいだった。革と革があたるかすかな音しか聞こえない。

「なんだそれは！　ジャブ！　**ジャブだ！**　左を使え、なにをやってるんだ！」

あたしは左を突きあげ、打ち損じた。涙がこぼれてろくにミットも見えなかった。

「もう一度」

あたしはもう一度やった。親父に命じられるたび、何度でもやってみた。当たっても威力はからきしで、はずすと親父の罵声はますます大きくなっていった。親父が左のクロスを命じたとき、ついにあたしの腕はどうにも持ちあがらなくなった。

「できないよ、父さん、ごめん、でも、できない」あたしはしゃくりあげ、涙と苛立ちで喉が詰まりそうだった。「ごめん、こんな体で。情けないよ、弱くて――」

ふたりとも何が起こったかわからないうちに、親父の右手のミットが突きだされ、あたしの左目をとらえた。がちがちに凍った雪の上に倒れこんだあたしは、スウェットに冷たい水が滲みていくのを感じながら、両手のグラブで顔を覆っていた。自分の漏らす嗚咽を呑みこもうとし、立ち上がろうとしたが、足を滑らせてまた倒れた。

親父はミットをはずし、あたしをじっと見た。口を半開きにしてなかば目を閉じ、機関車の蒸気のように息を吐きだしていた。

そのとき、親父の見ているものが見えた。

ポリス・アカデミーの履修生のハンドブックも、指揮権も、あたしだけの金バッジも、この先、手にする日はけっしてこない。そんなことはもう起こりえない。

目のまえで親父が雪のなかにしゃがみこみ、グラブをはずすのを手伝ってくれた。大きな片手であたしの顔を包み、パンチが当たった側の目をたしかめた。それからあたしを助け起こすと、車に乗せて待たせ、アルファのトランクに一切合財をしまいこんだ。

それからは、二度とヴァン・コートランド・パークにもどることはなかった。

十三年まえの話だ。

# 第一部　九月二日から十月十七日

# 1

目が覚めて気づくと、ミスター・ジョーンズとベッドをともにしていた。

あたしが上掛けを引きはがそうとすると邪魔をし、スウェットをかぶろうとすると邪魔をし、キッチンの明かりをつけてお湯を沸かそうとするあいだもまとわりついてくる。湯気があがるのを待っていると耳元にささやきかけ、万病に効くという泥水のようなハーブ・ティーをカップにこしらえるあいだ背後をうろつき、安楽椅子に坐って、近づいてくる夜明けに空の色が変わっていくのを見つめていると茶化してくる。

ミスター・ジョーンズはうぬぼれ屋の下司野郎で、さりげなくほのめかしたくらいでは通じない。だから、はっきり言ってやった。

「やるつもりはないから」あたしはミスター・ジョーンズに言った。「やりたきゃ勝手にフォークでやってな」

ミスター・ジョーンズはやけになれなれしい笑みを浮かべると、やがてゆっくり消えていった。それとともに、あの当時の記憶も、痛みも、渇望も消えた。あたしはほっと一息つき、心拍が正常に落ち着くのを待って、もうだいじょうぶだと思えたところで両腕をたしかめた。

傷《クリーン》ひとつない。

当然だ。

十八歳のときに、あたしは整形手術を受けた。高度の皮膚移植を施して、腕の注射跡を覆い隠したのだ。手術自体も見事なもので、その費用をきちんと支払うために、親父はあちこちの安ホテルで夜間警備のアルバイトを余儀なくさせられた。そのときから何万回となく、あたしは自分に言い聞かせてきた。自分の目にだけは見える皮膚の変色の下になにが隠されているか、他人にはぜったいにわかるはずがない、と。

ベッドにもどったものかどうか、しばし迷った。あと六分で朝の五時。九時には出勤しなければならない。いまさら寝てなんになる？　早朝の時間を有意義に過ごす方法ならあった。運動してもいいし、《タイムズ》を読んでもいいし、ラジオの《モーニング・エディション》をはじめからしまいまで聴きとおしてもいい。着る服をレイアウトして、ベッドをととのえて、いまの自分は家庭的な生き物なんだから、そのようにふるまえばいい。

それに当然、起きていればまず、ふたたびヘロインの夢を見ることはないだろう。離脱したばかりのころは、毎晩狂ったようにヤクの夢ばかり見つづけていた。それでも素面《クリーン》で通し、日々の生活と悪習との距離がひろがっていくにつれてそれも次第におさまっていき、ときにはそんな習慣があったことすら忘れそうになるまでになっていた。最後に麻薬の夢に悩まされた時期からすでに五年近くが経っていたのに、それがこの八月のなかばになって、週に二晩から三晩という激しい頻度でぶりかえしている。そしてきょうのは、覚えているかぎりで最悪だった。

麻薬の夢はセックスの夢に似ている。それもとびきり気持ちのいいもので、シャワーを浴びるころには薄れてしまうようなものとはわけがちがう。そうじゃない。ヤクの夢はそんなに親切じゃない――それは感覚の狂喜であり、映像と音とにおいの記憶に満ち、とりわけ感触の記憶に満ちて、目を開けた瞬間もまだ唇に触れるキスや、腰をつかんだ両手のぬくもりが味わえるようなたぐいの夢。

ただこの場合、味わうのは腕に刺さった針と、脳天に駆けあがる熱い波だ。

そうした夢を見ると、人類という名の罰当たりな集団そのものが、じつは星雲を駆ける偉大な宇宙イグアナの夢であってもおかしくないんじゃないかと、本気で疑いたくなってしまう。現実とはなんなんだろうと、問いかけたくなるような夢。

とにかく、そんな感じだ。

あたしはそんな夢が嫌でたまらない。自分が弱くなった気がして。

ハーブ・ティーを飲み干してから、いま自分は現実に、正式に目覚めていて、あともどりはありえないこと、こんどはコーヒーに切り替えるタイミングであることを心に決した。湯沸かしを満たしてから電話に目をやり、早すぎるけれどボーイスカウト男に電話してみようかと真剣に考えた。かければ起こしてしまうことになる。向こうが気にしないのはわかっていたが、それで自分がどんな気分になるのかがよくわからなかった。アティカスが話を聞いてくれる。ふたりで話をする。そのあとアティカスはいつ会えるかと訊ね、あたしは、もうすぐ、と嘘をつく。

だからじっさいに電話が鳴ったときには、飛びあがるほど驚いた。電話はライザ・スクーフからで、ライザは言った。「あいつに見つかっちまった」

「そっちに行くよ」と、あたしは言った。

ライザは片手でドアをひらき、もう一方の手で氷を包んだ汚いピンク色の布巾を下唇に押しあてていた。ヴィンスは右利きで、もっぱらそっちの拳《こぶし》だけを使ったんだろう。左の目と頬も腫れあがっていた。ライザはボクサーショーツにタンクトップ姿だったが、あたしの見るかぎり、ヴィンスはライザの顔だけで満足したらしい。

「だいじょうぶかい?」ドアをくぐりきらないうちに、あたしは訊いた。「ゲイブは無事?」

ライザは空いている手で簡易キッチンのほうを指し示した。見るとそこにゲイブが、緑色のパジャマを着て、入ってきたあたしを見ていた。もとはアイボリー色だったスニーカーを履いている。

「トイレに隠れさせた」まるで電報でも棒読みしているような口調だった。まだ怒りと怯えがおさまらず、それを隠そうとしてゆっくりしゃべっている。「ヴィンスだってわかったとたん、ゲイブを起こしてトイレに隠れるように言ったの」

「ドアの鍵も閉めなさい、って」ゲイブが言った。「あいつが行っちゃうまで出てきちゃいけない、って言われたんだ」

「やつの狙いは？」あたしはライザに訊いた。

「金よ」ライザは背中を向け、アパートメントの奥へ二メートル半動いて簡易キッチンにいくと、冷蔵庫と壁のあいだに差しこんでいる小箒《こぼうき》に手をのばした。冷蔵庫の扉に、鮮やかなクレヨン画の救急車が磁石で留められている。磁石と絵のあいだには、〈ファイン＋フェア〉のクーポン券がはさまっていた。

あたしはアパートメントのなかを見まわした。二秒きっかりで済む作業だ。部屋は全部で三つ。トイレを勘定に入れての話だが。とはいえ、トイレはあまりに狭くて窒息せずに使えるのはゲイブひとりくらいだったから、数に入れたものかどうか迷った。ライザは最低生活水準で綱渡りをしており、金のある側ではなく逆側にいまにも落っこちそうになっていた。このアパートメントがそれを如実に物語っている——ライザのベッド代わりをつとめるガタのきたカウチ。机でもあり食卓でもあるカードテーブル。自重以上の重さを支えるのは気が進まない様子の白いプラスティックの椅子二脚。それでもゲイブリエルには自分の部屋があり、本物のベッドと合板の本棚まで与えられている。

家具の足りないところは、矜持がそれを埋め合わせていた。

あいにく、部屋にやってきたヴィンスが、訪問中に最大限の損害を与えていった。キッチンにはヴィンスが粉々にしたグラスの類や二、三枚の皿の破片が散らばっていた。手持ちの数少ない鍋やフライパンは棚から放りだされていた。それをべつにすると、散らかっているのは、大部分紙切れだった。テーブルから投げだされたライザの教科書や、床に散らばったゲイブリエルの宿題だ。

持たざることの利点のひとつは、散らかってもたかが知れていることだろう。

「ぼーっと持っててもしょうがないだろ」あたしはライザの手から箒をとりあげた。「ちりとり出して」

ライザはなにも言い返さずに手を離し、ゲイブはあたしたちが片づけられるように場所を移って見守っていた。親子が一緒にいるところを見ると、ふたりが遺伝子プールのなかの同じスカンディナビア系であることがはっきりわかる。まっすぐなブロンドの髪とほぼ灰色の瞳。ただ、ライザの幅広の顔や大きな口、かぎ鼻に近い鼻に比べて、ゲイブリエルはもっと細面だ。それにゲイブは、以前よりもおそらく三センチは背が高くなっていた。このまま伸びていったら母親の百六十八センチは超してしまうだろう。でも、いまのところはふたりとも痩せていて小さく、それにくらべて、自分が巨人になったような気がした。閉所恐怖症になりそうなアパートメントにいると、なおさらそう感じる。

キッチンを片づけ終わると、ゲイブリエルとあたしは散らばった本や紙切れを集めにかかった。ライザは布巾を押さえていないほうの手を使って、自分のベッドをふたたびカウチにもどした。もとはグレーだった毛布を折りたたむだけの作業。毛布は色落ちして、ほとんど白くなっていた。

ゲイブとあたしは、マッチボックス社のミニカーコレクションを、もとどおり青と黄色のプラスティックケースに収めた。ゲイブは小さなミッドナイトブルーのポルシェをあたしに見せて言った。「ちょっとちがうけど、これがいちばん似てたから」

「ボクスターか」あたしは言った。「悪かないね。あたしのやつのほうがいいけど」

ゲイブが思案げにこちらを見やる。「乗ってきてる?」

「どうやってここまで来たと思うんだい、チビすけ?」

ゲイブリエルはカウチに腰をおろしていた母親のほうを見ながら考えたのち、あたしに目をもどした。「車を運転してきたんだと思う」

「おりこうさん」そう言って、あたしはジャケットのポケットに両手を突っこんだ。左にはウィント・オ・グリーン味、右にはトロピカルフルーツ味が、一ロールずつ入っている。

「どっちだ」

ゲイブの顔に笑みがのぼり、ヴィンスの影を追いやった。「左」

「あんたの勝ち」あたしは指されたほうのポケットからライフセイヴァーズを抜きとって、

ゲイブの手に押しつけた。

「ありがとう」礼儀ただしくそう言うと、ゲイブは銀紙と格闘をはじめた。

「開けちゃだめよ」ライザが言った。「学校に持っていって、お昼のあとに食べなさい」

ゲイブはキャンディの包みを開ける努力をやめた。ふっと笑顔が消える。「学校には行かない。母さんと一緒にいる」

「母さんだって学校に行かなきゃなんないのよ」

「ぼくも一緒に行くよ。母さんをひとりにはしない」

氷はとうに溶けてなくなり、ライザが頰から布巾を落とすと、顎まで水が伝った。手の甲でそれをぬぐってから、ライザは両手を息子に差し伸べた。急いで床から立ち上がったゲイブは、なにかに追われるように母親に抱かれにいき、両腕に包まれたとたんに泣きだした。

母と息子のひとときに立ち入る余地はなく、あたしは待った。隣室の目覚まし時計が、けたたましいサルサの大音響で朝を告げる――騒音はスヌーズ・バーに拳を叩きつけられて途切れた。これだけ薄い壁なら近所じゅうがここで起こったことの一部始終を聞いていたはずだが、それでも警察の姿はどこにも見あたらなかった。むろんライザもそんなものを呼んではいない。

その代わりに、あたしを呼んだのだ。

ライザとは話をするのも一年ぶりで、いまこうしてここに呼んでなにをさせようというのか、あたしは訝りはじめていた。

ライザはゲイブリエルを胸に抱いて揺すり、耳元で歌うようにささやいては、なにも心配いらない、もうヴィンスはもどってこないから、と言い聞かせていた。ライザの目は自分の言っていることをなにひとつ信じてはいなかったが、その目はゲイブリエルから見えていない。泣きやんだゲイブは体を引いた。ライザはその額を恐怖をなだめるように指先で撫でてやり、それが効いたのか、ようやくゲイブリエルはこくりとうなずいた。

「シャワーを浴びておいで」ライザは言った。「服を着替えて。それから朝ごはんの相談をしようね」

「すごくうまいパンケーキ・ハウスなら知ってるよ」と、あたしは言った。「ポルシェに乗っけてほしい？」

ライザが反対しようと振り向いたときには、ゲイブリエルが訊いていた。「学校まで乗せてってくれる？」

「よろこんで」

ゲイブリエルはてかった洟《はな》の跡をぬぐうと、自分の部屋に行って静かにドアを閉めた。ライザは小首をかしげ、好ましくないことをしていないか母親レーダーで探っていたが、やがてシャワーの音が聞こえてくると、あたしに視線をもどした。

「朝食代なんか払えない」

「あたしが誘ったんだ。あたしが払うよ」

ライザの口の端でプライドが引きつっていた。「ありがとう」ライザは立ち上がった。「あたしも着替えなきゃ。けさはフォート・トッテンで救急救命《EMS》の授業があるんだ」

「外で待ってようか?」

「見たことないものがあるわけじゃなし」

「たしかに」

古いスーツケースがカウチの背もたれと壁のあいだにはさんであった。ライザがしゃがみこみ、その蓋をぱたんとひらくと、ワードローブの全容があらわれた。清潔な服を引き抜いてカウチの腕にかけていく。黄褐色のスラックス、青いブラウス、ブラ、パンティ、ソックス。

ライザは足元を見つめながら着替えをした。目を逸らすのが礼儀だとわかっていたものの、そうはしなかった。はじめて出会ったのはライザが十五で、あたしが十七になったばかりのころだったが、当時でさえあたしはライザの軽く倍近い目方があり、それはあたしの身長がすでに百八十センチを超えていたせいばかりではなかった。ライザの傷はどれもあのころと変わらないように見える。ただ前腕については、注射跡のある場所だけは、なんとも言い難かったが。ともかく、煙草の焦げ跡はいまも背骨の付け根に密集し、ブラをつけようと向きを変えたときには細い襞《ひだ》状の線が見えた。ヴィンスが何年もまえに、左胸に向かって下からナイフで切りあげたところが。

そのまま一分間、首を絞められているように怒りで喉が塞がった。

ライザの着替えが済んだところで、あたしは訊いてみた。「なんであたしを呼んだの？迷惑なわけじゃないけどさ、ここであたしになにをしてほしいのかよくわかんないんだよ。精神的支えってやつ？　金？　人手がいるわけ？」

ライザは青いバレッタで髪を後ろにまとめた。「手伝ってほしいのよ」

「なにを？」

ライザがふたたび視線をゲイブリエルの寝室に走らせた。ドアはまだ閉まっていたが、シャワーの音はやんでいた。

「手伝うってなにを、ライザ？」あたしは繰り返した。

「ヴィンスを殺すのを」と、ライザは言った。

## 2

セカンド・アヴェニューの〈ロイヤルカナディアン・パンケーキハウス〉で、ライザとあたしは体の半分ほどもあるパンケーキをもくもくと食べ進んでいくゲイブリエルを見つめていた。ライザはコーヒーを二杯空にしただけで、なにも食べていない。あたしはオレンジジュース一杯とフルーツの盛り合わせを一鉢とったが、盛ってあるうちのいくつかはフレッシュというふれこみのとおりだった。

食べ物が出てくるころには、ゲイブリエルもあたしの記憶どおりの元気でおしゃべりな子どもの姿にもどっていたから、食事のあいだ母親のほうは適度な沈黙に引きこもっていることができた。会話はもっぱらゲイブリエルがあたしを相手に仕切り、訊いてくるのは車のことばかりだった。

「九七年モデルだよね？」

「九六年だよ」

「どのくらいまで出るの？」

「時速三百ちょいかな」

ゲイブリエルが大げさに口をあんぐり開けてみせたので、十歳児の口のなかで咀嚼《そしやく》されつつあるパンケーキの様子を見せられる羽目になった。「やってみたことある？」

「その速さで走ってみたこと？」

　ゲイブリエルはうなずいた。

「ないね」とあたし。

「いちばん速く走ったときでどのくらい？」

「一ヵ月ほどまえ、二百七十まで出してみた」

「おもしろかった？　クールだった？」

「すごくおもしろかった」あたしは認めた。「最高にクールだったよ」

「こんどそのくらいで走るとき、一緒に乗せてくれる？」

　ライザの顔にもどっていた血の気が、いくぶんまた失せた。

「いいとも」と、あたしは答えた。

　その言葉もゲイブリエルを大喜びさせたが、第六十四公立学校の正面で、登校してきた子どもたちの群れのなかに降ろしてやったときに集めた注目はそれ以上だった。抱きしめてキスをしたライザがはなれると、ゲイブリエルは子どもの輪のなかにのみこまれていった。どの子の目もポルシェを発進させるあたしたちに釘づけになっている。あたしは空ぶかしを一発サービスしてやった。

　ちょっとしたわくわく感こそ、日々の生きがいってものだ。

「あんたは何時にどこにいくことになってんの？」ゲイブリエルから数ブロックの距離があいたあたりで、あたしはライザに訊いた。

「十時十五分から授業なんだ。九時ごろには電車に乗らないと」

「なら、まだ一時間はあるね」あたしは方向転換すると、トンプキンズ・スクエア・パークまで車を走らせた。東側から入って、八番ストリートの少し手前、聖ブリジッド教会の向かいに、ちょうどよい駐車スペースを見つけた。

車から降りて盗難防止アラームをセットし、ふたりで公園のなかに入った。外を散策している人影はまばらで、何組か年寄りのふたり連れが新聞を読んだりカップのコーヒーを分けあったりしているほかは、ひとり二十代前半の青年の姿が見えるだけだった。ドッグランでブルテリアを遊ばせているその顔には、マオリ族のようなタトゥーが刻まれている。第九分署のパトカーが公園に入ってすぐのところに停まり、なかに乗ったふたりの警官は警備付き遊技場内にいる数組の親子連れをしっかりと見守っていた。

「オーケイ」ベンチに腰を落ち着けたところで、あたしは切りだした。「あたしの頭んなかでぐるぐるしてることを言っとくよ。とりあえず参考までに、ってことで。あんたやゲイブリエルから音沙汰がなくなってかれこれ、ええと、十三ヵ月になるんだっけ？　それがひとつ。ふたつ目は、あんたが夜も明けやらぬ暗い時間にあたしを呼びだしたってこと。このあたしをね。警察ではなく。そして最後に、あんたはあたしに手伝ってほしいと言ってる。それもなんと、人殺しを。

ってことで、説明してくれる気になったら、いつでも聞かせてもらうよ」

「人殺しじゃない」ライザはベンチに深く坐りなおし、膝を持ちあげて胸に抱えた。「正当防衛よ」

「聞かせてもらうって言ったろ」

ライザは右頬を腿に押しあてるようにして、まっすぐあたしを見た。顔のあちこちの腫れは、唇を除けば、徐々に引きはじめていた。たぶん氷が効いたんだろう。多少化粧もしてみてはいたが、たいして役に立っていないし、顔を隠そうとしているのをよけいに目立たせるだけだった。下唇はまだ、内側に丸いガムを埋め込んだみたいに見える。ライザは目を閉じた。

「もうちょっとだった」ささやくようにライザは言った。「あたしたち、もうひとがんばりのところだったんだよ、ブリジット。そしたらこんなことになって。こんなことになったら、なにもかも滅茶苦茶じゃない。あたしのしてきたことは無かったも同然、みんな無駄骨だったってこと。あたしは自分を守れない。息子を守ってやれない」

「前回ヴィンスに会ったのはいつ?」あたしは訊いた。「けさよりまえに、ってことだけど」

「五年くらいまえかな……うん、五年まえだった」

「それからは一度も?」

「うん」

「じゃ、ヤクはやってないんだね？」

ライザの目が弾けるようにひらいた。「ふざけんじゃないよ、ブリジット・ローガン」

「答えないんだったら、あたしは帰る」

ライザはきつく抱いていた膝をはなし、力まかせにブラウスの袖をまくりあげはじめた。

「あたしがそんな馬鹿だと思ってんの？　新しい針跡がないか調べたいわけ？　くじけたが最後なにもかも永久に失くしてしまうのを、あたしがわかってないとでも思ってんの？」

「あんたもあたしとおなじ、ジャンキーだと思ってるだけさ」あたしは言った。

「更生中のジャンキーよ。闘ってるジャンキー。元ジャンキーさ」ライザはむきだしになった左の前腕をあたしの顔につきつけた。いくつもの古い傷を眼前にして、自分の隠れたそれがうずき、あたしはその手首を押しのけた。

「あっても隠せるだろ、ライザ。あんたは利口だもの。やりかたは知ってのとおり。どうしてもやりたくなったら足の指のあいだにでも打つさ。あたしだってそうする」

「もう五年以上、ひとくちのワインすら体には入れてない。なんにもよ」ライザは乱暴に袖を引きおろした。「ヤクをやったが最後、ゲイブを失うんだから。児童福祉局があっというまにあの子をあたしから引き離しにくる。あんたやあんたの派手なポルシェだって捕まえられないすばやさでね。あたしが息子より悪習を優先するほど、救いようのないやつだとでも思ってんの？」

「まえに一回やってるから」

言い返そうと口をひらきかけて、ライザは顔をそむけた。さっきの警官たちのところに新しいパトカーがくわわって並行に停まり、下げた窓越しにふざけあっている四人の警官の笑い声が聞こえてくる。なにをしゃべっているかは聞きとれなかった。一瞬、あの四人はあたしたちのことを笑ってるんじゃないかという気がした。あたしたちの過去を、あたしたちの恥を、知っているんじゃないかと。

ライザとあたしのつきあいは十年以上も昔、はじめて薬物離脱をしたあとで両親に入れられた更生プログラムへとさかのぼる。そのプログラムは当時——たぶんいまも——〈愛の体現修道姉妹会《シスターズ・オブ・インカーネイト・ラブ》〉によって運営され、あたしはそこに入所して、そこのシスターたちに命を救われた。あの人たちと家族の支えがなかったら、きっとヤク中に逆もどりしていたのはまちがいないと、いまでも確信している。

プログラムに入って六週経ったころに、ライザが入所してきた。十五歳で妊娠三ヵ月だったこの少女は、ヤクを使うことを、自分に宿った命を壊してしまうことを、心底恐れていた。あたしたちはふたりともブロンクス出身だった。あたしのほうは、日々身を粉にして働き、言っちゃ悪いが、夜には肝臓を酒でいじめぬくアイルランド系アメリカ人の堅実な中流家庭に育ってきた。ライザは芯までサウス・ブロンクスそのもので、ありふれた崩壊家庭の物語を背負い、生きた身内といえば母親の妹ひとりだけだった。叔母のヴェラだけではどうにもならないことだってある。ライザは幼いうちから街角に立つようになり、あまりに長くそこに居すぎた。ライザだったかあたしだったかが、ふとそのことに考えを巡らせて、生き延びたのは奇跡だったねと、うなずきあったこともあった。

薬物使用に言い訳はたたないと多くの人が考えているのは知っている――たしかにあたしだってろくな釈明などできたもんじゃない。けれど、ドラッグは残酷な現実からのひとつの逃避であり、それは厳格な事実だ。ライザにとっての現実は逃避する価値があった。身体的、性的虐待の末にレイプや売春を経験していくという、トークショーの中心的話題のすべてがそこに詰まっていた。

こんな話をするのは、ライザにとって物事はことごとく簡単には運ばなかったのだと言っておきたいからだ。学校のトラブルを抱え、金銭のトラブルを抱え、法律のトラブルを抱え、そのなかには純然たる不運もあれば、ライザがみずから招いた不運もあった。ゲイブリエルが生まれてからこれまで、あたしが知っているだけでライザは二度ヤクにもどっている。最後に使ったのは、いましがたの言葉を信じるとすれば五年まえだ。一度目はそれほど長くラリってはいなかったから、児童福祉局になにが起こっているか感づかれることはなかった。二回目のときに、連中はライザからゲイブを「奪取」した。やっとのことで州を納得させて返してもらったときには、ゲイブリエルは七歳になっていた。

ライザは喉のつかえを払った。「やってないわ、ブリジット。きのうもやってないし、あしたもやらずにいたいと心から思ってる。ヤクから逃れるためにまっとうになるためにできることはなんだってやってきた。それもこれもみんなゲイブリエルのためよ。信じないんなら、あんたとはもうこれっきり。信じられないんなら、邪魔したことをあやまるわ。ヴィンスの件はひとりでかたをつけるから」

あたしはライザをきっと見据え、ライザもその目に同じだけの強情さをこめて見返してきた。やがてライザはうなずき、立ち上がろうとした。「もう二度とあんたをわずらわせない」

「悲劇の主人公ぶるのはよしな」あたしは言った。「坐んなよ」

ライザは坐ろうとしなかった。その耳が真っ赤に染まるのが見える。「だれもがあんたほど強いわけじゃないんだよ、ブリジット」

「どういう意味？」

「一度目ではうまくやれない人間もいるんだってこと。そういう意味よ」ライザはマオリのタトゥーをした男と一緒にいる子どもを見ていた。「まちがいを犯してまたヤクにもどる人間もいるってこと。世のなかには毎日が闘いの人間もいるんだってことよ。あんたには貧乏がどんなものかなんてわかりゃしない。福祉の世話になることが、そうするしかなくてそうすることがどんなものかなんてわかりっこない。くそラジオをつけても、くそ新聞をめくっても、ルディだかシュマーだとかいう名の独善家のくそったれどもに、場所と金と命の無駄よばわりされる気持ちがどんなものか、あんたなんかにわかるもんか」

　これには傷つき、ますます腹がたって、その結果望むよりも早口になってしまった。あたしは言った。「あたしはそんなふうにあんたを見てないし、そんなふうにあんたを呼んでもいないし、そう考えてるとそっちが思いこんでるんだったら、あんたの言うとおり、もうおたがい通じあうとこなんてどこにもないね」

　ライザの顔に憤りや怒りがあらわれると思ったが、そこに浮かんだ表情は痛みと苦しみのそれだった。

「だったらなんで、あたしがヤクをやってると決めつけるのよ、ブリジット？」

「決めつけちゃいない。訊いたんだ。あんたから音沙汰がなくなって、一年にもなるんだよ、ライザ。そこへいきなり、ヴィンスがもどってきた、やつを殺してやるなんて口走ってさ。どう受け取れっての？」

「そのこととは関係ない」

「わかった、信用する。じゃ説明して」

　パトカーの一台は帰って、一台だけがあとに残されていた。運転席側の警官が杖をついたヒスパニック系の老人と陽気に言葉を交わしている。あいている手に茶色の紙袋を握っているところを見ると、老人は酔っぱらっているんだろう。車のなかの警官はべつに気にもしていないようだった。ふたたびライザがあたしの隣に腰をおろした。

「どっちから先に聞きたい？」ライザは訊ねた。

「ヴィンスの件から。なにがあったんだい？」

「どうやって居場所をつきとめたのかはわからない。あいつは言おうとしないし、訊く暇もたいしてなかったしね。ドアを開けて、最初にあいつがしたのはあたしの顔を殴ることだったから」

ドアは閉めておくべきだったのに、と思いながら黙っていたが、あたしの顔つきでライザは気づいたらしい。

「蹴やぶるって言われたから。あのぼろドア、見たでしょ。あれじゃ締めだすなんて無理」

「時間稼ぎにはなったろ」あたしは言った。「警察に電話くらいはできた」

「押し入ってきて、あたしが電話をかけてるのを見たら、あたしは殺されてたよ」ライザは平然と言った。「それに、もしそうならずに、警察がなんとかまにあったとしても、それでどうなるっていうの？」

「やつは逮捕される」

「そして六十日もすれば釈放されて舞いもどり、こんどこそほんとうにあたしを殺すわ」

「だから先に殺してやるってかい？　それがあんたの計画？」

「あいつは金を要求したの」ライザは言った。「二千八百ドルよこせ、あしたの夜まで時間をやるから用意しとけって。あたしがヤクをやってたころの貸しだって言ってた。プラス利息だよね、もちろん」

あたしは残っていたほうのライフセイヴァーズを抜きとった。ライザがひとつとり、あたしがひとつとり、しばらくそれぞれに舐めているあいだ、あたしは考えていた。

「そんな金、払っちゃだめだよ」あたしは言った。

「払うわきゃない。だって、たとえ持ってたとしてもよ、持ってないけどさ、また何度でもやってくるに決まってるじゃない。馬鹿だったわ、あたしのことなんて忘れてると思ってた。あいつのことは過去に置いてきたと本気で思ってたのに。でも、ヴィンスは言ってた。あたしやあたしの〝ガキ〟の足取りを見失ったことは一度もない、って」

「起こったことはそれで全部？」

「また自分の下で働く気があるなら、千ドルぽっきりで手を打ってやるって言ってたわ。あとは働いてちゃらにしろって。またあのころみたいにやっていけばいいって」

あたしの知っているかぎり、あのころみたいにとは、ライザがヴィンスのためにどこぞで股をひらき、その見返りに清潔な注射針と上物のヘロインをまわしてもらうというのがその内容だった。それにくわえてヴィンスの「ビジネス」を支えるために、現金を数えたり、グラシン紙にヤクを包んだり、混ぜ物で純度を下げるのもライザの役目になっていた。

「やつが脅したのはあんたとゲイブリエル？　あんたひとり？」

「あたしひとりよ。要求を呑まなければ、あたしを犯して、そのあと殺す予定だったの」ライザの言い方だと、《テレビガイド》の番組予定でも聞いているみたいだった。『ライザの人生』の今夜のエピソード。

「創意工夫のかけらもないね」

「必要ないから」ライザがにべもなく言った。「ただの脅しなのはわかってるし、あたしを怖がらせようとしてるだけなのはわかってるんだけど……」

「けど、やつはあんたを見つけたわけだ」あたしはあとを引き取った。

ライザがうなずく。「そして追っぱらうことができなかったら、あいつは何度でもやってくるわ」

あたしは口のなかに残っていたライフセイヴァーズを臼歯で嚙み潰した。「警察に話をしないと」

「サツにとっちゃ、あたしなんてヤク中の娼婦でしかないのよ。関心を向ける価値があるのは死んだときくらいのもので、それだってほんの申し訳程度よ」

「そういうくだらないこと言うのは、いいかげんにやめな」あたしは言った。「あんたはヤクをやってないし、いい母親だし、まっとうに生きてる。学校に通って、立派な医療技術者になろうかってんだよ。あんたのことをまっとうじゃないと思ってる人間はあんただけさ」

「そうじゃない」ライザは言った。「警察はこの腕をひと目見るなり、あたしをジャンキーだと決めつける。そしてゲイブリエルをひと目見るなり、あたしを保護者不適格と決めつけんのよ」ライザはさっき口に入れたライフセイヴァーズの残りを吐きだした。

「そんな危険を冒すつもりはないわ。警察は嫌だからね、ブリジット」

「あたしに話をさせてみなよ。知ってる人間もいるし、たぶんあたしなら――」

「聞きなってば！」ライザは怒鳴っていた。「だめ、警察はいっさいだめ。ほんのわずかでもゲイブリエルを失う可能性があるのなら問題外。マジで言ってるんだからね。その話はもうなし」

あたしは両手を挙げて、それ以上その点をごり押しする気はないことを示した。言い分をわかってもらえてほっとしたのか、ライザはわずかに顎を沈めて短くうなずいた。

あたしは言った。「あんたが殺人罪で捕まったら、どのみちゲイブを失う羽目になるんだよ。そのことをわかってんの？」

「だからあんたを呼んだのよ」ライザはくるりと振り向いて、公園内の人の位置をたしかめた。居残っていたパトカーは場所を移していた。ヒスパニックの老人は、あたしの車に見とれている。「あんたが手伝ってくれたら、ばれないようにやれる」

あたしはかぶりを振りかけたが、ライザは反論する暇もくれなかった。

「あんたなら細工ができる」ライザは声を低め、身を乗りだしてきた。「あんたはサツがどんなふうに考え、なにを探そうとするかを知ってる。捕まらないように証拠を消してくれればいいの」

「そいつは買いかぶりすぎってもんだよ、ライザ」

「ううん、できるって、ブリジット、あんたもできるってわかってるはずよ。自分がなにを頼もうとしてるかはわかってる。ほんとにわかってるけど、でも、それしか方法がないの。自分ひとりでやったら捕まるのは目に見えてる。だけどやらなかったら、最終的にはゲイブを失うことになってしまう。いつかそのうちヴィンスはあたしを殺すわ。でなきゃゲイブを殺す。解決するにはこの方法しかないのよ。ヴィンスをぜったいにもどってこさせないためにはそうするしかないの」

「ほかにも選択肢はある」

「じゃ言ってみてよ。あいつが二度とゲイブやあたしに同じことをしないと保証できるような方法を言ってみて」

口をひらきかけて、「銃で撃つ」と言いそうになっていたことにあやうく気がついた。そんな返事は相手の思う壺に話をもっていくだけだ。髪に両手をくぐらせたところ、往来のほこりがこびりついているのを感じた。もう帰らなければ。着替えて仕事にいく準備をしなければならない。

殺す以外にも問題を解決する道はあると、ライザを納得させる方法を見つけなければ。

けれど残念ながら、なんの考えも浮かんでこず、ひょっとするとそれはライザに賛成してるからじゃないのかと疑念が浮かんだ——確実にヴィンスが舞いもどらないようにする方法は、やつを永遠に葬り去ることだけじゃないんだろうか、と。

「手伝ってくれる気はあるの？」ライザが訊いた。

「手伝うってわかってんだろ」

ライザは笑顔にこそならなかったが、もう口元は大理石に刻んだ線のようには見えなかった。

「けど、あたしたちはやつを殺しはしない」そう言うとあたしは、ライザが口をはさむより先に目の前で人差し指を振ってみせた。「そいつは危険すぎる。なにか考えてみるよ、やつを心底びびらせてやる手をね。二度ともどってこられないような方法を考える。ただ、殺すのは無理だよ、ライザ。殺人は行きすぎだよ。人を殺しちまったが最後、もう普通の人間にはもどれない。あんたは永久にゲイブを失ってしまうことになる」

「確実でなきゃ意味ないのよ」

「だからそうするって。誓ってもいい。きょう一日時間をくれたら考えるから、今夜うちに電話しな。それまでにアイデアを用意しとくよ」

ライザはかすかに片眉をあげたが、そこまでで疑いの気持ちを押しとどめた。「あんたの言うとおりにする」

「やつのフルネームがほしいんだけど」

「ヴィンセント・ラークよ」

「偽名じゃないだろうね？」

「ちがうと思う。知りあってからもいろいろ別の名前は使ってたけど、いつもまたヴィンセント・ラークにもどってたから」

「了解」

「もう行かないと。電車に乗らなきゃ」

「送ろうか？」

「ううん、アストール駅まで歩いていく。あんたの車から鞄だけ取ってこないと」

車を駐めた場所まで歩いてもどり、あたしがリモコンでアラームを解除すると、ライザは助手席の足元から本を入れた鞄を引っぱりだした。ビニール製のその通学鞄は、病気で緑色になったような牛の革に似せて型押ししてあり、ところどころビニールが破れて側面の補強用に入れてある厚紙がのぞいていた。

助手席のドアを閉めて、ライザは言った。「今夜、電話するからね」

「まだもうひとつ、答えをもらってないんだけどな」

ライザは車のルーフ越しにあたしを見た。「遅刻しそうなのよ、ブリジット」

「なぜなんだい、きょうまでずっと音沙汰なしだったのは？」あたしは訊いた。「なんであたしは、あんたたちの生活から切り捨てられちゃったんだろ？」あたしは、べつに気にしちゃいない、ただ理由が知りたいだけだと聞こえるように巧みにしゃべっていた。伝言を残すたびに無視されたり、返事の電話が一度もかかってこなかったときも、傷ついたりはしなかったみたいに。

「いまはやめて」

「いまがいい」あたしは言った。

ライザはためいきをつき、やがて古いビニールの通学鞄を抱えあげると、ポルシェのルーフにそれを載せた。また沈んだ顔になり、骨の髄まで不幸に見えた。

「この絵のなかで、まちがっているところはどこだと思う？」ライザが質問した。

光り輝く高価な車に載っている安物のみすぼらしい鞄を、あたしは見やった。そして言った。「あたしがあたしという人間であることを、謝るつもりはないよ」

ライザは車からするりと鞄をおろすと、ストラップを肩にかけた。その口の右側だけが巻きあがって微笑みをつくる。左側は腫れあがって錨《いかり》をおろし、ぴくりとも動かなかった。

「謝ってほしくなんかないよ、ブリジット。いまあたしが必要としている助けは、あんたという人間なんだもの。今晩、電話するからね」

あたしはうなずいて、公園を横切っていくライザを見送った。その姿が視界から消えてしまうと、ふたたび愛車に乗りこんで、ポルシェの鼻先を自宅のアパートメントに向けた。タクシーやヴァンを抜きかわしながら、だれか運転手のなかに、人を殺してくれるジャンキー探偵を探してる者はいないだろうかと考えていた。

## 3

一ダースの赤がデスクであたしを待っていた。縦溝を切った緑色の硝子器の縁から二十センチばかり上で、しっかりと結わえられたままの花束。花瓶にもたせかけたカードに、薔薇の花が影を落としている。

贈り主がだれかわかって、一、二秒、頭がぼーっとした。ジャケットを脱いでドアの裏に吊ろうと振り向いたところで、あやうく上司の片割れの足を踏んづけそうになった。すぐ後ろから、あたしのオフィスに入ってきていたらしい。

「彼から?」ライラ・アグラは訊ねた。

「たしかめてみないと」

「あなたに贈られてくるくらい頻繁にマーティンが花を贈ってくれたら、わたしならにやけちゃうわ」ライラは目をすがめるようにしてあたしを見上げた。「なんでにこりともしてないの?」

「心じゃにっこりしてますとも」あたしはそう言って、上司がどいてくれるのを待った。脇によけたライラはデスクのまえにある椅子に坐り、あたしは横から手を伸ばしてドアの裏につけたフックにジャケットを吊るした。それから自分の椅子に腰をおろしてライラと向かいあい、視界から花瓶をずらして電話のほうに寄せる。カードの入った封筒が事件簿の上にぱたんと倒れた。封筒にはブロック体の大文字であたしの名前が書いてあった。

ライラは封筒を見やり、それからあたしを見た。黒に近いその目に期待と喜びが躍っている。ライラはインド人で、四十三歳だが年齢をしらしめる皺など一本もなく、肌は秋の落葉色をしていた。髪はあたしとおなじ漆黒で、うなじから一本の三つ編みがくるりとシャツの前に垂れさがり、その先は膝の上で積み重なるように終わっている。身長はあたしより三十センチも低くてたったの百五十五センチだが、そのポニーテールはほぼ身長と同じだけの丈があった。最後に髪を切ったのは三十歳になった翌日だという事実に、すさまじいプライドを抱いているのだ。

ライラはまた、あたしのもうひとりの上司であるマーティン・ドノヴァンと幸せな結婚生活を送っており、それゆえあたしの恋愛生活について、完全にして包み隠さぬ報告を受ける権利があると信じていた。

「マーティはどこに?」あたしは訊ねた。

「ハートフォード。ウィルク家の件で出生証明を見にいってるわ」

「で、どんな感じ?」

「これまでのところ通常どおり。マーティのことだから例のごとくよ。家族再会のチャンスとなると、きまってあのむっちりオケツに火がついちゃうんだから」

「連れあいに対して、なんとまあ口のいいこと」

「探偵は常に客観的でないとね」またしてもライラは指差すようにカードを見やった。「あなたが読んでるあいだ、静かに待ってることにするわ」

「ひとりで読めるときまで待ってることにするよ」

ライラが口をとがらせる。「他人のわくわくのお相伴にあずかる楽しみを拒もうっていうの?」

「あなたに対して拒めるってったら、それくらいしかないからね」

ライラは口をとがらすのをやめて、握った手でデスクの端をこつこつ鳴らした。「彼に会ってみたいな」ライラは言った。「それ、彼からでしょ?」

「同じ相手だから、彼っちゃ彼だね」あたしは認めた。「彼のほうであなたやマーティの浴びせかける容赦ない集中攻撃に対する準備がきっちりととのったら会ってもらうよ」

「天使みたいにふるまうってば」ライラは異議を唱えた。

「Tボーンステーキみたいに、彼を火あぶりにすると思う」

「わたしは肉は食べません」椅子から跳ね降りたライラは、もういちどデスクを拳で叩いた。「あしたまでにブレマー保険あての調査報告をもらいたいの。それを除けばきょうは静かな一日だと考えてもらっていいわ」ライラは眉をくいくい動かしてみせた。「カレシに電話して、昼下がりのお楽しみを組みこんだっていいのよ」

「将来はすばらしいエロ婆さんになれそうだね」あたしは言ってやった。

「人生の黄昏どきに慈しむ思い出がほしいのよ。なにかあったら、わたしは自分のオフィスにいるから」

「はいよ、ボス」

　ライラがドアを閉めて出ていくと、あたしは廊下を遠ざかっていくフラットシューズの足音に耳を傾け、うちの受付嬢ケイリスにあたしの社交生活の最新情報を伝える掠れたような声に耳を傾けた。いつ、なぜ、どういう経緯で、あたしの社交生活が〈アグラ&ドノヴァン探偵事務所〉のお楽しみプロジェクトになったのか知らないが、ここで見習いをはじめて以来、ずっとそんなふうだった。あたしがだれかと付き合いだすと、ライラは一から十まで詳しく知りたがる。あたしが独りのときは、だれかと付き合わせたくてやきもきするのだ。

　椅子を後ろに揺らし、いつもきまって聞えるスプリングのきしむ音に顔をしかめ、天井に向かってためいきをついた。オフィスの照明にかぶせられた、いつ見ても巨大なおっぱいに見える擦りガラスのカバーを睨みながら、頭のなかでこれからはじまる一日の計画を立てようと努力してみる。けれど、予定などとっくにあったもんじゃなくなっており、その理由を説明するのに論理の飛躍は必要なかった。椅子がぎぃっときしんで水平にもどったところで、自分の名前が書かれた封筒に手をのばした。クリーム色の紙のあっさりしたカードだ。〝きみのことを考えている。きみに会えることを願っている。アティカス〟――名前のAの文字は小さく正確に書きこまれている。きっとずいぶん長いあいだ、なにを書いたらいいか考えあぐね、サインのしかたに至るまで悩んだのにちがいない。

シンプル・イズ・ベスト。

アティカスが薔薇を届けてくれた。なんて優しいんだ、とあたしは思った。そんなことをされると会いたくなってしまう。

薔薇を贈られるだけで会いたい気持ちにさせられてしまうのが、気に入らなかった。

あたしはカードを見つめ、なおもカードを見つめ、さらにもうしばらくカードを見つめた。

それからそれを屑籠に投げこんだ。

二時ごろにはダウンタウンで昼食をとる予定があった。それまでいくつかの仕事を片づける時間が三時間ほどあるということだ。四十五分間、ブレマー社への保険請求について調べた内容をタイプ打ちする——車両二台による事故で、請求者は医療費の継続保障を要求していた。複数の医師や指圧療法士に話を聞き、請求者本人を観察したうえで、あたし個人の見解では、その男は真実を述べているという結論に至った。ブレマー保険の連中はそんな話を聞きたくはないだろうが、調べてわかったことがそうなんだから、そう書くまでだ。書き終わった報告書は、イントラネットでライラに送っておいた。

ローロデックスの出番だ。

ヴィンセント・ラークという男の実体をまちがいなく教えてくれそうな電話番号がひとつある。教えてもらえるかもしれない番号がもうひとつ。確実なほうにかけた場合、あたしはうしろめたさを味わうことになるが、なんであれ使えるものが手に入る。可能性ありのほうにかければ、あとで結局確実なほうにかけなおすという事態になるかもしれない。

ということで、あたしは確実なほうに電話をかけた。ものぐさだから、よほど必要に迫られないかぎり、おなじことを二度繰り返すのは御免だった。

「こちら三十七班」

「ジェイムズ・シャノンをお願いします」

「お待ちください、つなぎますから」

「ありがとう」と言ったが、すでに受け手の声はなく、またベルが鳴っていた。

「シャノンだが。どうぞ」

「ジミーおじさん」あたしは言った。「ひさびさだね」

一瞬の間があいたのち、ジェイムズ・シャノン刑事は嬉しそうな声をだした。「ケイシェル？　おまえなのか？」

「上の子のほうだよ。おぼえてない？」

ジミーは咳きこみ、それから叫んだ。「ブリジット！」

「元気かい、ジミー?」

「ぼちぼちやっとるよ。そっちはどうだ? 元気でやってるのか?」

「真面目にかたぎにね」そう言ってしまってから、失言だったと後悔した。

ジミーの唐突な沈黙が、鉛の塊のように電話線をくぐってくる。

「元気にやってるよ」あたしは言った。

「ずいぶん長いあいだ顔を見せんじゃないか」ジミーがしゃべると、いつも親父のことが思いだされてしかたがない。どちらも声音の芯に同質の威厳がこもっていた。「おまえの妹もそう言ってたぞ」

ぐっと奥歯を嚙んだが、デスクの抽斗《ひきだし》を開けるとアルトイズの缶が見つかって気持ちが上向いた。「ケイシェルにもずっと電話しようと思っちゃいるんだけど」

「わしには好きなだけ嘘をついてかまわんさ、ブリディ。だが、ケイシェルには嘘をつくなよ」

「畏《おそ》れおおくてつけやしないって」

「最後におまえと会ったのは、東八十五番ストリートのあたりだったよな? 〈ライアンズ・ドーター〉って店だ。ありゃいつだった?」

「三月」

「ということは六ヵ月か」

「そんなとこだろうね。電話しなくて悪かったと思ってるよ」

ジミーはくっくと笑いだし、最初は腹からはじまった笑い声が喉を通って反響しはじめた。電話ごしだとかえって声に迫力が増す。「これで罪悪感を感じさせてやれたかな?」

「かなり強烈に」あたしは答えた。「頼みごとがあって電話してるもんだから、とくに応えたよ」

「わしの健康を気づかうためとは思っちゃいなかったさ。頼みってのはなんだ?」

「ヴィンセント・ラークって男について、なにか知ってたら教えてくれないかな。そいつは売人で、主にヘロインをあつかい、すくなくとも市内《シティ》で十年は商売をやってる。もっと長いかもしれない」

少し間があいたが、きっといま伝えたことを書きとめているのだろうと思った。あたしは待った。ジミーはなにも言わない。あたしはアルトイズのケースを開けて、おどろくほど強烈なミントを味わった。ジミーはまだ黙っている。

「ジミーおじさん?」

「ブリディ、なんでそんなことを訊く?」

「友だちが厄介なことに巻きこまれてて、そこにヴィンセント・ラークが絡んでるかもしれないんだ」とあたしは言った。

「友だち? 友だちの名前は?」

「その子のことはできたら伏せておきたいんだけど」

ジミーが思案するあいだ、さらなる沈黙が落ちた。その頭でなにが進行してるかは想像するしかないが、なにかおそらく、死んだパートナーの娘が——ジャンキーが——、麻薬対《ジョイント・》策合同本部《ドラッグ・タスクフォース》にいる自分に電話をかけて、ヤクの売人について質問してくるという事態に関してだろう。おそらくいま、友だちというのが作り話かどうか見極めようとしているにちがいない。

なにせ一度ジャンキーになった者は、一生ジャンキーのままだから。

「あとでかけなおさなきゃならんな、ブリディ」ジミーは言った。「なにが出てくるか調べてみよう。仕事場にいるのか？」

「そうだよ」あたしはジミーに電話番号を伝えた。「一時までに返事をきかせてもらえたら、すごくありがたいんだけど」

「一時までに返事をきかせたら、実の妹に電話すると約束してもらうからな。先週あの子と話したら、おまえとはもう一年近くも話をしてないというじゃないか。教会に行くのもやめてしまったと聞いたぞ」

「ありがとうね、ジミー」あたしは言った。「返事待ってるから」

あたしは電話を切り、薔薇の花を見つめ、またいくつかアルトイズを口にいれた。

一時半になり、出かけようとジャケットを着かけたら、電話のスピーカーからケイリスの呼び出しがかかった。「ブリジット？　シャノンっていうNYPDの刑事さんから電話よ。用件を言おうとしないんだけど」

応答ボタンを押して「つないで」と伝え、受話器をとってからつづけて言った。「ジミーおじさん？」

ジミーは慇懃《いんぎん》に咳ばらいをした。「勝手に電話を切りおって」

「もう話は済んだと思ったから」あたしはごまかした。

ジミーはていよく利用された親のようにためいきをもらした。後ろで話し声がしているのは、おおかたタスクフォースの警官連中が軽口でも叩きあっているんだろう。「ヴィンセント・ラークの件。まだ興味はあるか？」

「おおいに」デスクの奥に手を伸ばしてビックのボールペンと手帳をとった際に、ふんだんに薔薇の香りがした。

「ケイシェルに電話をするか？」

「ジミー」あたしはぴしゃりとさえぎった。「おふくろじゃないんだからさ」

「親父でもないしな。ふたりが安らかに眠らんことを祈るよ。だが、それでもわしにはおまえを見守っていく義務があるんだ。立場が逆だったら、デニスもわしや家族におなじことをしただろうからな」

「情報を教えてくれるんじゃないの?」もうジミーの罪悪感ゲームにはうんざりだった。

「用事に遅れそうなんだけど」

「あとでかけなおしてもいいぞ」

「いま教えて、ジミー」

「その名前を調べてみた」ややあってから、ジミーは言った。「ラークってやつはAクラスのどうしようもないクソ売人だ。腐りに腐りきった男さ、ブリディ。信じられないほど前科がある。逮捕名目は薬物不法所持、販売目的の薬物所持、暴行、脅迫、武装強盗、婦女暴行未遂。有罪にはただの一度もなっとらん。よほど運がいいか、とんでもない弁護士を抱えてるかだ」

「最近のものは?」

「書類上では見当たらんな。しかし、タスクフォースのほかの連中に訊いてみたところでは、おまえの坊やはアラバッカ組織とつながってるって話だぞ。その名前を聞いたことはあるか?」

あたしはデスクの端に腰かけて、さらにメモを書きつけていった。「新聞で読むだけなら」

「それを聞いてほっとしたよ」とジミーは言った。本心からの熱のこもったその声で、それまでどれほど案じてくれていたかが伝わってきた。なにも言えずにいるうちに、ジミーは先をつづけた。「アラバッカはナイジェリア人で、中国マフィアから世代交代した新興麻薬密売組織の一角を担っている。これが厄介な人物なんだ。噂によるとナイジェリア警察の出身らしいが、あそこもまず公明正大とか清廉潔白といった国際的評価には縁のないところでな。どうやら職を追われてこっちに移住したらしく、警察官として築いてきたコネを使って麻薬を動かしはじめた。われらが清きスタテン・アイランド区に出まわっているヘロインの大半はやつが仕切っているし、よその区にもおおむね手をひろげている」

「ラークはそういう超金持ちと商売をしてる、ってわけだね？」

「ここの連中にも確実なことはわかってない。とにかくラークはしぶといやつで、その事実だけは知れわたっとるよ。たいていの売人がストリートで幅をきかせていられるのは、せいぜい五年が限度だ。おまえの坊やは、少なく見てもその三倍は長く居坐っている。もっとかもしれん」

ジミーが言葉をきったので、その機に〝アラバッカ〟のつづりを訊ねて書きとめた。

「わかった」あたしは言った。「恩に着るよ。もう行かないと」

「おまえの友だちだが」ジミーが言った。「巻き込まれたってのはどの程度のトラブルなんだ？」

「嫌んなるほどさ」

「ヴィンセント・ラークって男はどうも厄介そうだぞ、ブリディ。街角で商売してあれほど長く生き残ってるところをみると、相当なタマの持ち主であってもおかしくない。簡単に引きさがるような相手じゃなかろう」

「いままで運がよかっただけかも」

「連中がつかむような運ってのは、得てして他人の不運からやってくるもんだ。その男と対決する気なら慎重にやるんだぞ」

「まさか」あたしは言った。「やつには近づきゃしない。こいつは背景知識さ、それだけだよ」

「このわしにそれを信じろと？」

「信じてくれるなら嬉しいね、うん」

「ケイシェルに電話するんだぞ、ブリディ」

そのまま切りそうになったが、ひとことだけ、たとえはっきり訊かれてはいなくとも、どうしてもジミーには言っておきたかった。「逆もどりなんてしてないからね」あたしは言った。「あたしのことは心配しなくていいから」

ジミーは答えた。「だれかが心配してやらなきゃならんのさ」

4

遅れた時間を運転でとりもどそうとはしてみたが、それでもデートに二十分の遅刻となった。たぶん潜在意識がそう仕向けたんだろう――食事にしろ会話にしろ、心待ちにはしていないし、その相手と一緒に過ごしてどう感じるかが不安だった。さしずめ検視の立ち会いに急いでいるようなものだ。一年近くも昏睡状態にあった友情の検視に。

店のパーキングはぎっしり満車だったので――急いでるときは常にそうだ――結局十八ドルも払って目的の場所から三ブロックも離れた駐車場にポルシェを入れる羽目になった。そこから周囲の視線を浴びつつ、走った。

食事の場所に、先方は〈シャンテレール〉を選んでいた。あたしならたいていの場合、その手の飯屋はつとめて避ける。食い物は高級かつ美味、客層はウォール街や政治関係筋が中心で、ラケットボールではなくスカッシュをたしなみ、倒産しかけの貯蓄貸付組合からことごとく利益をあげる連中だった。ドアをくぐるときにサングラスをはずすと、内部は日除けが下りていたものの、目が慣れるまでに少しかかった。

相手はすでにレストランのいちばん奥近く、かつ厨房から離れたテーブルに、椅子の背を壁に向けて坐っていた。知りあいのボディーガードはみんなそうだが、ナタリー・トレントも四六時中、ゆるやかなパラノイアの波に乗っている。仕事をしているいないにかかわらず、公共の場ではナタリーは常に背中をカバーするよう気を配るし、ほかのボディーガードにしても同じだった。ひとところに連中が四、五人揃うと、じつに笑える場面にお目にかかれる——出入り口のすべてがベストの状態で見えていると各自が得心するまで、迷子のヒヨコみたく全員でシャッフルしつづけるのだ。連中をとことんナーバスにしてやりたかったら、どこかふんだんにオープンスペースのある場所で会おうと持ちかけてみるといい——たとえば公園や、スタジアムで。

ということで、店に入った瞬間にナタリーが気づいて片手をあげたので、そっちのテーブルに行きかけたところ、すみやかにメートル・ドテルにさえぎられた。目に入ったものがまったくお気に召さない様子だ。あたしの鼻ピアスのせいなのか、バイカーズ・ジャケットなのか、ブルージーンズなのか、それともブーツなのか。ひょっとすると《ホットヘッド・ペイザン》（レズビアンのテロリストを主人公にした漫画）のTシャツがいけなかったのかもしれない。色は白で、胸元には主人公ホットヘッドが飼い猫チキンとささやかなジグを踊っている姿がステンシルで染めつけてある。

なんにせよ、あたしの知ったこっちゃなかった。

「おうかがいいたしましょうか、マダム？」

「マドモアゼルだよ」と、訂正してやる。「待ち合わせしてるんだけど」

指差した先でナタリーがうなずいたのを見て、メートル・ドテルはふたたびあたしを眺めやった。懸命に口元と格闘して渋面をこらえることにしたのは、おそらくあたしの坐ろうとしている席が大切なお客から充分に離れていて、汗臭さが迷惑になることはないと判断したからだろう。

「どうぞこちらへ」メートル・ドテルはメニューをとりあげ、あたしたちはテーブルのあいだを縫うように通り抜けていった。二時十五分過ぎにしては思ったよりも混んでいて、通りしなにいくつもの顔がこちらに振り向けられた。ナタリーのいるテーブルにたどりつくと、メートル・ドテルはあたしのために椅子を引くことまでしてくれた。「ごゆっくりお食事を、マドモアゼル」

「キュイジーヌを味わうのが待ちきれないよ」とあたしは言った。

最後の一瞥を投げたのち、メートル・ドテルは指揮台の安寧へともどっていった。

「ひょっとしたら気が変わったのかも、と思ってたの」ナタリーが言った。

「いくって言ったろ。来たよ」

「ありがとう」

グラスや銀食器のたてる音と、金持ち連中が金の話をしている声が、あたしたちの周囲をとりまいていた。ナタリーのまえにはアイスティーのグラスが置かれ、四つ割りのレモンが表面に氷と一緒に浮かんでいる。ナタリーは不安げながら場慣れして見えた。赤い髪を頭の後ろでふんわりまとめ、あつらえの黒いブレザーを着た姿は、まさにエグゼクティブといった感じに見える。宝石のたぐいは、小さな真珠のスタッドピアスを両耳にひとつずつつけるだけの最小限にとどめてあった。テーブルをはさんでいると、スラックスにしたのかスカートにしたのかわからなかったが、テーブルクロスをめくってのぞいてみるわけにもいかない。たぶんスカートだろう。

あたしたちはたがいに相手を見つめ、目にしたものを手にとるように確かめては、記憶のなかの姿と比べていた。最後に顔をあわせたのは十一月で、あのときはふたりとも、その先なにが起ころうとしているかなど、知りもしなかったはずだ。そのあとに怒りや感情の派手な爆発があったわけではなく、喧嘩のひとつさえしたわけじゃない。ナタリーがアティカスと寝て、もしくはアティカスがナタリーと寝て、アティカスがそれをあたしに打ち明け、それっきり。あたしは自分とナタリーの生活を結んでいた線をすべて断ち切り、ふたりのあいだの空間を自分の傷心と怒りが埋めるにまかせ、そこでぷっつりと友情は途切れた。絶縁という言い方がいちばんかもしれない。ナタリーは十一月の終わりに二度、連絡をとろうとしてきた。十二月のはじめにも、もう一度――その努力のひとつひとつに、あたしは沈黙を返した。

そして先週の金曜日、ナタリーはアグラ&ドノヴァンに電話をかけ、月曜にダウンタウンでランチをとる時間はあるだろうかと訊ねてきたのだ。

「わだかまりを解きたいの」とナタリーは言った。

自分でも驚いたことに、あたしは受話器を叩きつけたりはせず、それどころかイエスと答えていた。こうしてナタリーとテーブルをはさんで向かいあうと、怒りはいまも送電用の第三レールのように火花を散らし、不安をかきたて、両肩から背筋にかけたあたりを固くこわばらせていた。

ナタリー・トレントは、以前恋人を亡くしたときに落とした体重をいくらか取りもどし、青白かった顔色ももどって、元気そうで幸せそうで健康そうに見えた。聡明さについては推してはかるべくもない。だいたいもとからナタリーは、百八十センチという長身と衣装デザイナーがアトリエで仕事中に思い描くような体型に恵まれ、いつ見ても颯爽としていたし、いつ見ても垢抜けた格好をしていた。あたしのほうが五センチ背が高いことから、あたしとナタリーの〈サックス〉における買い物経験はまったく異なるものになっていた。

「元気そうね」ナタリーが言った。

「あたしもあんたを見て同じことを思ってた」

「元気よ。こんなに元気だと感じるのはずいぶんひさしぶり」

「そりゃよかったね」

自分の耳にさえ、嫌味に聞こえた。

ナタリーはあたしの前にあるメニューに目をやった。「先になにか注文でも……？」

「あんまり腹へってないんだ」とあたしは言った。あながち嘘でもない。

「それじゃ、飲み物をおごらせてくれる？」

「アイスティーでいい」

「いいわ」ナタリーは手入れの行き届いた指を立てると、当然ながらその指一本でウエイターを呼び寄せた。ナタリーが注文すると、そのウエイターも職務にいそしむまえに、例のあんたは場違いだと言っている目つきをあたしに送ってよこした。ウエイターが下がってしまうと、ふたたびナタリーはパラノイドもどきの警戒を店内一帯に配った。その範囲から注意深くあたしだけをはずして。

「あたしならここだよ、ナタリー」相手の目が三度目に自分を避けて通ったところで、あたしは言った。「言いたいことがあるなら言えば？」

ナタリーはフォークとナイフとスプーンが完璧に平行になっていることをたしかめた。それからあたしに目を向けると、ナタリーは言った。「あなたのこと、あんなふうにあつかってごめんなさい。どうか謝罪を受け入れてほしいの」

どこにその謝罪を突っこんだらいいか言ってやろうとして、あたしは口をひらいた。それを見て、ナタリーが身を固くする。

そのとき急に背中の力が抜け、胃のあたりがふっと静まった感じがして、あたしのごたいそうな怒りが、長かった一年の大半をかけてくすぶらせつづけてきた火種が消えた。

なくなってしまった。

一瞬のうちに。

ほかのテーブルの客全員が、ひどく騒々しくなった気がした。だれかがこのソースは辛子が効きすぎで胡椒が足りなすぎると、兎料理に文句を言っているのが聞こえる。すぐそばのテーブルでは、だれかがチップにいくら置いていこうか計算していた。

「なんて無駄なことを」あたしは言った。

「どうしても言わなきゃならなかったの」ナタリーが急いで言った。「どうしてもちゃんと会って言っておきたかった。簡単に許して忘れられるようなことじゃないのはわかってるし、それに——どうしたの？」

あたしは首を横に振っていた。「ちがうって。そうじゃないんだ。もう許してる。忘れてはいないけど、でも……ただ謝ってくれるのを待ってただけだと思う」

ナタリーは左の眉をそっと持ちあげ、不安そうにあたしを見つめていた。「もしこれだけで済んでしまうんだったら、もっとはやくに謝ってたわ」

「もっとはやくに謝られていたら、たぶんそれでは足らなかった」

ナタリーは両腕をテーブルに載せて身を乗りだし、あたしの表情を探った。一秒ののち、ナタリーはその手をあたしの両手に差し伸べ、あたしは手をとられるままになっていた。

「けっしてあなたを傷つけようとしたわけじゃない」ナタリーは言った。「まちがいだったの。壊したものもあの判断も、なかったことにできるなら、いますぐにでもそうしたい。信じてくれる？」

「信じるよ」あたしは言った。

「受け入れられる？　あたしの謝罪を？」

それについて真剣に考え、自分の判断に確信が持てるまでに、まる一分近くもかかった。でもじっさいは、もろもろの感情はあっても、そのなかにナタリーに対する怒りは含まれていなかった。すくなくともいまとなっては。アティカスに対してでさえ、いまでは怒っているのかどうかよくわからない。痛みと裏切りの記憶、それは残っている。ナタリーが彼のベッドへ行き、アティカスがそこでナタリーを受けとめたと知った屈辱、それはいまも胸を刺す。

けれど、いまのあたしの怒りは、別のだれかに向けられていた。

「謝罪を受け入れる」あたしはそう答え、それを証明するためにナタリーの両手を握りしめた。

ナタリーはほほえみ、椅子のうえで体を起こした。あたしの手を離して、テーブルのこちら側にメニューを押しやった。「それはあたしにランチをおごらせてくれるってことね？」

「あんたにランチをおごらせてやるさ」と、あたしは言った。

あたしたちは四時近くまで〈シャンテレール〉で過ごし、まわりの客層は遅めの昼食組から株式市場の退け組へと変化を遂げ、何杯ものマティーニがナイアガラのように溢れていった。友がもどってくるのはいいものだ。また話ができるのはいいものだった。メインコースを平らげるころには、冗談のひとつも飛ばそうかという気になるほど安心感をとりもどし、デザートのころには、たがいに相手を笑わせまくって、あたしなどあやうく鼻からコーヒーを噴きだすところだった。

ずっとナタリーに会いたかった。ずっとあの持ち前のユーモアが恋しかったんだ。

「そしてあたしたちは堂々巡りをつづけてたわけ」とナタリーが言っている。「レッドベアでしょ、おつぎはベア・セキュリティーズ、もっとひどいのもあったわ。結局きのうの夜になるまで、だれひとり名前を思いつくことができなかったの」

「それで？」

「KTMHセキュリティ」ナタリーが言った。

「ラジオ局みたいじゃん」

「どんなときも、セキュリティならおまかせ。コ《K》ディアック、ト《T》レント、マ《M》ツイ、ヘ《H》レッラ。きょうはこっちでそれをやってたのよ。社名を登録して、営業認可の手続きを済ませてきたの。いまごろデイルとアティカスは社用便箋を選んでるはずよ」

「コリーは？」

「空き事務所を探してるわ。いまはまだ、フォレスト・ヒルズにあるデイルの家の車庫で営業してるもんだから」ナタリーがグラスに残っていた氷を鳴らすと、四つ割りのレモンがくるくる回った。「そのほうが家賃は助かるんだけど、いざクライアントに会うとなると頭が痛いのよね」

「もうクライアントをつかんでるんだ？」

「冗談でしょ。やっと名前がついたばかりだもの」

「KTMHラジオからお届けします」あたしは精一杯アナウンサーの口調を真似た。「どんなときも、ヒットならおまかせ」

ナタリーが顔をしかめた。「その語呂合わせはきついわ、とくに七月からこっちは」

そんな冗談を言ったつもりはなかったから、笑ってしまった。アティカスは七月に起こったことについてはあまり語らず、ただ彼とナタリーと警護クルーの面々が、プロの殺し屋《ヒットマン》と渡りあったということだけしか言ってなかった。あたしとしては、善玉たちがみんな無事に生きてる以上、善玉が勝ったものと思っていたが、詳細についてはなにも聞いていなかった。

「どうしてまだ会ってないの？」

「だれと？」

「だれかはわかってるでしょ」ナタリーは備えつけの小鉢から角砂糖をひとつとると、コーヒースプーンではじいてあたしの膝にコツンとそれをぶつけた。

「気持ちの準備がまだできてないんだ」あたしは言った。

「あたしを許せるなら、彼のことだって許せるわよ」

「もう許してるよ」

ナタリーはメートル・ドテルの位置をたしかめてから、さらなる角砂糖をあたしにぶつけた。「だったらさっさと会いなさい。会わなきゃキスして仲直りもできないじゃない」

「準備ができたら会うよ」

ナタリーはテーブルに身を乗りだし、秘密をささやける距離まで近寄れと手招きした。

「かわいそうな坊やは、あなたに夢中なのよ」とナタリーは言った。

あたしは体を引いて、椅子にもたれた。「たぶん、そこんとこが問題なんだ」

「さあさあ、もっと。説明して」

あたしは前髪が一秒間、額から浮きあがるほど息を吐いた。

「わかったよ」あたしは言った。「一年かそこらまえ、アティカスとあたしは、あたしたちは結ばれた。それから一週間も経たないうちに、あんたとあいつがベッドインした。そしてあたしは十ヵ月かそこらのあいだ、その一件を乗り越えようと努力して過ごし、そのうち思うようになったんだ、できそうじゃん、って。簡単じゃないけど、できそうだ、と思った」

ナタリーはほとんど空になった鉢からもうひとつ角砂糖をとって、チーズを食べるネズミみたいにちびちび齧《かじ》っていた。話を聞いているのはまちがいない。ちゃんとこちらを見てるんだから。

「そしたら、七月最後の週末の夜、あいつが電話してきてこう言った。『やあ、きみか。おれだよ……』」

あたしはそこで言葉を切って、アイスティーに口をつけた。溶けた氷ですっかり薄まったそれは、冷たくもなければお茶の味もしなかった。

「それで?」ナタリーが先を急かす。

「で、あいつだと声でわかったんだ。それっぽっちの言葉でだよ、ナタリー、そしたら心臓が急に喉元までせりあがってきて、そのあとあいつがすまないって言ったんだけど、あやうく聞き逃すところだった。聞き逃しそうになったのは、たぶんあたしが泣きそうになってたからだと思う。やっと電話をかけてきてくれたのが、あんまり嬉しかったから」

ナタリーは言った。「つづけて」

「いいや」あたしは言った。「これでおしまい」

ナタリーは角砂糖をすっかり齧って食べてしまった。指先を舐めてから、ウエイターに合図すると、その手が体の横にもどってくるより早く勘定書がテーブルに置かれた。ナタリーはバッグから財布を取りだして、クレジットカードを一枚選んだ。ウエイターはカードをすばやくとりあげると、売り上げを計上しにいった。

「どう?」ナタリーがまだなにも言わないので、訊いてみた。

「どうってなにが？」

「なにか言うんじゃないの？　乗り越えなさい、とか。あなたは理由もなしに自分を苦しめてるわ、とか」

ウエイターがもどってくると、ナタリーは手早くチップを計算し、用紙の下端にささっとサインをしてから、控えとカードをバッグのなかにしまった。立ち上がり、バッグを肩にかけ、あたしがつづいて立ち上がるのを待っている。一秒ののち、あたしも立ち上がり、ふたりでドアに向かい、メートル・ドテルのまえを過ぎた。メートル・ドテルはじつにわざとらしく、「またお越しください」を言わずに済ませた。

店からハリソン・ストリートに出ると、ナタリーはブロックの左右を見渡し、それから訊ねた。「どこに駐めたの？」

「ここじゃないよ。どうしてあたしの質問に答えないわけ？」

ナタリーは、その緑色の瞳をぐるりと回してみせた。「だって、あたしに言えることなんてなにもないもの、ブリジット」

「なにか思いつくはずだよ」

ナタリーはブレザーの裾を引っぱってなおした。やっぱり正解だ──スカートをはいている。「会えてほんとうによかったわ。また電話してよ、今週の後半にでも出かけましょう」

あたしはマジで歩道をぴょんぴょん飛び跳ねてしまった。「ナタリー！　どう思うか言ってってば！」

ナタリーはためいきをつきながら、あたしを見やった。「あなたはバカだわ」

あたしはなにか強烈な味をもとめてポケットのなかを探っていた。

5

その後、自宅にもどってシャワーを浴び、スウェットを着て、シンクとコーヒーポットを洗った。留守番電話のメッセージをチェックし、郵便物を整理し、〈ヴィクトリア・シークレット〉から届けられた四冊目の下着カタログを四度目に投げ捨てた。あそこで買い物をしたことは一度もないのに、なんで顧客名簿に載ってしまったのか知らないが、とにかくやめてほしい――それで救われる木が何本あるかと思うと、頭がくらくらした。

シンクの上の時計がきっかり六時を指したところで、電話に手を伸ばした。安雑貨店で売られているプラスティックのその時計は、文字盤部分に手作業でミスマッチな色彩のコラージュが施してあった。プレゼントにもらったものだが、電話に出たのはそれをくれた相手だった。

「やっほう、友よ」エリカ・ワイアットが言った。

「よう、小娘」

「ようこそ、スケベ女」と、エリカはすこぶる嬉しそうに言った。「やっとしゃべりたい?」

「まだいい」と、あたし。「大学《カレッジ》の初日はどんな感じだったか聞かせてよ」

エリカ・ワイアットが電話に向かってフーッと吐きだした息で、耳が痛くなった。「ただの公開講座よ。ほんとの大学生活は春まではじまらないし、それも全日制の学生として正規に認められたらの話だし」

「あんたなら正規学生に認めてもらえるさ、エリカ」あたしは言った。「賢いし、なんでもできるし、あとは躾さえ身につけたら問題なしだね」

「躾ならすばらしいのを身につけてますって。SM方面の人間に訊いてごらんよ」

あたしは笑い、後ろでアティカスがボンデージの世界についてなにやら言ってるのが聞こえた。エリカが言った。「やつが、電話をかわらないと棒でぶっ叩くって脅すんだけど」

「躾が必要、と言えば」あたしは言った。

「だよね。そろそろあんたがやつを縛り上げて、ひとつふたつレッスンをしてやる潮時だと思うよ」

異議を唱えるアティカスの声の大きいこと。

「そろそろかわったほうがいい」あたしはエリカに言った。「びびらせちゃったみたいだし」

「おびえる奴隷候補がひとり、ここに登場します」とエリカが言い、受話器が手から手にわたるのが聞こえ、二秒もしないうちにあいつが電話にでた。

「やあ、きみか」アティカスが言った。

「よう、あんたかい」あたしはそう言い、そのあとつけくわえた。「花、ありがとね」

「気に入らなかったかな？」

いよ」

「花を愛《め》でる少女だったことがいちどもないからね。気持ちに感謝してないってわけじゃないよ」

「ご心配なく、気を悪くしちゃいないさ。次は花のかわりに箱詰めのライフセイヴァーズをたんまり贈ってやる」

「そいつは大胆な。でも、たしかにそのほうが役に立つかもね。あんたのきょう一日を聞かせてよ」

「そっちが先だ。おれの一日はもう全部知ってるから」

「なんてロジックだよ」そう言ってあたしは、きょう起こったことを少しだけ話した。ライザに関しては、昔の友だちから朝早くに電話があったことと、その子がヴィンスという男と厄介なことになってるということだけを伝えた。

「昔の友だちって、いつごろからの？」アティカスが訊いた。

「ずいぶん昔。十年来かな」

「その子の話はいままでしたことがなかったな」

「ライザ・スクーフっていうんだ。しばらく音信不通だったからね」

「そのヴィンスって男だが、なにか手伝うことでもあるか？」

「いや、あたしたちだけでうまくやれるよ」あたしは急いで言った。

アティカスはあたしが慌てた理由をとりちがえたらしい。「押しつけがましくする気はないんだ。わかってるだろうが、もし臨時に人手が必要になったら電話してきてくれ」

「わかってる」あたしはアティカスの思いこみを訂正しなかった。あながちまったく外れているわけじゃなかったせいもある。

あたしの友だちや知り合い関係にはふたつの世界があり、そのふたつを切り離しておくことにあたしは最善を尽くしてきた。人はいったん相手がジャンキーであると知ってしまうと──たとえ更生したジャンキーであっても──もうそれまでどおりに接することができなくなってしまう。電話でジミーがあたしに接したように、あのうざったい疑念に満ちた心配がくっついてくる。そうでなければ、ある種の同情を抱いて、きっとものすごく大変だったことだろうとか、ひどい中毒に打ち勝つとはなんと勇敢で強いんだなどと、歯の浮くことばを並べたてられるようになってしまう。

アティカスやエリカやナタリーは、だれもそのことを知らないし、だれもそのことを知る必要はない。それだけの話だ。

自分の胸だけにおさめておくからといって、あたしは罪悪感などおぼえはしない。

「そっちの番だよ」あたしはアティカスに言った。「ＫＴＭＨセキュリティの生みの苦しみについて、話して聞かせて」

「そりゃもう最高にエキサイティングだったぞ」アティカスはそう言って、しかるべきレターヘッドの捜索について語って聞かせてくれた。しかるべきロゴと、しかるべき用紙と、しかるべき便箋封筒を、いずれもしかるべき価格で購入すべく、デイルとふたりで街じゅう隈なく探しまわったことを。その語り口ときたらまるで英雄譚で、途中には——あたしへのサービスとして——銃撃戦が三場面とカーチェイスが一場面盛りこまれ、そのカーチェイスは、デイルが愛車のワゴンで二輪走行して、ミュータント・ナチ工作隊の追跡からみごと逃げきったところで大団円を迎えた。

「わが英雄よ」アティカスが語り終えると、あたしは言った。「これくらい日常茶飯事さ、お嬢さん。夕飯でも食いながら、さらにまた、きみを感動させてやるチャンスはあるかい?」

「今夜はまずい」

「それじゃ、あしたは?」

「忙しくなりそうなんだ」

アティカスはもう少しで電話線をくぐる苛立ちを阻止できそうだったが、ほんのわずかだけがすり抜けてしまった。「そうか、じゃ暇ができたら知らせてくれ」

「もちろん」

「また電話するよ」そう言って、アティカスは電話を切った。

一秒ののち、最低なやつになった気分であたしも受話器を置いた。

ステレオの音量を大きくしすぎていたので、ノックの音がようやく耳に到達するまでどれくらいつづいていたのかさっぱりわからなかった。はじめは隣人が〈L7〉のヘヴィーなサウンドに嫌悪の意思表示をしているのかと思った――世間には趣味のなってない連中がいるものだから――が、ふと叩かれているのが壁じゃなくドアだと気づき、カウチから覗き穴まで急行して外をのぞいた。

ゲイブリエルとライザ・スクーフの魚眼レンズ映像が見える。

急いで錠をはずし、「ボリュームを下げてくる」と怒鳴ってから、居間にもどってCDを一時停止させた。廊下を入ってきたゲイブリエルが、部屋の角に顔をだす。けさ見たときと同じ格好をして、バックパックのストラップが肩から落ちかかっていた。すぐ後ろにいるライザも、まだあの鞄を提げていた。

「思いがけないサプライズだね」あたしはふたりに言った。「どうしたの?」

ライザはゲイブリエルの髪をくしゃくしゃにしながら言った。「気が変わって招待を受けることにしたの。もし都合にかわりがなければ、一晩泊めてもらうことにしようと思って」

「すばらしい」あたしはそう言ってから、つけたした。「そりゃ……よかったよ。腹へってるかい、ゲイブ? ピザでもどう?」

「注文していいの? ほんとに?」

あたしに目で制止され、ライザは、うなずいたと確認できる程度だけかすかに顎を動かした。

「もちろんさ」あたしは言った。「坐ってゆっくりしてな、あたしが電話するから。ペパロニとマッシュルームでいい?」

「ぼく、オリーブが好き」と、ゲイブ。

「んじゃ、オリーブものっけてもらおう」あたしはキッチンの電話に向かった。〈サイのピッツェリア〉で登録した番号を押してピザを注文するあいだ、うちの居間を見てまわっているライザとゲイブリエルをカウンター越しに見ながら、しばらく頰を緩ませていた。ライザはゲイブリエルにカウチを示し、鞄を床に置いてから、振り返ってあたしを見た。目に謝罪の色を浮かべ、「ありがとう」と口を動かす。

注文が済むと、あたしは言った。「四十分かそこらで来るからね。ライザ、予備のベッドを用意するの手伝ってくれる?」

「プレイステーション、やってもいい?」ゲイブリエルが訊ねた。テレビの下に置かれたゲーム機をじっと見つめている。

「いいとも」テレビのそばにいってひととおりセットし、ふたつあるコントローラーのうちのひとつを渡してやった。「うちにあるのは《鉄拳2》と――」

「格闘ゲームはだめよ」と、ライザ。

ゲイブリエルは母親を見て、目をまわしてみせた。「いいでしょ?」

「格闘ゲームはだめ。あんたには人を殴ったりしてほしくないの。殴るふりでもしてほしくない」

「ただのゲームだよ、母さん」

「ドライブ・ゲームもあるんだ」あたしはそっちのディスクを見つけた。「はいよ。ポルシェでレースできるよ」

ゲイブリエルがディスクを受けとって「ありがとう」と言うと、あたしは画面に車があらわれるまで待ってから、ライザの腕をひっつかんで廊下をひきずるように寝室まで連れていった。

「もしかして、あたしには記憶障害かなんかがあるんだろうか？　ほんとにひと晩泊まっていくように誘ったっけ？」

「悪いと思ってる」ライザはベッドの隅に腰をおろして、すっかり途方にくれたような顔であたしを見た。「仕事場に来たの。ヴィンスが」

「あんたは学校に行ったものと思ってたけど」

「学校のあとよ。ポートオーソリティの近辺に並んでる、のぞき小屋で働いてるんだ。どうにかして家賃を払ってかなきゃなんないから」ライザは両手を髪にくぐらせた。「ボックスに入って踊ってたとき、周囲のブラインドが上がっていくと、個室のひとつにヴィンスがいたのよ。いけしゃあしゃあとそこに坐って、あたしにナイフを見せつけたの」

あたしはライザの隣に坐った。

「あたしの出番はもう滅茶苦茶よ」ライザがつぶやく。「きっとクビにされるわ」

「やつはなんらかのアプローチをしてきたのかい？　「なにか仕掛けてきた？」

ライザは首を横に振った。「ただ、自分の姿をきっちり見せようとしただけ。あいつにはしゃべる必要すらなかった。そのうちブラインドが下りて、次に上がったときには別の男が
ブースにいた。どこかのデブがムスコをしごいてたわ」

「ゲイブはどこにいたの？」

「学校のあとに仕事のある日は、いつも叔母のヴェラが面倒をみてくれてるの。ゲイブはヴェラと一緒だったの」ライザは両腕を体に巻きつけるようにして前のめりになった。「タイムカードを押して出てきたときにはヴィンスの姿はなくて、ヴェラの家までゲイブを迎えにいったんだけど、急にものすごく怖くなってきて。もしもヴィンスがうちに先まわりしてたらどうすればいい？　そこであたしたちを待ち伏せしてたら？」

あたしはライザの肩に腕をまわして、言った。「そうだね」

「迷惑はかけたくなかったんだ」ついに自制心が崩れ、ライザは泣きだした。「かけまいってほんとうに思ってたのよ。でも、ほかに行くあてもなくて、ヴィンスにあとをつけられてるんじゃないかって不安で、ヴェラのところに泊まったとしても、そっちにあらわれるかもしれないって……」

「いいんだよ」あたしは言った。「あたしは気にしてないし、あんたは迷惑なんてかけちゃいないって」

ライザはうなずき、咳きこんで必死で泣きやもうとしていた。あたしはベッドを降りて、洗面所からティッシュの箱をひっつかんできた。ライザはたっぷりひとつかみ分のティッシュをとって鼻をかみ、さらにもうひとつかみとって化粧で汚れた顔を拭い、あたりを見まわしてゴミを投げいれる場所を探した。普段よりずっと厚化粧にしているのは、青痣《あおあざ》を覆い、体を張って仕事するあいだ隠しておこうとしたんだろう。流れたマスカラが、ファンデーションと頬の紅潮に混じりあっていた。

あたしはティッシュを受けとってトイレの横の屑籠に捨て、それからシンクにタオルを投げいれると、上から湯を流した。固く絞ってライザに持っていってやる。

「こんなことをさせておくわけにはいかない」ライザは言った。「あたしの人生をあいつにぶち壊させるわけにはいかないのよ」

「わかってる」

「だったら、あたしが言ったようにするしか」

「だめだ」

「やつはやめないってば、ブリジット！」ライザがタオルをきつく握りしめると、新しいしずくが押しだされ、指のあいだを流れていった。

「やめるさ、ライザ」あたしは言った。「あんたを放っておくより、追っかけまわすほうが危険だってことがわかってしまえば、やつは引きさがる。あたしたちがやるべきことはそこなんだよ。やつをびびらせるんだ。思い知らせてやるんだよ」

「あいつが思い知るわけない」ライザはつぶやいた。「聞く耳なんか持ってないし、変わるわけがない。あいつがあいつであるかぎり、引き下がるなんてありえない」

「聞く耳を持たせるのさ」

「どうやって？」

「なにか考える。あたしを信頼しなって」

「信頼してるわ、ブリジット。昔からずっと」

ライザがシャワーを浴びているあいだにピザが到着し、みんなで箱からじかに食べてしまうと、それぞれ寝床にひきあげる準備をした。ピザがなくなるころにはゲイブの目の焦点はぼやけはじめ、あくびも本格的になっていた。仕事部屋にライザとふたりでゲイブリエル用の小さなフトンを用意し、ライザがゲイブを寝かしつけているあいだに、予備の毛布と枕をだして居間のカウチをベッドにしつらえる。

「あたしがそこで寝るよ」ライザが言った。「カウチに寝るのは慣れてるから」

「あんたにはあたしのベッドを使ってもらう」と、あたし。「うちのお客なんだからね。議論はそこまで」

ライザは逆らおうとしたけれど、あたしは断固たる態度で一歩もひかず、最後にはやりこめた。廊下を歩きながら最後の「おやすみなさい」を言ったライザが、あたしの寝室に消えていった。

あくびをし、伸びをしてから、カウチにおさまるように体を捻じ曲げる。芯から疲れきっているのに、眠りに落ちることができなかった。前回このカウチで眠ったときは、温めてくれるアティカスが一緒で、温もりがアフガン編みの毛布のように心地よかったものだ。すくなくとも、あのときはそう感じた。あの夜、あたしたちはいちゃつくことさえせず——そういう気がなかったわけじゃない——離れ業というべき姿勢に体を捻じ曲げたあたしは、あいつの隣というよりは上で眠ることになった。それでもなぜかふたりの体はしっくりおさまり、そうやって一緒に眠るのはとても素敵で、あたしのなかではなんともいえないロマンティックな思い出になっていた。

それもみな二年近くまえの話で、カウチはもうしっくりこないし、ほかにも素敵に思えることなどろくにない。じっさい、少しまえからミスター・ジョーンズの声が聞こえていた。あたしが眠るまでのあいだ、ちょっと腰かけて見物し、楽しみながら時間を潰すのに良さそうな場所はないかと探している。

けれど、ついに眠りに落ちてみると、まったくなんの夢も見ることはなかった。

そして目覚めたとき、あたしは親父の拳銃の銃身を見あげていた。

# 6

親父が〝ニューヨークの精鋭〟ことニューヨーク市警《NYPD》の一員だったころは、どの警官も鋼鉄の表面にブルー仕上げを施した銃身約五センチのスミス&ウェッソン〈モデル10〉を携行していた。最近はあまり流行《はや》らないが、それというのも大多数の警官にとって、任務遂行にあたって六発では心許ないからで、反撃がフルオートマチックなどの武器からやってくるとあってはなおさらだった。現在のNYPDでは当局で認可した複数の拳銃のうちから警官に選ばせており、若い警官はたいていが十発以上撃てるセミオートを携行している。

親父が聞いたらげんなりすることだろう。きっと「数じゃない、狙いどころの問題だ」と、言うはずだ。

そして、本庁の基準に対してなにか手厳しいひとことをつけくわえるにちがいない。ずいぶんと格を下げたもんだとか、ルーキー連中がいかに厄介ごとを起こすかとか。そのあとにギネスビールを一本飲んで、それにも文句をつけるんだろう。

「そいつをおろしな」と、あたしは言った。金切り声こそあげなかったが、煙草とウイスキーで嗄れたような普段の声ともちがっていた。おそらくは、目覚めたとたんに自分を狙っている銃を目にした女の声にかなり近かったんじゃないだろうか。

あたしの声に、ゲイブリエルが飛びあがった。両腕がすばやくおろされ、背中にスミス&ウェッソンを隠そうとしたところで思いとどまる。見つかった瞬間、その表情は三つの異なる段階を駆け抜けていった――驚き、うしろめたさ、そして、悪気のないことを示そうとするまずまずの試み。

あたしは体を起こして睨みつけ、ひらいた右手を突きつけた。

「ごめんなさい」ゲイブがつぶやき、銃を手渡そうとした。

「そうじゃない」あたしは言った。「ぜったいに銃身を向けて渡しちゃいけない。こっちに銃把を、握りのほうを取らせるようにするんだ」

ゲイブはうなずき、急いで手のなかの銃の向きを入れ替えた。あたしは銃把を握り、銃口を床に向け、振りおろしてシリンダーをひらいた。なかは置いたときのまま、空だった。かちりとシリンダーをもどし、カウチの自分の脇に銃を置いて、脚から毛布を引き剝がす。ショートパンツとTシャツという格好で寝ていたが、慎み深くする必要性は差し迫って感じなかった。ゲイブリエルは前日のままのズボンを穿いているだけの格好だ。

寄せ木張りの床に陽光が差してるところからすると朝らしい。キッチンの壁にかかったエリカのコラージュ時計によれば、六時かそのあたりだ。

ゲイブリエルはあたしを見ていなかった。あたしの膝のところにあるコーヒーテーブルの角を見つめている。悪気のなさを装う試みの段階も通り過ぎ、下唇を噛んで叱責を待ち受けていた。

「オモチャにするようなものじゃないとわかってんなら」あたしは言った。「そもそもなんで箱から出してきたりしたんだ?」

「そんなのが箱に入ってるなんて知らなかったんだ」ゲイブリエルの視線が、開いたままのクロゼットに、ついで開いたままの靴の空き箱にすばやく走り、そしてまたあたしの膝にもどってきた。「ゲームを探してたんだよ」

「クロゼットにゲームをしまってるかもしれないと思ったわけ?」

「《鉄拳》がやりたかったんだ。母さんに言う?」

あたしは目をこすり、跳ねほうだいの髪に触って、さだめしひどい格好だろうと想像した。あたし自身が十歳で、父親の銃に魅せられていたころのことを思い浮かべ、似たような状況で親父がどう対処したか思いだすべく記憶をたどってみる。親父が家のなかで自分の三八口径を振りまわすあたしに起こされた経験がないのは明らかだった。そうじゃなく、あたしは裏庭で幼い妹に向けてそいつを振りまわしたのであり、《チャーリーズ・エンジェル》のミニチュア版のつもりになっているところを捕まったときは、親父は目覚めてから何時間も経っていたはずだ。

あのときはほんとうに一週間、お尻がひりひりしたものだ。

とはいえ、友人の息子の尻をひっぱたく権限が、あたしにあるとは思えなかった。

あたしはカウチの右側、銃を置いた場所から遠いほうをぱんぱんと叩き、「坐んな」と言った。

ゲイブリエルは一歩踏みだし、立ち止まり、それから残りの距離を歩き終えた。腰かけてからも、目は固まったようにあたしの膝を見つづけている。あたしは銃身を床に向けたままリボルバーを拾いあげ、もう一度シリンダーを振りだした。「こいつは空だった」と、ゲイブに見せてやった。「あんたをしこたま引っぱたいてないのはそれが理由だ、チビすけ。でもね、大人が見てるんでないかぎり、拳銃はぜったい手に持ったりしちゃいけないんだ。ぜったいに、なにがあっても。だって、弾が入ってるかどうかなんてわからないだろ？　銃はオモチャじゃない。銃は人を殺すために使われるものなんだ。わかった？」

ゲイブリエルはうなずいた。

「オーケイ」あたしは言った。「もう二度と銃を手に取ったりしないと約束してもらうよ。たとえ冗談でも、大人が見守ってるとき以外はぜったいに持ったりしない、と」

「約束する」ゲイブリエルはろくに考えもせずに答えた。

あたしはその頭のてっぺんを見おろしながら、ゲンコツを喰らわせてやろうかと考えた。あたしもこの歳のころは、まともに人の話を聞いちゃいなかったけれど。

「どんな感じか持ってみたかっただけなんだ」

「それで？」

「おっかなかった」ゲイブリエルはそう言って、ちらりとこっちを見る賭にでた。あたしが顔に食らいつこうとはしてないのを見てとると、ゲイブはつけくわえた。「重いんだね。自分の？」

「いまはね。もとはあたしの親父のだった。親父が警察官になったときに買ったやつさ」

「お父さんがその銃をくれたの？」

「親父が死んだときに持ってきたんだ」

ゲイブリエルが目を見ひらいた。「撃たれちゃったの？」

「いいや。癌だった」あたしはまたシリンダーをしまい、手のなかで拳銃を裏返した。ブルー仕上げが、右側だけステンレススチールの部品に替わっている。

「どうしてそうなってるの？　二色に分かれてるけど」

あたしは思いだして、にっこり笑った。「利き手はどっちだい？」

「ええと、左」

「あたしもだよ。それに親父もそうだった。この部品を見てごらん、ステンレスのがあるだろ？　これはサイドプレートといってね。親父が銃をズボンの内側にしまっておくとき、この部分が腰にあたるようになってたんだ」あたしはゲイブの体構造における同じ部分を突っついた。ゲイブがくすくす笑って身をよじる。

「それで？」

「うん、あたしがあんたくらいの歳だったころはね、夏になると毎年ものすごく暑くて――」

「いまだって暑いよ」

「あのころほどじゃないさ、チビすけ。で、あたしの親父は非番の日には銃をズボンの内側に突っこみ、その状態で馬のように汗をかいてたわけ。その汗の大量の塩分が、鋼鉄を腐食させちまったんだ。ほらこれ、ボルトがあるだろ?」手のなかで銃の向きを変えて、ステンレススチールのプレートを銃に留めつけているブルー・スチールのネジ四本を見せてやった。

ゲイブリエルがうなずく。

「では、この部分なんだけど、こいつはもともと銃の残りの部分と同じだったんだ。ところが、あたしの親父はあんまり汗かきだったもんで、交換部品を注文しなきゃならなかった。サイドプレートを三回か、たぶん四回くらいは注文する羽目になったらしい。それでとうとう、これじゃ金を捨ててるようなもんだと思って、まったく新しい部品に金を払うことにしたんだよ、ステンレススチール製で腐食しない部品に」

「でも、これがあるとなんだか……その、ヘンテコな感じだよね」ゲイブリエルは言った。

「うん、そうだけど、でもホルスターに入ってると見えなかったんだな、体に密着してる側だから。それに、もしホルスターから抜かれることがあったとすれば、おそらくそれは揉め事があったから抜かれたわけで、揉め事が起こったってことは、だれも親父の銃なんてろくに見てやしないってことになる」

「お父さんは撃たなきゃならなかったってことだよね」

「ああ、そんなとこだね」

「お父さんはだれかを殺したことがあるの？」

「いいや、まったく」あたしは言った。「三十年勤めたけど、一度も撃たずに済んだよ」

その返答はゲイブリエルの望んでいたものではなく、顔にそう書いてあった。「一回も？だれかがだれかを傷つけるのを止めようとして、とかでも？」

「一回も。親父には銃なんて必要じゃなかった」

「でもそれじゃ、どうやってそういうやつらを止めたの？」ゲイブリエルの両手は、膝の上で小さな握りこぶしに変わっていた。「もしだれかがほかの人を痛い目にあわせてるのを見たら、お父さんはどうやって止めたんだよ？」

「別のいろんな方法を使ったのさ」あたしは言った。ゲイブリエルがなにを望んでいるかはわかっていたが、そいつを与えてやるつもりはなかった。この子の母親にも、そいつを与える気がないのと同様に。「たいていは話をして解決した。親父は大男で、声もばかでかかったから、みんな親父の言うことには耳を傾けたんだ」

ゲイブリエルは口をへの字に曲げて、また目をそらした。「そんなんじゃ無理だよ」と、つぶやきながら。

「ひとつ、話を聞かせてやろうか」あたしは言った。「これはうちの親父がしょっちゅうしてた話で、聞いてくれる相手ならだれにでも聞かせてたんだ。アイルランドの詩人、トマス・ムーアって人の話なんだけどね。その人は生前からとても有名で、そのうえ裕福でもあった。名もあり金もある、ってやつさ。

それはともかく、ある日、アイルランドの河と河が出会う場所、ミーティングウォーターズの滝を見に出かけたトマス・ムーアは、そのあまりの美しさにただただ見とれ、ただそれだけをひたすら見つめていた。とてつもなく美しかったんだよ、わかるかい？　水面に照り映える光の様子とか、そういったものにすっかり夢中になってしまったんだ。ほかにはなんにも目に入らないくらいに。

そのとき、ひとりの乞食がうしろから近づいてきた。そいつがみすぼらしい格好でね。靴は両方とも穴があき、着ているものは汚れてずたずた、頭から爪先までボロ布をまとってたんだ。そして、この乞食はトマス・ムーアに、ちょっとばかり小銭をめぐんでくれないかと声をかけた」

「地下鉄のなかみたいに」ゲイブリエルが言った。

「そのとおり。そしてまさしく地下鉄とおなじように、トマス・ムーアは乞食を無視したんだ。まるでその乞食が存在すらしないような振りをして、そのままじっと美しい水を見つめつづけていた。

乞食はというと、そいつはムーアが詩人だと知ってたんだよ、いいかい？　そこで乞食は軽く咳払いをしてから、その場で即興の詩をこしらえたんだ。

『もしもムーアが住処を持たざる者であれば』と、乞食は言った。『背に羽織る着物もなく、道ゆくときに腹におさめる食べ物もなく、足に履く靴もなければ、まぶしき水がいずこで出会おうとも、屁とも思わぬであろう』」

ゲイブリエルがにっと笑った。たぶん「屁」に反応したんだろう。

「すると、トマス・ムーアは黙って振り返り、ポケットに手を伸ばして、十シリング金貨を乞食にやった。当時にしたら途方もない大金だよ。ムーアは乞食に『わたしにも、そこまでうまくはできなかっただろうな』と言って感謝した。そしてそれぞれ、別々の道を歩いて帰ったんだとさ」

「おしまい？」ゲイブリエルは怪訝な顔で訊ねた。

「そうさ」あたしは言った。「これでおしまい」

「どうしてムーアは乞食に感謝したの？」

「そこんとこが、この話の肝心なとこなんだけどね」あたしは言った。

ゲイブリエルはじっと考えこみ、やがて「つまんない話」と言った。

やれやれと首を振って立ち上がりかけると、廊下の奥からこっちを見ているライザの姿が見えた。おはようの言葉をかける暇も与えず、ライザは嚙みついてきた。「うちの息子のまえでそんなもの出して、どうしようってのよ？」

「見せてやってたんだ」あたしは言った。

「冗談じゃないわよ、ブリジット！　片づけて。そいつのそばにゲイブを近づけないで」

「いま片づけるとこさ」あたしは穏やかに答えると、靴箱に手を伸ばした。専用の布に父の銃をくるみ、蓋を閉めてクロゼットに運ぶ。

「棚の上にあげて」ライザがいくぶん甲ばしった声で命じる。「子どもの手が届かないところよ、わかってんの？」

あたしは肩をこわばらせたが、そのまま振り返らずに、高い棚の上、ベースボールキャップのコレクションの隣に靴箱を載せた。

「信じらんない、そんなものをいつもその辺に放ったらかしてるの？」

クロゼットのドアを閉め、向き直ってライザの顔を見る。「普段は未成年の客をうちに入れたりしないもんでね」あたしは言った。母と息子の両方があたしを見ていたが、ライザの目が母親の怒りをいっぱいに湛えて睨みつけているのに対し、ゲイブリエルのほうは感謝の意をあたしに浴びせんばかりだった。たったいま、あたしがゲイブを甚大なるお仕置きから救ったことを、あたしもゲイブも理解していた。

あたしは言った。「ライザ、シャワーでも浴びてきたらどう、あたしは朝飯の用意にかかるからさ。タオルはもう出してあるよ」

ライザは息子に顔を振り向け、またこっちに目をもどした。おそらくは、なにがじっさいに起こったかを察したんだろう。唇をかたく引き結び、言うべきことを考えているあいだは不用意な言葉が滑りだしたりしないよう、口を完璧に閉ざしておきたがっているようだった。下唇の腫れはまだひどく、きのうの夜とさして変わらないように見える。やがてライザは身を翻し、バスルームに向かった。

あたしはキッチンに入って朝のコーヒーを沸かしはじめ、ボウルを三つと〈フルーツ・ループ〉の箱をおろした。ふらふらと入ってきたゲイブリエルに、オレンジジュースを一杯注いでやる。ゲイブは立ったままそれを飲みほすと、またふらりとキッチンを出て、廊下の奥の、閉まったバスルームのドアを見やった。それからもどってきて、あたしに空のグラスを渡した。

「やっぱ、あの話はつまんないよ」と、ゲイブは言った。

「二度とあの銃に近づくんじゃないよ」と、あたしは言った。

## 7

軍用地フォート・トッテンはクイーンズの北端にあり、ゲイブリエルを学校の正面におろしてやったあとで、そこまでライザを送っていった。その途中、ライザはずっとやきもきしどおしだった。

「あの子の世話をちゃんとしてないって思われるわ。あの子に必要なものをまたおろそかにしてるって。もし、先生のだれかが市に電話して言いつけでもしたら――」

「まあ、リラックスしなってば」あたしは話をさえぎった。「ゲイブはしっかり食わせてもらってるし、身綺麗にしているし、夜はたっぷり睡眠をとってる。二日連続で同じ服を着てくる子なんて大勢いるよ。そういうあんただって、二日つづけて同じ服着てんだしさ」

「それとこれとはまったく話が別よ」

「まったくってわけじゃないだろ」

ライザはあたしを罵り、クロス・アイランド・パークウェイで、予想外の幸運なチャンスを捕らえてゴミ収集トラックを抜き去ったときも、また罵った。「ちょっとはスピード落とせないの?」

「これでも落としてるんだって」あたしはなだめにかかった。事実そうなのだ。速度は百キロにも達していなかった。

「今夜のことを心配してる自分が信じらんない。ヴィンスに殺されるまで、長くは生きてないかも」

「やつはあんたを殺しゃしないよ。心配はやめな。計画があるんだ」

「計画って？」

「話すときがきたら話す」

ライザの動揺は、フロントガラスから目を離してこっちを見るほどだった。「そんな、教えてよ。あたしの問題だってこと忘れたの？」

「あんたはまず学校のほうを片づけなきゃなんないだろ。そのときがきたら教えてやるよ。きょうの予定はどうなってんの？」

あたしを睨みつけたライザが、急にシートにしがみついた。こっちの車線に割りこもうとしていたおんぼろシェヴィーとニアミスをしたと思ったらしい。「一時ごろには授業は終わってる。そのあとまた踊りにいかないと」

「場所は？」

「きのうと同じ。五時まではそこにいるわ」

「きょうは休みな。ヴィンスがまた現れるかもしれないし」

「みすみす金を失う余裕なんかないのよ」

「寄ってやろうか？　近くにいるだけでもさ。ほら、精神的な支えってやつ」

ライザは車の流れを見つめつづけ、一キロ以上も走ったところでようやくうなずいた。

「そんじゃ、四時ごろには行くから」あたしは言った。「ゲイブリエルは叔母さんちに行くんだね？」

「うん」

「叔母さんに電話しときな、ゲイブが一晩泊まることになるからって」

「だめよ、そんなの」ライザは抗議した。「それじゃあの子は、三日もつづけて同じ服を着なきゃなんないじゃない」

「叔母さんとこに、洗った服くらいあるだろうに」

「ないわよ、そんなもの」ライザの声がおそろしく甲高くなった。ゲイブリエルの服の心配をするほうが、差し迫ったヴィンスの訪問を心配するよりたやすいということだろう。

「あんたが降りるときに鍵をもらっとくよ。あんたんちに寄って、ふたりぶんの洗った服を何枚かとってきて、それを叔母さんちに持ってっとく。それでいいだろ？　あたしが寄るってことだけ、叔母さんに伝えといて」

「あの子がすごく気に入ってるニューヨーク・ニックスのシャツがあるの」ライザは言った。「ユーイングの名前が入ってる。今週着られるようにと思って、土曜に洗濯しといたのよ」

「ニックスのシャツを持ってくる。叔母さんはどこに住んでんの？」

「ロウアー・イーストサイドに部屋を持ってる」ライザはその住所をあたしに教えた。

フォート・トッテン入り口の監視小屋で車を停めて窓を下げ、あきらかに退屈している中年の警官に、ライザを授業に送りとどけにきたことを伝えた。手のひと振りで通過を許されて車を進め、中央に鳥が群らがっている練兵場を過ぎ、そこから狭い道に沿ってライザが止めてと言うまで走った。ライザはシートベルトをはずしてドアを開け、車を降りてから鞄をつかんだ。緑色のポルシェのルーフに緑色の鞄を載せて鍵束を探しているあいだ、あたしは助手席側に身を乗りだすようにして見上げていた。

「リラックスだよ」と、あたしは言った。「カッカしなさんな。なにもかもうまくいくからさ」

待っている手のなかに鍵束を落とすと、ライザはあたしと目を合わせた。あたしは努めて自信満々に見せよう、希望とやる気いっぱいの顔を見せてやろうとした。

ライザは首を横に振り、それ以上ひとことも言わずに歩き去った。

正午までオフィスで過ごし、仕事をこなすようなそぶりをしながら、計画を練っていた。ヴィンスについてあたしが知っていることから判断するに、今夜の対決には細かい趣向を凝らすだけ無駄というものだ。

やつには一度、何年もまえに会っている。前回道を踏みあやまったライザを、探しにいったときのことだ。百二十番台後半のストリートとパウエル大通りが交差するあたりの角で商売をしていたヴィンスは、そこらの街角を止まり木にして大麻やコークをさばいてはポケットに詰めこめるサイズまで札束を固く巻いてしまいこむ、ほかの千人以上もの兄弟たちと見分けがつかないほどそっくりだった。

目を閉じてその顔を思い浮かべようとしても、記憶はなにひとつ提供してくれない。ヴィンス・ラークという男の背格好すら、まるで思いだせなかった。

性悪そうなピットブルが、ライザのアパートメントの郵便受けが並んだ入り口廊下で脱糞中だった。排泄を終えたそいつは、あたしに向かって剣呑な唸り声をあげた。目をそらさないようにして階段をあがっていくと、後ろから距離を置いてついてくる。あたしがドアまでたどりついたところで、そいつは怒ったように吼《ほ》えてから、早足で廊下の奥へと消えていった。

郵便物のうち二通はまちがいなく請求書で、〝至急開封のこと〟と記してあった。二通ともポケットに入れ、あとの郵便物はビニール天板にひびの入ったカードテーブルに置いたままにしておいた。スーツケースを探ってライザの衣類を何枚か引き抜いたあと、ゲイブリエルの部屋でニックスのシャツを見つけた。それから清潔な下着、靴下、ズボンを選びとっていく。どれもすっかり着古されてはいたが、穴のあいたのはひとつもなかった。あたしはそれを全部まとめて、ビニールの買い物袋に詰めこんだ。

入るときも出るときも、だれにも止められなければ質問もされなかった。外にもどると、十代の子が三人、あたしのポルシェのまわりでこそこそやっていた。いまのところは傷もつけられてないし、汚されてもいなかったが、とりあえず親指でポケットのなかのアラームを作動させると、ポルシェが悲鳴をあげはじめた。ティーンエイジャーたちはあとずさり、たぶん頭のなかで、いったい自分たちはその車を怒らせるようななにをしたんだ、と悩みまくっていたことだろう。三人がじっと見つめるなかを、あたしは走り去った。

お次はヴェラのところだ。三階建てのそのアパートメントはほんの十五ブロックしか離れていない場所にあり、グランド・ストリートの郵便局の横に建っていた。ライザとゲイブのところに比べれば、ヴェラの住まいは倍ほど広く、つまりそれは、狭いだけで恥じいるほどじゃないことを意味していた。ベルを鳴らしてからヴェラがドアを開けるまで、たった一分しかかからなかった。

「ブリジット・ローガンだね？」

「そのとおり」あたしは言った。

「あんたが寄ってくれるってライザが言ってたよ。あたしはヴェラ・グリムショー。覚えちゃいないだろうね？」

「ライザのたった一人の心ある身内を、忘れられると思うかい？」

「やれやれ、あれから十年になるんだねえ」ヴェラはドアを開けたまま押さえて招き入れる身振りをしたが、あたしは首を振ってその場にとどまり、衣類の入った買い物袋を手渡した。ヴェラは火のついたニューポートを口にくわえ、声は煙草で嗄れていた。「ゲイブリエルにはどう言ってやればいい？」

「朝にはライザがこっちにくるって言っといて。学校に行く時間までには、って。ライザの服も何枚か持ってきてあるからね。あの子も着替えたいだろうと思って」

ヴェラのくわえた煙草が、ぴんと跳ねた。「あの子はね、どん底からどん底を渡り歩いてるんだ。もう何年もこの世間でもがきつづけて、息つく暇もなしさ」

「今夜はひと息つけるはずだよ」あたしは言った。


夜の活動に備えていくつか買うものがあったので、車庫にポルシェをもどして厳重に鍵をかけておいた。この難儀な車をストリートから遠ざけておこうとすると、べらぼうに金がかかってしかたないが、ほかにどうすることもできないし、こうなるってことはこいつを買った時点でわかってた話だ。毎朝ここを確認し、自分が停めたままの状態であるのを見て、わが身の運の良さに感心するばかりだった。

帰宅後、ライザ宛の請求書二通を開封し、一件はＶＩＳＡ、一件は電力会社、それぞれ全額の支払いを済ませる。ＶＩＳＡは利息でライザを殺しにかかっていた。そのあとシャワーをさっと浴びて、仕事に適した服装に着替え、マディソン・スクエア・ガーデン横の〈Ｋマート〉に向かった。必要な買い物を済ませたのち、イレヴンス・アヴェニューと五十二番ストリートの角にある引っ越し用トラックのレンタル会社〈Uホール〉までタクシーを飛ばし、トラックを一台借りだした。トラックを貸してくれたのは、あたしの倍ほどの年配で身長百八十センチそこそこの、脂ぎった男だった。それがまたやたらとあたしに好意を示してきて、はじめは備品の台車を持っていけとすすめ、お次は段ボール箱各種一式を差しだし、最後にはとうとう自分自身を差しだしてきた。

「引っ越しなら手伝いがいるだろ、どうだい？　腕っ節は強いから、役に立つぜ。友だちの手を借りるとずっとラクになるんだ、わかんだろ？」

「まにあってる」と、あたしは言った。

男はあたしの買い物袋に目をやった。「野球をやんのかい？」

「ソフトボールリーグでね」あたしは言った。

「やっぱ硬球がいいけどな」と、男は言った。「あんたはバスケットボールをやるべきだぜ、女子NBAってやつを。そんだけのタッパがありゃ充分だ。いやほんと、でけえよな。いくつある？」

うめきたいのをぐっとこらえて、あたしは言った。「百八十五」

「うっそだろ？」男は作業着の端っこで額のてかりをいくらか拭うと、にっこり微笑んでみせ、あたしはふたたびうめき声を押し殺すことになった。「また冗談を。おれで百八十五だぜ」

その言葉が男の口から出た瞬間に、会話の結末がわかった。あたしには毎度おなじみの展開で、すくなくとも月に二回は遭遇するし、バーやクラブに通ってるときはそれ以上のこともある。けだし、世の中の身長百八十センチ以上の男ときたら、どいつもこいつも自分は百八十五センチであると信じているのだ。なんでそう思うのか、どんな心理学的要因がしゃかりきに働いて、この文化圏の男どもをより高くより高くと駆りたてているのか知らないが、とにかく連中は常に訊ね、あたしは常に答え、その会話は常に同じ結末を迎えることとなる。

この野暮天が百八十五センチなんてことは、逆立ちしたってあるわけがなかった。

「いや、そんなにあるとは思えないけど」あたしは言った。

「あるとも、ほんとさ。ほら、測らせてみな」男は一歩すすみでて、昼飯に食ったボロニア・ソーセージのにおいが嗅げるくらいに近づいたものの、その鼻はあたしの顎にすら届かなかった。男は頭のてっぺんに片手を乗せると、それをあたしの額にぶつかるまで前に動かした。あたしは男を見据えていた。

「ちっきしょう」男は言った。「あんたが百八十五ってこたあないぜ。すくなくとも百九十はあるな」

「これまでずっと勘違いしてたなんてあり得ると思うかい？」あたしは訊いてやった。「トラックの代金は？」

ようやく男は言外の意を察し、引きさがって書類手続きにかかった。あたしは支払いを済ませ、キーを受け取ってそこを退散し、四時十分には〈ダンス・ガールズ・ダンス〉にいた。ドアの上の看板がこっちに向かってそう叫んでいたから、それが店の名前だと、すくなくともあたしは思ったわけだが、ひょっとしたらその言葉はオドってくれ、お嬢ちゃんたち、という命令だったのかもしれない。もしくは懇願、いや、丁重なリクエストとも考えられる。最後のはじつに疑わしいと思うが、偏見は持たないように常々心がけていた。

そういう看板にダンス・ウィメン・ダンスとはまず書かれないことに、気がついてはいる。その手のことは、あまり長々と考えてしまうと夜通し眠れない羽目になってしまう内容だった。

店のなかにはおきまりのポルノ商品が陳列され、ビデオや雑誌のラック、夫婦生活の友という婉曲表現で呼ばれる玩具の棚などが点在していた。膨らませるヒツジだの二股のバイブレーターだの、直径十センチ長さ九十センチの双頭ディルドだのが夫婦生活の友であるというなら、結婚制度そのものが危機に立たされているとあたしは思う。

それも、深く暗く陰湿でくそったれな危機に。

あたしは客の待合スペースに目をやった。こうした店ではご法度の行為で、他人と目を合わすことはすなわち、誘いか非難のいずれかを意味していた。ヴィンセント・ラークとおぼしき人物は見あたらない。ひとりの男が見返してきたが、そいつはすぐに目を逸らすだけの分別をわきまえていた。だが、背中や体に複数の視線が貼りついているのが感じられ、あたしはあとで後悔するようなことはすまいとこらえながら、ライフセイヴァーズを思いきり嚙みくだいた。

店の奥まですすみ、フロアショーをやっている階上へと階段をのぼった。自分のブーツの靴音が大きいせいで静かな場所に感じられたが、静けさは想像上のものだとわかっていた。あたしはセックスには問題を抱えていないし、マスターベーションにも問題を抱えていないが、ポルノに対して抱えている問題はシンプル至極——そこにはいっさいなんの歓びも感じないのだ。

フロアの奥に沿ってずらりとドアが並び、その大半は閉じられていて、突きあたりのひとつは〈事務室〉と表示されていた。想像していたよりはずっと小ぎれいなところだ。すくなくとも、床にべったりブーツが貼りつくようなことはない。

息をためてブースに入り、後ろ手にドアを閉め、坐るまえに椅子を確認する。椅子は黒い硬質プラスティック製で汚れてはおらず、その脇に置かれた黒いプラスティックの小さな屑籠は、棄てられたトイレットペーパーで満杯だった。壁付けにしてあるペーパーディスペンサーはロールを支えるタイプではなく、一枚ずつ取り出すタイプだ。部屋にはあの、漂白剤に似たにおいが漂っていた。

「毒を食らわば皿までさ」あたしはつぶやいた。

ブース内には音楽が流れていたが、音はかすかだった。どこかファンキーでベースを効かせた、旋回するようなイメージのリズム構成。壁の紙幣投入口に五ドル食わせてやると、ブラインドが勢いよく上がり、小さなブース内のスピーカーがオンになって、ノイズは一気に三倍に跳ねあがった。窓は着色してあるがマジックミラーではなく、いくつもの顔やせっせと動く腕のほかはなにも見えないところで踊らされるのは、想像するだけでも大変そうだ。ボックス内ではふたりの踊り子がステージに上がっていた。尻を振って赤い超ミニショーツを脱いでいる最中のアフリカ系アメリカ人の女と、そしてライザで、そっちは黒いGストリングと黒い長手袋、黒い悩殺《ファック・ミー》パンプスを身につけているだけの格好だった。はじめこっちに背中を向けていたライザは、ステージの逆サイドに坐っている客を相手に演技の大部分を見せていた。長手袋で隠せなかった傷は、ボディー用のメークアップで隠してあった。

またひとつライフセイヴァーズを口に入れ、ストロベリーの味が別のにおいと混じりあったところで、着色ガラスごしにライザがこっちを見てくれるのを願って身を乗りだした。ここにいるのを知らせておきたいからだ。さらに二十秒ほど経ったのち、ライザがゆっくりとあたしのいる窓まであとずさってきた。ステージ用の表情をうっちゃってにんまり笑い、あたしのほうにおっぱいを揺らしてみせる。髪を振りはらったライザが口を動かし、パートナーに話しかけるのが見えたと思うと、黒人の女が滑るように近づいてきた。ライザが口の端からまたなにか言っている——相手の女は片眉を持ちあげると、笑いだしてうなずいた。ほとんどこの窓だ滑らかにボックス中央にもどっていったふたりがペアで踊りはじめた。ほとんどこの窓だけに向けて、あたしへのサービスとばかり、すこぶる大胆にいちゃついてみせる。音楽はなにやらスローなものに変わっていて、女ふたりはそれに合わせて動きを変化させ、挑発するようにたがいの体を擦りつけあっている。あたしは上体を起こし、赤くなるなと自分に言い聞かせた。ふたりはそのまま二分ほど、おたがいの体を使ってこすったりじゃれたりしていたが、そのときライザが目の端でなにかを捕らえ、急に頭を起こして、一瞬どうしていいかわからないように凍りついた。

あたしはブースを飛びだして左に折れ、ライザがなにを見て、どの部屋からそれがきたのか見定めようとした。並んだドアは廊下の先から角を曲がったところまで残らず閉まっている。つづけざまに三つのノブを試し、ひとりの男が膝の上で両手を猛然と動かしているところと、別の男が指先を口に含んでいるところにぶつかったのち、三つ目で窓に目隠しの下りた空っぽの部屋にいきあたった。窓枠の端に指の先をねじいれてブラインドを開けようとしてみたが、しっかりロックがかかってびくとも動かない。一ドル札を投入口に押しこむとブラインドが跳ねあがり、そこに一枚の紙切れがテープでガラスに留めてあった。あたしはそいつを破りとり、書かれた内容を読んだ。

**公立第六十四ってとこは、なかなかいい学校だな。**
**今夜だぜ。おれの$$$《かね》全額だ。**

紙を握りつぶしてブースを離れ、もし忍び足でブースを出ていればヴィンスをゲームなかばで捕らえることができただろうにと考えながら、ふたたび廊下をチェックしていった。両手を忙しくさせていた男が、頬を真っ赤にしてあたしを見ている。わざわざズボンのチャックをあげたりはしていなかった。

「漏れてるよ」あたしは通り過ぎしなに言ってやった。

角を曲がると、ちょうどライザがローブを羽織って、廊下の突き当たりから出てきたところだった。汗ばんで息を切らしながら、ライザは叫んだ。「あいつを見た？」

「逃げたあとだ」あたしは言った。

「ゲイブを狙ってんのよ！　ヴェラに電話しないと――」

あたしを押しのけていこうとするライザの両肩をつかんで押しとどめた。「警告してきたんだ、それだけだよ。あんたをびびらせようとしてるだけさ」

「でも、あいつは知ってんのよ！」

「もちろんやつは知ってるさ」あたしは言った。「あんたの弱みを突いてやろうとしてるんだよ、ライザ。そんな手にのっちゃだめだ」

「あたしの息子よ！」

「ただの脅しだよ、なんでもないって。もしゲイブになにか仕掛けてくるほど非情なやつだったとしても、あしたまではなにもしてこない。やつには金が先決なんだ」

ライザは唇を嚙みしめ、恐怖にやつれた目をして、その言葉を信じようと努力していた。

あたしは言った。「ゲイブになにか手出しをしたら、こっちが警察を巻きこむのは、やつにだってわかってる。向こうはあんた以上にそれを望んでないんだよ。やつはただあんたを脅し、弱みを突《つ》いて確実に払うように仕向けてる。それだけだ、それだけのことなんだよ、ライザ」

ライザが目を閉じて首を振り、あたしにもたれかかると、額の汗がこめかみを伝って流れ落ちた。その後ろで、廊下の突き当たりの開いたドアからあのアフリカ系アメリカ人のダンサーが「リズ・ガール、だいじょうぶなの？」と、首をつきだした。

「だいじょうぶだよ」と、あたしが答える。

女は心配そうに眉を寄せて、さらに身をのりだした。わざわざ体になにかまとったりはしていない。「帰りたかったら、あとの回は引き受けるよ。あたしなら平気だからさ、リズ」

ライザは身をよじってあたしの手から逃れた。「そうしてもらえる、メグ？」

「ベイカーには、あたしのほうで話をつけとくから」メグはライザに約束した。「帰ってやるべきことをやっといで、こっちはなにも問題ないからさ」

「恩に着るわ。あんたが出番のとき、よかったら一回代わるから」

「いいってこと。もっかいなかに入っといで、坊やたちにタダで見物させちまってるよ」

ライザとあたしは周囲を見渡した。ほとんどのドアが開いていて、事実、必要をはるかに超えた数の目があたしたちに注がれていた。ライザが踵《きびす》を返したので、あたしもそのあとについて廊下をもどり、楽屋に入った。あたしたちがなかに入ったところで、ふたたびメグが外に首を突きだして言った。「あんたたち、女の子が見たいならブースにもどんな」

楽屋には汗と煙草とアルコールのにおいが充満していた。ライザが自分の私服をかき集めはじめていると、メグがあたしに片手を差しだした。「メガース・リー・テイバーよ」と、メグは言った。着衣は欠落していたものの、マナーは欠落していなかった。「あんた、ライザの特別な友だち？」

「特別なわけじゃないけどね。ブリジット・ローガンよ、よろしく」

「あたしに手を貸してくれるんだ」と、ライザが言い添えた。

メガース・リー・テイバーは、豊満な胸の下で両腕を組んだ。「あんたが例の坊やをとっちめるのかい？　ここにいるうちのライザをおどしつづけてるやつを？」

「見下げ果てた野郎だよね」あたしは答えた。

「とことんやっちまってよ。ぎたぎたにブチのめしてやって」メグはライザの肩をぎゅっと握った。「ベイカーのことは心配すんじゃないのよ。あたしがなんとかしといてやるから」

「ありがとう、メグ」

「女は女同士、一致団結しなきゃね」そう言って、メグはボックスのなかにもどっていった。

ライザは押し黙ったまま、化粧をあらかた拭い落として、服を着替えた。音楽は絶え間なく流され、楽屋のなかはブースでスピーカーを入れたときよりも、さらに大音響で鳴っている。あたしはライフセイヴァーズ二個を嚙み終えてしまったが、そのまえにライザにもロールをすすめていた。ライザは首を横に振り、まるであたしにキャンディをすすめられて侮辱されたとでも言わんばかりだった。着替えを済ますと、ライザはGストリングと手袋を固く丸めて鞄の底のほうに突っこみ、つづいて靴も突っこんだ。

「ヴェラに電話してくる」ライザは言った。「角んとこに電話があるから」

ライザについて建物の裏口にまわり、階段を下りるとそこはナインス・アヴェニューで、〈Uホール〉のトラックを駐めた場所から角ひとつ曲がったところだった。ドアを開ける際に旅行者の団体とまともにぶつかりかけたが、みな無言であたしたちをよけて行き、ライザは脇目もふらずに古ぼけた公衆電話に直進していった。ライザは二十五セント玉を探してポケットをまさぐり、あたしの差しだした一枚を断ってなおも探しつづけ、ようやく緑色のビニール鞄の脇ポケットに十セント玉二枚と五セント玉一枚を探しあてた。

ライザが電話しているあいだに通りを見ていたが、ヴィンセント・ラークらしき男はどこにも見あたらなかった。もちろん、うさんくさい風貌をした連中――ここ数年間でタイムズ・スクエアから追い払われ、腕を発揮できそうなもっといい場所はないかと探している連中――の姿はあったが、たいした数ではない。ひところのタイムズ・スクエアなら、三分もあたってみれば、なにがしか上物のヤクが手に入っていたのが思いだされた。

公衆電話からもどってきて、ライザは言った。「ゲイブは無事だって。あの子に外出してほしくないことをヴェラに伝えたら、ふたり一緒にかならず家にいるようにするって言ってた」

「だいじょうぶだって言ったろ」

ライザはまた鞄をひらき、周囲の通行人から隠すようにして、なかに入っていたサングラスを探しあてた。安物の黒いレイバンもどきは、ライザの小さな顔にかけると巨大に見えた。「もう話してくれるんでしょ?」

「ついといで」ライザに命じてから、先に立ってブロックの角を曲がり、引っ越しトラックを置いてきた場所までもどった。トラックはもとのとおり平穏無事に駐まっていたが、〈ダンス・ガールズ・ダンス〉のチラシがフロントガラスのワイパーに挟んであった。その鮮やかな黄色のチラシをくしゃくしゃに丸めて側溝に投げこんでから、あたしは運転台のロックをはずした。ライザが乗りこむのを待ち、エンジンをかけて発進させる。トラックと自分の車はまったく別物だったが、それでもつい、そのつもりで運転してしまうのは抑えられなかった。

「ポルシェはどうしたの?」ライザが訊ねた。

「あたしらの目的には用をなさないからね」あたしは言った。「この後ろにヴィンスが乗ることになるんだ」

大きすぎるサングラスに隠れてはいたが、ライザの眉が弧を描いたのはわかった。「でもどうやって、車に乗るようあいつを説得するのよ?」

「やつに選択肢があるってだれが言った?」


五時にライザのアパートメントに到着してから十一時十五分まで、なんども打ち合わせを繰り返して、まちがいなくライザがすべての段取りを呑みこんだこと、それも十二分に、なにかまずいことになっても自動操縦モードで行動できるほどに理解したことを確認した。ライザのほうもまた、だれがバットを持つかにはじまって、だれがトラックを運転するか、どうやってやつを移動させるかなどなど、ことごとく質問してはうんざりさせてくれた。

もし近所の人に聞こえたら? ライザは訊いた。もしその人たちがサツに通報したら? もしうまくいかなかったり、やった効果がなかったりで、結局また何度でもやつが舞いもどることになってしまったら?

「あたしは殺すつもりはないよ」ふたりでカーペットの上にビニールをかけていたため、どちらかが動くたびにシートがかさかさ、ぱたぱたと音をたてた。

「だったらあたしがやる」ライザがかすれた声で言い返した。暗くなってからずっと、ささやくようにしゃべっている。「やらなきゃなんないのよ」

「やらなきゃならないことはない」あたしは言った。「それにあんたはやらない。あたしがやらせない。いいかげんそこを折れないと、あたしはこの件からすっぱり手を引いて、うちに帰ってぐっすり眠らせてもらうからね」

ライザはいきりたったが、やがてダクトテープを小片にちぎる作業にとりかかった。あたしは準備してきた物の残りを配置し終え、十一時を二十分過ぎた時点で、着替えて持ち場につくようライザに言った。持ってきたコットンのベッドシーツを広げ、光ってみえないようにビニールシートの上に敷く。音でビニールがあるのはわかるだろうが、ヴィンスもそのころには他に心配することが山ほどあって、ビニールシートの上に立たされている理由を訊ねる暇はないだろうと見こんでいた。

ライザはベッドをととのえ、寝間着に着替え——ボクサーショーツとタンクトップに——両手で髪をくしゃくしゃにした。

「眠ってたように見える？」

「悪い夢でも見ながらね」と、あたしは請けあった。

ライザは床に腰をおろした。「なんでカウチの上にいちゃいけないの？　やつに起こされたと思わせたいんでしょ」

「カウチに上がったら、ほんとうに眠っちまうかもしれないからだよ。居心地が悪いほうがいいんだ」

明かりを消したのち、あたしはドア脇の壁に背中をつけて床に沈みこんだ。膝の上にルイヴィルスラッガー社の野球バットを載せ、隣近所の部屋の物音にかぶさる自分の鼓動に耳を澄ます。いつかのピットブルがときおり吠え、吠えるたびにライザが小声で毒づいた。真下か真上の部屋のどちらかで、ずいぶんと騒々しく愛が交わされていた。

「最近、だれかと付きあってる？」ライザが訊いた。

「いや、とくには」あたしは言った。

「メグったら、あんたとあたしがさ、できてると思ったみたいよ、知ってた？」

「あんたのことは昔っからキュートだと思ってたさ。そっちはいまんとこ、特定の相手はいないの？」

ライザはうなずいた。「このあたしがどこでいい男を見つけるってのよ、え？　シングルマザーで十歳の息子がいて、こんなとこに住んでてさ。ありえないわよ。もしかしたら、学校を卒業して、正規に配属されて、そのときならあるかもしれない。あんたの妹はどうなの？　ケイシェルはもう結婚した？」

「固い絆のお相手がいるよ。あの子とはしばらく会ってないんだ」

愛しあう者たちの歌は最高潮に達し、やがて徐々に消えていった。数匹のゴキブリが簡易キッチンのカウンターをかさこそ這っていく音や、テーブルの上の古い目覚まし時計が時を刻む音が聞こえた気がした。

「びくびくするのは、もう心底うんざり」と、ライザがささやいた。

あたしの腕時計の蛍光ダイヤルによると、やつがあらわれたのは一時四十三分だった。足音が廊下を近づいてくるのが聞こえる。そっと歩こうと頑張りすぎている感じだった。建物全体が静かになり、おそらくあらゆるものが眠りについてから数時間が経過し、空っぽの廊下に響く足音は、ぎょっとするほど大きな音をたてた。

「起きて」あたしはライザにささやいた。「用意して」

ライザはよたよた立ち上がると、脚を振ってしびれを治し、カウチの上にあがって、ずっと眠っていたかのように毛布をかぶった。街灯はぎりぎりライザの姿が見える程度にあたり、そのまえの床に届く手前で終わっていた。ビニールシートは見えていない。

ヴィンスがドアを叩きはじめたところで、あたしは立ち上がり、バットの握り具合をたしかめた。

「支払いの時間だぜ、リズ！　開けないと蹴破って入るからな！」

ライザはこっちを見やり、あたしがうなずくと、「開いてるわよ」と呼びかけた。声の震え具合がいかにも眠っていたように、そして、いかにも怯えているように聞こえる。

「気の利くスベタだぜ」と、ヴィンスの言うのが聞こえた。

ノブが回され、力まかせにドアがひらかれた。自分の位置は慎重に決めてあったので、ドアは体をそれて壁にあたったが、それたといってもわずか一センチほどだ。廊下の明かりが短い帯のように差しこみ、ライザには届かずに床の青黒いシートを照らした。あたしから、やつの影の先端が見える。

シートがなんのためにあるのかを気づかれたら、すべておしまいになる。だが、気づくとは思えなかった。ライザが抵抗するとか、拒否するとか、歯向かってくるなどとは、やつは夢にも思っていないはずだ。

あたしは正しかった。

やつは部屋に足を踏みいれると、言った。「おれの金を用意してあるといいんだがな、リズ。でなきゃ、おれはこれから……やりたくはないが……」

やつが自分のナイキを見下ろした。おそらく、その高価なスニーカーが、なぜ急にかさかさと妙な音をたてだしたんだろうと訝りながら。

あたしはブーツの爪先でドアを蹴って、そっと閉めた。

まだ事態を呑みこめぬまま、ヴィンスの首がこっちを振り返った。まともに目が合って、ヴィンスは目を見ひらき、青くなって言葉を失った。思いだすには、その顔をひと目見るだけで充分だった。まったくなにも変わっていない。顎のない細面の白い顔と、酒場の即席料理グリルの上についた換気扇さながらに、こってり脂のついた黒い髪。

「こいつはなんの真似だ？」やつが訊いた。

「ブチのめすんだよ」そう答えて、あたしはバットを振り抜いた。

# 8

五時七分に〈Uホール〉のトラックの荷台から引きずりおろしたヴィンスは、特大のゴミ袋のようにハドソン河岸に落下した。夜明けまえに灯りはじめた遠くの窓明かりがマンハッタンのスカイラインに点々ときらめいていた。

ヴィンスの頭からピローケースを抜き取り、ポケットに入っていた所持品――ナイフ、使い捨てライター、ジップロックの袋に包んだ特大のマリファナ葉巻《フィリー・ブラント》――を入れたのと同じゴミ袋に突っこんだ。財布はそばに落としておき、ナイフを出して両手と両足に巻いたダクトテープを切ってはずす。切ったテープを丸め、それと一緒にナイフもまたゴミ袋に押しこんで、まとめて川に投げ込み、つづけてバットも投げ棄てた。水しぶきが跳ねるより先に、あたしは背を向けた。

ヴィンスの首の脈は充分しっかりしていた。右脚は十度ばかりおかしな方向に曲がっていたが、皮膚からは一本の骨も突き出ていない。あたしが手を引っ込めると同時に、ヴィンスは二日酔いで目覚めかけたような声をもらした。

ふたたびトラックの運転台に乗りこんで、最後にもう一度振り返るとやつが動くのが見えた気がしたが、待ってみることはせず、動こうがどうしようが気にしないことにした。ライザは沈黙を守ったまま、フロントガラスごしにまっすぐエンジンカバーの表面を見つめている。あたしはユニオン・シティへと車を走らせ、そこから南へ折れて、リンカーン・トンネルへと向かった。

「あいつ、ほかになにか言った?」ライザが訊いてきた。

「いいや」

「でも、あいつは諦める? これでもう、あたしたちを放っておいてくれる?」

あたしはうなずき、ライザもそれ以上質問を重ねてはこなかった。トンネルを抜けるころには沈黙がこちらにも伝播していたので、あたしはラジオをつけ、朝のニュースに合わせた。それをつけっぱなしにして走り、ようやくハウストン・ストリートのはずれで探していた早朝営業の洗車場が見つかった。ライザは残りのゴミとビニールシートとシーツを持って車をおり、あたしはトラックが水流をくぐり抜けたのちに、後部扉を開けてホースで荷台を洗浄した。少し水が茶色くなったが、血ではなく錆びだとも充分考えられる。

そうだとしても、聖母マリアに許しを乞わずにはいられなかった。

洗車が済むと、アップタウンに引き返してトラックを返却した。前日にやりとりした男の姿はみえず、手続きはすんなり進んで、あたしは鍵を手渡して預かり金を返してもらった。ライザが係の男に冷蔵庫を動かすにはどんな台車が要るのかと質問し、男がストラップの使い方をライザに見せようとカウンターを離れた隙に、そっと手を伸ばして伝票の店舗控えのほうも失敬しておいた。店をあとにしたあたしたちは、タクシーをつかまえてあたしのうちにもどった。

「コーヒー飲むかい？」そう訊いてもライザは黙って首を横に振るので、あたしはうなずき、シンク脇のひきだしから紙マッチをとりだしてバスルームに向かった。トイレの上ですべての領収書を燃やし、灰を流してから、ゆっくりしたい気持ちを抑えて短時間でシャワーを浴びた。体を拭いてしまうとわずかでも清潔になった気はしたが、気分がましになることはなかった。

そして仕事着に着替え、無言であとをついてくるライザとともにポルシェに乗りこみ、ヴェラのうちまで転がしていった。着いた時点で、まだ七時にしかなっていなかった。

「あたしも一緒にあがってこうか？」ライザが車をおりるまえに訊いてみた。

「ううん」ライザはじっとしたまま、窓から叔母の住んでいる建物を眺めている。「たぶんゲイブはまだ眠ってるわ」

「ちょうど起きたころなんじゃないの」あたしは新しいライフセイヴァーズのロールを開けてひとつ口に入れ、つづけてまたひとつ口に入れた。ホット・シナモン味が舌のまわりをいい感じに焼けつかせてくれる。

「あいつはもうやってこない？」ライザが訊いた。

「ああ」

シートベルトをはずしながら、ライザは座席の上で向きを変え、あたしと向きあった。

「あいつが命乞いをするとは思わなかったわ」

あたしはなにも言わないようにした。とくに、命乞いするのはわかってた、などと言わないように。

首尾に関しては、まさしくあたしが計画していたとおりに運んだ。立場が逆転したとたん、ヴィンスはすぐさまへこみ、最初は報復してやると脅していたのが抗議に変わり、やがて懇願へと変わっていった。ヴィンスは自分の言い分も説明しようとした。ライザのところにもどったのはそうするしかなかったからだ、どうしても金が要る、支払いの遅れをいっさい認めてくれない連中に追われてるんだ、と釈明を試みた。これまで割り当て分のブツから一部をかすめとっていたのがばれて、いまは卸元から不足分の金を要求されている、とあたしたちに打ち明けた。

「お気の毒さま」と言って、肋骨にバットをふるったところで、ヴィンスは釈明の努力をやめ、ようやく耳を傾けはじめた。あたしはできるかぎり単純明快に言って聞かせ、レッスンの要点は暴力をもって強調し、全体に暗黙の脅しによるアンダーラインを引っぱっておいた――殺そうと思えば殺せるんだよ、と。まだ殺してないのは気まぐれなお情けからであって、途中でどうなるかはまったく当てにはできないよ、と。

あたしの頭のなかでは、さっき河岸に棄てたあれは、すでに壊れて終わっている代物だった。ヴィンセント・ラークが今後また、ライザやゲイブリエルをつけまわす度胸を見いだすことは絶対にありえない。

「こんど顔を見せたら、命はない」あたしはライザに言った。「ほかになにもわかっちゃいないにしろ、それだけはやつもわかってる。もうあんたたちふたりには、なにも手出ししてこないよ」

ライザは腫れを注意深く避けながら歯をじっと下唇に食いこませていたが、ずいぶん経ってから首を横に振った。

「事態をもっと悪くしてしまっただけかもしれない」

「ヴィンスは臆病者さ、リズ。永久にもどって来ないよ」

ライザは唇を嚙んだ歯をゆるめ、いま首を振ったよりも、ほんのわずかだけはっきりうなずこうとした。「もどって来ないよね」ライザが繰り返す。

「永久にね」

ライザは座席ごしにあたしに手を伸ばし、その肩に腕をまわして抱きしめてやると、首筋に顔をうずめてきた。

「息子に会っておいで」ライザの耳元であたしは言った。

ライザは鼻をすってこくりとうなずき、大きく息を吐いて背筋をしゃんと伸ばしたその姿勢には、決意が感じられた。ライザは覚悟を決めていて、それが体を起こした顔に表れていた。ライザはあたしの唇にささやかなキスを残し、それは本人を恥ずかしがらせる以上にあたしを驚かせた。

「ほんとにありがとう」

「あたしはあんたの友だちだもの」

ドアの取っ手に手を伸ばし、ライザはポルシェを降りにかかった。

「ゲイブによろしくね」あたしは言った。

「伝えるわ」

車を発進させるときには、ライザはなかに姿を消していた。アップタウンに向かいながら、無償の愛を与えてくれる人がそばにいる温もりについて考えていた。頭のなかで、叔母のうちのドアをくぐったライザが抜き足差し足でゲイブのそばに歩み寄っていく姿を想像し、眠っている息子を見つめるその顔に浮かんだ表情を思い描いてみる。

親父も、そんなふうにあたしに微笑んでくれたことがあった。ずっと昔に。


十七歳の誕生日、あたしは自分の命を絶とうとした。

そのころあたしは〈愛の体現修道姉妹会〉が運営する更生施設に入所してからほぼ四ヵ月が経ち、ニューパルツにある寮に住んでいた。そこのプログラムは女子専門の少年院とカレッジに向けた予備校との折衷版みたいなもので、全員が一棟の寮に収容され、運動も学習も食事もそこでしながら、修道尼らの監督のもとで各自の薬物依存と〝折り合いをつけていく〟ことになっていた。プログラムに合格するまで敷地内を離れることは許されず、土曜日だけは訪問客――家族、もしくは両親が同意したごく親しい友人に限られる――が認められたが、訪問客と一緒に出かけることは、たとえ街でハンバーガーひとつ食べてくるだけでも許されなかった。

　土曜のたびに、おふくろとケイシェルがあたしを待っててくれた。しかし、毎土曜日、親父が姿を見せることは一度もなかった。

　ライザ・スクーフがやってきたのは、あたしがプログラムに入って六週間目のときだ。やっと十五という歳で、すでに妊娠三ヵ月から四ヵ月目に入ろうとしていたライザは、やせっぽちで小さかった。まるでお腹のなかの生命だけで地につなぎとめられているかのようで、それがなければ一陣の風とともにジャンキーで作った観測気球さながら空に運ばれてしまいそうだった。入所していた他の少女らは、すぐさまライザをバージン・メアリ（聖母マリアのことで、俗語で未婚の母を指す）というあだ名で呼びはじめた。ほとんどは、いわれのない侮蔑の念を向けられていた修道尼たちへの当てこすりが狙いだった。あたしはどんな名前であれ、ライザに呼びかけたことはなかった――あたしとライザには話をする理由など、グループ・セラピーのときでさえ、まったくなかった。

　グループ・セラピーでは、薬物に関する自分の経験について語ることになっていた――どんなふうに薬を使いはじめたのか、どうして使いはじめたのか、なぜやめたのか。自分たちの過去や両親について、家族や友人とのあいだに抱える悩みについて、薬物依存との現在進行中の闘いについて。

グループ・セラピーでは、ライザはいっさい口をひらかなかった。

あたしはシスターたちに強くうながされるとしゃべったが、ストリートをうろついていたころのことや、ヘロインで経験したことについて話すだけで、話題がなにかもっと個人的な内容に変わろうものなら、たこつぼ壕に避難する兵士のように抜けさせてもらうことにしていた。家族のことや、いかにおふくろや妹を裏切ったかについては、けっして話さなかった。あのときパンチを繰りだせなかったことや、親父の右クロスで腫れて開かなくなった目のことや、毎晩眠りにつくまで泣いていることも、けっして話さなかった。

話さない理由も、けっしてだれにも言わなかった。

あれは恒例の、でも普段とはひと味ちがう、日曜のミサのあとのドライブだった。ちがっていたのは、親父とあたしのふたりきりだったことだ。おふくろとケイシェルはボストンの親戚の家を訪ねに出かけ、ふたりが乗っていないとあって、親父は愛車のアルファ・ロメオをいつになく飛ばしていた。おふくろがいないので、必然的にあたしが前に移り、ギアを一気に入れて高速道路を加速していく親父の隣に坐ることとなった。

十二歳だったあたしは、堅信礼のための勉強会で聖人について習っている最中だったので、質問をしてみた。「父さん、どうしてあたしをブリジットって名前にしたの？（聖ブリジットはアイルランドの守護聖人とされる）」

「マイク・パットって名前じゃ、女の子にはまずいだろ？」親父はそう言うと片手を伸ばし、あたしの髪をくしゃくしゃにした。

「マイク・パットになる予定だったんだ？」

「父さんの親父の名前にちなんでな。おまえは絶対に男だと思いこんでたから、女の子の名前なんてまったく考えてもいなかったのさ。おまえも父さんたちみんなと同じになるだろうと思ってた。父親の歩いた道をたどり、いつの日か老いた父を越えていく息子がここにまたひとり、ってな。おまえのおじいさんが警官だったのは知ってるだろ」

「知ってるよ」あたしは身を丸めるようにしてさらに座席に沈みこんだ。父方の祖父は、一八四五年のアイルランド大飢饉以来、ローガン家の良き男子がみなそうであったように警官だった。祖父はあたしが生まれる一年前に、勤務中に起きた発砲事件で命を落とした。ときおり生前の祖父を知る人から、あたしと祖父には似たところがある、同じ目をしていると言われることがあった。

「おじいさんは巡査部長までたどり着けなかった」親父は言った。「そして、父さんだ——ローガン巡査部長さ。そのうちきっとおまえに息子ができたら、その子は警部補か警部になるぞ。いいや、本部長にだってなるかもしれん」

車内は暑く、排気ガスのにおいが強烈だった。数キロばかり静かに走ったところで、ようやくあたしは父親の言っていることを理解した。

そしてあたしは、十三歳の誕生日になにがほしいかを伝えた。

親父はただ笑って、またあたしの髪をくしゃくしゃにした。


あたしが十七歳になったのは土曜日で、面会の日だった。施設の中庭には、おふくろやケイシェルと一緒に、きっと親父が会いに来ていると確信していた。

「父さんは仕事が入ってしまってね」おふくろはあたしに伝えた。

その声には嘘が感じられ、ふたりがそのことで喧嘩したんだと察しがついた。親父は仕事に出かけてはいなかった。家にいて、フットボールの試合を観ながら、ジミーおじさんとふたりでビールをあおっていた。更生施設にいるジャンキーの娘に会いに行くかわりに、学生の球技を観戦しながらいつもの古椅子でくつろいでいたのだ。

あたしはプレゼントをふたつ受けとった。新しいウォークマンはおふくろとケイシェルからで、あたしの部屋に散らばっていたLPレコードのなかからケイシェルが編集してくれたテープが一本添えられていた。もうひとつは、青い厚紙でできた服の箱だった。

「父さんからよ」ケイシェルが言った。

中身はスウェットシャツで、それを見たあたしは、もういいんだ、許してもらえたんだ、と思った。でも、そこにはシルクスクリーンで刷ったミッドタウン・サウスの文字はなく、刺繡されたNYPDの紋章もなかった。平凡な灰色のスウェットシャツ。XLサイズ。

そのスウェットを着て、おふくろとケイシェルに礼を言ったあたしは、なんだか疲れたから自分の部屋に帰りたいと告げた。ふたりを中庭に残し、あたしはそれ以上なにも言わずに立ち去った。

シスターはみな、あたしたちを信用していたから、夜間でも部屋に鍵をかけたりはしなかった。

でも、完全に信用するほど迂闊ではなかったから、薬品類や先の尖ったものなどは厳重にしまいこんであった。

それで結構——あたしは屋根にのぼる方法を知っていた。

行動に出たのは夜明け間近で、外は寒く、風は新しいXLのトレーナーをやすやすとくぐり抜けて肌を刺した。ジーンズのまえのポケットには、書きつけたメモを入れていた。誠意のない謝罪と心からのファック・ユーを。

空は黒から傷んだプラムの色に変わろうとしていた。平屋根の縁からのぞくと、正面階段の上に伸びるいくつもの深い影が、はるか下方にくっきりと見えた。あたしはじっと影を見おろし、もうなにもかも終わりにしようと考えていた。あたしの人生は何ヵ月もまえに終わってたんだ――ただ、気づくまでこんなに長くかかってしまっただけで。

あたしは泣いていて、そのせいでだれかが外に出てきたことにも、砂利敷きの屋根を踏んで歩いてきたことにも、すぐ後ろまで近づいてきたのにも気づかなかった。

「ねえ？」

やばい、と思って振り返ると、三メートルほどのところに、片手に懐中電灯、もう片方の手に閉じた本を持ったライザ・スクーフが立っていた。懐中電灯のスイッチは切ってあった。

「だいじょうぶ？」

あたしはうなずいて、目と鼻をぬぐった。

ライザは一、二秒じっとしていたが、やがて近寄ってきて屋根の縁に腰かけた。あたしのほうは見てもいない。まず足元に本を落とし、慎重に体を沈めていって脚を下に垂らした。そしてまた本を取りあげると、大きな腹の膨らみに載せてひらき、懐中電灯をつけて印のしてあったページを調べている。紙の光沢が光を反射し、どうやら星座表を見ているんだとわかった。

あたしはまた鼻をぬぐい、ライザの存在を無視しようと努め、どこかへ消えてくれるのを願った。

「オリオンってどれだか知ってる?」ライザは懐中電灯をかちりと消した。返事をしないでいると、「どの星座、って意味だけど」と、ライザはつけくわえた。

「意味はわかってる」

「どれがそうだか知ってる?」

「ひとりになりたいんだよ」あたしは言った。

「あ、ごめん。オリオンが見たかっただけなんだ」

あたしは鼻をすすって上を見あげ、ベルトの三つ星を見つけて指差した。「あそこ。三つ並んでるだろ、あれがオリオンのベルトだよ」

ライザは頭を反らせて夜空を探した。「オーケイ、見えた、たぶん」

「よかったね」

ライザは動かなかった。あたしが体重を移動させると砂利がきしみ、いくつもの影のなかで響き渡った。

「あれがオリオンよ」ライザが言った。

「知ってるって」

「あんたに話しかけたんじゃないの。この子《イット》に話しかけたの」

「はあ?」

「イット」ライザは自分のお腹を示してみせた。「赤ちゃんのこと、そう呼んでるんだ。イットって」

「性別は知らないんだ？」

「うん」

「それ《イット》だって？」

「うん」

「お粗末だね」

「ほかにいい名前、思いつく？」

「ブラット《悪がき》」あたしは言った。「バスタード《ててなし子》」シスターたちを思い浮かべて、それもつけくわえた。

「ううん、あたしはイットが好き。もし女の子だったらシャロンってつけるんだ。男の子だったらニックにする」

「そいつぁよかったね」

ライザはむっとしたふうでもなくうなずくと、また懐中電灯をつけて星座表をふたたび調べはじめた。「じゃあ、ペガサスは？　ペガサスの見つけ方は知ってる？」

「いいや、ペガサスの見つけ方なんか知らないね」口調が意地悪くなった。「どうでもいいけど、こんなとこでなにしてんだよ？」

「さっき言ったじゃん。そっちこそ、こんなとこでなにやってんの？」

「なんにも」

「ふうん、そいつぁよかったね」

「降りたほうがいいんじゃないの」あたしは言った。「そろそろ就寝チェックが入るから、いないのがばれたらお目玉をくらうよ」

「あんたはくらわないわけ？」

「うちの大部屋はもうチェック済みさ。二時に見回りにきたから」

ライザはなにも言わなかった。両腕によりかかって体を倒していき、ついには屋根に寝そべって空を見あげた。そして、ためいきをついた。

「どっか行けよ」あたしは言った。

「やだ。なんで？」

「ここにはあたしが先に来たんだ」

「おあいにくさま」

一瞬、ふくらんだ腹の上にジャンプしてやろうかと考えたが、そのとき、もともと予定していた別のジャンプのことを思いだし、その想像図がふいに威圧感を持って迫ってきた。

あたしたちはふたりとも、痣だらけの空が明るくなっていくのを見つめていた。

「ファック」あたしはライザの隣に腰をおろした。

ライザは言った。「それ、あたしもなんどか考えたことある。でもこの上ではやめといたほうがいいよ」

「黙ってな」あたしは撥ねつけるように言った。

ライザが短く息をのんだ。あたしの言葉に反応したものと思っていたら、そのときまた、ライザは同じことをした。

「なんだよ？」あたしは問いただした。

「蹴ってる」ライザは言った。「おもいっきり。触ってみる？」

ライザはあたしの右手をつかんで、自分の腹部に押し当てた。セーターごしではあったが、手のひらの下のぬくもりは感じられた。なにも感じないと言いかけて口をひらいたとき、そいつ《イット》は蹴った。

「わかった？」

「うん」

「すごいでしょ？　またやるよ。待ってて」

あたしは空の闇が溶けて消えていくのを眺めながら、赤ん坊が蹴るのを待った。手のひらの下で、ライザが呼吸しているのを感じた。お腹のなかで心臓が脈打つのも感じた気がした。

「そろそろもどったほうがいいよ」しばらくしてライザは言った。「連中に見つかっちゃう」

あたしはライザに手を貸して立たせてやった。なかにもどり、四階まで上がったところで別れ、それぞれ忍び足で自分の部屋にもどった。

ふた晩あいだを置いて、あたしはもういちど屋根にのぼった。縁まで行きつかないうちに、後ろから砂利を踏む足音が聞こえた。こんどはライザは本を持ってきておらず、あたしの友だちを決めこんでいるのだとわかった。

「なんどもなんども上がってくんじゃないよ」あたしは撥ねつけた。「その子《イット》のためにもいいはずないだろ。妊婦は休養しなきゃだめなんだ」

ライザはうなずいた。だが、動かなかった。

「わかったよ」あたしは言った。「言っとくけど、あんたを眠らせるためなんだからね」

ライザはふたたびうなずいた。あたしはライザの後ろから屋根をおり、影の群れから遠ざかった。

ありがとうの言葉は、一度も口にしなかった。

その子《イット》が生まれたとき、名付け親を頼まれたあたしは心に誓った。いつかなにかが起きて、ライザと息子があたしを必要としたときには、きっとそばについていよう、と——このさき一生、どんなことがあっても。

## 9

ヴィンスを片づけてから約三週間が過ぎた九月の最終ひとつ手前の月曜日、エリカ・ワイアットが、うちに喧嘩を売りにやってきた。エリカはこちらの膝に一発、腹に一発蹴りをいれ、完璧な後方宙返りキックであたしの顎をとらえて仰向けに蹴り倒し、意識不明に陥れた。

「ニナ・ウィリアムズの勝利！」テレビ音声が伝える。

「ざまあみやがれ」エリカの声が重なった。「降参しなよ、オバさん。バラバラのミンチにしちゃうよ」

「もう一ラウンド」あたしはコントローラーのボタンを押して、ゲームを再開した。「倒れるのはそっちさ、小娘。倒れてボキボキに折れた骨の袋に突っこまれる羽目になるよ」

「言うは易し。やって見せてもらおうじゃないの」

あたしたちは揃ってテレビ画面に身を乗りだし、夢中でコントローラーを操りながら、プレイステーションの戦士たちに現実ばなれしたダメージをたがいに与えあっていた。チャンスを手にしたあたしは敵に軽いホールドを決め、エリカの戦士の胸まで文字どおり歩いてのぼったこっちの戦士は、そのまま後ろ蹴りをかまして画面の端まで敵をぶっとばした。ふたたび敵がおりてきたところを、すかさずその上空にジャンプし、腹をめがけて拳から着地する。

「勝ったぜ」と、あたし。

「性悪おんなぁ」そう言ってエリカは笑いだし、コントローラーを床にほうりなげた。

「もうあんたとは勝負したくない。ズルするから」

「負け惜しみ小娘」

「ですよーだ。ソーダ飲む?」

「ビールがいい」

「あたしも」エリカは床から跳ね起きてキッチンにいき、あたしは手を伸ばしてゲーム機とテレビのスイッチを切った。

「あんたもひとつ買えばいいのに」あたしは言った。「そしたら家で練習して、真のマスターと闘う術《すべ》を学べるのにねえ」

「努力はしたんだよ」冷蔵庫に頭をつっこんだまま、エリカは言った。「アティカスは、アパートメントにゲーム機を置くのが嫌なんだって。あいついわく、金と時間のムダらしい。ゲームは、ラップトップでもできるだろ、だってさ」

「アティカスがそんなことを?」

「ビデオゲームなんて馬鹿げてて無意味だと思ってるみたい」エリカはカウンターにビール

を二本だしてきて、オープナーを見つけ、音を立てて栓を開けた。「たぶん自分がドヘタなもんで、あたしに負けっぱなしになるのが嫌なんでしょ」

「あんたたちにもひとつ、クリスマスに贈ってやろうかな」

「ハヌカー（ユダヤ教徒の祭り）よ、あいつの場合は」

「じゃ、ハヌカーとクリスマスに、ってことで」

「あたしが期待してるプレゼントは、それじゃないんだけどな」エリカが言った。

「ここって、プレゼントになにがほしい、って訊くべきところなのかな？」

エリカは満面の笑顔になってうなずき、その拍子にブロンドの髪が垂れて頬にひっかかった。とっさにその束を払って耳を覆い隠す。反射行動だ。あたしがミントをしじゅう食べていると有効だと発見するまで、腕の内側を掻いてばかりいたのとおなじだった。この両腕の皮膚片と同様、エリカの髪は秘密を、ほぼ半分に切られた左耳を隠している。失った断片は特別配達でアティカスに送りつけられた。傷口はとうに癒えて、切られた側の聴力にもとくに問題はないが、エリカは可能なかぎり傷を隠そうとし、そうするようになって久しいいまでは、毎回意識して手をのばしているようにも思えなかった。

「プレゼントになにがほしいって訊いてよ」エリカは言った。

「プレゼントにはなにがほしい？」

「バイカーズ・ジャケットがほしいの。あんたのみたいな」

「ふん」あたしは言った。

「ふん？　ふんってどういう意味よ。突拍子もないリクエストじゃないでしょ」

「アティカスにはそれがほしいって言ってあんの？」

「まだその話は出てないんだ。そっちから伝えてよ。ふたりで一緒に買ってくれればいいから」エリカは目を細めつつ、カウンターごしにわずかに身を乗りだした。「やつをショッピングに連れだせるよ」

「その手にはのらない」

　エリカは口をとがらせた。

「すっごくいい顔。それで下唇を震わせられる？」

　エリカはさらに大げさに口をとがらせ、寄り目にしてみせた。ついにあたしが笑いだしたところで、エリカはやめて真顔にもどった。「いつになったら会うつもりなの？」

「カンペキに心の準備ができてから」あたしはビールを手に持ってカウチにもどった。エリカもあとをついてくる。

　あたしの日常からライザがいなくなって、また物事は普段の安定したペースをとりもどし、そこには毎晩のアティカスへの電話も含まれていたが、社交的なものにしろ親密なものにしろそれ以外にしろ、会うのはまだだった。ここ数週間でナタリーとは何度か街に繰りだし、食事をしたり、映画を観たり、カフェでコーヒーをはさんで会ったりしていた。あたしは仕事に精をだし、金を稼ぐと同時に、自分こそ事務所のパートナーに適任であることをライラとマーティンに証明していた。夏は急速に勢いを失い、吹く風に寒さのきざしが徐々につのりはじめていた。夢のなかにはまだミスター・ジョーンズが住んでいたが、その訪れは日を増すごとに不定期になっている。ふたたび雲隠れしてしまうのもそんなに先じゃないだろうと、あたしは見こんでいた――冬の数ヵ月は冬眠にはいるかもしれない。願わくはそうしてもらいたかった。

「この件に突っこみをいれるのはやめるべき?」エリカは椅子に腰をおろした。

「十八歳の誕生日まで生き延びたいんなら、そのとおり」

エリカは肩をすくめると、唇にボトルをかたむけ、カレッジの社交パーティーに備えて鍛えておこうとばかりにビールを飲みくだした。そして、遠慮のないゲップをしてみせる。

「上品だねえ」

「うっせえよ」

「なめた口きいてんじゃないよ」

「なめてやりたいけど、予防注射してないもんでさ」

はたく振りをして手の甲をかざしたとき、ドアを連打するノックの音がした。

「かすりもしなかったもんね」と、エリカが言った。

夜の八時十分にいったいだれが来たのかと訝りながら、あたしはふたたび腰をあげてドアに向かった。廊下の突きあたりに到達するより先に、また六回連続でノックの音がした。拳の関節ではなく肉の部分がドアに当たっているらしき音から、サツのノックだと思ったあたしは、錠をまわすまえに覗き穴で確認した。

外にはふたりいた。どちらも男で、ほぼ同じ身長をしている。ひとりはアジア系、もうひとりは白人で、金髪の髪は額におびやかされてはやばやと退却をきめこんでいる。スーツの上着にスラックスという格好で、靴はあたしの立っている位置から見ることはできない。手はどちらも脇におろしていた。

「こんばんは、おまわりさん」ドアを開けてから、あたしは言った。

白人のほうは一瞬おどろいたようだったが、アジア系のほうは黙ってポケットに手を伸ばすと手早くバッジを提示した。

「リー刑事です。こちらはオーレンショー刑事」

「どうも」と、あたし。

「ブリジット・ローガンさん?」

「だと思うけど」

「入ってもよろしいか?」

あたしは片手をノブにかけたまま、ドアとドア枠のあいだの空間に移動した。「なんで?」

オーレンショー刑事が誠実な笑みを浮かべた。「できればライザ・スクーフについて、いくつか質問に答えていただけないかと思ってね」

「スクーフはここに？」リー刑事が訊ねた。

首を横に振ったものの、自分が入り口を塞いでいてはそれが通用しないことに気がつき、退がってふたりをなかに通した。両刑事が「どうも」と言って廊下を入っていくと、あたしはひとりになった十秒間を使って、腹部を襲う落下するような感覚を顔に出さないでおく努力をした。

なにか厄介なこととしか考えられない。

「で、その人たちはだれ？」ふたたび居間に入ると、エリカが訊ねた。

「刑事さん」あたしは言った。「あんたはうちへ帰ったほうがよさそうだよ」

エリカは胡散臭そうな顔でオーレンショーとリーを眺めやったのち、ためいきをついた。

「あしたまた電話しようか？」

「そうしてもらえるかな」

エリカは上着を羽織り、ふたりの刑事はうろうろと部屋を見てまわるのに忙しかった。壁にかかった写真、あたしのCDセレクション、その辺に散らばっている本や雑誌のたぐい。エリカは上着のジッパーをあげ、あたしを見てためいきをついた。あたしはドアまで送っていった。

「やばいことになってんの？」

あたしは首を横に振った。

「なってないといいね」

「でないと？」

「でないとあたしはアティカスにしゃべり、あいつはここにやってくる」

「なら、いいんだ、ほんとのことを言ってるから」あたしは言った。「じゃ、またあした」

もどってみると、まだリーは部屋の隅々を嗅ぎまわっていた。オーレンショーのほうは安楽椅子に腰掛けている。あたしを見ると、汚れた歯を見せて満面に盛大な笑顔を浮かべ、肩越しに親指で壁を指した。刑事の示している写真は五年前のもので、うちの家族全員が写っていた。おふくろが死ぬ一年前に撮ったものだ。

「その制服姿の男性は、きみの親父さんかい？」オーレンショーが訊いた。

あたしはうなずき、カウチに坐った。

「デニス・ローガンなら知ってるよ。十五年か、二十年ばかり前になるかな。ミッドタウン・サウスの巡査部長だった」

「世《B》界一多《P》忙な管区《W》」あたしは言った。

リーが笑い声を漏らし、ビデオテープのセレクションから目を離してパートナーとあたしを見やった。オーレンショーはうなずき、にこにこと嬉しそうだ。「すばらしい略称だと思わないか」

「すばらしい略称だよね」あたしも賛成した。

「うちのよりずっといい。〝CPR〟とかいうシケたやつでね。なんの略だったかいつも忘れちまう。なんの略だったたっけな、ケヴィン？」

リーが答えた。「親切《カーテシー》、プロ意識、敬意《リスペクト》」

「このくだらなさ、信じられるかい？」と、オーレンショー。

「貫禄に欠けるね」

「それで、親父さんはどうしておられるんだい？」オーレンショーが訊いた。「退職したのか？」

「身体的不都合による一時休暇」あたしは言った。「そのあと死んだよ」

オーレンショーの表情がにわかに曇った。そのニュースを聞いて心から落胆したようだ。

「ああ、なんてこった。そんなひどい。あの人は最高だったのに」

「そうさ、あたしも恋しくてね」あたしは言った。「おたくらがここに来た理由を聞かせてもらえるかな？」

オーレンショーはまだ親父が死んだニュースを扱いかねて、かぶりを振っていた。リーは両手をポケットに突っこみ、本棚にもたれている。

「メガース・テイバーという名のダンサーから、きみならライザ・スクーフの居所を知っているかもしれないと聞いてきたんだ」ケヴィン・リー刑事は言った。「スクーフを探してる

あたしはうなずき、罪状を訊ねようとしたとき、ケヴィン・リーがその部分を補足してくれた。

リーはためいきをついて、言った。「スクーフの逮捕令状を持ってきてる」

したらオーレンショーは泣きだすんじゃないかと、あたしは訝った。

ふたたびリーがパートナーを見やると、パートナーはこんどは目をこすっていた。もしか
「理由を訊いてもいい？」

んだよ」


「ヴィニー・ラークという名の売人を殺したんだ」

胃袋が五階下まで急降下して、下水溝に突っこんだ。

ヴィンスが死んだ。

やつをぶちのめしたのは、あたしだ。したたかにぶん殴った。

したたか過ぎたんだろうか。

自分の犯した殺人である可能性が頭のなかに渦を巻いて侵入し、やがてミスター・ジョーンズと結託した。ミスター・ジョーンズはこの機に乗じ、こういうときこそ一発打ったらどんなに気持ちいいかと、なにげない振りで誘いをかけてくる。

「どんなふうに死んだんだい？」あたしは声の平静を保ちながら訊ねた。

「スクーフに頭を撃たれた」

安堵か、それともさらにねじくれる胃袋か、そのどちらを感じるべきか自分でもわからなかった。「まさか、そんなことあるはずが……」

リーはためいきをつくと、部屋にあったもうひとつの椅子までいって腰をおろした。「数週間前きみは、スクーフがラークとのあいだに抱えていた問題に片をつける手伝いをしたんだったね」

「やつはライザを脅迫してたんだ」あたしは言った。「自宅を滅茶苦茶に荒らされたあと、ライザがあたしに相談してきた」

「ああ、そのとおりのことをテイバーも言ってたよ。テイバーの話では、きみとライザはとても親しくて、たぶん……その、なんだ、恋人同士なのかな？　そういうことなら、きみには居場所がわかるかと思ったんだが？」

「ちがう、普通の友だちだよ。ライザはストレートだ」

「気を悪くしないでほしい」

「してないさ」

オーレンショー刑事は指先で鼻をぬぐい、椅子に深々と坐りなおしていた。話しはじめると、声がさっきまでよりしゃがれていた。「どこにいそうか、見当だけでもつかないだろうか？」

「自宅にいないんだとしたら、知らないね」

「ライザはいい友人かな？」

「なかなかいい友人だよ」

「ジャンキーなのは知ってるかい？」

「もう更生してる」

刑事たちはふたたび視線を交わし、リーが言った。「ラークはずっと北のほうのヤク中のたまり場《シューティング・ギャラリー》で殺された。ワシントン・ハイツで」

「おたくら、三十四《スリー・フォー》分署から来たの？」

「三十三《スリー・スリー》だ」オーレンショーが答え、咳払いをした。ほんとに涙を浮かべていたのか確かめたくて目を見ようとしたのだが、あたしの視線を避けて代わりにキッチンに目を据えている。「ひとり目撃者がいるんだが、その話によればスクーフはここ一週間かそこらのあいだ、くだんのギャラリー付近をちょくちょくうろついていたらしい」

くだんのギャラリー、か。「あの子はヤクなんかやってないよ」あたしは言った。「やるはずがないんだ。あの子には息子がいて、その子を失うことが怖くてたまらないんだから」

「最後にライザと会ったのはいつ？」リーが訊いた。

「今月の四日」

「われわれを避けたがっているとして、どこか居場所に心当たりは？」

あたしは首を横に振った。

オーレンショーがくるりと振り返ってリーを見やり、数秒間パートナー同士の無言の会話を交わしていたが、やがてふたりとも腰をあげた。オーレンショーが名刺を引っぱりだして、あたしに手渡した。

「ライザが連絡してきたら、なにをすべきかはわかるね？」

「ああ」

あたしはふたりをドアまで送っていった。

「きみの親父さんのことだが」オーレンショーは言った。「おれはミ《M》ッドタウン《T》・サウス《S》のルーキーだったんだ。あの人と、パートナーのシャノン、そのふたりにはほんとによくしてもらってな。おれをいまある警官にしてくれたのは、あの人たちだった。今回のことでは、きみは正しい行動をとってくれるだろうな、ミス・ローガン？　きみの友人が連絡してきたときは？」

「正しい行動をとるとも」あたしは言った。

オーレンショーは最後にふたたびあたしを眺めやると、ためいきをついてかぶりを振った。「デニス・ローガンの娘さんとはな。ゆっくりやすんでくれたまえ」

「刑事さんたちも、おやすみ」

ふたりは去っていき、残されたあたしは正しい行動にとりかかった。

# 10

「あの子はここにゃいないよ」ヴェラのくわえたニューポートの先端が、ドアとドア枠の隙間から突きだされた。「さっきおまわりも探してったけどね」

「またもどってくるよ」あたしは言った。「令状を持ってまた来る」

「連中もそう言ってた。あんたがここを教えたんだろ？」

「自分だったら、そんなことするかい？」

煙の隙間から目をすがめていたヴェラは、あたしの眼前でドアを閉めた。チェーンがかちゃりと鳴って落ちる。ドアがひらくといきなり部屋になり、あたしはキッチンとも多目的室ともつかない場所に転がりこんだ。ＮＢＣの最新の連続ホームコメディから、どっと笑い声があがる。部屋の奥には非常口に向いた窓と通路に向いた窓があった。左の壁の端のほうにドアがひとつあり、そこは閉まっていた。

ヴェラはあたしの脇をすり抜け、テーブルから鷲づかみにしてきた灰皿で煙草を揉み潰すように消すと、腰をおろして次の一本に火をつけた。テーブルには数時間まえの夕食のあとがそのままになっている。汚れた皿とフォークやスプーンがふたり分。皿の底で油がゼラチン状の膜をつくり、ほとんど空っぽのケチャップボトルが蓋をして寝かせてあった。

「ゲイブはベッドにいるよ」吐息に重ねてヴェラは言った。「でも眠っちゃいない。目を閉じさせようとはしてるんだけど、警察の連中が来たときあの子もここにいて、全部聞いちまったもんだからさ」

あたしは椅子に坐り、腕時計をたしかめた。午後十時十二分前だ。「連中は何時に来た？」

「六時ごろ」

「ライザがゲイブを預けに来たのは？」

「四時ごろ」ヴェラは煙草をふかし、煙がかすれていく先を追うようにあたしを見やった。ヴェラは長い爪をしていた。つけ爪で、派手なピンク色をしている。「仕事が退《ひ》けたら迎えにくるからって言ってね」

「じゃ、仕事に行くって言ったんだ？」

「そう言ったよ、たしかに。でもそうしなかったんだ。だろ？」

「だね。行ってたらサツがそっちで見つけてたはずだから。連中は仕事場に寄ってダンサー仲間のひとりと話をしてる。ほかにどんなやつと話したことやら。たぶん、そこからうちに直行したと思うんだ」

「刑事の片割れが、あの子の逮捕状をとるって言ってたよ。あの子がヴィンスを殺したって言ってた。脳味噌をぶち抜いたんだってさ、その刑事が言うにはね。だったら褒美のひとつでもよこしやがれってんだよ、それこそ連中のすべきことじゃないか」

あたしはうなずきそうになるのを抑えた。

「あの子がやったと思うかい？」ヴェラはべとついた皿に灰を落とし、そっと訊ねた。

「わからない」

「連中は令状をとってる。つまり起訴できると思ってるってことだ、そうだろ？」

「場合によってはね」あたしは椅子から立ち上がった。「つまりライザは確実に厄介な状況にあるってことさ」

「あの子にとっちゃ、お馴染みの状況だよ」

「ちょっとゲイブの様子を見てくる」あたしは言った。

「そうしてやって。コーヒーでも淹れるよ。あの子がもどるまで待っててくれるんだろ？」

「ここにもどってくるんならね」

ヴェラは空咳をしてから唾を呑み、吸いさしからもう一服した。「もどってくるよ、ブリジット。あの子の坊やはここだもの」

その体には大きすぎるベッドの上で、ゲイブは上掛けを敷いたまま仰向けに寝転び、頭の下で腕を組んでいた。ガタのきた電気スタンドが、部屋の隅から弱いワット数で光を投げかけている。ゲイブはニューヨーク・ジェッツのヘルメットが両脚部分に上から下までプリントされた薄いコットンのパジャマズボンと、古びた黒のTシャツという格好だった。三週間という期間がゲイブリエル・スクーフに与えた変化はたいしてなく、散髪屋に一回行ってきた程度だった。短いスポーツ刈りにしたせいでブロンドの髪が突っ立ち、漫画でよくあるように、体に電流が通ったみたいに見える。あたしが部屋に入ってもゲイブの目はこっちには動かず、天井より上の見えない点に定められたままだった。

あたしはドアを閉め、ポケットを探りはじめた。「よう、ゲイブ」

「やあ、ブリジット。母さんを見かけた？」

「いや」

「もうすぐもどってくるよ」

「ヴェラもそう言ってた」

「絶対もどってくる」ゲイブはきっぱりと言った。

マットレスには張りがなく、あたしがベッドの端に腰掛けたとたん、全体が傾いでゲイブが滑ってきそうになったほどだった。ゲイブは体を起こし、背中を壁につけて窓の外を見やった。

「子どものくせに真面目くさった顔しちゃって」あたしはライフセイヴァーズのトロピカルフルーツ味を、ロールごとゲイブの膝に落とした。「甘いもんでも食べな」

「もう歯磨きしちゃったから」

「黙っといてやるよ。母さんがどこ行ったか知ってるかい？」

「いくつか用事を片づけてから仕事に行くって言ってたけど、あれは嘘さ」

「なんでわかる？」

「きょうは月曜で、月曜は仕事はないんだ。一日じゅうずっと授業のある日だから、疲れちゃって夜に仕事はできないんだよ」ゲイブリエルはライフセイヴァーズをさっき転がっていった腿の下から抜き取ると、それが秘密を教えてくれるかのようにじっと見つめた。そうしてから、ゲイブはそのロールを返そうとした。「いいよ、ありがと」

「とっときなって。あたしは山ほど持ってるんだから」

「知ってる。母さんが言ってたよ、いまにきっと歯がボロボロになるって」

「まさか。一日二回は歯磨きしてるし、毎食後に糸ようじを使ってんだから」

その言葉で、唇の端が目に見えて上にあがった。笑顔のきざしだ。

「そんなのしてないくせに」

「ああ、してない。そうとも、きっとボロボロになるね」あたしは白状した。「無理してでも眠るようにしなきゃいけないよ。あしたも学校だろ」

「眠れないんだ。眠ろうとはしてるんだけど。あいつら、母さんがヴィンスを撃ったって言ってた。母さんを逮捕する気なんだよ」

「知ってる」

「母さんはやってない。もしやったとしても、それは仕方がなかったからさ。ほんとにやったんだとしても、そうするしかないからやっただけだよ」

ゲイブの頭に片手を載せると、ブラシの毛のような髪の感触がした。「ゲイブ、それってヴィンスがまたあらわれたってことかい？」

「ううん、また来たと思ったわけじゃない。でも、わかんないよ、もしかだけど、もしかしたら母さんはあいつを見たのかも。そうだとしても母さんはぼくには言わないから。もしそうだったんなら、母さんはなにか手を打たなきゃならなかったかもしれない。もしまたあいつを見たとすれば」

ゲイブは両手の親指でキャンディのロールを支え、両端からぐっと押しながら、手の動きを見つめていた。ほかの指の爪で、紙に覆われたライフセイヴァーズ一粒ずつの輪郭を、強く引っかくようにたどっている。

「ほかにもなにか思ってることを話してくれるかい、ゲイブ？」あたしは精一杯優しく訊ねてみた。どのくらい優しかったかはわからない。正直言って、自分でも子どもの扱いはうまいほうじゃないと思う——どうしても、ほかの大人と話すときと同じように話そうとしてしまうのだ。

ゲイブリエルが答えようと口をひらいたそのとき、非常口でがさっと音がしたと思うと、ゲイブがベッドから跳びおり、あたしが振り返りきるより早く窓に走っていた。外を見ると、ガラスの反射で幽霊のように見えていたが、ライザが力ずくで窓枠を押し上げようとしていた。ゲイブとあたしが必死で加勢して、なんとかライザがくぐれる程度の隙間があくと、ライザは窓敷居に腹這いになってなかに滑りこみ、そのまま床に転がり落ちたが、息子が腕に飛びこんでくるのと同じすばやさで膝立ちになった。

腫れや青痣はすっかり消え、顔は紅潮しているがなんの傷跡もなく、髪の生え際に沿って流れた汗が首筋にまで伝っていた。シャツもジーンズも汚れ、どこにいたにしろ水溜まりのある場所だったらしく、スニーカーはスポンジのような音をたてて、少し押されるだけでも水が染みだしてきた。衣服の下に腫れや打ち身や痣はなく、あたしはライザ自身のためにヤクを隠したりしていないことを祈った。

ここに来たとき、なかに人影は見えなかったものの、おもてに覆面パトカーが停まっているのをあたしは見ていた。連中は応援が来るまで待つだろうか、と思い巡らす。でも、どうであれ結局は同じだった――だれが来たとしても、手錠は手錠にしか見えようがない。

ゲイブリエルを抱きしめたまま、ライザは言った。「あんたはここにいちゃだめだよ、ブリジット。あんたは関係ないんだし、こんなとこで――」

「黙ってな、ライザ」あたしは言った。「サツはうちにも来たし、いまごろはこっちに向かってる。あんたがどういうヤバいことになってんのか、どうしたらそこから引っぱりだしてやれんのか、その話をしなきゃならないんだよ」

ライザはゲイブをぎゅっと抱きしめ、首を横に振りはじめた。「ううん、もう片はついても、だいじょうぶ。だって、連中はあたしがここに上がってくるのを止めたはずでしょ、もしも——」

ドアを押し開けたヴェラが、赤く火のついたニューポートをくわえて部屋のすぐ外に立っていた。「この人の言うとおりさ。連中はもう来るよ」

「捕まえやすいようにあんたを中に入れたんだろう」あたしはライザに言った。「すでに警官隊が通路を塞いでるはずだよ、まちがいなくね」

おもてのドアをドンドンと叩く音がはじまった。ヴェラがすばやく音のほうを振り向き、またあたしに向き直った。「連中だね？」

「開けたほうがいい。でないと蹴破られちまうよ」

ヴェラがドアに向かうと、一瞬の速さでライザの顔から色が失せていった。それと同じ速さでゲイブから離れ、ライザは窓に突進したが、あたしがその腕を捕まえた。ライザは腕を引き抜こうとし、必死の形相で振り返った。ゲイブリエルはいつのまにか一歩、二歩とあとずさって、両手でシャツの裾を固くねじりあげている。

バンッと力まかせにドアが押し開けられる音がして、警官たちの足音と怒鳴り声がつづいた。リー刑事が前口上を叫んでいるのが聞こえる。ここにある令状により、ライザ・スクーフを逮捕する、と。

ライザはあらがうのをやめ、あたしがその腕を離すと同時に、連中が部屋に入ってきた。

制服組が三人とオーレンショー刑事で、全員が銃を抜いていた。「後ろを向いて、立て!」

別の制服組が姿をあらわし、そのうちひとりがライザを後ろ向きにさせて床に押し倒した。二本の手があたしの首筋から背中へ、脚のあいだから足首へと下がっていき、そのあと逆から上がっていった。

「床に転がってるほうに手錠をかけろ」オーレンショーが言い、その声に込められた怒気が、おまえは信頼を裏切った、と言っていた。オーレンショーのなかでは、はなからあたしはライザがここにいるのを知っていたことになってるにちがいない。

あたしを押さえていた手が離され、振り向くとちょうど、ライザの手首に手錠がかかる瞬間だった。ゲイブリエルは片隅に退がれるかぎり退がって、内側《なか》から死にかかっているように見えた。ヴェラが自分のほうに引き寄せ、顔をそむけさせようとしたが、ゲイブはしたがおうとせず、その場面を避けるのを拒んだ。

「正しい行動をとれと言ったはずだ」オーレンショーがあたしに言った。「離れてろ、邪魔をするな」

まだ床に転がっているライザのそばに向かっていたリーが、近づきながら言った。「ライザ・スクーフ、あんたの逮捕令状がここにある」

「息子のまえではよしてやって」ヴェラが怒鳴った。「冗談じゃないよ、子どものまえでそんなことはよしなって」

「母さん――」

「その子はそこで押さえてるんだぞ」オーレンショーが言った。「女を立たせろ、起こしてここから連れだすんだ」

ライザを立たせようとするリーに別の警官が手を貸し、オーレンショーは場所をあけて、寝室から出ていく道をつくった。ライザを手荒にあつかい、支えるよりも突き飛ばすように出ていく連中のあとを、あたしは追った。ライザは肩越しに、もう一度ゲイブを見ようと必死で首をねじまげ、それが叶わずに終わるとあたしに焦点を焼きつけた。その目は無表情で、大きな陶器人形の目に似ていた。ライザがあたしの名前を呼ぶ。まるで、あたしになにかできることがあるとでもいうように。

「黙ってればいいから」あたしは言った。「なにもしゃべっちゃいけない、とにかく弁護士を頼んで、それ以外はひとことも――」

「いいかげんにしろ！」オーレンショーが怒鳴り、あたしに指を突きつけた。「おまえの親父がクソ本部長だったとしてもかまわん、その口を閉じろ、いますぐ閉じろ！」

「黙秘する権利があるんだからね」さえぎろうとするオーレンショーにぶちあたりながら、ドアへと連行されていくライザに向かって声を張りあげる。「黙ってるんだ、あたしが行くまでとにかく黙ってるんだよ」

オーレンショーは唸りながら指であたしの胸骨を突き、それから踵を返すと、残りの連中とともにドアを出ていった。寝室から出てきたヴェラは、まだ必死でゲイブを押しとどめていた。

「あとを追っかけるよ」あたしは言った。「電話をいれる」

そして、全速力でひとでなしどもの追跡にかかった。

## 11

　こちらの追跡など意に介さず、連中はまっすぐアムステルダム・アヴェニューにある三十三分署に向かった。パトカーの合間にねじいれるように大急ぎでポルシェを停めたが、連中のほうがひと足早く、ロビーにたどり着いたときにはライザの姿も、オーレンショーとリーの姿も消えていた。その場で身を翻して四方を探したが、それで見あたらないと、あたしは最寄りの公衆電話を見つけた。黒人の太った男が顔にぼろぼろの道路地図をかぶせてすぐそばのベンチを陣取っており、あたしが受話器をとると、いま電話を待ってるところなんだ、と泣きだしそうな声で言った。

「長くはかかんないよ」そう安心させてから、あたしは二十五セント玉を放りこんだ。もうエリカもボーイスカウト男のもとにもどってるころだ。まだ起きてますように、とあたしは祈った。それよりなにより、家にいますように、と。

「もしもし？」

「よう、あたし」

「やあ、きみか」アティカスが言った。「エリカから警察とトラブってたと聞いたが？」

「ついさっき、友だちがサツにパクられちまったんだ。いま、スリー・スリーにいるんだけど、最悪の事態に備えてその子に弁護士をつけてやりたくてさ。あたしから電話して頼めるような顧問弁護士はいないかな?」

「おれの弁護士なら優秀だ。おれから先方に電話して、そっちで落ちあってもいいが」

「あんたはいいよ、その人だけで」あたしは言った。

「もしトラブってるんだったら――」

「だったら、そいつはあたしのトラブルで、それに関してあんたにできることはなにもない。関わりあいになることないよ、アティカス」

「ブリジ――」

「とにかく大至急、腕っこきの弁護士をよこしてもらえないかな」あたしは言った。「なにか頼めることがあったら電話するよ、約束する。そうじゃないかぎり、この件についてはほっといてもらいたいんだ」

アティカスは黙りこみ、やがて言った。「弁護士の自宅の電話番号を探してこよう」少し乱暴に受話器が置かれ、エリカのくぐもった声がなにがあったのかと訊いている。アティカスは返事をせず、あたしは一分近くのあいだ片側の耳で沈黙を聞き、もう片側で分署の物音を聞いていた。警官たちがロビーを通り抜けていき、メインデスクで複数の電話が鳴っている。ベンチにいる黒人は懇願するようにあたしを見ていた。

アティカスが電話にもどってきた。「名前はミランダ・グレイザーだ」アティカスはそう言って電話番号を教えてくれた。「辣腕《らつわん》弁護士だよ」

「わかった。ありがと」

じゃあまた、とアティカスが言っているあいだに切り、投入口にもう一枚硬貨を食わせてやって、暗記した番号をダイヤルした。ベルが四回鳴り、足を踏み鳴らしながらアルトイズを探していたとき、カチリと受話器をとる音がした。

「もしもし？」

「ミランダ・グレイザーさん？」

「そうですけど。そちらは？」

「あたしはブリジット・ローガン。アティカス・コディアックから電話番号を教えてもらったんだ。アティカスからおたくが有能な弁護士だって聞いて、まさしくそれが必要な状況だったもんだから」

「アティカスはあなたに、うちの自宅の番号を教えたわけね？」ミランダ・グレイザーは言った。「どこの管区？」

「三十三。あたしじゃなく、友だちの件で」

「朝まで待てる内容かしら？」

「殺人容疑なんだ」あたしは言った。

「そうくると思ったわ。なるだけ早くそちらに行きます」

「ロビーで待ってるよ。着てる服は――」

「あ、いいの、言わないで」ミランダ・グレイザーは言った。「見ればわかるわ。まちがいなく」

悲しげな黒人の名前はビルといい、仕事が退けてから来るという娘さんを待っていた。聞けば奥さんが病院にいて、これからふたりで面会に行くのだという。なんの電話を待っているのかは話そうとせず、結局かかってこないまま、男とその娘は分署のロビーの時計で十一時六分に出ていった。

十一時九分、茶色の髪を短いシャギーにした標準的な背格好の白人の女がロビーに姿をあらわした。ジーンズにブルーのコンバース《チャッキース》を履き、虹で弾道を描いたようなガテマラ柄のセーターを着ている。淡い黄褐色の弁護士用ブリーフケースを抱えているのを見て、あたしは挨拶しようとベンチから立ち上がりかけた。立ち上がりきるまでに向こうもあたしを見つけ、右手を差しだしながらまっすぐ近づいてきた。想像していたよりも若い。せいぜい三十代前半というところだろうか。

「ミランダ・グレイザーよ」女性弁護士は言った。「ブリジット・ローガンね?」

「そのとおり」

グレイザーは最初にあたしのブーツを見やり、順に上へと視線をあげていって、目まで到達したところで口をひらいた。「自己紹介はこれでじゅうぶん。友だちというのはだれで、その彼または彼女がやってないという容疑はなに？」

「名前はライザ・スクーフ。ヴィンセント・ラークという名の麻薬密売人を殺した容疑で逮捕されたんだけど、どう考えてもあたしにはあの子がやったとは思えない。厄介なのは、ライザにまずい過去や汚点のついた記録があって、警察がすでに考えを固めてるってこと」

「どの程度まずいの？」質問と同時にグレイザーの右眉が吊りあがり、眼鏡の金縁から三日月形にはみだした。

「なんどか逮捕歴があって、どれも軽罪。それと薬物使用の過去があってね。いまはクリーンで、やめてから五年以上になる」

「ライザはどこに？」

「尋問中だと思うんだ。待たされてるかもしれない。弁護士がつくまでひとこともしゃべるなって言っといたけど、わかってたかどうか」

「逮捕されたときに、あなたもその場にいたの？」

「ああ。ライザは息子と一緒に自分の叔母のうちにいたんだ。息子のゲイブリエルは十歳になる」

「本人はいくつ？」

「二十六」

グレイザーが顔をしかめた。「未婚の母ね。白人？」

「それって関係あんの？　ライザは立ち直ったジャンキーだよ。腐りきったひどい生活を経験してきた子だけど、助けを必要としてるんだ」

「心配しないで。とっかかるまえに現状での立場を把握しておきたいだけだから」グレイザーは振り返ってデスクのほうを見た。「しばらくかかると思うわ。ここにいる？」

「ああ」

「じゃ、わたしがもどってきたら、また」

グレイザーはデスクに向かい、尋問室の場所を訊くと、一度も振り返らずに階段をのぼっていった。

あたしのポケットには半分に減ったライフセイヴァーズのロールがふたつあっただけで、小銭はもう見つからず、内勤の巡査部長から二十五セント硬貨を四枚借りることになった。先に案内でヴェラ・グリムショーの番号を調べなければならなかったからだ。ヴェラは一回のベルがまだ鳴り終えないうちに受話器をとった。

「ヴェラ、ブリジットだよ。いま警察に来てる。ライザはまだ尋問中なんだ」

「はっきりしたことはいつごろわかるんだい？」

「二、三時間はかかる。弁護士には来てもらったよ。ゲイブはどう？」

「サツが出ていってからひとことも口をきかないままだし、いまもベッドにもどろうとしなくてね。ライザは帰ってくるんだろうか？」

「今晩は無理だ」あたしは言った。「罪状認否手続のために留め置かれることになる。保釈で出してやれるんじゃないかな」

「保釈」ヴェラが繰り返した。「ふん、そんな金どうやって払うんだい？」

「あたしがなんとかする」

「なにかわかったらまた電話しておくれ。かならず頼んだよ、いいね？」

「遅い時間になるかもしれない」あたしは先に言っておいた。「たぶん明け方近くになるんじゃないかな」

「あたしは起きてる。ふたりとも起きてるから」

「わかった」あたしは言った。「ゲイブによろしく。だいじょうぶだからって伝えといて」

「あたしが言っても信じやしないよ」

「説き伏せるんだよ」


午前一時にはライフセイヴァーズも切れてしまい、どんな姿勢をとっても快適ではいられない造りをしたベンチと格闘していた。腰は痛いし頭は痛いし、あたしの口はミントの後味がする海を泳いでいたが、ライザもグレイザーもいっこうにあらわれる気配はない。シフトは交代し、犯罪者の行進もペースが鈍り、楽観的思考も底をついた。

ライザに突きつけられた罪状が本人の犯した罪である可能性、つまり、ライザが銃を見つけ、ヴィンスをつけ狙い、やっとの関わりをすっぱり断ち切るために命を奪った可能性は、そっくりそのまま残っている。もともとライザははっきりしていた。たとえあたしがあれだけやったにしろ、ライザが受け入れることのできる安全とは、ヴィンスの死よりほかにないのだということを。がんじがらめのヴィンスの支配を打ち破るにはそれしかない、そうライザが信じていたのを、あたしは知っていた。

もしライザが殺ったのであれば、自分が生前ヴィンスに握られていたのと同じだけの力を、死んでからも与えてしまったことになる。正当な告発のもとで刑に処せられるのだとしたら、もうなにをしてやれるのかわからない。

それより、どうするべきかがわからなかった。

背中側にも血流を送ろうとしてベンチの上で身をよじっていたとき、リー刑事に声をかけられた。「きみがあの弁護士を呼んだのか？　グレイザーを？」

オーレンショーも一緒だった。パートナー同士、よれよれの格好で帰路につこうとしているところで、どちらも組織にひとつ貢献したことから来る達成感のようなものを身にまとっていた。

「身内の友人の弁護士でね」と、あたしは答えた。「ライザに会えるかい？」

「すでに今夜のねぐらの〝墓《トゥームズ》〟に向かってるよ」

オーレンショーはこっちから目を合わしてくるまで待ち、それから言った。「なんの手出しもできんぞ、ローガン。こいつはもう行くとこまで行くことになってるんだ」

「とことん調べてもらうさ」あたしは答えた。「陪審に持ってって、連中の判断を仰ぐまでだよ」

オーレンショーは首を横に振りはじめた。無精ひげが顎と鼻の下に影を落とし、体からは一日きつい仕事をしたあとの酸っぱい体臭が漂いはじめている。逮捕のときに振りまわしていた敵意は、あらかた消えてしまっていた。

「まずそこまでは持ちこめんだろうな」オーレンショーは言った。「スクーフは強情をきめこんでいるが、あのグレイザーという女はそうじゃない。罪状を認めて取引にでるはずだ。陪審団を見るようなことにはならんさ」

「予備知識をどうも」

ふたりはもう一、二秒のあいだ、ほかになにかあっただろうかという顔でとどまっていたが、やがておやすみと低い声で挨拶を交わして別々に帰っていった。ちょうどそのころ、グレイザーもデスクのところに姿をあらわし、退出のサインを済ませてこっちに歩いてきた。

「正面に車を停めてるの」グレイザーは言った。「一緒に来て」

通りは寒いくらいで、かすかに霧がおりていた。街灯に照らされた水蒸気がS字に揺らいでいる。

「あなたの友だちはマンハッタン拘置所《トゥームズ》に行ったわよ——たぶんもう、あのふたりが伝えたでしょうけど」車に向かいながら、ミランダ・グレイザーは言った。「ほとんど話はできなかったけど、ライザはミスター・ラークを殺していないとわたしに断言したわ。同席してた地区検事補のコーウィンに警察調書のコピーをもらったから、午前中の罪状認否手続のまえに読んでみる」

グレイザーの車は古いトヨタで、色は赤だと思うが、夜目なのと年季が入っているせいでどちらかといえばピンクに、火を通したサーモンのような色に見える。鍵はブリーフケースにしまってあり、鞄ごとエンジンフードに置いて探すことになった。

「連中の口ぶりだと、話は終わってるって感じだったよ」あたしは言った。「あんたが司法取引に出ると決まったような言い方だった」

依然として鍵を探しながら、グレイザーは首を横に振った。「まだ時期尚早でなんとも言えないわ。まずは調書に目を通して、そこからはじめるつもりよ」

「見込みはどれくらいかな?」

ブリーフケースから出てきた手には、光る鍵束がぎゅっと握り締められていた。「あたしの弁護費用の話をしてるの?　それとも向こうの主張を覆す見込み?」

「向こうの主張を覆すほう」

グレイザーは腹立たしげにどっと息を吐いたが、思いやりを持った口調を保った。「言ったでしょう、わからないって。これから調書を読むから、そしたら見当がついてくるわ。なんであれ連中が摑んでいるものは、逮捕状を出すに十分だったたってことよ」

「罪状認否手続はいつ？」

「刑事法廷であすの朝九時以降に」

「あたしも行くよ」

グレイザーがロックに鍵を差しいれた。トヨタのドアは強く引っぱらないと開かなかった。フレームがはげて、錆びた鉄がのぞいている。グレイザーはブリーフケースを奥の座席になげこみ、車に乗りこんだ。

「そのときにまた話をしましょう」グレイザーは言った。イグニッションに差した鍵を回しかけ、ふと手をとめる。「あなたの友だち、ライザだけど、ファイターかしら？」

「トップレベルのね」

「よかったわ。調書を読まなくても現時点で言える唯一のことは、この女性はファイターであらねばならない、ってことだから」

ひとり路上に残され、グレイザーの車を見送った。メタリックのサーモンが逆流をさかのぼって消えていく。やがてあたしも、野球バットと死んだ売人のことを考えながら帰途についた。

帰宅後すぐに、ヴェラに電話をかけて報告をいれた。ごく短く、罪状認否手続の件だけ伝えて受話器を置く。

留守電にアティカスからのメッセージが入っていた。返事の電話はかけなかった。

## 12

ライザの保釈は認められなかった。地区検事補《ADA》のコーウィンが、被疑者は前夜に逮捕された際に管轄外へ逃亡する準備をしていたこと、くわえて地域コミュニティに直接的な結びつきを持たないことから、逃亡の危険があると主張したのだ。それに対してグレイザーも、ライザの学校の件や幼い息子の存在を論拠に激しく反論したが、男性裁判長閣下はそうした主張を認めたがらなかった。それでも、保釈の問題で審理をおこなってくれるだけの温情は示し、両代理人には二日間の準備期間が与えられた。そこで小槌の音が響き渡り、審理の結果が出るまでミズ・スクーフはライカーズ・アイランド拘置所に送還されるとの決定が判事の口から下された。

ライザは一睡もしておらず、州の歓待をたったひと晩受けただけですでに充分やつれはじめていた。廷吏に引かれていくライザの顔に浮かんだ表情は、三週間前のあの日、ヴィンスの最初の訪問を受けたときに浮かんでいたのと同一のものだった――あらゆるものが砕け散ろうとしている恐怖と、すでにはるか下まで落ちていながら、その下のどん底がいまだ見えない恐怖。ライザはあたしとヴェラを見つけたが、とうとうその目を息子に置くことができないまま、ドアから出て見えなくなってしまった。

あたしたちのだれひとりとして、ただのひとこともライザと言葉を交わすことはできなかった。

次の審理の呼びだしがかかるなか、グレイザーはコーウィンと話をしに離れていき、あたしは法廷のすぐ外でヴェラとゲイブに追いついた。はやくもヴェラは、火はまだだったが煙草を抜いており、ゲイブリエルはその横から一メートル半ほど離れて、壁を背に口を閉じ、拳を握り締めて待っていた。

「あんたの弁護士、あのひよっこみたいな弁護士は、あたしの姪をなんとしても保釈にすべきだったんだよ」ヴェラがあたしに喰ってかかる。

「判事が承諾しないのは、あの人のせいじゃないさ」あたしは言った。

「ライザには子どもがいるってこと、あいつらにはわかんないのかい？　ゲイブリエルには母親が必要なんだよ」ヴェラは片手をゲイブに差し伸べ、そばに来るよう手招きした。少年は動こうとしなかった。「ライザは無実だよ、あの子はそんなことやっちゃいない」

「検事補の申し立てを聞いただろ。複数の目撃証人がいるんだよ」

「だったら嘘をついてるんだ。ライザははめられようとしてんだよ。くそいまいましいヤクの売人が撃たれたくらいで、まっとうに暮らそうと全力でがんばってるあんないい子が逮捕されるなんて、この国の制度ってもんはどうなっちまってんだい？」ヴェラはグレイザーとコーウィンが外に出てきたのを見つけ、くるりと背を向けた。紙マッチをとりだし、頭上の禁煙サインを無視してニューポートに火をつける。「連中の頭んなかはどうなっちまってんだよ」

あたしはゲイブのまえにしゃがみこみ、握った両手を差しだして言った。「どっちだ」

ゲイブの視線はあたしを素通りして前方を見ている。

「あたしたちでなんとかするからね、ゲイブ。きっとすぐ母さんに会えるよ」あたしは左手をひろげ、オリジナル・ライフセイヴァーズのロールを見せてやった。「ほら」

「くだらないキャンディなんか、ほしくない」

「とっといて、あとで食べな」

ゲイブリエルはそっぽを向くと、ヴェラのもとに寄っていき、シャボンの泡のような庇護の膜に包まれた。ライフセイヴァーズをポケットにもどし、立ち上がるとグレイザーがあたしを待っていたのに気づいた。それぞれを紹介し、済んだところでヴェラが急襲をかけた。

「うちの姪はぜったいにムショから出してもらうからね、おねえちゃん《ガール》。さっさと出してやんなきゃ、あんなとこ置いとくわけにゃいかないんだよ」

「できることはすべてやります」グレイザーは穏やかに言った。「審理の際にはあなたを召喚するから、ライザのために証人台に立ってもらいたいんだけれど」

「どこに立つか言ってくれりゃ立つさ」

グレイザーはゲイブを見やり、またヴェラに目をもどして、口をひらくまえに息を吸いこんだ。「ゲイブリエルはあなたのところに?」

「そうさ」文句があるなら言ってみろとばかりに、ヴェラが答える。

「きょう、このあとで、児童福祉局の人があなたとゲイブリエルに話を聞きにくると思うわ」

「なんで?」

「そうしなきゃならないんだ、ヴェラ」説明はあたしがした。「地区検事局にとってみれば、ライザは殺人者だからね。連中には、ゲイブリエルはだいじょうぶ、ゲイブリエルについてはライザはちゃんとやっている、と確信しておく必要があるんだ」

「どうちゃんとやるって言うんだよ、ライカーズ島なんかに閉じこめられててさ? 自分の息子と一緒にいられないってときに、あの子に母親の役目を期待するなんて、よくもできたもんだね?」ヴェラはかばうようにゲイブリエルの肩に腕をまわした。ゲイブは身をよじって肩をつかむ手から逃れたが、そばを離れようとはしなかった。

「質問に答えて事実を話せばいいだけだよ、なんの心配もいらない」あたしは言った。「ライザは咎められるようなことはなにもしてないんだから」

ヴェラは口から煙草を引き抜いた。少し勢いを鎮めて、ヴェラは言った。「あの連中がまたゲイブリエルをとりあげたりしたら、ライザは死んじまうよ」

「あなたと連絡がとれるように、電話番号をもらっておかないと」グレイザーはヴェラに言った。

　グレイザーはブレザーの内側から背に薄い革を張った手帳をとりだしてペンとともに差しだし、そこにヴェラが名前と住所、電話番号を活字体で書きこんだ。ゲイブリエルは、鼠が蛇を見るようにじっと弁護士を見ている。手帳とペンをもとどおりおさめると、グレイザーはあたしに向きなおった。

「あなたに話があるの」

「どんな話があるかしらないが、あたしも聞かせてもらいたいね」ヴェラが言った。

「話は逐一あとで伝えるよ」あたしはヴェラに言った。「もうゲイブを学校につれてってやったほうがいい」

「学校？　きょうみたいな日に学校に行って、なにかこの子の役に立つとでも思うのかい？」

「学校に行っておけば、児童福祉局《CPS》の連中に対して役に立つ」

　ヴェラは床に吸い殻を投げ、脂じみたスニーカーの踵で踏み潰した。やがてうなずいたときも、ひそめた眉はそのままだった。「面会はいつからできるんだい？」

「できるだけ早急に、なんらかの手配をつけるようにしましょう」グレイザーが言った。

　ヴェラはその返事を受けとめた徴《しるし》にふたたびうなずいたが、ふたたび言葉を発することはせず、ゲイブリエルを連れて立ち去った。ふたりの姿が廊下の奥の角を折れて見えなくなると、グレイザーがためいきをもらした。

「昼飯をおごるよ」あたしは言った。

長い昼食になり、あたしは自分で思っていたよりはるかによくしゃべった。ライザについてグレイザーが知らないことはたくさんあり、ヘロインとヴィンスにまつわるライザの過去の話にはじまって、ヴィンスがライザの日常に舞いもどってきた話、ライザがあたしに助けを求めてきたことなど、ほぼすべてを話して聞かせた。

「それで、そのときあなたはなにをしたの?」

「そいつは伏せときたいんだ」

「関連のある内容なら聞いておかないと」

あたしは首を振った。「ライザが話したいっていうなら、べつにいいよ。あたしからは話せない」

「ライザは話すかしら?」

「話すんじゃないの」あたしは嘘をつき、ダイエット・コークを少し口に含んだ。「なにが起こったか、あの子の言い分を聞いてみる機会はあった?」

「ヴィンスに自分から近づいたことなどまったくない、死んだことすら知らなかった、って言ってた。明白な嘘ね」

「明白というと?」

「ライザは警察から逃げようとしていたか、すくなくとも積極的に避けようとしていた。それは情況証拠になるし、罪の自認とみなす者もいるでしょうね。ヴェラ・グリムショーのアパートメントに非常口から入ったとなれば、なおさら印象は悪くなるわ」

「あんたならなんとでも説明できる」

グレイザーは鶏肉の最後のひときれを突き刺して食べてしまうと、フォークとナイフを脇に揃えて、口の両端を順に拭った。眼鏡ははずされ、その目はブルーだったが、前夜はたしかにブラウンだったはずだ。

「できるわよ」グレイザーは言った。「でも、いくらわたしでも——いまのところ——説明できないのは、警察調書に列挙されている三人の目撃者よ」

「三人？」

「はったりかもしれない。警察は自分たちの主張を実際より強固に見せようとして大げさに書いたりしがちなんだけど、もしもその証人が本物だとすると、その場合はいろいろと——興味深いことになるわね」グレイザーの浮かべた笑みは苦々しかった。「調書によれば、ふたりの人間がヴィンスの死亡した場所と時間にライザがいたことを特定している——すくなくとも銃声が聞こえてから数秒間以内にそこで目撃した、と。もうひとりは、ライザが銃を持って、部屋のなかに向かって発砲したのを見たと言ってるの」

「どれも初耳だよ」あたしは言った。「そんなのひとつも知らなかった。いつなにが起こったかすら知らない」

「四日前、ヴィンセント・ラークは百六十番台のストリートにあるシューティング・ギャラリーで撃たれたの。一発は肩に入り、一発は頭を貫通した。警察はライザ・スクーフが三八口径の銃を用意し、情夫を見つけ、発砲したと言ってる。そして走って逃走した、と。後ろの壁から三発の銃弾が発見されてるわ。撃ち損じたぶんね」

あたしは頭のなかで、三八口径の銃というものがどれだけありふれていて、いかに五つの行政区のどこででも簡単に買えるかを考えていた。「銃は発見されたの?」

グレイザーは首を横に振った。「ライザはあなたに、なにもそういうことを話してないのね?」

「昨夜は話をする間《ま》もなかったし、そのまえの三週間近くは会ってなかったんだ。警察はうちにきたけど、ライザは見つからなかった。それであたしがヴェラの自宅へ行くと、ライザがあらわれたんだ。バーン、ダダーン、カチャンって具合に、手錠をはめられて御用さ。あんたに電話したのはそのあとだよ。ほかにもなにかあるかい?」

グレイザーが手を振ってコーヒーを頼むと、ウエイターがふたりのカップを満たして、汚れた皿を片づけていった。グレイザーは小袋からまがい物の砂糖を半分だけ入れ、かき混ぜて、口をつけた。あたしはミント菓子を口に放りこみ、自分に忍耐を言い聞かせた。

「わたしはあなたを知らないわ」ようやくグレイザーが口をひらいた。「今回の訴訟に関して、あなたをどう扱うべきなのか悩んでるの」

「ライザ・スクーフの弁護費用を支払う人間ってことで」あたしは言った。

グレイザーがテーブルクロスにスプーンを置くと、コーヒーのしずくが染みになってひろがった。「いいでしょう。ただ働きじゃないとわかってよかったわ。でも、だからといって、特定の情報を知る権利を持つことにはならないのよ」

「ニューヨーク州での営業ライセンスを持った私立探偵でもあるよ」あたしは言った。「腕利きのね。あんたにサービスを提供しようと思ってるんだ、費用は自分持ちで。あたしはあんたのためにこの件を調査する。あたしは弁護側に協力をする。で、そうなると、この訴訟のためにあんたに雇用されたことになり、特定の権利を持つ人間のなかに含められる」

「あなたが私立探偵《PI》？」

「アグラ＆ドノヴァン探偵事務所のね」

グレイザーの本当はブルーじゃない目が、わずかに見ひらかれた。「まあ、じゃ、あなたが彼女なのね」

「彼女って？　彼女ってだれ？」

グレイザーは首をひと振りして、ストレートな質問を却下しながら言った。「まえにアティカスがあなたのことを話してたわ。彼の言ってた人があなただってことに気づいてなかったの」

あいつがなんと言っていたのか訊ねてみたい欲求をあたしはねじ伏せた。「そう、彼女ってのはあたしさ。さっきの話はこれで解決？」

グレイザーはまた首を横に振った。「まだ、あなたが釈明をしておくべき倫理的疑問があるわよ」

「利益相反の問題があったとしても、全部こっちの問題であってあんたには関係ない。あたしは調査がしたいんだ。費用は自分持ちであんたに情報をとってきてやれる。あんたは金を払わないんだから、あんたはあたしを雇うことにはならない」

「でも、あなたはわたしに費用を支払うでしょう。あなたの公正さは、それゆえ消滅してしまうのよ」

「公正だなんて振りをするつもりはさらさらないよ。客観的にやろうなんて芝居すら打つ気はないね。ライザがヴィンスを殺したなんてあたしには信じられない。そんなことするわけないんだよ、嫌っていうほど失うものがあるんだから。なにがあろうとこの件であの子を刑務所送りにはさせないからね」

グレイザーは両手を膝に置いて、椅子のうえでごくわずかにあとずさった。一センチばかり距離をあければ、あたしのことがもっとよく見えるとでもいうように。「そこまでいれこんでる理由はなに？」

「あたしはあの子の友だちだから」

「で、それがあなたをそこまで突き動かす理由だと?」

「だれかが代弁してやるしかないんだ。司法制度のくそったれは当然そんなことをしちゃくれない。ヴェラにはできないし、ゲイブにだってできない。そうなると、あの子が頼れる人間はもういないんだよ」

「そこで突如、わたしが十字軍になったってわけ?」

「そのとおり」

「そしてあなたもね。もしこの件があなたにとってまずいことになったら、ライセンスをドブに捨ててもかまわないってこと? こんなのが審査に触れれば、廃業はまちがいないわよ」

「だれかがライザを助けてやらなきゃならないんだ」

「あなたが」

「そして、あんたも」

「どうして?」

つかのま、頭を絞って考えなければならなかった。シンプルに答える方法はあるだろうか。いや、そんなものはなかった。

「本当にあった話をするよ」あたしは言った。「ライザは十四歳で、ストリートで立ちんぼするようになって四年が経ってた。家族と呼べるような身内はヴェラひとりだけで、それさえいつも一緒に暮らしてたわけじゃない。両親なんて存在は、とうの昔に影もかたちもなくなっちまってたんだ。十四歳だよ、わかるかい？　やがてライザは、地元ブロンクスでコカインをさばいてるヤバい連中につけこまれちまった。その連中ってのは本物の密売組織で、街角の木っ端売人なんかじゃない。そして連中のひとりが、ライザの歳に目をつけたんだ、わかるだろ？」

グレイザーは片眉を吊りあげただけだったが、あたしはそれをイエスと受けとった。

「連中は冴えたアイデアを思いついた。十四歳だけに、この子は一流の運び屋になれる、ってね。連中はライザの渡航書類をととのえると、単独でコロンビアのボゴタへ飛ばせ、そこのホテルの一室で、麻薬カルテルの下っ端ふたりと合流させたんだ。ライザがコロンビアで目にするのは、そのホテル一室のみだった。なぜならホテルに入った瞬間、その下っ端ふたりは、コンドームを縛って作った二十ものヤクの包みを、次から次へとあの子の口に押しこみはじめたんだ。ライザは窒息しそうになりながら、その全部を呑みこんでいった。

その夜、ホテルの部屋で寝るときには、男のひとりがライザに絡みつくようにして、逃げないように腹のところで両手をがっちり組み合わせていた。もうひとりの男はウジのサブマシンガンを手に見張っていた。もしあの子がどれだけヤバい仕事をしてるか知らなかったとしても、それでさすがに悟ったはずだ。そうだろ？　ライザにはわかったんだ、もしこれをしくじったら命はない、と。その夜、ライザは一睡もしなかった。怖くてたまらなかったし、腹のほうも死ぬほど痛かったに決まってる。そして次の朝、ふたりの男はライザを空港に連れて行き、飛行機に乗せた」

「以前にもそういう話を聞いたことがあるわ」ミランダ・グレイザーが言葉をはさんだ。

「ここから先はないと思うね」あたしは言った。「いいかい、例の腹痛、そいつがさらにひどくなったんだ。もちろん、袋のひとつが破けちまったわけじゃない。そんな事態になってたら、あたしたちがいまここでしゃべってることすらなかったんだろうけど、とにかくその痛みは半端じゃなかったんだ。ウイルスだったのか、食べたものが悪かったのか、たぶん緊張のせいだったのか、ライザにはわからなかったが、なんにせよ地獄の苦しみで、どうしてもトイレに行かずにはいられなくなっちまった。フライトの終わり近くまで奥歯を嚙み締めてずっと耐えてたんだけれど、とうとう、そのままじゃ坐ったまんまパンツに漏らしてしまいそうだと思って、トイレに入った。

あの子はカウンターに腰をかけて、手洗いのシンクで用を足したんだ。二十袋全部がそこに出てきた。もし一袋でもなくなれば命はないという前提で、目の前のシンクにそいつが二十袋あり、機体はちょうどケネディ空港に向かって着陸体勢に入っていた。

だから、あの子はひとつひとつ袋を洗い、もう一度呑みこんだんだよ、その全部を。自分の排泄物を洗い落として、それをひとつひとつ、口んなかに入れては呑みこんだんだ」

あたしは口に残っていたミント菓子を嚙み砕いてコーヒーで喉に流しこんだ。グレイザーは二杯目のコーヒーにはまだなにも混ぜ物をくわえておらず、相当に胃がむかついている様子だった。

「生きるためにそうしたんだよ」あたしは言った。「あの子のためにどんなことでもしてやりたいのは、そいつが理由さ」

あたしを見据える目の奥で多くのことが進行していたが、それを隠すのが巧く、ミランダ・グレイザーがなにを考えているのかはわからなかった。勘定書がくると、グレイザーはなにも言わずにこちらに払わせておき、あたしが財布を開けて現金を置くのをじっと見ていた。あたしは名刺も一枚ぬきとって、グレイザーの手元に向けてテーブルにそれを滑らせた。

「わたしはまず、保釈審問の準備をしなきゃならないの」グレイザーは名刺を手に取らず、まだ見つめている。「でもともかく、警察調書のコピーをきょうのうちにあなたのオフィスに送っておくわ。あなたがどこを調べるべきか、あなたになにをしてもらうかは、あした話しましょう。午後はあいてる?」

「この件に関しては、常時あいてる」

グレイザーはブリーフケースに名刺をしまい、あたしはジャケットに袖を通して立ち上がった。片手をグレイザーに差しだす。グレイザーの握手は女性的だったが、柔らかすぎるということはなく、すぐに手は離された。

「できればライザ・スクーフにも、自分のためにあなたがなにをすすんで犠牲にしようとしているか、知っててもらいたいものね」グレイザーが言った。

「あたしがなにを犠牲にしようと」あたしは言った。「あの子が失ってきたものに比べたら、足元にもおよばないさ」

仕事を片づけにオフィスにもどる必要があったのだが、どうしても知っておかねばならなかったから、まず家に帰った。クロゼットに向かいながら、留守電のボタンを叩いてメッセージを聞く。エリカが、つづいてアティカスが、そしてライラ・アグラが、それぞれの変奏でひとつの主題――**いったいどこにいるのか？**――を爪弾いていた。ライラの声が消えるころ、あたしはクロゼットのなかに入って、いちばん上の棚に手を伸ばしていた。あつらえで作ってもらったヤンキースのキャップの横に置かれた箱に。

指先が縁を引っぱった瞬間にわかった。箱をおろすときのかるがるとした感触。金属の重量感はなくなっていた。わざわざ開ける必要もなかったが、仕事には完璧を期すほうなので、蓋を持ちあげてなかを覗きこんだ。親父のモデル10があるはずだった、なにも無いその場所を。

ある意味、あたしはほっとした。

つまりそれは、警察やミランダ・グレイザー同様、あたしにも凶器の在り処はわからないということだったから。

# 13

ライザの保釈審問の日、事務所に病欠の電話を入れて、ブロンクスのキングスブリッジ・ロードまで車を走らせた。数々の思い出のあるこの道を横切ることは、カレッジに逃げるように家を出てからはろくになくなっていた。親父が死ぬまぎわに一度と、あと一度、おふくろが逝ったあとに帰っただけだ。自分の育った家を最後に見たのは、もう四年以上もまえになる。そのときはケイシェルと一緒に行って内部《なか》をすっかり片づけ、仲介業者と会い、古くなった家族の家を売りにだした。

ごくごくマゾヒスティックな気まぐれで、きょう、もう一度そこを通ってみようと思いたった。通りから通りへゆっくりとポルシェを走らせていくと、木々はみな少しずつ大きくなり、どの家も少しずつだが憶えている姿より古びていた。眩しいほどに晴れあがった上天気で、葉をずっしりつけた枝々はそれぞれに秋の色へと変わりはじめ、そこだけに影を落としている。色を変えるといえば界隈の住人もそうで、白い肌よりさまざまな濃淡の褐色や黒い肌が増えていた。ここに移ってきた理由はみな、うちがそうだったのと同じだ。どの家庭も懸命に中流社会に入りこもうとしていた。

うちの家はペンキが塗り替えられ、両親の部屋があった南面は増築されていた。あたしはアイドリングにしたまま、車を停めた。ちょうど郵便配達人がまわっていて、一ブロック向こうの家ではアジア系の主人が自分の敷地の芝づたいに手動芝刈り機を押して歩いていた。あたしはサングラスごしに、ひとりの女がダルメシアンを散歩させ、もうひとりがベビーカーを押しているのを見つめていた。ミスター・ジョーンズがあたしに、あのなかにヤクをやってる者がいると思うかい、と訊ね、あたしはミスター・ジョーンズに、おとなしくしてな、と言い渡してから、新しいアルトイズの缶を開けた。

家庭の幸せ、か。

それ以上耐えられなくなると、ポルシェのギアを入れて路上でUターンし、さらに北へ向かった。家並みがふいに途絶え、それまでの住宅街から商業地帯にがらりと変わって、年月による変容の度合いがさらに顕著になった。夫婦経営《ママ・アンド・パパス》の小さな店は、どこもチェーン店の餌食となってしまったようだ。番地を見ながら、ファーストフード店やレンタルビデオ屋、クリーニング店、軽食堂《スタブ・アンド・グラブズ》を過ぎていき、やがて美容院と廃業した旅行代理店に挟まれて建つ新しい小型ショッピングモールの裏手に、目的の住所を見つけた。

車を停めてエンジンを切り、一分近くそのままの状態でじっと坐って、行動に移るか、それともやめておくか、決めるのに必要なだけの時間をたっぷり自分に与えた。自分のロジックを確認し、根拠を確認し、やろうとしていることをやめておくよう、もういちど自分をひきとめようとした。

でも、どうしてもほかに選択肢があるとは思えなかった。あたしには手助けが必要であり、あたしの過去と現在を別々の箱に分けたままにしておきたければ、そうするよりほかはなかった。

道場のなかでは、ランチタイムのクラスが行われているところで、男七人と女四人がそれぞれ衣《ギ》をまとい、その大半が黄色や緑の帯をつけて、堅木の床の大部分を覆った大きな白いマット上で稽古に励んでいた。あたしが入ってもだれも気に留めず、壁づたいに身を滑らせるようにして鏡と逆側の隅までいくと、そこから全体が見渡せた。繰りだされる突きや投げ技を眺め、衣擦れの音やバシッという衝撃音、訓練された瞑想呼吸のゆったりした息づかいに耳を傾けていた。

アンドルー・ウルフが正武館武術の道を求める弟子たちのあいだを裸足で移動し、見守り、批判し、褒めてやっているその姿は、どこか司祭を思わせた。アンドルーの衣《ギ》はしみひとつない純白で、袴は腰に締めた絹の帯とおなじ漆黒だった。黒帯四段だと聞いたが、それもゆうに二年以上、おそらく三年近くまえのことだから、情報は古くなってるにちがいない。勢いよく攻めかかる弟子たちを、アンドルーは手首をつかんでやすやすと床に投げ飛ばしていた。あたしの記憶よりも背が高く、くすんだブロンドの髪をちょうど首の下までさがったポニーテールにまとめている。腕を見たが、衣《ギ》の袖に隠れて傷跡は見えなかった。クラダ・リングが左手できらめくのが見え、意外のあまりおもわず目を凝らして、まともに見えているのかどうか確かめようとしてしまった。

クラスはゆるやかに終了を迎え、アンドルーが手を叩くと、弟子たちは三つの階級別に四人組の班を形成して師範のほうを向いた。アンドルーが一礼し、弟子たちが礼を返し、アンドルーがまたあしたと声をかける。そこで班は散って、鏡張りの壁にもたれさせて一列に置かれたジムバッグに向かっていき、アンドルーは道具を片づけはじめた。棒剣を一本一本滑らせるように棚に架け、すべてもとどおりの位置に収めていく。ひとつの壁は一面に武具が掛かり、木製の剣や杖《ジョウ》という棒が平行なラインを描いて並んでいた。

最後の弟子が帰っていき、最後の武具をしまい終えるまで待って、ようやくアンドルーはあたしのほうを振り返った。左足の踵を使ってじつに滑らかに、じつに正確に行われたその動きは、パイプの曲がり目を通り抜ける水を思わせた。

あたしはサングラスをはずしてTシャツの首にかけ、笑みを浮かべる努力をしてみた。

「ブリディ・ローガン」アンドルー・ウルフは言った。「驚いたな」

「驚きだろ、アンドルー・ウルフ」あたしも同調した。

鏡張りの壁に沿ってダンス用のバーがとりつけてあり、アンドルーはそこに掛けてあった短い白いタオルを引き抜いて顔を拭いた。パイル地が下ろされたときに出てきた表情は、いくらか警戒が解けて和らいでいたものの、喜びと見まがうようなものは一切なかった。

「まえに聞いた話だと都会に移って立派にやってるそうじゃないか。私立探偵になったと聞いたが」

「信じられないだろうけどね」

「ちょうど先週、きみのことを考えてたんだ。妹さんに偶然会って……妹さんはなんともすばらしい人になったたな」

「そうなんだろうね」

アンドルーはダンスバーにタオルを掛けなおすと、道場の奥からこっちにやってきた。素足は堅木の床に音もたてず、その動きはなにかが滑空飛行で近寄ってくるような、無名戦士の墓を守る番人らが地面に貼りついたまま歩いてくるような、そんな感じだった。あたしの接近許容範囲ぎりぎりのところで、両腕をゆったりとおろしたアンドルーが立ち止まった。

「これはまた」アンドルーは言った。「すごくいい女になったじゃないか」

「そっちもいい感じじゃないの。ちょっと白髪が生えてきたね」

「こめかみだけな。こいつで師範の威厳が出るんだ」

「チョーヤバの貫禄だよ」

アンドルーは笑い声をたてて両手を差しのべ、あたしもそいつを受けとめて抱擁を交わした。もっと背が高かった気がしたのに、いつのまにどこで追い越したんだか、抱きあっているとと相手のほうが二センチばかり低いとわかった。ふたりとも長々しい抱擁はせず、ただ相手が本当にそこにいることを確かめあうにとどめた。

「あと二時間ほどはクラスがないんだ」アンドルーは言った。「なにか一杯というのはどうかな？」

「なにか一杯ってのは、なかなかいいね」

「着替えて戸締まりをしてこよう」

三軒隣に〈スターバックス〉があり、ふたりとも一杯ずつコーヒーを買って、おもてに置かれた小さな黒い金属のテーブルをはさんで坐り、一分近く黙ったままでカップに口をつけていた。

やがて、あたしは言った。「結婚したんだね」

「ん、ああ」アンドルーは指に嵌まったクラダ・リングの、ふたつの手がハートでつながっている部分に目をやった。「じつを言うと、ケリーなんだ」

おもわずこぼしたコーヒーで、手の甲を火傷した。

アンドルーは笑ってしまうのを隠せなかった。「そうさ、おれにとっても驚きだったよ。坊主がひとりできて、じきにもうひとり生まれてくる。予定は十一月だ」

「いつ、そういうことになったの？」

「ええと、四年前かな？　フランキーが生まれたのがおととしの五月だ。どうしてそんな目でおれを見る？」

「あんたが結婚して父親やってるって聞いて、あたしにどんな目で見ろと?」

「そこまでショックを受けず、もう少し喜んでいる目、かな?」

「喜んでるさ」あたしは請けあった。「ほんとだよ。でもショックも受けてる、たしかに。ケリーだろ? ケリー・フェランだろ? あの『レオナルド・ペルティエ(アメリカ・インディアン運動の活動家。FBI捜査官二名の殺害で冤罪を主張しながら長期にわたり投獄された)を釈放せよ』って、カフェテリアの壁にスプレーで落書きしてた、あの女なんだろ?」

「まさにあのケリーだよ」アンドルーは言った。「そしていまは弁護士補助員で、まもなくその肩書も卒業し、弁護士になろうとしている。もちろん、お腹にいる子が生まれてからだがね。どうも本当に肝をつぶしちまったみたいだな?」

「たぶん、なんて言うか、自分の脇を駆け抜けていった人生を垣間見てしまった、って感じかな」あたしはそう言ってコーヒーを飲んだ。手の甲の皮膚が飴のようなピンク色になっていたが、火傷というほどたいした痛みはなかった。「それと、罪悪感の波がどどっと崩れかかってきた感じ。長いこと音沙汰なしにもほどがあるって、あたしを責めるメッセージが詰まったいくつもの壜と一緒にね」

「おたがいに別々の道を選んだんだ、ブリディ」アンドルーの言葉で過去がよみがえった。

沈黙が落ちる。

アンドルーの両手はテーブルの上で、カップに添えられたまま静止していた。十年前のアンドルーはそんなふうにじっとしていることがまったくできず、椅子の上でもぞもぞしたり、爪先をとんとん鳴らしたり、両手を動かしながらしゃべっていたものだ。衣《ギ》を脱いだアンドルーは、道場の宣伝をいれた白いTシャツと黒い戦闘《BDU》パンツに身を包み、むきだしになった両腕には、筋肉に持ちあげられるように、はるか昔の傷跡が肌に浮きあがって見えていた。

「最後にきみに会ってから九年になる」アンドルーは言った。「きみといると、いろんなことが思いだされるよ」

おたがいさま、とあたしは思った。

「どうしてここに来たんだ、ブリディ？」

「力を貸してほしい」

「喧嘩をふっかけてまわるのはやめたんだ。もう足を洗った」

「なにもどこぞの連中をあたしのために殴ってくれっていうんじゃないよ、アンディ。だれか後ろについててくれる人間が必要なんだ。その第一希望があんたってわけ」

「おれ？　これほど長いあいだ離れていたのに、おれの力を借りたいと言うのか？　どうしてだ？」

「いま、ある事件を扱っててさ、売人の殺人事件を調べてるんだ。行かなきゃならない場所があって、訊ねなきゃならない質問があるんだけど、まず歓迎はされそうにない。あんたが一緒にいてくれたら、少しでも回答を得るチャンスが出てくるんだ」

「その場所というのは、どういう場所だ？」

「昔、あんたとあたしが住みついたような場所だよ」あたしは言った。

アンドルーは、青い目であたしの顔を探った。「おれはもうやってないんだ。七年と四ヵ月間、ずっとやってない」

「あたしもだよ」

「更生ミーティングに週三、四回出席してるんだよ、ブリジット。立ち直りを目指す中毒患者の引受人をしていてね」

「あんたにまたやらせようなんて思っちゃいないさ」あたしはライフセイヴァーズを奥歯で嚙み砕いた。

アンドルーの首を振るしぐさもまた、ほかのひとつひとつの動作と同じに正確だった。

「ちがう、おれが言わんとしていることはそうじゃない」

「じゃあ、なに？」

「どうしてきみは、そんな誘惑のなかに足を踏み入れたいと思うんだ？」

「そうしたいわけじゃない。そうするしかないんだ。友だちが厄介なことになって、その子があたしを必要としてるんだよ」

「もう少し説明してもらったほうがよさそうだな」

「その死んだ売人だけど、警察はあたしの友だちが殺ったと思ってる。連中の主張を覆す最善の方法は、もっと有力な容疑者を見つけることなんだよ。死んだ売人——名前はラーク——は、かなり力のある組織の下で仕事をしてた。ナイジェリア人の密輸入組織さ。なのに警察はそっちの線を追っかけもせず、都合のいい手堅い主張をこしらえて、あたしの友だちの首にぶらさげやがったんだ」

「それで、もしも有力な容疑者が見つかった場合は、連中は起訴を取り下げるのか？」

「その子の無実を証明するいちばんの方法は、実際にやった犯人を差しだすことさ。けど、調べてみなきゃそれもできないし、ひとりじゃ調べられないんだよ」

「そこで話はまた、なぜおれなのか、というところにもどってくるな」アンドルーの口調は優しかった。「九年も経つのに、なぜおれなんだ、ブリディ？」

かっと血がのぼるのを感じ、沸きあがる怒りに自分でも驚いていた。「どうして九年もあたしの顔を見なかったか知りたいかい、アンディ？　あんたがあたしを探さなかったのとおんなじ理由さ。あたしのいまの生活にかかわってる人間はだれも、あたしが昔どんなだったか、昔どんなことをしてたか知らないんだ。あたしがどこで、どうして、だれと、なんのために寝たかなんて知りもしないんだよ。あたしだって知ってもらいたかない。だれも知る必要なんてないんだ。もしまた注射針の海のなかに踏みこまなきゃならないとしたら、その連中にそばにいてもらうわけにはいかないんだ。怖さと渇望をわかりあえるだれかと一緒でなきゃだめなんだよ」

アンドルーの悲しげな顔にいっそう怒りをかきたてられたが、それ以上なにも言いたくなかったから、代わりに残りのキャンディをまとめて口に放りこんだ。アンドルーはキャンディを嚙んでいるあたしを見つめ、その両手はテーブルの上のコーヒーのカップの両脇にじっと置かれたままだった。唇はまだ青くないから、息はしているにちがいない。

「みんなに話したほうがいい」アンドルーは言った。「わかちあわなければ、治すことはできない」

「治ってるよ」あたしは言った。「治ってるし、そんな話じゃないだろ。手を貸したくないんなら、アンディ、かまわないからそう言いなよ。けど、あたしに〈十二のステップ〉から借りてきたごたくを並べるのはよしてほしいね。そんなもの、当時だってあたしにゃ要らなかったし、当然いまだって用はないんだ」

すでに椅子から立って帰ろうとしていたところ、アンドルーは片手を挙げてみせた。止まって待て、と頼んでいるしぐさだ。

「引き受けよう」と、アンドルーは言った。

「もうあんたの助けを借りたいのかどうか、わかんなくなってきた。ここに来るのがそれほどすばらしい思いつきだったのかどうかも疑問だよ」

「だが、おれはきみの力になりたいんだ」

つい小馬鹿にしたような笑いが、口に蓋をするまもなく漏れてしまった。「まるでケイシェルの言い草だね」

アンドルーはコーヒーを手にとって立ち上がった。「ブリディ、きみには借りがある。きみがおれに対して望むのがこれなら、よろこんで引き受けよう」

「お目付け役は要らないよ、アンディ、ほしいのはバックアップなんだ」

「わかってる」

「ヤクを探しにいくんじゃない」

「知ってる」

「ヤクを探しにいくわけじゃないんだ」あたしは語気を荒げて繰り返した。

「信用してる」

「ならいい。きょうの午後に電話をいれるよ。今晩からはじめよう」

半分残っているカップをゴミ箱に投げこみ、サングラスをはめながらポルシェにもどった。アンドルーは道場に引き返しかけたが、エンジンが唸りだしたのを聞いて足を止め、あたしが車を出すのを見守っていた。またあの落ち着いた、穏やかな表情をしている。またあの揺るぎない、世のなかとうまく折り合いをつけた、見るだけでケツを蹴とばしてやりたくなるような〈十二のステップ〉の顔を。

リバースで駐車スペースを出ると、タイヤを回してペダルを踏みこみ、一気にアーウィン・アヴェニューに乗り入れて、はるか彼方にアンドルーを置き去りにした。アンドルー・ウルフもケリー・フェランも、彼らの小さなフランキーも生まれてくるもうひとりも、アンドルーの道場も、人生も。

親父があたしを見つけ、連れもどして部屋に閉じ込め、穢《けが》れを叩きだしにかかった時点で、アンドルーが消息を絶ってからすでに二ヵ月が経っていた。はじめてその身になにがあったのかを聞かされたのは、離脱を終え、ヤクと手を切って五ヵ月が経ったころだ。もう遠い昔となったあの日、アンディはあたしをギャラリーで待たせてヤクを仕入れに出かけ、そのあとすぐにトラブルに巻きこまれていた。事の次第の一部始終は知らないが、暴力沙汰があって血が流れ、最後には警察が出てきて加重暴行罪で逮捕となったらしい。アンドルーが司直の手に渡ると、彼の父親は――これも警官だが、うちの親父とちがって下司野郎だった――息子に対してはじめて唯一ためになることをやってのけた――アンディを少年院、あるいは更生院とか施設と呼んでもいいが、そこに送りこんだのだ。人里はなれた片田舎で、アンドルーは麻薬を絶って立ち直り、その過程で、セラピーの一環に武芸をとりいれた教師を通じて武術と出会った。重さと力、静と動を操る世界に、アンドルーは救いを見いだしたのだ。

ここにもどってくるべきじゃなかったんだ、とあたしは思った。

屍はそっとそのまま、朽ちるにまかせておくべきだった。すでにまっとうな自分を確立しているアンドルーにとって、舞いもどったあたしに過ぎ去った人生の骸《むくろ》を蹴り飛ばされる筋合いはない。

けれど、あたしは自分に言い聞かせた。それでも本当にそれしか方法がなかったのだから、と。


「ライザの保釈は却下されたわ」車載の携帯電話ごしに、グレイザーの声が告げた。「公判までライカーズに留め置かれることになるわね」

「くそったれどもが」

「ミズ・グリムショーのリアクションもほぼ同じだったわ。わたしにできることはすべてやったわよ」

「却下の理由は?」左の車線に突破口はないかと探しながら、あたしは言った。

「だいたいはコーウィンが罪状認否手続で主張してたようなことよ」

「児童福祉局の連中は?　そっちのほうはどうなった?」

「そこが唯一、よろこばしい点ね。いまのところ、ヴェラにゲイブリエルの保護を認める意向なの。ライザが有罪になったら、その時点であらためて息子さんの措置を決定する手続きがとられることになるわ。最悪の結果になった場合でも、最終的には叔母さんと一緒に住むことになると思う」

「ほんとに？」

「福祉局の人たちは鬼じゃないわよ」グレイザーは言った。「可能なかぎり、家族を一緒にしようと努力してくれる。かえってゲイブを親戚のもとに置こうとするはずよ」

「これでライザの肩の荷が、確実にひとつは降りるよ」ピックアップトラックが前をのろくさ走っているのに、どうにもやり過ごす方法がなかった。あたしはむなしくクラクションを鳴らした。

「その心配はいちばん小さなものでしかないでしょうね。大陪審による正式起訴のあと、コーウィンはまちがいなく面会を要請してくるわ。司法取引を申しでてくると思う」

「取引はなしだよ」あたしは言った。「刑期を務めさせるわけにゃいかないんだから」

「いいこと、ローガン、現時点でこの訴訟は見通しのあかるいものではないの。ライザからはなんの協力も得られていないし、ああも固執している話をひっさげて陪審のまえに出ようものなら、負けるのは目に見えてるのよ」

「あたしに面会の手配をしてくんないかな？　ライザに会わなきゃならないんだ」

トライボロ・ブリッジで減速して料金を支払い、ふたたび加速して飛びだした。右手に沿って見えている、ワード島からイースト川を分かれた支流は、ヘル・ゲートと呼ばれている。たしかにその名前は似つかわしいかもしれない。

「あなたをライカーズに行かせたら、もう少し分別を持つようライザを説得してくれる？」

「もちろんさ、弁護士さん」あたしは言った。「いまもう向かってるとこだよ」


クイーンズのアストリア地区を北へ抜けてヘイゼン・ストリートに乗りいれ、道なりにイースト川の水上を渡りながら、クロゼットのなかの空の靴箱のことを考えていた。

ライザかゲイブのどちらかが、あたしの見ていない隙に親父の銃を盗み、自宅に持ち帰ったのだ。ヴィンスにおびえ、あたしがどんな手を打つかも不安で、ふたりのうちのどちらかが、銃をもうひとつの手段と考えて盗みだした。おそらくライザが。

そして、盗んだ銃はしばらくアパートメントに置いてあったが、ヴィンスの件が落着したあとは、自分のしたことが恥ずかしくなって返せなくなった。息子が見つけるかもしれないと思うと、自宅に置いてもおけない。そこでライザは銃をどこかに捨ててしまった。ゴミ箱か川のなかか、けっして見つからないどこかに。

ほかの三八口径の銃ならニューヨーク五区一帯のどこにでもあり、手に入れるのも簡単なら失くすのも簡単だ。

ヴィンセント・ラークを殺した銃が、あたしの父親の拳銃であるとはかぎらない。

囚人服のグレーはライザを小さく病人のように、かつてそうだったジャンキーのように見せ、その色があらゆるものに染みとおっていた。既決囚のように足をひきずって面会室に入ってきたライザは、体の前で指を組み合わせて目を伏せている。用意された椅子のひとつに腰をおろしてから、はじめて目をあげた。ライザは社交辞令を省略した。

「なんとかしてここから出して、ブリジット」

「信用しな、できることは全部やってる」

「ここにはいられない。無理よ。ここは最低」

「わかってるって」

ライザの表情が、切れかかったギターの弦のように張り詰めた。「ううん、わかってない。あんたは経験ないじゃない。ここは地獄よ。寒くて、ひとりぼっちで、だれもがだれもを嫌ってて。あたしには服役なんてできっこない。こんなとこで生きのびられるような根性はないよ」

「だったら、そろそろこっちに協力をはじめなきゃ。グレイザーやあたしの手助けをしてくれないと」

ライザは組んだ指先をほどいて、灰色の袖の上から右肘を掻きむしった。「ゲイブを放りだすわけにはいかない」あたしを無視して、ライザはつづけた。「まえにも一度、あたしなしでやってかなきゃならなかったあの子に、また同じことはさせられない。これからどうなろうとしてるかわかる？　またおんなじよ、一からおんなじことを繰り返すのよ、あの子はひとりで、あたしはここで。この輪をどっかで断ち切らなきゃ、あたしとゲイブとで終わらせなきゃいけないの。あたしは自分の親みたいにはならない。あの子を見捨てたりするもんか」

あたしはライザの正面の椅子に腰をおろした。「グレイザーが言ってたよ、仕事をしようにもあんたがなにも与えてくれないって」

「あの女は嫌い」

「たぶん向こうもそれほどあんたを好きじゃないだろうさ」あたしは言った。「でも、腕のいい弁護士だって聞いてるし、あんたにつけられることになってた公選弁護人なんかよりゃ絶対にいい。あんたを出してやるには、グレイザーが頼みの綱なんだよ」

「でも、あたしはやってない!」怒鳴り声は廊下の向こうで金属扉の閉まるガシャンという音とぶつかり、その反響音が静まるとライザは両手に顔を埋めた。

しばらくそのままにさせておいた。それから、あたしは訊ねた。「ヴィンスが舞いもどったのかい?　またあんたを脅したのかい?」

「話を聞いてないの?　あたしはやってないってば!」

「だったらなんで三人もの目撃者が現場であんたを見たなんて言うんだよ?」

「知らないよ。そんなとこにいた覚えもない」

「あたしには嘘をついちゃだめだよ、ライザ」

「あんたに嘘なんかついてない！　なんなの、どうしてだれも信じてくれないの？　グレイザーもあたしを信じてないし」

「じっさいに三人の――」あたしはまた言いかけた。

「わかってるって、うるさいよ！　そいつらはまちがってんの！　あたしはいなかったし、あいつを撃ってなんかいない！」

「警察から逃げたよね、ライザ。なんで？」

ライザは答えなかった。

テーブルごしに伸ばした手でライザの顎をつかみ、無理やり顔をあげさせた。泣く能力も失った囚人のようには変わり果てていなかったが、それでもまだ涙がこぼれるような気配は見られなかった。目は血走り、睡眠不足で赤く縁取られていたが、瞳孔はしっかりしている。そのとき、あたしがなにを見ようとしているかにライザが気づき、思いきり顔をそむけた。

「ヤクを手に入れたかったのかい？」あたしは問いただした。「ギャラリーにいたのはそれが理由？」

ライザは固く口を閉ざし、唇が震えだそうとしていたが、それが怒りなのかそれとも恐怖なのか、あたしには読み取れなかった。

「ヤクを持ってたから、だから逃げたのかい？」

ライザは答えない。

「腕を見せてみな」

「冗談じゃない」と、ライザ。

「腕を見せないんだったら、あとはひとりで勝手にやってもらう。本気だよ」

ライザは動かなかった。あたしは右手首をつかんでテーブルの上に押さえつけ、ライザはその手を引っこめようとしたが振りほどくことはできなかった。

「見せるんだ」

「ひとでなし、くそったれのひとでなし」ライザはそう言い、もういちど精一杯の思いをこめて手を引っぱり、あたしは手首を離した。椅子の背にぶつかったライザの両頰に、涙が伝い落ちる。「あんたは自己満足のひとでなし」

あたしは立ち上がった。「自己満足のほうが自己憐憫よりましさ」

「帰る気？」

「ここにいる理由を与えてもらえないからね。あんたはあたしになんにも与えてくれないじゃないか、ライザ。あんたを助けたくてここにいるのに、あんたの友だちだからこんなことをやってるのに、あんたはあたしに唾を吐きかけるんだ」

「友だちだったら信じてくれるはずよ。あたしの腕を調べることも、目を調べることもしないし、どこにいたとかどうして逃げたとか訊いてこないはずよ」

「あんたさ、あたしの親父の銃を盗んだ？」

もし引っぱたいていたら、ライザの頬が赤くなるのはわずかに速かっただろうか。「まさか！」

「じゃあ、ゲイブかい？」

「いいわよ、ブリジット・ローガン。もうあんたの助けはいらない」ライザは指先で両頬とあごから涙を拭った。涙がではじめ、丸く膨らんだ透明な涙が鼻孔のすぐ下で光っていた。

「あたしのことなんか、もうほっといて」

「なんとまあ、ほんとに哀れな犠牲者ぶるのが好きらしいね」あたしは言った。

前触れもなく、ライザは椅子から飛びだしてテーブルをまわり、あたしの眼前に立ちはだかった。目の端で、すぐ外にいる女看守がドアに駆け寄ろうとするのが見えたが、右手を振って退がっててくれるよう合図した。

「あんただって変わりゃしないよ、ブリジット・ローガン」ライザは言った。「どんなにお偉くなったつもりか知ったこっちゃないけど、あんただってあたしと同じくらい汚れきってんじゃないか。ああ、あんたの助けも、あんたのご立派なくそ弁護士もいらない。あんたの金もいらないし、あんたの息のかかったものなんか、糞のひとかけらだっているもんか」

ライザは右手の指をあたしの胸に突きつけ、残りの憤りをこの胸にめりこませた。「ゲイブにもあたしにも、もう金輪際近づくんじゃないよ」

すでにドアを開けていた看守が手を伸ばそうとしたが、ライザはさっと背を向けてあたしから離れると、つかまるまえに自分から看守のほうに進みでた。

あたしはドアが音高く閉ざされるのを待ってから、その場をあとにした。

## 14

夕方、時間の相談で電話をかけてきたアンドルーに、予定は取り消しにする、やっぱり力を借りる必要はないかもしれない、と伝えた。

「いきなり百八十度の転換だな。ほんとにいいのか？」

「いいんだ、ほんとに」

「わかった。また気が変わったら電話してきてくれ」

「ケリーによろしく伝えといて」心にもないことを言って電話を切った。少ししてステレオをつけたが、すぐに消した。テレビのスイッチを入れ、それもまた消した。ライフセイヴァーズがないかとポケットを探ったが見つからず、食器棚を見にいったら、カートンのなかも空っぽだった。鍵束と上着をとってドアに向かい、出ようとしたところで電話が鳴りだした。が、そのために足を止めることはしなかった。

いつものミント供給源、ひとブロック向こうのデリに行くつもりだったはずが、歩幅も乱さずそこを通り過ぎてしまった。太陽は沈みかけ、行きかう通行人は大半がカップルだったり、一日の終わりまで食料の買い出しやなんかの用事をとっておいた人たちの、ごくありふれた光景だった。うちから六ブロック北にあがったところには、マイナーながら麻薬が売買される一角がある。とりたてて賑わっているわけじゃなく、ひとりかふたり、ストリートでしのいでいる売人がいるだけだ。

「ドリームズ・デスだぜ、ベイビー、ドリームズ・デスを仕入れてあるんだ」

立ち止まって見返すと、相手はいけると思ったのか、こっちへ来いと手招きして、停まっているフォード・エクスプローラーの維持費を支えるショバへとあたしを呼び寄せた。三十がらみの黒人で、でかい紺色のウィンター・パーカーを着こみ、ややでかすぎるデニムを穿いていた。

「それってどう？」あたしは訊いた。

「爆弾さ」男は自信満々で言った。「それに出たばっか《フレッシュ》だぜ、ベイビー。例のレッド・スカイみたいなクズじゃない、こいつは爆弾だ」男は通りの両側にすばやく目を配って確認した。「いっとくかい？」

あたしは人差し指を伸ばして、ひと袋だけ欲しいと伝えた。

「十ドルだ」

ポケットから金を抜き取り、握ったままの男の手に滑りこませると、紙幣は蒸気のように消え失せた。男はそれ以上なにも言わずに背を向けると、角を渡ったところのアパートメントに向かい、なかに姿を消した。通りには絶えず車が流れていた。一台のパトカーが大通り沿いにやってきて信号で停まり、運転席の警官がこっちを見たが、車を止める必要性を感じるものはなにも見なかったようだ。

　信号が変わって車は流れだし、さっきの売人がもどってきて片手を差しだした。その手を受けとめ、てのひらから落とされた小袋《デッキ》を受けとると、男はそのまま無言で通り過ぎて持ち場にもどり、あたしは手をポケットに突っこんできびきびと歩きだした。

　夜が街にのさばりだした時分には、トータルで三十ブロックほど歩いていただろうか。その間ずっとグラシン紙の小さな袋を片手に握り、両手ともポケットに突っこんでいた。シックスス・アヴェニューの少し先、公立図書館の本館ビルの近くでピザ屋に寄って、ミートボール入りロールサンドイッチのハーフを食べた。そこからうちに引き返し、かわるがわる足を前方に運びながら、ミスター・ジョーンズが注射器《スパイク》の入手できる場所を語りかけてくるのを聞いていた。ほかは全部アパートメントにもどればあるんだろうが、きっちりやりたいならスパイクを手に入れなけりゃ、と。

　ドラッグストアの横を通るたびに、ミスター・ジョーンズが指を差しているような気がした。

　うちに帰ると、四件のメッセージが待っていた。二件はボーイスカウト男からで、一件はグレイザー、あと一件はジミーおじさんからだった。アティカスはどちらのメッセージも短くとどめていた。家にいたら話でもしようかと思ってかけてみた、もしよかったら電話をくれ、と。そして、こちらがそれを負担に思うようなプレッシャーは録音音声から極力排除していた。グレイザーのメッセージは経過報告を聞きたいためだったが、あしたの朝になってもかまわない、その場合はオフィスのほうに電話してほしい、と吹きこんであった。

ジミーおじさんのは、なんで妹に電話しなかったのか、自分にはいつ会いに来るつもりなのか、という内容だった。

シャワーを浴びてストリートの埃を鼻や耳から洗い落としたあと、コットンのパジャマを着て、眠りを誘う漢方のお茶を一杯用意し、読みかけのトニ・モリスンの小説を拾いあげた。二十ページあまり読んだところでカップを飲み干すと、灯りを消してベッドにもぐりこみ、七時にアラームをセットして、気に入りのジャケットの右手のポケットに入った小袋《デッキ》のことは忘れようとつとめた。

ＬＳＤもそうだが、ストリートではヘロインに名前が与えられる。それぞれの山《バッチ》をさばくそれぞれのディーラーによって商品名がつけられるのだ。卸元から届いたブツは、踏まれて――混ぜ物がされて――詰めなおされたのち、宣伝用の呼称――マイティ・ドッグとかサヴェッジ・カントとかファック・ミー・プリーズとかザ・ビーストとか――をもらって街角に送りだされる。その呼称によって、よその組織との区別がなされ、商品の評判が生みだされるが、それと同時にゆがんだささやかな経済戦争が助長される。ある常習者がドリームズ・デスを買って、それがほんとに強烈な上物だったとすると、そいつはヤク中仲間全員に吹聴し、ドリームズ・デスはいっときの超お勧め品となって、さばいていた集団に突如として現ナマがどっと転がりこんでくる。ヘロイン《ジャンク》は流通の発端のほうが、まずたいていの場合、末端で売られている品よりも純度が高い——ゆえに上物とされる。出たばかりのドリームズ・デスが純度五〇パーセント台だとしよう——翌日、おなじようにぶっ飛べるのを期待して買うと、ヘロインと同時にその二倍もの小児用緩下剤を買わされ、離陸するかしないかで終わってしまうこともありうるのだ。

〝夢の死《ドリームズ・デス》〟か、とあたしは思った。

あたしが快感を生きがいにしていたころ、ヘロインの純度はだいたい四から一〇パーセントあたりが相場だった。運がよければ、一二や一三パーセントのブツが手に入ることもあるが、クソ以上のクソ、つまりヘロイン《シット》以上の不純物《シット》を打つ羽目になるわけで、それでもハイになりたきゃ打つしかなかった。

それが近ごろは、どんな山《バッチ》も、四〇パーセントという高純度でストリートに出回ることが珍しくない。場所によっては、最高八〇パーセントになることもあると聞いたことがある。そこまでの純度で打つと、鋼のような耐性ができてないかぎり命を落とすだろう。

ドリームズ・デス。

その言葉を頭のなかでぐるぐる回し、口にさえ出してみた。

名前からして、どえらく効きそうじゃないか。

翌朝、オフィスに出勤したとき、ボーイスカウト男からの花束は待ち受けておらず、どういうわけかきっとあると思っていたので、ないと不機嫌になってしまった。午前中は仕事をこなしているような振りだけして無為に過ごし、ようやく正午前になって、なんとか自分にハッパをかけてミランダ・グレイザーのオフィスに電話をかけ、受付係やアシスタントらの武装を突破し、やっとスピーカーフォンごしにコンタクトに成功した。

「あなたの友だちがあそこまで気難しい態度をとるのには特別な理由でもあるの？　それとも常日頃からそういう人なの？」グレイザーの声は、どこか奥深い洞窟のなかから怒鳴っているように聞こえた。

「怖がってんだよ」

「なにをよ？　わたしを？」

「司法制度そのもの」あたしは答えた。「これまであの子の味方になってくれたことはないし、前回トラブルにぶちあたったときは、息子をとられる結果になったから」

「わたしたちに協力する気がないのよ」

「時間が必要なんだ」

グレイザーは悪態をついた。「時間なんて贅沢なもの、ライザにはないのよ、ローガン。コーウィンは大陪審を月曜に設定したわ。いまから四日後。そこで起訴が承認されるのよ、まちがいなくね。そこから先は、取引しましょうとなるか、公判に持ちこむかだわ」

「取引はしない」そう言って黙ると、グレイザーが同じ言葉を唱和したのが聞こえた。

「ええ、ええ、わかってる、服役なんかとんでもないってんでしょ。みんなそう言うのよ」

「今回の場合は、まじな話さ」

数秒間の沈黙が流れ、電話線上のどこからも雑音すらしなかった。やがて、グレイザーはためいきをついた。「起こったことについてライザが嘘をついている点には、あなたとわたしで同意が持てるかしら？　すくなくともラークが殺された時間前後に現場にいた、ってことについて」

「たぶんね」

「正当防衛の申し立てをしたほうが、ライザがわたしたちに押しつけているような断固とした否認よりもずっと有利にことを運べると、あたしは考えてるの。それに、そのほうが事実に近いんじゃないかとも思ってる。ライザとラークのあいだには過去にいろいろあって、ラークはライザを暴力で脅し、息子を傷つけると脅迫してるわ。ラークがもどってきて、あらたな脅しをかけたことが確定できれば、ライザは自分と息子を守ろうとして行動に訴えたんだと言えるんだけど」

「あんたはライザがやったと、ライザがやつを殺したと思ってるんだ？」

「あなたは思ってないの？」

グレイザーはなにも言わなかった。相手側のスピーカーが、ドアのひらく音と、出かける用意はいいかと訊ねる男の声を拾った。男はスィートハートと呼びかけ、グレイザーは相手をハニーと呼んで、あと五分待ってほしいと頼んでいた。

「昨日面会したとき、ヴィンスがまたやってきたのかって訊いてみたんだ」ドアの閉まる音を聞いてから、あたしは言った。「返事らしきものはもらえなかったけどね、『ファック・ユー』くらいしか」

「そのセリフはあたしにも使ったわよ。そのふたつの単語を、あれほどワン・ツー・ジャブそっくりに響かせる人には、はじめて会ったわ」

「でも、あんたはまだ、ウォーミングアップしたとこすら聞いてないんだよ。あの子が本気で勢いづいてきたら、ブレット・イーストン・エリスの小説並みに悪態つきまくるんだから」あたしは言った。「あたしはなにをしたらいい？」

「どういった路線で弁護するにしろ、じっさい事件当日になにがあったのかを知ることが必要だわ。警察がライザを面通しに立たせてみると、目撃証人は三人そろって十点中十点をつけたの。となると、ライザが現場にいなかったと証明するのはまずもって不可能でしょうね。なぜライザが現場にいたのか、ライザが現場にいたときなにが起こったのか、それがわれわれの答えるべき問いなのよ」

「まだ思ってない」

「まず目撃証人にあたってみることはできる」

「じゃ、そうして」

「正当防衛の申し立てをした場合、もし勝ったら、実刑なしで出てこられるんだね?」

「勝ったとしたら、そうよ。釈放されるわ」

「ヴィンセント・ラークはベテランの売人だったんだ」あたしは言った。「そういう輩はいきおい敵も多くなる。やつの持ってる現金や、さばいてるヤクが目的で撃ち殺そうって連中は山ほどいるんだよ。なんでだれも、ライザ以外のだれかが殺したかもしれないって線を考えようとしたがらないんだろう?」

「話はまた目撃証言にもどることになるわ」グレイザーは言った。「いいこと、ローガン、あなたがより有力な容疑者を見つけたら、そのときはまかせておいて。殺人のあった同じ時間の同じ場所に、たまたまライザがいたんだと証明してくれるなら、その線でがんばるわ。でも現状ではそういうふうには見えないし、そうした線をいくら探してもきっとなにも出てこないだろうって言わざるを得ないのよ」

「別の容疑者なら見つけられるさ」

「できれば、じっさいに引き金を引いた別の容疑者をお願いしたいわね」

「どうしてもって言うならね」

「どうしてもよ」グレイザーはぴしりと言った。「ここははっきりさせといてもらうわ。わたしはライザが自由になれるよう、倫理にのっとったプロとしての道具箱にあるすべての道具を使うつもり。でも、わたしにできるのはそこまで。ルール違反をする気はないし、ルールを曲げるのも大っ嫌い。そこの部分をわかちあえるんでなければ、一緒に仕事はできないわ。あなたがどれだけ破天荒な人間であろうとね」

「破天荒？　鼻ピアスとタトゥーをしてるから？」

「気にしないで」

「いや、気にするね。どっからそんな言葉が出てきたわけ？」

「そういう言い方だったの――言い方のひとつだったのよ――アティカスがあなたを説明しようとして使った言葉よ」

「いつアティカスと話したんだよ？」あたしは訊きかえし、訊きかえしながらとてつもなく嫌な女になりさがり、それを悪いとすら思わなかった。

「ライザにはじめて会ったあと電話したわ。一緒に仕事に取り組む相手がどういう人か知っておきたかったから」

「それで、あいつはなんて言った？　破天荒って呼んだ以外に？」

「信用すべきだ、って言ってた。訴訟についてはなにも話してないわよ、それを心配してるんなら。それはあなたが話すことだから」

あたしは椅子を蹴って後ろに下げ、ブーツのまま両足をデスクに載せて、天井のおっぱいをじっと睨んだ。「貞操帯は緩めときな、弁護士さん。どんな証拠も証言も、法にはずれたものなんて持ってきやしないさ」

「おたがいに理解できてればそれでいいわ」

「もち、完璧さ」あたしは言った。


次の日、すぐとりかかれる二件の証言を聞きにいった。まずは早朝、ミスター・キム・スー＝キムから。ミスター・キムは、体のあらゆる部分が垂れさがりはじめる中年期に差し掛かっていた——あごや腹、前腕を包む肌さえもが、みんな重力によって袋状に垂れ落ちてしまっている。ミスター・キムの英語には限界があり、こちらの韓国語はさらにひどいとあって、聞き取り調査はハロルド・ピンターの喜劇さながらだった。ストリートでは通行人がみな日々のルーティンをこなしている振りをしていたが、どいつもこいつも下手な芝居で、事情を知っている者はだれも本気には受けとらない。キム・スー＝キムの営む食料雑貨店はワシントン・ハイツのメジャーな麻薬地帯にあり、店の周囲の四つの角すべてで麻薬依存のサイクルが活発に繰り返されていた。

「あなたが見たと警察に話した女性ですけど」あたしは言った。「あなたが見たとき、その人はなにをしてました？」

たてつづけの韓国語。

「ごめんなさい、わからないんだけど」

「コーナに」

「角のとこにいた？　なにしてました？」

またもや韓国語がまくしたてられたのち、キムは窓ガラスに貼ってある陽射しで退色したバドワイザーのビキニ美人たちのポスターごしに、窓の外を指差した。界隈の住人は大半がドミニカ人だが、ヤクを買いにくる連中は多様な民族のなかでも正真正銘のアメリカ人で、いまも取引を終えて走り去っていくホンダ・シビックのなかに、薬漬けのおのれに満足している運転手の白い顔が見えた。

「あそこにその女性が？」

ミスター・キムはあたしを無視し、店に入ってきたヒスパニック系の若い三人組がキャンディの棚に近づいていくのを睨みつけている。十三歳より上なのはひとりもいないようで、それぞれチンピラの格好をして、肌の色と人数だけを頼りにすごみを効かせようとしていた。余計な口は出すまい、と鼻のピアスをいじりながら、万引きの可能性に備えて見張っているミスター・キムを待った。三人の少年はカウンターまで来て、ドリトスの袋とスニッカーズのチョコバーを買い、ぶっきらぼうな金銭のやりとりが交わされた。ミスター・キムはその表情を少年たちから隠そうともせず、慎重に、ごまかされるのを予期しているように金を勘定した。三人はスペイン語でしゃべりながら出ていった。ドアから出る直前にひとりの言った言葉で、残りのふたりがげらげら笑った。

ミスター・キムは韓国語でなにやらつぶやいたが、どんなにベストの環境でも聞き取ることは不可能だったと思う。しかし、意味は明白だった。

「その女性は、あの角でなにをやってたんです?」

「むこう」店主はふたたび指を差した。

「ええ、でもなにをやってました? なにか見てたとか? なにしてました?」

さらなる韓国語。

「わからない」

「ドラッグ。かう、ドラッグ、ね?」

「その人がドラッグを買ってるところを見たんですか?」

「あのコーナに」ミスター・キムは苛立っていた。

「手になにか持ってるのを見ました?」

また韓国語で答えてくる。

「その女性は、なにかを手に持ってましたか?」

キム氏は首を振りながらカウンターの奥に移動し、一本二十五セントのばら売り煙草をならべなおしはじめた。煙草の整理が済むと、こんどは高エネルギー・ビタミン剤の陳列にとりかかった。あたしが咳払いをすると、キム氏は首を振ってこちらを振り返った。

「ポリスに話した。あのコーナ。そのオンナ」

「見たのはそれが全部？　その女性はあそこにどのくらい長くいました？」

「ながく？」

「どのくらいの時間？」あたしは腕時計を叩いてみせた。

「ながいジカン、なんジカンも。そう、ながいジカン」

「どのくらい長く？」

ミスター・キムの両手が、理解の神々に懇願するかのように突きあげられた。さらなる韓国語、そして、とうとう、「ちょっと、アンタ、なにかかう？」

「もちろん」あたしはバターラム味のライフセイヴァーズを一ロールつかんで、一ドル札をポンと置いた。「ご協力どうもありがとう、キムさん」

ミスター・キムは一ドル札を取ると、首を横に振った。「わるいコーナ」ミスター・キムはあたしに言った。「わるい、わるいコーナばっかり」

「あまり時間を割いて差しあげられないのよ、申し訳ないけれど」エスタ・ブランドは歓迎のあいさつがわりにそう言った。「もう十五分かそこらしたら、学校まで孫たちを迎えにいってやらなきゃならないのでね」

「あるだけの時間でけっこうです、ブランドさん」

「じゃ、どうぞお坐りなさいな。なにか飲み物でもいかが？　この陽気はインディアン・サマーなのかしら、あたしにはそう思えるんだけれど。ずっと歩きまわっていたなら、さぞかし喉が渇いてるはずね」

「ぜひお水を一杯もらえますか」あたしは言った。「ありがとう」

「すぐもどりますからね」

エスタ・ブランドは細長い居間に置かれた花柄のカウチを指し示してから、急いでキッチンに入っていき、そこから蛇口を流れる水の音が聞こえてきた。アパートメントは清潔できちんと片づいていながら、ひどくごちゃごちゃして見えた。あまりに多くの物があまりに小さなスペースに詰めこまれているため、坐るときになにも蹴飛ばさないように両足を見ていたくらいだ。何冊かの本と小さなテレビが置いてあり、窓にかかったピンク色の手製のカーテンは大きくひらかれて通り向こうの住宅工事が見え、ほかにもさまざまな家具が四方の壁に押しつけられている。二体の人形があたしとカウチを共用し、それぞれ隅を陣取って知らん顔をしていた。

あらゆるところに写真が飾られ、そのなかには額におさめられたスナップ写真が十四枚ほども並んだ棚もあった。どまんなかに置いてあるのは三人のアフリカ系アメリカ人男性の写真で、三人とも合衆国海兵隊の礼装軍服に身を包み、凛とした姿で満面の笑みを浮かべている。いちばん若い子が二十歳前後、いちばん上の青年で三十手前といったところだろうか。

みんな整った容姿をして、プライドがそれをいっそうハンサムにしていた。その写真を見ていると、わけもなくアティカスを思いだした。そういえば、軍服姿のあいつの写真は見たことがない。

たぶん見なくて正解だろう。親父の影響かもしれないが、どうもあたしはぱりっと身だしなみをととのえた男にだまされやすい。

蛇口が締められ、エスタ・ブランドは水と氷の入ったグラスを手にもどってきて、あたしに差しだした。もう一度「ありがとう」と言ってグラスを受けとると、エスタ・ブランドは首をまわしてあたしの見ていたものを見つけ、「うちの息子たちよ」と言った。

「ハンサムな息子さんたちを育てられましたね」あたしは言った。

「ええ、そうですとも！　それに賢くてね。どの子もとても頭がいいんですよ。あたしはこの子たちを誇りに思っているの」ミズ・ブランドはあたしの正面にある布で覆った小さな椅子に坐りながら、サマードレスの裾を膝の上に撫でつけた。サマードレスは黄、白、青の花柄プリントで、自分が着るくらいなら死んだほうがマシと思う代物だったが、ミズ・ブランドが着ているととても魅力的に見えた。ややぽっちゃりした小柄な女性で、黒い髪はいくぶんグレーに変わりはじめ、聡明なその目は、親のような優しさをたたえてじっとあたしに注がれていた。「その写真は、あの子たちが去年のクリスマスに送ってくれたんですよ」

「息子さんたちとはしょっちゅう会われるんですか？」

「このごろは帰ってくるのも年に一度くらいかしらね。でも、娘はすぐ近くに住んでるし、娘婿もいるし、そうやってちゃんと家族がいるから、そんなに寂しかないんですよ」ミズ・ブランドの笑顔は小さく、物言いたげで、母親の笑顔そのものだった。やがてそれが消えると、ミズ・ブランドは訊ねた。「さて、なんのお話とおっしゃったかしらね？」

「警察に目撃証言をなさった女性の件です」あたしは手帳とペンをとりだした。「あたしはその人の弁護士のもとで働いていて、事実関係を一から洗いだしにかかってるんです」

「なにが起こったかについては、あまりよく知らないのよ。たまたまその娘さんを見かけただけで」

「お話を聞かせてもらえますか？」

「あれはたしか先週の木曜だったかしらね？」

「金曜です」あたしは言った。

ミズ・ブランドの両目の端にカラスが舞いおりて、足跡を残した。「そうそう、そうだったわ。金曜で、雨が降りそうだったんですよ」ふたたび目がひらかれ、あとにまた笑顔がついた。「あたしは孫娘たちを学校に送っていくところだったの。娘のフランシスとその夫は——名前をジョージというんですけどね——仕事に出るのが朝早いもので、おちびさんふたりをここに連れてきて、毎朝あたしが学校に送っていって午後にまた迎えにいくんですよ。

通りを歩いていたら、あの娘さん、あたしが警察で確認したあの人が、道の途中に並んでいる建物のひとつから駆けだしてきたの。自分の目の前すら見てなくてね。悪魔に名前でも呼ばれたような勢いであそこの階段を駆けおりてきて、もうちょっとでうちのデデを突き飛ばしていきそうになって——末っ子で、まだたったの七つなのよ。九月のはじめに七つになったばっかりなの」

「それからどうなりました?」

「ええとね、あたしは少しかっとなってしまったんですよ。ちゃんと前を見て歩かなきゃだめじゃないの、って怒鳴りはじめてしまって——その娘さんにね、デデじゃなくて——でも、あの人はあたしのことなんかまったく眼中にありませんでしたよ。その建物に沿って、ひたすら路地を走っていったわ。その路地を半分ばかりいったところで、大型ゴミ容器の裏からバッグをつかみとって、また走りだしたの」

「どんなバッグでした?」

「はっきりとはわからないわ、ごめんなさいね。あまり大きなものじゃなかったけれど」

「学生鞄みたいな?」

「もうちょっと大きいかしらね。それから先はあまり見てないのよ、そこで別の男の人があらわれたものだから。周囲を見まわしながら階段をおりてきて、だれかそこを走っていった者を見なかったか、って訊いてきたの。ディアナが——あたしの孫のなかではいちばん年かさの子で、十歳になるんですけどね――あの子が指差してその男の人が見たときには、あの娘さんはもういなかったわ」

「その男は話に出てきた女性を追いかけていたと思います？」

「見た感じではそうだったけど、あのアパートメントときたら、ドラッグやらなにやらがいっぱいで、いつだってだれかがなにかよからぬことをやらかした挙げ句に逃げまわってますからね。その男も娘さんを追いかけるでもなく、なにか忘れ物でもしたみたいに建物のなかに引き返していったわ」あたしはいっとき手帳にペンを走らせてメモをとり、それから訊ねた。「どんな男だったか説明できますか？」

「白人で、大きな人よ。あなたみたいに背が高いだけじゃなく、肩幅ががっしりとして大きかったのよ。顔はあまり憶えてないんだけど、年配の男性という印象を受けたような気がするわ」

「そのほかには？」

「いいえ、申し訳ないけど思いだせるのはこれで全部よ」エスタ・ブランドは言った。「あたしはそのまま孫たちを送っていって、また通りをもどってきたの。三十分後くらいだったかしら、そのときには警官が大勢集まってて、そこで何が起こったのか聞かされたのよ」

「刑事たちはどうやってあなたを見つけたんです？」

「あら、あたしから出向いたんですよ」

「名乗りでたんですか？」

「そうですとも、あなた」

オーレンショーもリーも、きっと卒倒しそうになったことだろう。近ごろはどんな事件でも、そうそう目撃者なんて見つかるもんじゃない。それが、シューティング・ギャラリーの外ともなれば。刑事たちにとって、突然自分からやってきてくれたエスタ・ブランドは、まさに天から降ってきた特A級の僥倖だったにちがいない。なんといっても、生きて呼吸している、正真正銘の健全なる一般市民なのだ。

こんな一般市民の証言なら、まず文句をつけられるような心配はない。

あたしがメモを書き終えると、エスタ・ブランドは咳払いをした。「申し訳ないわね、ローガンさん、そろそろ孫を迎えにいく用意をしなけりゃならないものだから」

「とんでもない、すごく助かりました。お忙しいなか、話をしてくださって感謝してます」

「あのね、あの子たちを迎えにいくにはあの道を通らなけりゃならないのよ。よかったら、事件のあった場所を案内してさしあげましょうか」

「そりゃありがたいですね」

「一分だけ、着替えてくるから待っててちょうだい」ミズ・ブランドは廊下に並んだ部屋のひとつに姿を消した。

あたしはペンと手帳を片づけ、水を飲み干してから、キッチンにグラスを運んで洗っておいた。しみひとつないキッチンだ。カウンターの上にはクローム仕上げのぴかぴかのトースターが置いてあり、自分のアパートメントにもそういうのを置いたらきっといい感じだろうと思った。頭のなかで、家に帰るまえにちょっと買い物に寄って、パンを一斤買ってこよう、とメモを書きつける。

もどってきたエスタ・ブランドは、サマードレスから海老茶色のブラウスと白いスラックスに着替え、シンプルな青いキャンバス地のテニス・シューズを履いていた。小さな黒いクラッチバッグを手にとると、あたしのためにドアを開けてくれた。鍵をかけるあいだ通路で待ち、それからふたりで通りまで六階分の階段をくだる。廊下や階段はすっきりと片づき、きしむ部分はどこにもなかった。

外に出ると、またサングラスをかけなおし、ミズ・ブランドと一緒にオーデュボン・アヴェニューに沿って南へ向かった。あたしの歩幅についてくるのはひと苦労だったらしく、半ブロックほど歩いてようやくその状況に気づいたあたしは、ペースを落とした。生涯にわたる注射フリークたちが、あちこちの建物の階段に坐っている。長年血管をいためつけてきたせいで四肢を腫れあがらせ、ストリートを眺めながら、一発仕入れて打つチャンスを待ちわびている。

あたしははじめ、たんにふたりの組み合わせが視覚的に目を惹くのだと思っていた。のっぽの白人娘と小柄な黒人の婦人が並んで歩いている姿のせいで、商売の手が止まってしまっているものと思った。が、そのときふいに、自分は無関係だということに気がついた。エスタ・ブランドはこの界隈の住人から尊敬されていて、売人であれジャンキーであれ、みんなこのご婦人には道を譲ってそっとしておくのだ。客引きの連中も、あたしたちが近づくと静かになった。エスタはというと、周囲でどんな性質《たち》のビジネスが行われていようと意に介さぬ様子で、こちらに目を向けるすべての人たちに批判とは無縁の鷹揚な笑顔を振りまいていた。

百六十三番ストリートで横断待ちをしているとき、エスタは訊いてきた。

「その、あなたが鼻につけているリングだけれど、なんでまたそんなことをしたの？」

「ええっと」

「痛いんでしょうね」

「ちょっとだけ」

「なのに、どうしてわざわざそんなことを？」

「見た目が気に入ってるもんだから」

エスタが首を振ると同時に信号が変わり、あたしたちは通りを渡りはじめた。正面の角に建つミスター・キム・スー＝キムの食料雑貨店は、どの窓にも鉄格子がはまり、ドアは閉まっていたが、窓には「営業中」と書かれた小さな看板がかかっていた。

「そんなにすばらしい顔に、穴を開けてしまうだなんてねえ」エスタ・ブランドは言った。

「気がどうかしてますよ。ディアナもね、ひとつ開けたいと言うの。そうしたらセクシーに見えるから、ですって。まだやっと十歳の子どもだというのに、セクシーに見せたいって言うんですよ。あなたのしたことを見て、ご両親はなんとおっしゃった？」

「母は笑いだして、まぬけに見えるって言ってました」あたしは言った。「父には、おまえの鼻なんだからおまえの好きなようにすればいいが、もう少し賢いと思ってたがな、と言われましたね」

エスタはおかしそうに笑ったのち、歩道で足をとめた。

「ちょうどここだったわ」

かつてはこぎれいなアパートメント・ビルだったそこは、いまでは隅から隅まで一切合財が麻薬常用者たちの巣となりはて、その一切合財すら、あるものは残らず麻薬のために売りとばされてしまって久しかった。ほとんどの窓は無くなっているか板を張ってあり、正面の扉はかろうじて蝶番にぶらさがっている状態だった。

エスタ・ブランドは二、三歩後ろにさがって両腕をのばし、孫たちの見えない手を握ってみせた。「ちょうどこのあたりにいたんですよ。デデがわたしの右側にいてね」エスタはわずかに振り返って、路地を示した。「あの娘さんは、そこの路地を走っていったわ」

そこはあたしが思い描いていたまんまの、ごみごみした汚らしい路地だった。壊れて錆びついた自転車のフレームが左手の大型ゴミ容器の後ろに突っこんであり、地面には割れたガラスや湿った紙屑、安っぽい食べ物や飲み物の包み紙がびっしりと散乱している。三、四メートルなかに入ったあたりで、粉々に割れた窓の下にクラックの詰まっていた薬瓶が小山をつくり、そのほとんどがひび割れていた。

ストリートの喧騒でなにも聞こえなかったが、内部《なか》でどんな音がしているか、どんな様子なのか、あたしには嫌というほどわかっていた。路地にいてさえ、強烈ににおってくる。糞便と、腐った食べ物と、衰弱しきったヘロイン中毒者《ジャンキー》と、疲弊しきったクラック常用者《クラックヘッド》、そのすべてがここに籠《こも》り、薄闇のなかをうろつきながら、一瞬の快楽を求め、清潔な注射針や、一滴の水や、なにも無いも同然のボトルキャップにこびりついた残り滓《かす》を探しつづけている。

どんなことがあろうとも、あの生活にもどることだけはしたくない。あたしはそう自分に言いきかせた。

「お役に立てばいいんですけどね」エスタ・ブランドは言った。

「あなたには想像もつかないほど、役に立ちますとも」と、あたしは答えた。

## 15

翌月曜日、マンハッタン地区検事局は大陪審を招集し、ライザ・クリスティーナ・スクーフを第二級謀殺という一訴因にもとづいて起訴した。大陪審起訴が済むと、さっそく標準的な司法取引交渉がはじまった——ライザが有罪を認めれば、第一級故殺による五年から十五年の服役に減じてもよい、というものだ。取引に応じるか、もしくは断って陪審制度に賭けるかだが、そうすれば公判で、腕の注射跡が証拠物件その一として衆目にさらされることになる。

あいかわらずフルスピードでわが道を突っ走っているライザは、そんな話はとっとと持ち帰って自分のけつに突っこんでおくよう、地区検事補に言い放った。

その午後、ミランダ・グレイザーとふたたび戦略会議をひらき、あたしはそこで集めてきた目撃証言の内容を伝えた。ライザの審理は一月中旬に開始が予定され、はやくもグレイザーは九十日では足りるわけがないと不平をこぼしていた。そしてあたしは、ふたたび第三の目撃証人、コリン・ダウニング探しに送りだされた。

先のふたりの情況的な証言が、より確固としたものに変わるかどうかは、ダウニングにかかっていた。なぜなら警察によれば、ヴィンスの脳味噌に銃弾が突入したその瞬間に銃を手に握っていたのがライザだと証明できるのがダウニングだからだ。大陪審に召喚されたとき、ダウニングは姿を見せなかったが、その時点ではダウニングの証言がなくても起訴にはなんの支障もなかった。だが、公判の場では、ダウニングこそ訴追側の決め手であり、弁護側にとっては破滅の元凶なのだ。

そしてもちろん、コリン・ダウニングはジャンキーのくそ野郎だったから、どこへとも知れず姿をくらましていた。

「きみの気分を害してしまったんだろうかと心配してたんだ」アンドルー・ウルフは言った。

「もうなおってるよ」

火曜の夜。長くなりそうな一週間の二日目で、ライザが審理を待つあいだライカーズに送り返された翌日だった。あたしはアンドルーを玄関からなかに招きいれ、廊下の先へと案内していった。アンドルーは片足の踵でいったん静止すると、体重を前に傾け、制御の利いた三百六十度回転を行って部屋全体をその目におさめた。四日前と同じ迷彩パンツを穿いているように見えるが、Tシャツは替わっていて、こんどのは黒の無地だった。上に着ているレインコートは、アウトバックで生まれたと宣伝に謳われているオーストラリア・スタイルのもので、オイルスキンの表面は雨で深緑に色を変えていた。

「まるで濡れ鼠だね」

「地下鉄に乗ってきたの？」あたしは訊ねた。「まるで濡れ鼠だね」

「歩いてきたんだ」と、アンドルー。「いい部屋に住んでいるな、ブリディ。ひろびろとしている」

「これ以上は望めないほど広いだろ。今夜は出てきてくれてありがとね、アンディ。頼むのが急すぎたと思ってるんだ。ケリーは気を悪くしてないかな？」

アンドルーが首を横に振ると、ポニーテールが翻って肩と肩のあいだを往復した。「いちど夕食でも食べにきてほしいと言ってたよ、来週にでもな。きみにまた会えるのを楽しみにしてる」

「こっちこそ、ぜひ会いたいよ。今夜は一晩つきあってもらっていいのかな？　それとも門限がある？」

「ケリーには遅くなると言ってある。きみが必要なだけつきあえるよ」アンドルーは両手をポケットに突っこんだまま、くつろいだ様子でふたたび居間を見渡していたが、やがていちばん奥の窓まで歩いていった。そこからの眺めはたいしたもんじゃない──周囲の建物ばかりで、ハドソン川さえ見えないのだ。それでも暗がりを見ると、雨に洗われた舗道や家々の屋根が灯りにきらめいていた。

「外がきれいだ」アンドルーは言った。

「秋だから」あたしは言った。「らくにしててよ、ね。まだいくつか、片づけなきゃならない用事が残ってるんだ」

「急がなくてもいいぞ」

立ったままのアンドルーをそこに残して、仕事部屋に向かった。ライザがあたしに怒りを爆発させてから四日が経ち、その爆発をそっくりアンドルーに受け渡してからも四日が経っていた。週末のあいだうちのなかに引きこもり、ひとりきりでずいぶんいろいろと考えた。ナタリー・トレントとの約束も、エリカ・ワイアットとの約束も断って、ひとりで考え事をして過ごす時間をつくった。

遅かれ早かれ、ライザが折れることになるのはわかっている。そうなれば、力になるつもりなのだから、やはりいまもずっと協力の手はゆるめるべきじゃない。

今夜これからとる行動は、熟考を重ねることなく短絡的に思いついたものではなかった。コリン・ダウニングを見つけたければ、ストリートをあたっていくしかないのだ。どうせストリートをあたるのならば、ヴィンスの商売についても、さらに探りを入れてみて損はない。とはいえ、ヴィンスの商売相手は荒っぽい連中だったにちがいないから、どんな猫なで声で訊ねてみたところで、とっとと失せろと一蹴されるのはもとより目に見えていた。

じっさいのところ、とっとと失せろと、何度も何度も繰り返されることになるだろう。

こっちに従う気がないわけだから、そこから乱暴な言葉がやりとりされ、押したり小突いたりがそれにつづくことになる。そうなると、自前の武器は持っていてしかるべきだという気がした。アンドルーの能力を疑ってるわけじゃなく——疑っていれば、はなから連絡などとっていない——ただ、自分で自分の面倒はみられるという確信が欲しいという思いのほうが大きかった。

そういうことで、今夜は手持ちのブルージーンズのなかでもとびきり汚らしいのを穿き、とびきり剣呑な黒のTシャツにブーツとジャケットを合わせ、ガルコのホルスターとシグ・ザウエルの拳銃でアンサンブルの仕上げを飾った。

マガジンを装塡しようとすると、電話が鳴りだした。アンドルーが大声で、出てやろうか、と訊いている。

「ああ、頼んだ！」あたしは叫び返した。

銃にマガジンを滑りこませて床尾を叩いたが、一発目の給弾はせず、ホルスターに腕を通そうとしながら廊下の奥に向かった。アンドルーがこっちに受話器を差しだしている。

「アティカスとかいう男からだ」

カウンターに拳銃を置いて受話器を受けとり、首と肩のあいだにはさんで「よう、あんたかい」と、電話にでた。

「やあ、きみか」とアティカスが言い、悔しいけれど、その声を聞くとまたいつもの気持ちがこみあげた。「間が悪かったかな？」

「そうだね」あたしは答えた。「いま出かけようとしてたとこだったもんで。悪いけど」

「長く話すつもりじゃないんだ、ちょっと声を聞いて、元気にしてるか確かめたかっただけで。ここ二、三日、電話がなかったから」

アティカスはおおめに見てくれている。ほんとうはライザが逮捕されてからずっと話していなかった。メッセージが入っていても、返事の電話は一度もかけなかったし、この週末のあいだも、アティカスは土曜に一回、日曜日にもう一回電話をくれたが、留守電の音声に応答させてしまった。

「わかってる」あたしは言った。「めちゃくちゃ忙しくてさ」

「ずっと仕事かい？」

「うん、たいがいね」

「なにか手伝えることは？」

「いや」あたしは言った。「助っ人ならもう頼んであるから、だいじょうぶだと思うよ」

「助っ人というのは電話に出たやつのことか？　でかい男のような声だったが」

「ああ、アンドルーっていうんだ。じっさい、でかい男だよ」

「時間があるときにまた電話してきてくれ。いいな？　エリカが会えなくて寂しがってるんだ」

「あたしも会いたいさ。この週末にエリカとふたりで映画でも見に行こうかと思ってたんだ」

「伝えておくよ」

「オーケイ」

「オーケイ」そう言って、アティカスは電話を切った。

受話器を架台にもどし、しばらくホルスターのストラップと格闘して、すべて快適にきっちり締まった状態に調整した。ヒップ・ホルスターにしておくべきなんだろうが、シグの拳銃は大型なので、あたしの体型からしてウエスト部分よりも腕の下のほうが隠しやすい。それに、あたしが思うに、ショルダー・ホルスターのほうが見ためにクールだ。

「で、アティカスというのはだれなんだい?」あたしが黙っていると、アンドルーが訊ねた。

「友だち」

「ほほう。では、その〝友だち〟とは、いつからのつきあいなのかな?」

あたしはアンドルーを睨みつけた。「黙んな、アンディ」

アンドルーはカウンターにもたれかかり、あたしから拳銃へと注意を移した。「そんなものを持ってく必要はないぞ」

「お呼びじゃないところに鼻を突っこみにいくんだよ。ふたりの鼻が無事に顔にくっついていてくれるよう、念をいれておきたいんだ」

アンドルーはレインコートの内側に手を入れて、長さ四十五センチ、直径四センチはありそうな、滑らかな木の棒をとりだしてみせた。その棒でカウンターをそっと叩くと、ずっしりと重い音がした。

「おれはこいつを持っていく」

「棍棒か。へえ、こんなに近くで見るのははじめて。触っていい？」

「〝短棒〟だ。これがあればなにもいらない」

「なんでもいいけど棒はしまっときな、アンディ。今夜は穏やかに話をするつもりはないんだ。銃は持ってくと言ったら持っていく」

「そんなことをすれば、トラブルを招くようなもんだぞ」

「ちがうね、あたしと議論するほうがトラブルを招くんだ。言われたようにやるってのが、トラブルを避ける秘訣だよ。ケリーはそういうのを教えてくれなかったのかい？」

アンドルーは短棒をふたたびレインコートの内側に滑りこませた。「おれとケリーは、ふたりでもっと新しい関係を築こうとしているんだ。おたがいが同等の立場で相手に接するようにしている」

「そんなのは絶対うまくいかないよ、アンディ。そういう急進的なものの考え方をしてると、ゆくゆくトラブルにはまってくのがオチなんだって」

「きみが連れてくるトラブルほどじゃないと思うが」アンドルーがつぶやいた。

「なんか言った？」

「たぶんきみは正しいと言ったんだ」

「だんだん賢くなってきたじゃん、元遊び人」ぱんとアンドルーの肩を叩いて、あたしは言った。「さ、どたまカチ割りに行こうぜ」


それに関して言えば、その夜に出くわした最初の頭も、次の頭も、その次の頭も、かち割られることはなかった。火曜から木曜までストリートで聞きこみにあたり、毎晩毎晩、午後八時から明け方の四時まで、ふたりでこっちの角からあっちの角へと質問して歩き、完全無視や卑猥な視線にぶちあたっては、疲労と苛立ちをつのらせていった。表向きの目的はコリン・ダウニングを釣りあげることだったが、じつのところあたしは、なんであれ別の容疑者につながる手がかりを探していた。ヴィンス殺しの犯人となってくれる容疑者を。


しかし、場違いな街角で場違いな質問をしてくる白人のふたり連れに話をしようとする人間は皆無だった。

「コリンを見なかったかい?」

短く首を振るか、もしくは無愛想に黙って立ち去っていく。マンチーやらペッパーやらバン・バンといったストリート・ネームを持つ若い下っ端売人や客引きたちも。ベティやらリンダやらトバイアスという名の、四肢が腫れあがったり、栄養不良の体つきをした長年のヤク中たちも。

「ヴィンスって知ってる？」

ぼんやりした凝視、そして二十ドルくれと言ってくる。いや十ドル、五ドルでもいい、とにかく〝頭をしゃんとさせる〟ために、と。

「先に話を聞かせてよ、そしたら金を渡すからさ」

ジャンキー独特の首振り、おどおどした落ち着かない目つき。どうやってこのあたしから、次の快楽《ラッシュ》の手立てである金だけを剝ぎ取ったものか、策略を巡らせている。「なにも知らねえよ。とりあえず一発やって切り抜ける金をくれるんなら、訊いてまわってみてもいいけど」

「お断りだね」

「ふざけやがって」

何度も何度も同じやりとりを繰り返し、とうとう木曜の夜には、だれも質問に応じてくれないどころか、こちらの存在すら認めてもらえなくなってしまった。アンドルーもあたしも、警官でないことは証明済みだった――だから、さしあたっての脅威ではありえない――し、商売を邪魔するようなことはなにもしていない。そのうえ自分たちの空っぽの手を満たそうともしなかった。

だったら無視しておくのがいちばん、ってことだろう。

木曜の午前二時という過酷な時間に、その夜五杯目にして最後の安雑貨屋ブランド・コーヒーを飲んでしまいながら、あたしはアンドルーに言った。「こんなこと、クソの役にも立ちゃしない」

アンドルーは両手を使ってコーヒーを飲むと、しゃべれる程度に口からカップを下げた。

「まずだれもしゃべってはくれまいと、先に忠告しておいてもよかったんだが」

「なんでしなかった?」

「聞く耳を持たなかっただろうから」

ふたりとも紙コップを空にしてゴミを放った。

「むかつくよ。あったまくる」

「すくなくとも話は隅々まで伝わったぞ」

「能天気だね」あたしは責めるように言った。「広まったのはあたしらの噂だよ。こっちが探してる人間とか情報のことじゃなく。こんなことやってちゃ、どうにもならない」

「どうやったらうまくいかないかを学びつつあるんだ」アンドルーが訂正をくわえた。

「あんた黒帯でラッキーだったよ。そういう口の利き方してると普通は顔面を潰されるんだ」

「人は人生にわが身をまかせるべし」

あたしは歯をむいて睨みつけてやった。「コリン・ダウニング本人と話しておきながら気づきもしなかったって可能性も、あるっちゃあるんだよね」

「そのとおりだな。あすの晩もまたやるのか？」

「手がかりが見つかるまではやるんだよ」

「おれには家族がいる」アンドルーはあたしに釘を刺した。「そいつをじっさいにこの目で見たいんだ。わかるかな、どういうものだったか思いだしたいんだが」

「家族ってのは常に過大評価されるんだ」

「ノーコメント」

「あしたの晩、同じ時間帯で」あたしは言った。「そのあとは週末休みをとっていいよ」

「約束するか？」

「約束する」

「それで、あすの夜も同じことをやるんだな？」

「趣向を変えよう」あたしは言った。「なにかちがうことをやる」

「たとえば？」

「これからなにか考えるさ」

「なんだか急に」アンドルーは言った。「空恐ろしくなってきたな」

　ストリートにいる売人の多くは、販売目的の薬物所持でパクられるのを恐れてブツを持ち歩かないようにしている。たいていの人間が銃を持ち歩かず、いつでも取ってこられるように自宅に置いておくのと同じ理由だ。

そこで売人たちはストリートのどこか、山積みのゴミの下や、郵便受けのなかや、乳母車の毛布の下などに商品を隠しておく。これによって必然的に持ちあがってくるのが、ただでヤクを手に入れようとするヤク中どもの問題だ。ジャンキーたちは隠れて待ち、歩道の一角で仕事をしている売人の様子をうかがい、その動きを追ってブツの隠し場所を探りあてる。そして、起こるべきことが起こる。

売人の隠し物にちょっかいを出すとろくなことにはならない——それは連中の資金を脅かすことであり、こうした場所では最大級の攻撃にほかならなかった。たいていそういう悪さをしたヤク中は、こっぴどく叩きのめされることになる。懲らしめるためにそうするわけだが、連中が懲りることはまずありえない。ジャンキー側のロジックは、こうだ。〝なあ、あんたは目の届かないとこにブツを放っておいたんだから、その時点ですでにそいつはおれのもんだぜ〟。そうして盗みは繰り返され、袋叩きも繰り返され、ときによってはだれかが死ぬことになる。

隠し物を盗むのは、そういうわけで危険な行為だ。

とはいえ、だれかの注意を惹き、質問にまちがいなく答えさせるようにするには、これほどおあつらえむきの手はなかった。

手頃な隠し物を持った手頃な売人を探しだすのに真夜中までかかり、どこにブツを隠してあるか見当がついた時点では一時半近かった。売人の名はゴールディといい、アフリカ系とラテン・アメリカ系の血が混じったエスニックミックスで、がっしりした体に坊主頭のそいつは、良くも悪くもない商売をしていた。

「やつの後ろにまわるよ」と、あたしはアンドルーに伝えた。「あたしが見えたら、出てきて加勢して」

「そいつはぜったいに悪い考えだぞ、ブリディ」

「いや、いい考えだよ。ちょっと危険なだけさ」

「悪い、いい、危険、といった関連語の定義について話しあうべきだな」アンドルーは穏やかに言った。

「あとでね」あたしはブロックをくだり、左に折れ、百五十五番ストリートをまた引き返した。

ゴールディは路地の選択にはあまりこだわらなかったらしく、東西にひらけているうえに、灯りに乏しい場所を選んでいた。ブツは積み上げたレンガの下に挟みこまれ、それを獰《どう》猛《もう》このうえない都会の番犬、ニューヨーク・シティのドブネズミに守らせていた。あたしは体勢をととのえ、ゴールディが次の取引を完了するまで待ち、やつが路地を出ていったところで行動を起こした。ブーツでふた蹴りするとネズミはいなくなり、もうひと蹴りでレンガをずらしたのち、二十ばかりのグラシン紙のデッキが詰まった錆びだらけのドッグフード缶に両手をかける。

片手に缶を持ち、壁にもたれてゴールディがもどるのを待った。ミント菓子でも嚙んでいようかと思ったが、熱いお湯と除菌用の石鹼を見つけるまでは、口元に手を持っていく気になれなかった。

路地にもどってきたゴールディが、ブツの隠し場所に立っているあたしを見つけて、ぴたりと足を止めたのが、あたしの時計で一時五十三分。心臓がフルスピードで搏《う》ちはじめ、どっとアドレナリンが流れだして、自分がびびっているのがわかる。この瞬間がたまらなく好きだった。ゴールディは一瞬躊躇し、それから一歩一歩、用心しながら近づいてきた。こちらの姿は陰になって見えづらく、向こうは行動に出るまえに目の前の相手がどんなやつなのかたしかめようとしていた。まず、ジャンキーじゃないのは容易に察しがつくはずだ——逃げだそうとしないのだから。

六メートルほどの距離に近づいたところで、ゴールディはあたしの顔を認識した。

「おまえか」ゴールディは言った。「くそったれのスベタめ」

「よう、ゴールディ。なにかお探しかい？」

「おれのブツに手出ししやがったら、ただじゃおかねえからな」

「ちゃんとここにあるって」あたしは左手に持った缶を掲げてみせた。

ゴールディはナイキ・アスレティックウェアのランニングパンツのポケットに手を伸ばし、細長いバタフライ・ナイフをとりだした。両手の指という指が金の指輪で飾りたてられ、路地のとぼしい灯りのなかで青やオレンジのような色に光っている。ゴールディは手首を返して刃を振りだし、威嚇のためにさらにひと振りして、金属音を鳴らしてみせた。

「クールだねえ」あたしは言った。「それ、練習したの？」

「缶を離せ。そしたら切るのは一度にしといてやる」

「ぜったい練習したんだ。鏡のまえでやってたんじゃないの？　だって、ほんと鮮やかなんだもん、流れるように滑らかで、まるで手にナイフを持って生まれてきたんじゃないかってな感じでさ」

ゴールディは眉根をもつれんばかりに寄せて、あたしの述べた解説の意図を必死で考えていた。あたしはアンドルーの姿を探して、相手とナイフの後ろを透かし見る危険を冒したが、目に映ったのは路地とその奥の通りばかりだった。ゴールディに視線をもどすと、同じ位置に同じ姿勢で静止したまま、なおもあたしの言ったことの意味を捕らえようとしている。

「皮肉だってば」と、すっきりさせてやった。「あんたを侮辱してんだよ」

「このスベタ、思い知らせてやる」ゴールディは刃を突きだした。「お望みなら、そのべっぴん面の唇を裂いて二目と見られない顔にしてやろうか？」

「あたしの望みは、あんたに二、三、質問に答えてもらうことさ」

「まえに言ったはずだ、おまえなんかにかかずらってるほど暇じゃねえってな。缶を離せっつってんだよ、さもなきゃざっくりいかせてもらうぜ」

「危ないものはおろしときなって、ゴールディ。怪我しちまうのがオチだよ」

ゴールディがにっと笑った。こいつのニックネームは指を飾りたてる嗜好からというより、二本の門歯にかぶせた金のほうに由来している。「そうさ、そろそろ怪我するころだぜ、そっちがな」

「もう、いいから黙ってさっさとかかってきなよ」あたしは言った。

やつはそうした。ナイフを一気に振りおろそうと肩の上に振りあげたが、試みなかばに終わった。背後から手を伸ばしたアンドルーが手首を摑んだと思うまもなく、ゴールディは仰向けに倒れていた。すでにバタフライ・ナイフを手にしていたアンドルーは、おぼろげな軌跡を描いて刃を閉じると、レインコートのポケットにおさめた。

「そのまま寝てろよ」アンドルーは忠告してやった。

ゴールディは耳を貸さず、四つん這いであがきながら立ち上がろうとして、アンドルーの腹に突っこんでいった。まだ立ち上がりきらないうちに、アンディは短棒を取りだして構え、そこにゴールディが狙いをさだめたように突進した。アンドルーが脇によけ、棒の一撃で肘の近くをとらえると、ゴールディは悲愴な声をあげ、傷ついた関節を抱えこむようにして、ふたたび膝を落とした。

「マザーファッカー！」ゴールディが叫ぶ。

「立つんじゃないぞ」アンドルーは繰り返した。

「てめえらふたりとも殺してやる、ふたりともぶっ殺してやる、そのクソ頭を吹っ飛ばしてやる！」ゴールディはアンドルーからあたしに視線を移してはまたもどし、苦痛に目をうるませながらなんどもそれを繰り返した。だが、さすがにもう立ち上がろうとはしなかった。あたしは一歩近寄り、デッキ入りの缶をゴールディの脇に転がした。「あたしらを殺すのはあとでもできるよ」あたしは甘やかすような声をだした。「いまは質問に答えればいいんだ」

「ファック・ユー、おれぁなにもしゃべらねえからな。てめえらで勝手にそのクソみてえな――」

「もう一回、痛めつけてやって」あたしはアンドルーに言った。

「とくに希望の場所はあるか？」

「目を」

アンドルーが近寄ろうとすると、ゴールディはすくみあがって口を閉じた。最終の承認を求めてアンドルーがこっちを見る。

「わかった！」ゴールディが言った。「わかった、わかったよ、マザーファッカーども。さがってろよ、ひとつ教えてやるから」

「ひとつってのは、コリン・ダウニングのことかい？」あたしは訊いた。

「そんなヤク中は知らねえって！」

「信じるよ、ゴールディ、あたしは信じる。でも、ここにいるあたしの友だちはさ、信じないと思うんだよね」

ゴールディは地面に膝立ちになったまま前後に体をゆすって、痛みをこらえている。アンドルーのほうばかり見ているその顔には、ほかの諸々のものと同時に、なによりも苛立ちの表情が浮かんでいた。「カンフーかなんかをやってんだろうが、ありゃクールじゃないぜ」

ゴールディは言った。

アンドルーは動かない。

ゴールディは視線をあたしに移したのち、だれか見ている者がいないか路地の両端をたしかめた。あたしたちはゴールディを最悪の立場に貶《おとし》めたのであり、自分が根城にしている路地でぶちのめされたとあっては、この男の面目はまるつぶれだった。こいつにしたことはおっつけ清算を要求されるにちがいなく、すでに仕返しを考えているのがその目にありありとうかがえた。

「コリン・ダウニング」あたしは言った。「ヴィンセント・ラーク。どちらかの名前について、知ってることならなんでもいい。そろそろ我慢の限界にきそうなんだけどね、ゴールデイ」

ゴールディはつかんでいた肘から手を離して、痛む腕を見た。肉と骨にくらったダメージが上着の上から見えるとでもいうように。「あの男、銃で撃たれちまった白人の男だが、あいつはアラバッカの組織のためにブツを動かしてたんだ」

「あいつが売人だったのは知ってる」あたしは言った。

「ちがうぜ、ねえちゃん、そうじゃねえ。やつはブツを動かしてたんだ、わかるか？　日々の商品を別のあちこちの組織に受け渡してたんだよ」

「あんたの組織にも？」

「あの野郎のブツにゃ、触ったこともねえや。あのラークってマザーファッカー、あいつは密告屋さ。ああなって当然のくそ野郎だったんだ」

「で、ダウニングは？」

「そんなやつは知らねえ」

「ちょっと脚のあいだを見てごらんよ、ゴールディ」あたしは言った。「のぞきこんで、いっとき考えてみな、優しい神様があんたに与えてくれたそいつのことをさ」

ゴールディは指示にこそしたがわなかったが、顔色が変わり、しゃべり口調も変わった。

「あいつはガリガリに痩せこけた野郎で、あんたみたいに、背がすっげえ高いんだ。両腕をびっしり穴だらけにした、どうしようもねえ注射フリークだよ。会ったらぜったい臭《にお》いでわかる」

「どこにいる?」

「百七十一番ストリートのどこかでドクをやってる。おれが知ってるのはそれだけだ」

「それじゃ足りないね」

「待てよ、それで全部なんだ、な? それしか知らねえんだよ」ゴールディはおそるおそる肘をひねってみて、顔をしかめた。目にふたたび涙がもりあがる。「くっそ…… それだけだって、ねえちゃん。もうほっといてくれ」

「もうちょいましなショバを探すんだね」あたしはそう言って背を向けると、路地の東端に向かって歩きだした。アンドルーがあとにつづき、もう少しでストリートに抜けようとしたとき、ゴールディが後ろから怒鳴りはじめた。覚えてろ、仲間を集めて、愛用の〈テック9〉をとってきて、ふたりとも蜂の巣にしてブチ殺してやるからな、と。そのあとも、ふたこと、みことと、性差別的でかなり暴力的なせりふを吐いたが、なにを言おうとあたしは振り向きもしなかった。

アンドルーとあたしは、タクシーがさほど怯えずに車をとめて料金を稼いでいる通りはないかと探しながら、南に向かった。どうやらゴールディに与えた苦痛を厳粛に受けとめているらしく、しばらく押し黙っていたアンドルーが、ためいきをもらした。

「あいつの脅しを、どの程度本気でとらえるつもりだ?」

「身辺に気をつけるようにはするけど、気に病むつもりはないよ」と、あたしは言った。「ああいう手合いは、ぶち殺すって脅すのがお決まりのコースだからね。本気で言ってるわけじゃない」

「そうだといいんだがな」

「うん、まあね。あたしもそう願うよ」

通りを横切り、並んだ戸口の一軒から差しだされた物乞いの手をかわしていく。甲走った声が、あたしたちとあたしたちの先祖を罵っていた。アンドルーは訊ねた。「ダウニングが注射師《ニードル・ドク》だとすると、見つけるためにはギャラリーを探すことになるな」

「普通そうするね」

「むろん、探すのは月曜まで待つんだろう？　おれが一緒に行けるときまで」

「もちろん」

アンドルーは立ち止まった。一足遅れてあたしも立ち止まり、振り返ってアンドルーを見ると、真剣に案じている表情がそこにあった。

「ひとりでは入っていくべきじゃない」

「ヤクをしこんだ注射器によろめいたりはしないって」あたしは言った。

「どんな感じか、おれにはわかるんだ、ブリディ」アンドルーは優しく言った。「おれもそいつを感じている。こいつをひとりで追っかけるのは、誘惑を求めることと変わりない」

「あたしはもうクリーンでかたぎなんだ、アンディ。その状態を変えるつもりはない」

「いつもおれの行っているミーティングが、あすの夜にある。よかったらきみも——」

「ステップなんちゃらは梯子だけにまかせとくよ。この件に関わってつらい思いをしてるなら謝るよ、アンディ。苦痛を味わわせるつもりはなかったんだ。あたしのほうはぜんぜん平気だからさ」

「それならいいが」

「そうとも」あたしは言った。「あたしはなんともないよ」

## 16

土曜の朝早く、自宅から数ブロック離れた場所でヤクを手に入れ、そこからアップタウンに向かい、七時前に張りこみ場所に到着して、その間ずっと腫れぼったい目で人生を呪いつづけていた。ヤク中は週末休みなどとらないし、いきおい売人も休むことはなく、ビジネスは常に平常どおりすすめられる。ゴールディが名指ししたストリートには、賃料が安くて快適さとは無縁の古い共同住宅を使ったシューティング・ギャラリーが点在してた。構造物全体を麻薬にあけわたしてはいない建物でさえ、ひと部屋かふた部屋は、安心して麻薬を打てる場として提供していた。

コリン・ダウニングが、ゴールディの言っていたとおり注射師であるとしたら、外をうろついているとは考えられない。どこかのギャラリーに棲みついて、きわめて特異なその商売を営む機会を待ちうけているはずだった。

ダウニングの発見は忍耐力と、探すべき場所を知っているか否かにかかっていた。

通りの向かいにさびれた公園があり、そのひび割れたコンクリートと、錆びついたシーソーやメリーゴーラウンドを囲む金網フェンスに沿って、試供品を待つ列が伸びていくのをじっと見ていた。すでに景気づけの一発をものにしたジャンキーと、干上がったまま一日をはじめる羽目になった連中とを見分けるのは簡単だ。干上がったヤク中は右や左に、重力を打ち負かすほどの角度をつけて傾いている。

けさは三人組のグループがヘロインの配布にあたり、ジャンキーらに感謝されながらデッキを手渡していた。無料の試供品が十袋まで渡されたのを数えたところで、料金が請求されはじめたので、あたしは無料のデッキをせしめた人間に注意を移した。

男がふたりいるうち、ひとりはラテン系、もうひとりは白人で、みずからのライフスタイルに破壊された者同士が連れだってブロックの先に向かっていた。ふたりとも手に無料サンプルをきつく握り締め、ゆっくりと苦しそうに歩いている。白人のほうの腕はソーセージのようにむくんで、針など刺せそうにないほどあらゆる血管が深く傷つき、相方のほうはひょろひょろに痩せ細って、息をするたびに弱っていきそうだった。

こういうヤク中にこそ、奇跡を起こす者の助けが要るはずだ、とあたしは思った。

半ブロックほど後方から尾行すること九分、ふたり連れは目的の建物に到着し、酒屋と別のアパートメント・ビルのあいだに押しこめられた狭い入り口からなかに入っていった。ふたりの姿が見えなくなるのを待って通りを横断し、建物のなかに足を踏み入れると、先にいったはずのふたりがまだ階段をやっと半分のぼったあたりでぐずぐずしていた。ドアのひらいた音を聞いて、白人のほうが首をぬっと伸ばしてこちらを振り返った。なにを見てか知らないが、男はうなって相棒になにやら耳打ちした。ラテン系の男が笑った声は、その体にも増してかぼそかった。

あとをついて階段をのぼり、廊下の奥に進んで、ふたりの最終目的地の外で追いついた。白人のほうがノックをする。ふたりともあたしの存在など気にも留めていなかった。ドアを開けたのはラテン系の女で、ふたりの男同様に歳のころは見当もつかなかった。

「手に入れた？」女は訊いた。

「ビッグ・グラスだ」白人のほうが答えた。「効きめのほどはわからないけど」

「見せてごらん」

男ふたりはそれぞれ手をひらいて、女に試供品を見せた。

「これでいいよ」女はふたりに言った。「タックスはきっちり払ってくようにね」

「カーラ、あんたってほんと優しいよな」ラテン系の男はそう言うと、女の横をすり抜けてアパートメントのなかに入っていった。つづいて白人男が入ってしまうと、あたしは戸口に進みでた。

カーラは疑るような目であたしをざっと眺めたのち、最後に目をあわせた。そのときに目にしたなにかで、あたしが警察の人間でもなければ、政府関係や福祉関係の人間でもないとわかったらしい。

「札一枚」カーラは言った。「打ってほしいなら、もう一枚。サービスの代償に、タックスを支払ってもらうよ」

あたしは二十ドル札を差しだした。

「あんた、名前は？」

「ブリジット」

「あたしはカーラ。入ったらキッチンまで行って、ブリジット」カーラは脇によけて、あたしを通した。

暗い廊下が内部《なか》へと伸びていた。この建物には電気ってものがきてないんだろうかと訝っていると、どこか別の部屋からテレビの音が漏れ聞こえてきた。床はまずまず清潔で、幅木のあたりにいくつかゴミが転がっている程度だ。左側の壁をゴキブリが嬉々として這いのぼっていった。

姿を見るまえから臭《にお》いでわかった。酷使と病によって腐り、壊死《えし》した肉体の臭い。熱せられたヘロインの臭いよりも、果てしなく供給されるファーストフードと反吐と汚物の臭いよりも、コリン・ダウニングの臭いのほうがまさっていた。

ダウニングは血色の悪い白人で、キッチンテーブルのまえに坐っていたが、その状態でもあたしより背が高いのがわかった。髪の色は黒か茶のどちらかだろうが、テーブルでゆらめく蠟燭の灯りや、窓からわずかに漏れ差す秋の日差しだけでは判然としない。胸のところにふてぶてしいポーズをとったバート・シンプソンのイラストが入った、染みだらけのグレーのTシャツを着ていたが、サイズが小さすぎて、袖はかろうじて肩を隠すにとどまっていた。むきだしになった両腕は見るも無残で、左右ともに上から下まで潰瘍状の傷が広がっていた。肌にうがたれた二十五セント玉サイズのいくつもの穴は、この世に打てる麻薬があるかぎり、治る日はこないだろう。

あたしがさっき尾行してきた白人は、すでに首をこくんこくんやりはじめ、窓際に立って外を眺めながら鼻唄を歌っている。お友だちのほうはダウニングと向かいあって坐り、自分のぶんのデッキを手渡そうとしていた。

「きょうのはどうだい、色男《ビュー》？」

窓際の男がうなずいて答える。「いいとも。こいつはいいぜ」

ドアから離れて奥に進み、自分の番を待っていると、あとからカーラが部屋に入ってきた。カーラはテーブルのそばで立ち止まり、ダウニングが小さな袋をあけてラテン系男の持ってきた一回分の麻薬を計量したのち、いくらかを自分用に、さらにいくらかをカーラ用にとりおくのを見守っていた。これが税《タックス》であり、場所とサービスの提供に対する手数料だ。

ダウニングはしっかりした手つきで商売道具をあつかっていた。テーブルの上には、背の低い金属の架台にスプーンを固く縛って固定しただけの、間に合わせの加熱器が組まれている。ダウニングは粉を量り、水をくわえて、ヤクを熱しはじめた。

「あんたはどこが効くんだい、レモン？」

レモンは左手を突きだし、手首のすぐ上の部分を指先で軽く叩いてみせた。「いつもこの辺がいいんだ、コリン」

ダウニングはテーブルから細いプラスティック製の注射器と、針を一本とりあげた。その針の無菌状態から程遠いことといったら、あたしの行動が賢明さから程遠いのといい勝負かもしれない。ダウニングは小さな綿《わた》をフィルターにして、注射器に一回分を吸い取った。あいた手をレモンの腕にそっと滑らせ、水を分けるように指で触れていく。静脈をぴたりと探りあてるのに、腕を縛る必要はなかった——あたしはじっと、コリン・ダウニングが骨と皮しか残っていない腕から確かな静脈を探しだし、奇跡を施すのを見守っていた。

まっすぐ正確に、ウィリアム・テルにも匹敵するひと突きで、コリン・ダウニングはレモンの腕に針を滑りこませ、逆流した血を見て成功を確認し、プランジャーを押しさげた。レモンのためいきが、うねる波となって部屋じゅうに広がっていく。

ダウニングの歯の色は黄と黒で、笑うとそれがずらりと見えた。「さあこれでいいぞ、マイ・フレンド」

ふたたびためいきをつくレモンを、カーラが椅子から立たせてやった。窓際にいたビューが振り向いてその様子を眺め、笑い声をあげた。

「上物だろ、な？」

「おおうぅ」レモンがためいきを吐く。「ああ、こいつは効くぜ」

カーラが〈シャンテレール〉のメートル・ドテルよろしく、あたしに椅子をすすめた。まるで海で立ち往生しているように胃が波立ち、頭がふわっと軽くなった感じがした。ゆっくり息をしようとし、ここにいる理由を思いだそうとしながら、ずっとポケットのなかのデッキを指でいじり、押しつける指のあいだで形を変える粉を感じていた。

　あたしが椅子に坐ると、カーラはコリンに伝えた。「打ってほしいんだって」

「持ってきたブツを見せてもらおうか」コリンはあたしに言った。

　あたしはその朝買ってきたリトル・ビッグ・ワンの包みを手渡した。あたしの手は震え、コリンもそれに気づいた。

「ここに来て正解だよ」コリンは言った。「そんなふうに手が震えるんじゃ、そのうち怪我してしまう。これは試供品のひとつ？」

「リトル・ビッグ・ワン」自分の声がしゃがれて聞こえる。

「そいつはだめだね」カーラがつぶやいた。「だまされたんだよ、おねえちゃん《ガール》。今週ずっと、そのヤクはよくなかったんだ」

「この分だけはいくらかマシかもしれないさ」包みをひらきながら、コリンは言った。「上着は脱がないとね、スィートハート。それと、どこに打ちたいかを教えてもらえるかな」

　あたしはジャケットを脱ぎはじめた。着ていた黒いTシャツは半袖で、二頭筋のなかばまでしかなかった。打つとすればごく一般的な前腕の上のほう、ひじのすぐ下あたりの内側だろうか。そこが昔から、あたしにはいちばん具合のいい場所だった。

「名前はブリジットだそうよ」カーラは言った。

「どこがいい、ブリジット？」

血管が見つかればどこにでも、と思った。打って、奇跡を起こして、もう一度いい気持ちにしてくれるなら、どこだっていい。

ビューとレモンは揃って窓際にさがり、さっきまでの苦痛から解放されて、孔雀が羽をひけらかすように全身に喜びをまとっていた。極上のヘロインを打って、周囲のことなどいっさいどうでもよくなり、なにも感じず、ただひたすら気持ちよくて気持ちよくてしかたがないのだ。

マリア様、助けて。あたしは祈った。

あたしはまた、やってしまおうとしている。

右腕をテーブルに置き、おのれの魂を貶める言葉を言うために口をひらき、その口が代わりに別の言葉を言うのが聞こえた。「じつは、いくつか質問したいことがあるだけなんだ」

カーラとコリンもあたしが感じた驚きと同じくらい驚いたようだった。およそ十秒ものあいだ沈黙と衝撃だけが居坐り、ビューのラリった穏やかなつぶやきだけが聞こえていた。

「警察じゃないんだろ」コリンが言った。

「ちがう」

「こんなとこでなにやってんのよ」カーラが問いただした。

「あんた、コリン・ダウニングだよね？」

コリンはかすかにうなずいた。

「あんたの目撃した発砲事件について、どうしても話が聞きたい」あたしは言った。「かれこれ一週間以上、あんたを探してたんだ」

「ええい、こん畜生、あの話かい？」カーラが叫び、両手を振りおろして腰にあてた。「いますぐあたしんちから出てってよ、おねえちゃん。ここにそういう話を持ちこまれると迷惑なんだ、いっさいお断りだよ」

「長くはかからない」あたしはダウニングに言った。「どうしてもあんたと話したいんだ。頼むよ、そのブツはとっといていい、全部あんたのもんだよ。ほんのいくつか、質問に答えてくれるだけでいいから」

「ここじゃだめだって言ってんだろ！」カーラが金切り声をあげた。「そのガリガリのケツをあげて、さっさと出てけってんだよ！」

コリンはカーラを見やり、またあたしに目をもどした。それからテーブルの上の小さな袋に。「リトル・ビッグ・ワンはそんなに悪かない」コリンは穏やかな声で言った。「これをおれに？」

「まるごとやる」あたしは言った。「好きなように分けるなりなんなりすればいい」

「あたしのでもあるんだよ」カーラが言った。

「友だちをちゃんと気持ちよくしてやるまで待っててくれるかな、そしたら話せるから」カーラを無視して、コリンはあたしに言った。「あっちで立って、ちょっとだけ待ってて」

立ち上がってジャケットを着なおすと、空いた椅子にカーラがすかさず腰をおろした。

「クレイジーな白人女」カーラがコリンにつぶやいた。

同意するようにうなずいたコリンは、次のショットを熱しにかかり、そいつをカーラの前腕の高い位置に打ちこんだ。強い快感《ラッシュ》の波がさっきのレモンやビューと同様にカーラをとらえ、あたしがまだそこにいようがいまいが、たちまちどうでもよくなったようだ。コリンは最後のショットを自分用に仕込み、同じ針を使って、右腕にあいた穴のひとつに打ちこんだ。針が入っていく瞬間、顔が苦痛にゆがめられる。まもなく麻薬が効きめを発し、コリンの目がぐるりと上にあがって、注射器が手から床に音をたてて転げ落ちた。

おい、まさか、死ぬんじゃないよ、とあたしは思った。頼むから死なないで、ミスター・コリン・ダウニング。

長く間延びした五秒が過ぎ去り、その間コリンはぴくりとも動かなかった。呼吸の動きすらなく、完全な薬物性硬直に陥っていた。そのとき喘ぐように息を吸う音がして、頭ががくんと前に傾ぎ、コリンの顔に笑みが浮かんだ。はるか百万キロの彼方で生まれ、遠い星の光のように移動してきた笑みが。

「だいじょうぶかい？」あたしは訊いてみた。

コリンはそのおぞましい左手を挙げ、心配いらないことを穏やかに示してみせた。「だめだ……じゃま……しちゃ……ねえちゃ……」

「話をしたいんだ」

「すぐ……だから……ちょっ……ちょっと待って」

そしてコリンは目を閉じ、それぞれのトリップに入っている仲間たちに混じって、こくりこくり首を振りはじめた。

「おれは証言とか、そういうのをするつもりはないんだから」コリンは言った。「冗談じゃないね、あんたがどんなに大量の飯をおごってくれたって変わんないよ」

「わかった」

「これ、もうひとつ頼んでもらえるかな?」コリンはまだ残っていたくさび形のタコスを掲げてみせた。「チキンのを」

「まず話をするのが先だよ」

コリンは肩をすくめると、タコスの皮《トルティーヤ》と肉の最後のひとかけらを口にほうりこんでむしゃむしゃやりはじめた。戸外への遠足とあって、上に汚らしいジッパータイプのスウェットシャツを一枚羽織り、それでいくらか臭いを封じこめると同時に傷の大部分を覆い隠していた。それでもコリンから立ちのぼる臭気はじゅうぶんに強烈で、こっちの食欲はすっかり殺《そ》がれてしまっていた——キャンディさえ口にいれようという気になれなかった。本人は気にならないのか、気にするそぶりはいっさい見せず、それが証拠にあたしたちのテーブルにはタコスを包んであった紙が三枚ものっかっていた。

「すぐもどらなきゃいけないんだ」コリンは紙コップから音を立ててレモネードをすすり、口のなかのものを飲みくだした。

「とりあえず、落ち着いたんだろ？」

「いい気分だよ」

「じゃ、話を聞かせて」

「なんの？」

「ヴィンセント・ラークが死んだときのこと」

「やつはああなって当然の、冷血漢のマザーファッカー野郎だよ」コリンは言った。じっさいに顎をしたたり落ちそうなほどの毒を含んでいる。「地獄からお呼びがかかるまで、あれほど長くかかったなんて驚きなくらいさ」

「やつを撃ち殺そうって人間は大勢いたんだね？」

「いや、そこまでは知らない。けど、やつを嫌ってる連中なら大勢いるから、そいつらは天罰でもくだりゃいいと思ってたろうな」

「名前を挙げられるかい？」

コリンは首を横に振った。「金をごまかしたって理由でやつに痛い目に遭わされた売人や、ぼったくられた末にクズをつかまされた一匹狼《ソルジャー》はみんなそうさ。何年も前から、おれたちソルジャーはやつに悩まされてきたんだ。それにあれは平気で人を裏切るネズミだしな。ショバとショバを対立させたり、たぶんおまわりにも尻尾を振ってなびくんだろう」

「あんた古強者だね」あたしは感嘆したように言った。

「ここでソルジャーやって二十年になるんだ、ブリジット」コリン・ダウニングは言った。

「もうやってけないってとこまで、がんばってくつもりだよ」

「でも一度、医者に診てもらうべきだよ。その腕は抗生物質でも処方してもらわないと」

「病院のことならなんでも知ってるさ。昔、ろくでもない病院に勤めてたんでね。おれのために病院ができることなんて、なにひとつありゃしない」コリンがちらりと目を走らせた左の手の甲は、皮膚の一部が丸く、やばそうなピンク色にてかっていた。「ラーク自身もいろいろ厄介ごとに巻きこまれてたんだぜ」

「普通以上にってことかな？」

「くたばる一ヵ月ほど前に、かなり手ひどくぶちのめされたことがあったんだ。噂じゃ、やつがしょっちゅうブツをかすめるもんで、いい加減アラバッカも頭にきたって話だ」

ちがうね、とあたしは思った。すくなくとも、ぶちのめした相手についてはまちがってる。

「ラークの名前は、やたらアラバッカってやつと絡んで耳に入ってくるんだけどさ」あたしはかまをかけた。「それって何者?」

「この界隈で最高のヘロインを握ってる男さ」コリンはまたにっこりと例の歯を披露してくれた。かつては目も青かったにちがいない。「アラバッカのヤクをいくらか手に入れたら、一日じゅうハッピーでいられるんだ」

「かなり手広く商売してんの?」

「手広いとも。おかげで大勢のおれたちみたいな連中が健全にやってけるのさ。ヴィンスみたいなやつらが、ブツをストリートの麻薬グループに運んでるんだよ。常に二、三組のそうした連中がアラバッカのブツをさばいている」

「アラバッカがヴィンスを殺らせたと思う?」

「そうか、あり得るよな」コリンが言った。「あの女がナイジェリア人に雇われてたのかもしれない。お手軽なもんだ」

「あの女? ライザ・スクーフのこと?」

「連中がおれに面通しさせた女はそいつかい?」

あたしはうなずいた。

「じゃ、そうだ」と、コリン。

「あの朝、あんたはなにを見たの?」

コリンはためいきをつき、空になった包み紙を見おろした。つづいて、空になりかけている紙コップの氷を鳴らしてみせる。それからまたためいきをつくと、あたしを見やった。

「いくら欲しいんだい？」あたしは訊いた。

「四十？」

「二十」

「三十だ。そしたらいっさい嘘はつかない」

あたしは苦笑いして財布に手を伸ばし、二十ドル札と十ドル札をテーブルに置いた。コリンは札をそれぞれ小さな長方形に固く畳み、ひとつをもうひとつのあいだに挟んで、注意深くポケットにしまいこんだ。金が目の前から消えると、さらにまた少しリラックスしたようで、ベンチに深く坐りなおしてくつろいだ体勢になった。

「さあ聞かせて、コリン。嘘はなしだよ」

「ああ、ほんとうの話を聞かせてやるよ、見たまんまをね。メモはとらないのかい？」

「頭で覚える」

「いいだろう」コリンは言った。「一週間ほど前になるのかな、あのときカーラの店の連中はみんな出払ってたんだ。ウエストサイドで極上のヤクが売られてるって話を聞いて、おれだけ置いてみんな出かけてってね。みんなが帰ってくるまでなんとかもつだろうと思ってたら、おれに一服置いてってくれた包みがひどくてさ。カンペキなまがいもんで、ぜんぜん効かなかったんだ。

だもんでこの古参兵は、言うなればみずから前線に立つことになったのさ、いざ進め、ってわけだ。で、結局オーデュボン・アヴェニューまで出てやっと買ったんだが、そのころにはひどい気分でさ。その先にいい場所を一ヵ所知ってたから、あがってって一発用意して、なんとか落ち着き、ダチとしゃべってたんだ。全員が廊下の突き当たりの部屋にいて、いい気分にできあがってた」

「ラークはどこにいた?」

「ずぅっと下の階、別の部屋だ」

「じゃ、姿を見たわけじゃないんだ?」

「いや、ちゃんと見たよ。どっかの時点で、やつはよたよた階段をあがってきたんだ。例のボコボコにされた脚でさ。おれは部屋に入ってくるのを見てた。だれかと話かなんかしてたよ。たぶん金を徴収してたんじゃないかな」

「だれから?」

「さあね。とにかく、それからちょっとして、あの金髪娘が物音に引かれたのか階段をあがってきたんだ。こそこそしながら廊下に入ってきて、両手でばかでっかい銃を持ってた。こりゃだれかがヤバイことになる、って思ったよ。ダチはみんな後ろにさがって離れてたが、おれは昔みたいにさっさと動けない。立ち上がるのが間に合わなかったんだ」

「銃を見たのかい？」

コリン・ダウニングはうなずき、その動作がさらなる臭気をこっちに送りこんだ。あたしは必死で無表情を保ち、朝食があがってきそうになるのをこらえた。

「どんな銃だった？」

質問の意味を理解したコリンは目を細め、記憶のなかの画《え》に見入った。

「青。でっかい青いやつだ。昔のおまわりが持ってたような」

あたしはうなずき、ライフセイヴァーズへの欲求が、ゆるやかな吐き気に打ち勝とうとしているのに気づいた。つづけさまに三つ嚙み砕いたが、どれも糞みたいな味がした。

「金髪娘がドアまで来た」コリンはつづけた。「覗きこんでなかを見まわし、やつを見つけたらしく、すぐさま向き直って撃ちはじめたんだよ。バン、バン、バン、バーン！　ざわざわっ！　バーン！　悲鳴の嵐！　走る音と叫び声！」

「それから？」

「知るもんか。そのころには隠れてたさ」

「その女が逃げるところは見なかったんだ？」

「物陰に首をひっこめてたんだよ、ブリジット」コリンは言った。「次に顔をあげたときには、みんな走って右往左往してたんで、こりゃカーランんとこにもどったほうがいいなと判断したんだ。それで、建物を出ようとしたら、二人組のおまわりがおれをとっつかまえて、刑事が来るまで待たなきゃだめだと言いやがった」コリンは両手を掲げて、甲を見せた。「こいつを見せてもだめで、刑事たちがあらわれるまで、その場に足止めされてたってわけだ」

おもわず汚いテーブルに肘までのせて、あたしは身を乗りだした。「大事な質問だよ、コリン。だれか別の人間を見なかった？」

「別っていうと？　ダチなら、さっき言ったように何人かいたけど」

「あたしの言ってるのは白人の男。あたしより背が高くて、四十か五十がらみの男を見てない？」

「いや——」

「だめだって」あたしは食い下がった。「答えるまえによく考えて。だれかほかの人物を、ヴィンスを撃った可能性のある別の人物を見なかった？」

「あの金髪が銃を持ってて、あの金髪が撃った。それが事実だよ、ねえさん、おれはそいつを見てたんだ」

あたしは体を起こし、いろいろと混じった空気を深く吸いこんで、さまざまな考えをできるかぎり急いで整理しようとした。けれど、捨て札の山にどんな札を投げてみようとしたところで、結局はくそいまいましい結論にもどってくるばかりだった。自分がまぬけに思え、失望させられる結論に。認めたくはないが、もう少しで涙が出そうになってたかもしれない。

やったのはライザだ。ライザがあたしの親父の銃を盗みだし、チャンスをうかがい、ヴィンスの頭を撃ち抜いた。ライザはあたしに嘘をついていた。あたしを騙したんだ。あたしがずっと自分を騙してきたのと同じくらいに。

「行こう、コリン」あたしは立ち上がった。「カーラんとこまで送っていくよ」

# 17

あれほどまで近づかれてしまったのは、注意がほかに向いていたからだ。すくなくとも、自分のなかではそういうことになっている。

カーラのところまでコリンを送りとどけ、時間を割いてくれてありがとう、助かった、と礼を言ったが、本心なのは前半部分だけだった。コリンはいつでもまたどうぞと言い、どうやらあたしのことをちょろい金づるだと思ったらしい。コリンがカーラの部屋のドアをくぐるより先に、あたしは階下に引き返しはじめていた。

ライザ。あたしは考えていた。ライザ、あんたとあたしでとことん時間をかけて話をする必要がありそうだね。それが済んだら、半時間ばかりあんたの頭を踏んづけ、そのあとでまた、もうしばらく話をして、それからあたしはとことん時間をかけて泣くつもり。

そして、あんたに訊こうと思う。どうしてそんなことをしたのか、どうしてまずあたしのところに来なかったのか、と。あたしにだってなにかしてやれることはあったのに、なんでそうさせてくれなかったんだよ、と。

陽光の降りそそぐ外に出て、サングラスをはめ、身を反転させてストリートの先を見据えた。ブロックの突き当たりに、ゴールディが立ってあたしを待ち受け、その脇にもうひとり別の男がいた。男は黒人で、ゴールディより年上らしく、長身の屈強そうな体軀をして、その服装はストリートで徒党を組む連中とは完全に一線を画していた。シャツの上に羽織っている腰までの革ジャケットは、〈サックス〉のウインドウに飾ってあるのをなんどか見かけたことがあった。じつに高そうな、いい服だ。

ゴールディがこっちを指差すと、その男が前に進みはじめた。あたしはふいに、止まったほうがいい、いや、逆方向に急いだほうがいいかもしれない、という考えにとらわれた。じっさいそうして、爪先で回転したとたん、まったく別の男と顔をつきあわせることになった。こんどは白人で、背はあたしより低いが肩幅が広く、四十代後半とみえる。茶色の髪のこめかみだけに白髪が混じり、顔にいくらか寄っている皺は、笑うとさらに増えた。

「ちょっとごめんよ」そう言って、あたしは男の脇をすり抜けようとした。

「嫌だね」男は答え、あたしの腹にパンチを見舞った。

衝撃に体を折ったあたしは、驚きを振り払う間もなく新たな三連発をくらっていた。うちの一発目、顔面に受けた男の膝は、あたしのサングラスをレイバンの天国に送り、あたしの頭をきりもみ降下に送りこんだ。二発目と三発目はどんなだったか、まだ一発目のせいでもだえ苦しんでいたからよくわからない。

白人男があたしの上着をつかみ、世界が回転したと思うと、そのままビルとビルの狭間の路上に投げ飛ばされた。まともに顔から壁にぶちあたるのだけはなんとか避け、肩で衝撃を受けとめながら、もし銃があれば形勢を盛り返す役に立ったはずだと思い、この馬鹿、馬鹿、馬鹿、なんで家に置いてきたんだと自分を罵った——いったんは持ってこようかと迷いながら、コリンや周りの連中をびびらせたくなくてやめたのだ。

さらに一発、うしろから腰の上あたりをやられ、やっと吸いこんだ空気をふたたび失ったあたしは、完全に倒れてしまわないようこらえるほかはもう、ろくになすすべもなかった。なんとか膝を落とすにとどまったあたしの髪を、男がひっつかんで捻り、路地の壁に顔面から叩きつけた瞬間、バランスも支えも失ってしまった。ビルに押しつけられた頬に、ぬるりと濡れた感触があった。まだ空気がうまく吸えず、たとえ吸えたとしても、その体勢で地面に転がっていては反撃できたとは思えない。

ただひたすら、考えられる最悪の事態にはなってくれるなと、そのときはそれだけを願っていた。

男は背中と左の足首に体重をかけて所持品を調べにかかり、ポケットというポケットに手を突っこんでは中身を放りだしていった。アルトイズ、ライフセイヴァーズ、手帳、ペン。男はしゃべらなかったが呼吸が荒く、身をかがめてくると頬にその息がかかった。外側のポケットを調べ終えると、前にまわした手をジャケットの内側に伸ばしてきた。その手が内ポケットに向かう途中、あたしの左胸で動きを止め、わしづかみにして指を食いこませてきた。あたしは声を呑みこみ、必死で体を起こそうとしたが、支えがないままではどうしようもなく、それを思い知らせるかのように男はさらに体重をかけ、握る手に力をくわえた。

「いいパイオツしてんじゃねえか」男は言った。

ひどく熱があるように感じた。頭のなかも顔も熱く、熱が皮膚を這いまわっている。爆発して燃え上がるかと思った瞬間、男は力をゆるめ、手を胸からポケットに動かした。財布を手にすると男は体を起こし、摑んでいた髪を離して、背中と足から体重をどかしたが、胸の内側にはまだ重圧が残されていた。

あたしはそのまま頰を壁に押しつけた姿勢で、できるかぎり急いで空気を吸いこみ、熱を冷まそうとした。顔が炉の表面のように熱く、あたしは歯を食いしばり、脈搏つ鼓動を聞き、受けた辱めのすべてを思いながら、二度とそんなものに耐えたりすまいと自分に言い聞かせていた。

吐き気をこらえて立ち上がり、望みどおりの表情だけを浮かべられるようになったところで、あたしは向き直った。

ふたりの男はそれぞれ路地に入ったところに立って退路を断ち、あたしを見ていた。黒人のほうはいましがた渡された財布の中身をあらため、白人のほうは煙草に火をつけようとしている。そっちも相方同様に金のかかった服装で、黒のパンツに磨き上げたブーツを履き、大部分を革で仕立てたボルチモア・オリオールズのスターター社製スタジアムジャンパーを羽織っていた。煙草のライターは電気式の細身なクローム仕上げで、炎が目に見えないタイプのものだった。

この怪物どもがゴールディのささやかなお仲間であるはずはない。ちがう、こいつらは動物園のなかでも別の区画からやってきた獣《けもの》だった。

「ブリジット・ローガン」白人男が言い、煙草の先をこっちに向けた。煙草を挟んでいる人差し指と中指にタトゥーをいれているのが見える。すらりと伸びたいわゆるセクシーな女の脚が二本描かれ、爪のすぐ手前で黒い墨が青く薄れて終わっていた。指のあいだの薄い皮膚のところは一部分だけほかより濃い墨で染めてあり、男はその陰毛の茂みあたりに向かって、侵入しようとするペニスのように煙草をくねらせた。

あたしは自分の頬を拭い、手についてきたものを見やった。黒と緑色をしたそれは、どうみてもヘドロだった。太腿に手のひらをこすりつけてからもう一度、こんどは鼻から垂れ落ちてきた血を拭った。

「ブリジット・ローガン。私立探偵《プライベート・インベスティゲーター》か」白人男は、〝プライベート〟という言葉をやたら嬉しそうに口にした。

黒人男はあたしの財布を畳んで、投げてよこした。そいつを胸で受けとめてポケットに滑りこませるあいだ、あたしは男から目を離さなかった。相手の視線もゆるぐ気配はない。

「探偵をやってるってわけだな」白人男が言った。「いまも調査中なんだろ。質問を並べたてて、人を苛々させてな。おまえのやってることはそれなんだ、人を苛つかせることなんだよ。私立探偵《プライベート・アイ》、私立探偵《プライベート・ディック》。ちんぽ《ディック》の生えた別嬪《べっぴん》がいるって話は聞いたことがあるが、おまえがそれか？　そんなかにちんぽを隠してんのか、ブリジット・ローガンさんよ？」

「なんでさ？」あたしは訊いてやった。「自分用にひとつ分けてくれってかい？」

白人男は襲いかかる直前の犬がやるように歯をむいた。あたしは男の胸骨ごしに、拳を叩きこむポイントを視覚化した。そこへ黒人のほうが片腕を掲げ、じっとしていろと相棒に伝えた。

「言わせておけ」と、黒人男は言った。

白人男は立ったまますみやかに体重を後ろにもどし、なにかちがうことをするつもりなどさらさらなかったかのように、深々と煙草を吸った。ただ、目だけはあたしを見るのをやめず、その視線はずっしりと重みを帯びて、いましがたその手をかけた場所へとにじり寄っていった。ふたたび笑みを浮かべた男をまえに、いつか殺してやるとあたしは誓いをたてた。

「だれのために働いているんだ？」黒人男が訊いてきた。

「そっちこそ、どこのだれなんだよ？」噛みつくように言い返す。

「話してはいけない理由でもあるのか？」男の口調はゆったりしていた。肌の色はとても濃く、話し方が几帳面で、第二言語として英語を学んだような印象だった。「協力的になってはどうかな？」

あたしは上唇から血を舐めとった。とたんに胃のほうから、なんどもそれをやったらせりあがるとの意向が伝えられる。あたしはなにも答えなかった。

「教えてくれ」温和な口調で黒人男は言った。「だれのために仕事をしているんだね？」

「あんたら何者なんだよ」

「〈ウェルカム・ワゴン（新しい居住者に地域の情報や商品を届けて歓迎する車のこと）〉さ」白人男が言った。

「この界隈の人間じゃないくせに」

「それは思い過ごしだ、ミス・ローガン」黒人男が言った。「しかし、〈ウェルカム・ワゴン〉は、たしかにちがうかもしれない。〈ベタービジネス協会（苦情を受け付けて不正な商行為を調査する機関）〉といったところだろうか？」

「あんたら、ゴールディの組の人間でもないんだろ」あたしは言った。

「おれたちはビジネスマンで、市場の状態を気にかけているんだ。なんでもきみは、ここのところずっと邪魔をしているそうじゃないか、この一帯の……商取引の」

「で、その商取引ってのは？」

「こいつは阿呆か、それともおれたちを阿呆と思ってやがるかのどっちかだぜ」白人男が相棒にそう言った。

　黒人男は穏やかに微笑み、ふいに育ちの悪い相棒よりもそいつのことのほうがずっと不安に思えてきた。この男は完全にこの場の主導権を握り、自分でもそのことを承知している。

「薬剤関係、とでも言っておこうか」黒人男は言った。

「あたしはだれのヤクにも手出しなんかしてないよ」

「それは、こちらが聞いている話とちがうようだな」

「おまえはゴールディの隠し物を盗んだって聞いたぜ」白人のほうが言った。「根こそぎ盗んでったってな」

「それでやつを信じたのかい？　阿呆はどっちだよ」

「ゴールディのブツを盗んでいないと言うのか？」黒人男が訊ねた。

「盗ったさ。でも、すぐに返した。注意を引きたかっただけだからね」

白人のほうが煙を吐きながら口笛を鳴らし、なんたるばかな真似をと言いたげにかぶりを振った。「おれたちのブツでもあるんだぞ、小生意気な」

「ゴールディはあんたらの配下で売人をやってたってこと？　あんた、アラバッカなのかい？」

ふたりの男はいっせいに笑いだし、白人のほうは鼻と口からもれる煙にむせて二度も咳きこんだ。男が煙草を地面に投げ捨てると、それはさっきそいつがポケットから抜き取ったドリームズ・デスのグラシン袋とアルトイズ缶とのあいだに転がった。缶は蓋が開き、ミント菓子は汚れの浮いたぬかるみに散らばっていた。

「おれたちは、どちらもアラバッカではない」黒人男が言った。

「じゃ、アラバッカの下で働いてるってわけだね」

「かもしれない」男の顔から笑みが消えていった。「ゴールディが偽の言いがかりをつけた可能性はおいておくとしてもだ、ミス・ローガン、この市場に出入りされたり、注意を向けられたりすると非常に気にかかるんだ。きみがやたらと質問をしてきて商売の邪魔をしているという話が、こちらの耳には入ってきている。ヴィンセント・ラークのことを訊きまわっていたそうじゃないか。ヴィンセント・ラークは死んだよ。殺した犯人はもう捕まった。きみの関心がそこにあるんなら、これで質問には全部答えが出たはずだ」

「全部じゃない」

「それならば残りは全部、この界隈で答えがもらえるんだろうな。だがもし、きみの興味がヴィンセント・ラークにとどまらず、そうだな、たとえば経済面にあるとすれば、いま練っている最中かもしれないビジネス・プランはもう一度練り直してみるよう強く勧めたい。ここは自由市場じゃないんだ。そこの部分を侵害しようとすれば、処分を受けるのは免れない」

「店を出そうなんて思っちゃいないさ」

「そう聞いてほっとしたよ、ミス・ローガン。きみのためにも本心であることを願っている」男は相棒に視線を移した。「これでいい。ゴールディを連れてきてくれ」

白人男はうなずき、にやりとあたしに笑いかけた。「よう、おまえがどこに住んでるかはもう知ってるからな。そのうち夜に、寄らせてもらうかもしれないぜ」

「ぜひそうして」あたしは言った。「あたしのルームメイトに紹介してやるよ。シグ・ザウエルって子にね」

「女ってのは、みんなおれに惚れるんだ」相棒にそう言うと、白人男はゴールディを捜しに路地から出ていった。

それを見送ってから、黒人男はあたしが暗がりから出てまた通りにもどれるよう脇によけた。こちらがすぐに動かないのを見ると、「行っていいぞ」と男は言った。

「ちょっと、ふざけんじゃないよ」あたしは言った。

「時間をとらせて悪かったな、ミス・ローガン」

「いきなり襲ってきて、人をぼこぼこにして、さんざ質問を浴びせて、じゃあこれで、ってかい？」

おもしろがっているのか、男の顔にしわが寄った。「ほかになにか望みでもあるのか？」

「答えだよ。あんたらふたりが何者なのか教えてもらいたいね」

「教えることはできん」

「調べたっていいんだよ」

「そうだな。きみがじっさいにそうして、この耳にそういう事実が入ってきたら、それでおれはきみが警告に耳を貸さなかったと知るわけだ。それでよしとしておこうじゃないか、ミス・ローガン」もういちど品定めするように眺めたのち、男はためいきをついてズボンのポケットからマネークリップをとりだした。分厚い札束のいちばん上から、新しく発行されたタイプの五十ドル札を一枚はがして、あたしに差しだす。「面倒をかけた分だ」

「金は自分で稼ぐほうが好きなんだ」

路地に風が吹きこみ、紙幣はしゃちこばった国旗のようにはためいた。「いい殴られっぷりだったぞ」

「殴るほうならもっと得意さ」あたしは言った。「あんたの友だちにそう伝えときな」

「そうしよう」男はそのまましばらく紙幣を差しだしていたが、やがて片手で畳んでクリップにもどした。表情はまったく変わらない。「残りの週末を楽しんでくれ、ミス・ブリジット・ローガン。願わくは、また会うことのないように」

## 18

玄関のドアから倒れこむようにして家にもどったのは、午後三時を過ぎたころだったろうか。その時分には、全身のいたるところが痛みという歓喜に打ち震えていた。一部はもちろん殴られた箇所からくる痛みで、とっくに流れ尽きたアドレナリンからくる痛みもあった。だが、いちばん大きな痛みの塊は、もっと別の、以前にも覚えのあるなにかからきていた。いつも怒りとそっくりに感じられるが、けっして同じだったことはないなにかから。

リビングルームにたどりつくまでに、街の公園の木々が葉を落とすように衣服を脱ぎ落としていった。ジャケットをひきはがし、ブーツを蹴り捨て、どれも落ちるがままの場所にほうっておく。シャツをひっぱって脱ごうとすると、背中が二度痙攣した。パンツを脱いだ時点で痛みは倍増し、バスルームに転がりこんだあたしは、鏡の前で立ち止まって、驚くまでもない姿を目にした。

口と鼻の周囲に血が固まり、左目の下では、夜までに建ちあがってくる高層ビルばりの青痣に備えて皮膚が基礎を造っていた。髪はぐしゃぐしゃだし、体が発している臭いもいただけない。

鏡のなかの自分を採点し終わったところでバスタブに湯をためはじめ、そのままキッチンに行ってビールとアスピリンの小瓶をさがした。店売りの鎮痛剤三粒を本生のミラーひと壜で飲みくだしてから、バスルームにもどる。そして、湯のなかに〈ボディ・ショップ〉のバスソルト一袋をぶちまけた。外箱に書かれた文句によると、痛みや疼きをやわらげてくれるそうだ。

「嘘だったら承知しないよ」空になった袋に警告してから、バスタブをまたいだ。

古めかしいバスタブは、何年もまえにこのアパートメントを買ったときの最大の決定要因だった——この体がぴったりおさまるサイズのバスタブには、これまでふたつしかお目にかかっていないが、そのうちのひとつがこれだった。長さも充分、深さも充分で、めいっぱい伸びでもしないかぎり、体の大部分を湯に浸けておくことができる。

瞼を閉じ、しぶとい痛みが深く沈みこんで、骨まで達するのを感じた。閉じた瞼の裏にライザと、ライザがついた嘘が映り、すぐあとにつづいて、自分自身の救いがたいほど愚かな欺瞞《ぎまん》が映る。あたしはあのふたりの男について考えてみようとした。連中は何者なのか。アラバッカの組織、それもストリートレベルのドラッグビジネスをとりまとめている上層団体に所属する、アラバッカの側近であることはわかる。その連中がなぜあたしに目をつけたのか、そこがわからなかった。隠したブツをあたしに盗まれたというゴールディの嘘では説明がつかない——これがストリートレベルの話で、ゴールディが本当のことを言っていたとすれば、それは問題になって当然だろう。だが、側近みずから盗まれたブツをいちいち追っかけたりするはずはない――そんなことは末端の連中にまかせておくはずだった。ましてや、あたしが連中のシマにむりやり割りこもうとし、旗を掲げてデッキをさばく気だと思ったなどという話は、到底信じられるものではなかった。

だったらあたしは、どういう理由でやつらを止まり木から呼び寄せてしまったのか？　アラバッカの名前を撒き散らして歩いていたわけでもないのに。

つながりはおそらくヴィンスにちがいない。ライザがヴィンスを吹っとばした後に盗んだと思われるバッグだ。

あたしは蛇口をひねって閉じるあいだだけ目を開け、朦朧《もうろう》とした頭でまたぽちゃんと身を沈めた。

痛みのやわらぐ気配はなかった。


寒くて目が覚め、すぐあとにドアベルが鳴り響いて注意を呼び覚ました。ぬるま湯のなかで身震いし、手近なタオルをあわててつかむ。まっすぐ立った瞬間、削岩機なみの頭痛が前頭部めがけて飛び蹴りをくらわし、タイルに足をおろしたとたん歯ががちがち音をたてはじめた。もたつきながら急いで体を拭き、別のタオルを首の後ろ側と髪のあいだに挟むようにかけ、バスローブを羽織った。

廊下を急いでいるとさらに二回ベルが鳴り、途中立ち止まって、脱ぎ捨ててあったジーンズで足を拭いた。アパートメント全体が冷え切っていて、バスローブくらいではなんの役にも立たなかった。キッチンの時計は、まっすぐ上に伸びた針がちょうど八時を指しているように見える。

ふたたびベルが鳴らされ、五回の激しいノックがあとにつづき、そこでやっとドアまできたあたしは、覗き穴からエリカ・ワイアットの姿を目にした。ノブに手を伸ばしかけたが、そのノブを回すまえに、錠を開けるまえに手をとめた。

エリカの表情が苛立ちから心配へ、そして疑念に近いものへと変化していくのを見ながら、廊下を急いできたときの音を聞かれてしまったかもしれないという思いが一瞬頭をかすめた。次の一秒が過ぎると、エリカはじっさいに身を乗りだして、傷のないほうの耳をドアに押し当てた。

あたしはじっとしていた。

すくなくとも一週間は経ったような気がしたころ、エリカが眉間に皺を刻み、唇を引き結んで後ろにさがった。もう一度だけ、最後の一押しとばかりにベルを鳴らしたが、なにも起こらないのを見て背を向けた。アティカスの古いアーミージャケットを着たエリカは、両サイドのポケットに深く手を突っこんで、足元に目を落としたまま階段に向かった。

あたしはさらに一分近く、そのままじっと覗き穴を覗いていた。それから廊下を引き返し、キッチンの灯りをつけた。留守番電話が二件のメッセージを報せていたが、そのまま寝室にいってローブを脱ぎ、スウェットを着た。服を着てもいっこうに暖かくはならなかった。

バスタブの栓を抜き、居間にヒーターを入れると、ラジエーターが息を吹き返す音が聞こえた。手持ちのお茶のなかから、痛みにいいとされるものを探しだす。やかんを火にかけ、湯が沸くのを待ちながら、留守電のメッセージに耳を傾けた。

どちらもエリカからで、一件目は、今夜の映画を見る約束はまだ生きているか、という質問。二件目は、八時ごろ迎えにいくからアンジェリカ・フィルムセンターで開催中の香港映画祭に行こう、という誘いだった。テープの声には期待がこめられ、どちらのメッセージも長くてジョークに満ちていた。ドアで返事をしなかった自分が最低なやつに思えた。

お茶ができるまでのあいだに、床に落ちたものを拾いあげ、汚れ物を洗濯籠に投げいれていった。口のなかに眠りとビールの膜が張っていたので、ジャケットを拾ったついでに、なんでもいいから味を消してくれるキャンディのロールはないかとポケットを探った。

それがなんなのか、気づくまで一秒かかった。不用意に手に握った、泥まみれの小さなグラシン紙の包み。あたしはそれを、有毒廃棄物でも握ってしまったかのように床に投げ落とした。ドリームズ・デスを床に残したまま、椅子の背にジャケットをかける。

ちょうどお茶を飲み終えたとき、電話が弱々しい音で注意をひいた。そろそろ来ると思っていたころで、あたしは三度目が鳴りだすまえに受話器をとった。

でも、かけてきたのはエリカじゃなかった――アティカスだ。

「やあ、きみか」アティカスは言った。「留守電につながったのかと思ったよ」

「よう、あんたかい」

「いま帰ったのか？」

「ちょっとまえにね」

「エリカのメッセージは聞いたかい？」

「いや、まだだよ。帰ってきたばかりだって言ったろ」

「エリカは例の映画の話がまだ生きてるものと期待してたんだ」

「はっきりとは決めてなかったからね。出かけてたんだよ」

「まだ仕事なのか？」

「いつだって仕事さ」二秒、いや三秒のあいだ、アティカスはなにも言わなかったので、あたしは言い足した。「あの子、いるの？」

「ああ、自分の部屋にいる。そっちに寄ったそうだ、三十分くらいまえに」

「ちょうど入れ違いだったんだろうね」

「だろうな」

アティカスは電話ごしにふたたび沈黙を送ってきたが、やがて咳払いをすると、話しだした。「エリカは、その――……エリカはたぶんきみが、家にいたんじゃないかと思ってるんだ、わかるか？　たぶん自分を避けてるんじゃないか、と」

「ちがうよ、まさか。ほんとにいなかっただけさ」

「いいか、もしさっきエリカが寄ったときにきみがいたのだとしたら、よほどの仕打ちをされたと受け取ってもしかたないだろ。どうも怒ってるみたいなんだ」

「あの子にかわって」あたしは言った。「話をするから」

「待っててくれ」

身震いをこらえ、電話の向こうに声がもどってくるのを待った。ずいぶん経ってから、ふたたび受話器が持ち上げられるカチリという音が聞こえた。

「エリカ」あたしは言った。「ごめん」

「ちがうよ、おれだ」アティカスが言った。「あとでかけなおすと伝えてくれって、エリカに言われたんだ」

あたしはしばらくなにも言わずに黙っていたが、やがて言った。「うちにはいなかったんだよ」

アティカスはなにも答えなかった。

「アティカス」あたしは言った。

「エリカは動揺してる。きみが自分を避けていると思ってる」

「それはあの子が思ってること？　あの子だけが？」

「どういう意味だ？」

「たぶん、あんたもそう思ってるんだろうなって」

「きみはじっさいにおれを避けてるじゃないか」アティカスは指摘した。「いいか、ブリジット。おれが過去にどんなことをしてふたりの関係を台無しにしたとしても、エリカにはその仕返しを受ける筋合いはない」

「エリカに仕返しなんかしてない」

「でも、おれには仕返しをしてるんだな？」

「こいつをそういうことだと受けとんのかよ？　あたしがあんたのしたことに償いをさせようとしてるとでも？」

「三週間前なら、ふたりのあいだはそれほどひどいもんじゃないと言っただろうな」アティカスは答えた。「そりゃあ最高とはいえないが、確実によくなってきていると言っただろう。なにせおれたちは毎晩話をしていたし、それに……それにおれは思ってた……」

「思ってたとは？」

「おれは一年近くもきみに会っていないんだぞ、わかってるのか？」アティカスはまた優しい声にもどっていた。「もし、きみがもっと時間をくれというなら、おれはそうする。だが、それならきみもおれにルールを説明してくれないと。おれは思ってたんだ、ふたりはいま足場を固めているところなんだ、と。でもいまは、それはまちがいだったと思っている。きみはもうなにも話そうとしない。それもいきなりそんなふうになって、おれは腹をたてないでいようと努力してるが、事実、こんなふうにエリカにとばっちりがきてる」

「ずっと忙しいんだ」

「そればっかりだな。そのくせ、なにがそんなに忙しいかは言おうとしない。おれが電話しても、エリカが電話しても、留守番電話が応答する。もしくは、応答がない。もしくはどこその男が受話器をとりあげ、そいつの名前はアンドルーというらしいが、きみが話そうとするのはそこまでなんだ」

「これってみんなそういうこと？　嫉妬してんの？　もしかして、あんたがあたしにしたことを、あたしがあんたにしてると思ってるわけ？」

アティカスの沈黙はあまりに長く、ようやく過ぎ去るころにはすっかり自分が魔女になったような気がしていた。アティカスは言った。「もちろん嫉妬している。おれはきみに惚れてるんだ」

いまやおなじ魔女でも疣《いぼ》だらけの、赤ん坊を殺しては、だました親たちにそれを食わせる魔女になった気がした。

「それを考えなかったと言うつもりはない」アティカスは言った。「きみの気持ちが変わって、だれか別の相手を見つけたんじゃないかと想像したことを否定はしない。もちろん、そう考えたときは、もだえるほど苦しかった。もう、なにがどうなってるのかわからないんだ、ブリジット。きみは言おうとしないから」

「ほかに相手なんかいやしない」あたしは言った。「アンドルーはただの友だちだよ。なにが起こっているかを説明するには、あまりに時間がかかりすぎる」

「なに言ってるんだ、ブリジット、きみが望むならおれは夜明けまでだってこの電話を握ってるさ。そんなことくらい、とっくにわかってるはずだろ」

「もう切るよ」あたしは言った。「あんたの聞きたがってることを、あたしは話せない。エリカにあたしが謝ってたって、また電話すると言ってたって伝えてよ。その気になったらいつでも電話してきてほしい、残してくれたメッセージにはかならず返事をするから、って。ごめんよって伝えて」

「ブリジット――」

「切るよ」あたしはそう言って、そうした。

アパートメントのなかに沈黙がつづいたのは、この目が床の上のドリームズ・デスを見つけるまでのあいだだった。

じっさい注射器なんてものは必要ないんだ、とミスター・ジョーンズが話しかける。だってほら、見てみな、こいつは上物じゃないか。純度が高いのはわかりきってる。六〇パーセントか、ひょっとすると七〇パーセントはいくんじゃないか。これならべつに注射なんかしなくたっていい。傷もつかないし、穴もあかない。だれにも気づかれる心配はないんだ。ちよっとアルミホイルを持ってくりゃ、それでじゅうぶんに用は足りる。そいつをホイルにのっけて、ちょいと熱して、蒸気を吸いこむのさ。

さあほら、ヘロインを吸ってみなよ、スラッガー。

そうしたら、ああもう、べらぼうにいい気分になれるんだぜ。やりたいって自分でもわかってるんだろ。やっちまうってわかってるんだろ。

やったらなんにも感じなくなって、ただひたすら気持ちいいだけになるんだ。

最高に気持ちよくなれるんだよ。


とうとうあたしは、デッキを拾いあげた。

デッキをひらく。

あたしはデッキの中身をトイレに捨てた。

そしてベッドにもぐりこみ、目を閉じて、幼い少女のように泣きわめきそうになるのを必死でこらえた。

# 19

ようやくライザは一ヵ月にわたる公判前拘置の大部分を消化し、ライカーズの人間改造も完成へと近づいていた。面会室に入ってきたライザは口元を引き締めてまっすぐ頭を起こし、ふたりのあいだに流れた年月を通して一度も見たことがないほど無表情な顔をしていた。

ライザの肩幅はいくらか広くがっしりとしたように見える。やはり例にもれず、どこの拘置所でも在監者の暇つぶしにいちばん人気があるというウエイト・トレーニングにふけっていたのだろうか。ドアを開けて自分を通した看守にライザが向ける侮蔑の念は、メガフォンでどなっているように高らかに響き渡っていた。髪はほぼ完全に刈りあげてしまい、舞台で踊っていると揺れて広がったあの巻き毛は消え失せ、ごく短く刈り詰められて、顔の輪郭を際立たせている。それによって造り物のはかなさが取り払われ、ずっと強固なものを秘めたなにかに置き換わっていた。

そのときライザの目を見たあたしは、ライカーズにもまだやり残したことがあるのを知った。たしかに馴れてきてはいたが、完全に変わり果ててしまったわけではない——まだ怯えは残っていた。たんにそれを隠すのがうまくなっただけだ。

ドアが閉まって閂《かんぬき》がかかり、看守は退出して廊下の奥までさがっていった。ライザはその動きを、首をひねることなく目だけで追った。看守が声の届かないところまで行ってしまうと、ライザは目の焦点をこっちに向けた。

「きっとまた来るってわかってた」

満足げな口調だった。

「際どいとこだったけどね」あたしは言った。

ライザは胸の上で腕を組み、退屈しきった服役囚のような目を向けてきた。「それ、どういう意味よ」

「坐んな、スカーフェイス。じっくり話そうじゃないか」

ライザは十秒間、じっと突っ立ったままで抵抗の意思を主張してみせたあと、あたしの向かいの椅子に手をかけた。腰を落ち着けるとライザはこっちを眺めまわした。ちょうどあたしがそうしていたのと同じように。ライザの右手の人差し指と中指の関節は腫れて青くなり、首の左側に皮膚の変色している部分があった。

「あんたのたわごとに、だれかが堪忍袋の緒でも切らした？」ライザは人差し指をひと振りして、あたしの左目を指し示した。

「鍵穴《カント》ばっかり覗きこんでるとこうなるんだよ。その手はどうしたんだい？」

「腐れまんこの顎を砕いてやったんだ」

「上品な口の利きようだね」あたしは言った。

ライザは肩をすくめた。「ほんとに間抜《カント》けなんだからしょうがない」

あたしはためいきをついた。「あんたもじつにしぶとい女になってきたってわけだ、そうだろ、リズ？」

「しぶといのは昔っからよ。新しくなったあたしが気に入らない？　どう、この髪？」

「いい男っぷりだ」

「みんなが髪を引っ張ってやめないんだ」ライザは頭を前に倒し、あたしに頭皮が見えるようにした。頭頂部のあたりに細い線のようなかさぶたがある。「まともに引っこ抜かれちまってさ。痛いなんてもんじゃなかった。いまはもう引っ張られずに済んでる」

「かなり辛い目に遭ってるんだ？」

一瞬、ポーカーフェイスが揺らぎ、いまにも怯えの光がもれそうになった。「生き延びてるよ」

「恐くなってくるね」あたしは言った。「まるであんたじゃないみたいだ」

「これがいまのあたしのあるべき姿なんだ」

「だったら、一時的なものであることをマジで願うよ。あんた自身のためじゃないとしたら、ゲイブのために」

「あんたがここから出してくれるまでのことさ」

「出られやしないよ」あたしは言った。

ライザは両手をテーブルに叩きつけて椅子から立ち上がった。怒りに身を固くしている。

「このあま！　わかってたよ！　あんたがそうくるのはわかってた！」

あたしは坐ったまま、なにも言わなかった。

「あたしをこのまんま見捨てる気なのはわかってたんだ！」

ふいに怒りのすべてが湧きあがり、やめようと思うまもなく口から言葉がとびだし、椅子から離れるつもりもないまま、立ち上がって友と顔をつきあわせていた。

「あんたこそたいした食わせ者だよ、わかってんのかい、スクープ？　自己憐憫の芝居なんかでこのあたしを騙しやがって。盗んだ三八口径でヴィンスの頭を吹っ飛ばしたのはあたしじゃないからね。ずっと嘘をついてなにがあったか隠してたのも、馬鹿の振りしてふざけた駆け引きを仕組んだのも、あたしじゃないんだよ」

「ファック・ユー！」

あたしはライザの胸に手を当てて突き飛ばした。「坐れっつってんだろ、ライザ。いますぐ坐らないと、この腕にかけても死ぬまで臭い飯を喰らわせてやるよ」

ライザは椅子に坐るかわりに逆側の壁にさがった。壁には鉄格子のはまった窓があり、そこからは別の面談室が見えるだけで、戸外はいっさい見えなかった。

あたしは声を落としたが、語気の激しさはいぜんとして保っていた。「なにがあったのか、あたしは知ってるんだ。そのクルーカットの頭に叩きこんどきな、おねえちゃん。あたしは知ってんだよ」

ライザはあたしから顔を背けていたが、ふたたび振り向いた。消えかけた焚き火がおもいがけぬ一陣の風で最後にもう一度だけ息を吹き返すように、その目に恐怖が燃えあがった。けれどそれも、焚き火のように、ライザがまた仮面をつけて演技にはいったとたんに消えていった。

「あんたには期待しちゃいけないってわかってたんだ」

「あたしじゃないだろ」あたしは言った。「あんたさ。あたしがあんたに期待できないんだよ。本当のことを話すとか、あたしを信頼するとか、そんなのあんたに期待したって無駄なんだ。あんたはいまだにどうしようもないジャンキーなんだよ、ライザ。このあたしを利用し、親切心につけこんで、仕事もライセンスも人間関係も危険に晒させるような真似しやがって。あんたなんかを信じたばっかりに」

ライザはあたしに背を向けて両の拳を壁に押しあて、窓にはまった格子に額をあずけていた。「ひとでなし」声は掠れていた。

「ある意味、あたしの自業自得なんだろうさ」あたしは言った。「それは認める。あたしはあんたを信用したかったんだ。あたしには嘘をつくはずがない、すくなくともできるかぎり正直であろうとしてくれるはずだって、そう自分に言い聞かせた。いま言ったとおり、そいつはあたしのせいだ。ここまで話を長引かせてしまったのはね」

「ひとでなし」ライザはさっきよりも声を上げて繰り返した。

「あたしの親父の銃をどこへやった？」

「なんだってあたしがそんな――」

「ヴィンスを撃ったあとも持ってたんだろ。現場じゃ見つからなかったから、そこに捨ててったわけじゃない。どこに隠したんだよ？」

勢いよく向きなおったライザは、最後の反論に出ようとした。「あたしはそんなこと――」

「ふざけんな！」あたしは叫んだ。

ライザは負けまいと睨みかえした。だがすぐに、目をそらすよりほかなくなった。

あたしはふたたびテーブルについた。「いい加減にしな、ライザ、あたしに下手な芝居を打つのはやめるんだ。土曜日に、ある男と話をしてね」あたしは静かに言った。「あんたが引き金をひいたとき、百六十一番ストリートのギャラリーにいた男さ。そいつが一部始終を見てたんだ」

「ギャラリーにいた男かい、へえ？　目撃証人にしちゃ、ずいぶんとご立派な市民じゃないの。どうせジャンキーだよね？　あんたはあたしの言うことより、どこぞのくそったれジャンキーのほうを信用するんだ」

あたしはなにも言わなかった。ライザが自分の言ったことに気づくまで、三十秒近くかかった。

「あたしみたいなくそったれジャンキー」

「そして、あたしみたいな」

「そうだね」

ふたたびライザが顔をあげてあたしと目を合わせたときには、仮面は消えていた。「銃がどこにあるかは知らない。あそこに落としてきたと思うんだけど、あまりよく覚えてないんだ」

「現場じゃ見つかってないよ」

ライザは窓際からもどってきて、もとの椅子に腰をおろした。「どうしたんだったか覚えてない。これはほんとよ」

「起こったことを話して聞かせて」

ライザの視線はあたしを通り過ぎ、看守が歩きまわっている廊下に向けられた。「あいつらに聞かれたら……」

「いまさらそんな心配しても、ちょっと遅すぎるんじゃないのかい。まあ、たとえ聞こえたとしても、向こうはそういうのを使えないからね。あたしはグレイザーのもとで仕事をしてるから、グレイザーの権利があたしにも適用されるんだ」

「最初にどの部分を聞きたい？」ライザが訊いた。

「まずは銃から」

ライザは生唾を飲みくだして、両肘をテーブルに載せ、キスでもしてほしいみたいに顔をあたしに近寄せた。それだけ近づいていても、ライザの声は聞きとりづらかった。

「あたしとゲイブがあんたんちに泊まった、あのときに盗んだの。なにかのときにと思って。あんたがどんなふうにやるつもりなのか話してくれないから、あたしは考えて……返そうと思ってたんだけど、ただ、できれば……うちの近所はあんなふうだから……持ってるだけでも安心だと思って」

あたしはうなずいた。話はちゃんと聞いている、内容は伝わっていると教えてやるために。

「あたしたちであああいうことをしたあとは、これでなにもかもうまくいくと思ったわ。でも、それからも絶えず不安がつきまとって、そのうちあたしは……どこに行ってもあいつの姿が見えるような気がしだしたの。ゲイブを迎えに行けば、自分のすぐ後ろにあいつがいるように思えてならなかった。まちがいなくあいつに付け狙われてる、いまにまたやってくるって確信があったのよ」

「あたしに電話くらいできたはずだ」

「まさか、できるわけないじゃない、わかんないの？　あのときだって、あたしはあんたに話そうとしたわ。なにをしなきゃならないか必死で話したのに、あんたはそんなことする気はないって言って、だから、もしまた話したら……きっと止められてしまうのはわかってた。

だけど、どうしても確実にやりとげなきゃならなかったの。それだけが唯一の方法だったのよ」

「つづきを話して」

「ワシントン・ハイツまで行って、あいつのことを訊ねてまわったわ。スペイン語ならそこそこ話せるし、それにあたしには……あたしには傷跡があるから、だから……一週間かかったけど、なんとかあの百六十一番ストリートにあるギャラリーの場所を突きとめた。あいつが二、三日おきにそこに来てるってことを——」

「なにしに？」あたしは訊いた。

ライザは言いよどんだ。「あいつは運び屋をやってて、キロ単位のブツを配っては、代金を仲間のもとに持ち帰ってたのよ。待ち伏せしてたら、あいつが外にバッグを隠すのが見えたわ。あたしはあいつのあとからなかに入った。そして、あいつが部屋にいるのを見てそのまま撃ちはじめ、そのあと逃げたのよ」

あたしは椅子に背中をあずけ、ややあってライザも同じようにした。あたしは首を横に振った。「ひとつ、大事なところを抜かしてやしないかい？」

またしても躊躇。そののち、ライザは言った。「逃げる途中、あたしはあいつの隠したバッグをつかんだ」

「そいつをどこへやった？」

「隠したわ」

「どこに？」

ライザは首を横に振り、唇をぎゅっと引き結んだ。ほかがすべて崩れ落ちたとしても、その秘密がもれることだけは阻止しようとするように。

「なかにいくら入ってたんだい？」

「お金なんか入ってなかった」

「じゃ、なにが入ってたんだよ？」

「ヘロインのブロック」

「いくつ？」

ライザは黙ってテーブルに右手を広げ、親指だけ手のひらの下に曲げて、四本の指を出してみせた。

「ブロックが四つか。混ぜ物は？」

ライザは首を横に振った。

「おいおい、ちょっと、そいつはまた」

アラバッカが側近を送りこんで、ヴィンスの名前を口にした人間を痛めつけさせるのも無理はない。純ヘロインが四キロ。一キロが二十五万ドルとして、ざっと百万ドル分の麻薬《ヤク》だ。アラバッカが普段動かしている量に比べたら、おそらくたいしたことはないだろう。それでも百万ドルは百万ドルにちがいなく、どんな商売においても簡単に見切りをつけられる額ではない。

その百万ドルが、降ってわいたようにライザの手元に転がりこんだのだ。

「あんた、そいつをどうするつもりなんだよ?」あたしは問いただした。

「わからない。捨てちまうこともできなかったし、それに……それに……ものすごい大金じゃない、ブリジット! あたしが一生かかったって稼げない金よ。それがあればゲイブのために使ってやれる、街を出ていくことだって、なんだってできるわ!」

「そいつは動機にもなるよ」あたしは言った。「地区検事がその四キロの件を嗅ぎつけたら、あんたは修正された起訴状をつきつけられることになる。連中は思うだろうね、あんたはヤクが目的でヴィンスを殺ったんだって」

「でも、あたしは知らなかったんだよ!」

「連中がそんな話を信じるとでも? あたしがそれを信じるとでも? やつが死んで以来、あんたはすべてに対して嘘をつきまくってきたんだよ、ライザ。あんたの信頼性は、言っちゃ悪いが、クソ以下さ」

「これだけはちがう。あんたは別よ。ほかのだれが信じなくても、あんたは信じてくれなきや。あんたはどういうことか知ってるでしょ。あたしがしたことは生きるためにしたことだって、知ってるじゃない」

「知らないね」相手の思いちがいをただす自分の声は、氷のように冷たかった。ライザは偏頭痛に不意打ちされたように、固く目を閉じた。「ほかにどうしようもなかったのよ。やつはかならず舞いもどって、あたしを殺し、息子をひどい目に遭わせたはず。あれは正当防衛だった。あんたはわかってるはずよ」

「いいや」あたしは言った。「正当防衛ってのは、やつがあんたんちの玄関からナイフを持って入ってきた場合の話さ、ライザ。あんたのやったことは殺人だよ」

ライザはふたりがこれまで一度も会ったことがないかのように、まじまじとあたしを見つめた。まるであたしの顔がどこかおかしく、余分な目や、三つ目の鼻の穴があるとでもいうように。「言わないで、ブリジット」囁くように、ライザは言った。

急に椅子の坐り心地がひどく悪いことや、打ち身がやたら痛むことが気になりだした。

「あたしはやるべきことをやったのに」ライザの声は震えていた。「強くなるんだ、自分と子どもを守るんだ、って。だれかの犠牲にはもうなるまい、って。だれも守ってくれないから、この手で自分と家族を守っただけで、あたしは残りの一生を人殺しと呼ばれて閉じ込められるんだ。法律はあたしみたいな人間を守ってくれるようにはできてないんだ」

金属の擦れる音がした。看守がもどってきて、ドアが開錠される音だ。ライザの表情が理解と同意を求めてあたしを探っていた。

「ライザ……」

「自分の命を救っただけで服役させられるなんておかしいよ」ライザ・スクーフは言った。

「ゲイブリエルの命を救っただけで」ライザはかぶりを振り、なかに入ってきた看守が開けたドアを支えているのを横目で見やったのち、最後にもういちどあたしに視線をさだめた。

「ブリジット」ライザが懇願する。「あんたにはあたしがなにもまちがったことをしてないってわかってるはず。必ず助けだして。なにも変わっちゃいないよ、ブリジット」

「なにもかも変わっちまったんだよ」あたしは言った。

そしてまもなく、看守はライザを支えて外に連れていき、あたしは悟った。この一ヵ月でライカーズがライザに叩きこんだレッスンのすべてを、自分は振りだしにもどしたのだ、と。

去っていくライザは怯え、このうえもなく絶望していた。

20

うちの階にあがりきる手前の踊り場にゲイブリエルが坐りこみ、緑色のバックパックを脚のあいだに挟んで本を読んでいた。読んでいるのはぼろぼろになったジュディ・ブルームの『ぴったし四年生の物語』で、あらゆる徴《しるし》が学校の図書室所有であることを示していた。ゲイブはすっかり物語に熱中し、あたしが階段をあがってきた音にも気づいていない。三段手前で足をとめて待ってみると、やがて気配を察したのか、ゲイブは例の、よくできたお話からふいに引き離されたとき独特の驚きを浮かべて顔を起こした。

「学校に行ってる時間じゃないのかい？」と、あたしは訊いた。

「早退きしたんだ」

「あたしを待ってたの？」

ゲイブがうなずく。

「けっこう待った？」

「一時間くらいかな」

「立ちな」あたしはゲイブをよけながら言った。「なかに入ろう」

ゲイブリエルは本をバックパックに押しこむと、あたしのあとについてアパートメントに入ってきた。あたしは冷蔵庫を調べて賞味期限の切れていない牛乳を見つけ、半ガロン入りのその容器を引っぱりだしてカウンターに置いた。「クッキー食べる？」

「うん」

恐ろしいほど家庭的だなと思いつつ、牛乳をグラスに注いで、〈ペパリッジファーム〉のクッキーを一袋あけ、ゲイブリエルが腰をおろしたカウチのそばまで運んでいった。ゲイブはまずクッキーに手を伸ばし、チョコとミントのクリームをはさんだミントミラノをつづけさまに三つがっついてから、口直しの牛乳にとりかかった。あたしは椅子に腰掛け、ゲイブが食べ終わるのを待った。髪がほんの少し伸びたゲイブは、もう徴兵所から出てきたばかりのようには見えなかった。ズボンはその脚には短すぎ、坐っている姿勢だと、折り返しがすねのまんなかあたりにきていた。着ているものは清潔そうに見え、だいたいのところ、ゲイブ自身もそう見える。

空っぽになったグラスをカウチの前のコーヒーテーブルに置くと、ゲイブは訊ねた。「その顔、どうしたの？」

「殴られた」

「目のとこが黒くなってる。それでちゃんと見えるの？」

「じゅうぶん見えるさ」

「それって痛い？」

「もうそれほどでもない」

「だれがやったの？」

あたしはためいきをついた。「あんたはここでなにやってんだい、ゲイブ？」

ゲイブはカウチの上でもぞもぞ体を動かし、両手を尻の下に敷いてクッキーの袋に目をやった。「会いたくなったんだ。しばらく会ってなかったから」

「ずっと忙しくてね」

「ママのための仕事をしてるんだよね？」

「そのとおり」

「そのせいで殴られたの？」

その質問になんと答えたものか迷った末に、答えようがないと判断した。「もう、うちに帰ったほうがいい」

「うちには帰れないもん」

「ヴェラおばさんのうちって意味だよ」

「おばさんは仕事なんだ。もうちょっとここにいちゃだめ？」

「学校にもどったっていいだろ」

ゲイブはスニーカーに目を落とした。爪先を覆っている白いゴムの部分が、アスファルトを蹴ってきたように黒い線状にこすれている。「もどったころには、もう終わってるよ」ゲイブはあたしの顔を見あげた。意図的にやってるのかどうか知らないが、その目を無邪気に、少し怯えたように見ひらいた姿は、どこにも行き場のない幼い少年そのもののように見えた。「いてもいい？　ほんのちょっとなら？」

「やらなきゃいけない用事があるんだ」あたしは言った。

「静かにしとく。ここに坐って本読んでるだけだから」

最大級のためいきをこらえたところで、電話が鳴りだした。そっちに手を伸ばしながら、

「ちょっとだけだよ、ゲイブ」と答える。

「静かにしてるから」ゲイブはそう繰り返して、また本を読みはじめた。

ふたたびベルが鳴り、それが鳴りやまないうちに受話器をつかんだ。「ローガンですが」

「やっとだわ！」ライラ・アグラが言った。「一日じゅう探してたのよ。どうして家にいるのよ？」

「ここに住んでるから？」

「質問の意味を取りちがえてるようね、役立たずの有能調査員さん。わたしはね、どうしてここに来て仕事をしていないのか、って訊いたのよ」

「メッセージ、聞かなかった？」あたしは嘘をついた。

「メッセージって？」

「きょうはちょっと片づけなきゃならないことがあって出社できない、って」

「そのメッセージをわたし宛に入れてあったわけ？」

「もちろん」

「ケイリスにことづけた？」

「いや、留守電に」

「嘘ついてんじゃないわよ、ブリジット」ライラは言った。「あなたいったいどうしちゃったの？　ここ二週間で八時間ほどしか出てきてないのよ」

「いまずっと、友だちの件で調べてることがあって」あたしは電話を持って廊下を歩き、ゲイブリエルに聞こえないところに移った。「それにやたら時間をとられちまうもので」

「友だちの件というのは、どういったこと？」

「できれば言いたくないんだ」

耳元でライラのためいきが炸裂した。「いいわ、よく聞いて、ブリジット。うちの大切な、だれよりフェアな調査員さん。あなたの怠慢を大目にみてやれるのはもうここまで。あとはないと思ってちょうだい。マーティンもわたしも、あしたはどうしてもあなたにオフィスに出てもらいたいの。仕事がどんどん忙しくなって、あなたにいくらか荷を引き受けてもらおうと頼りにしてるのよ」

「わかってる」あたしは言った。「すいません」

「謝ってもらわなくてもいいわ。あしたちゃんと出社してくれればそれでいい。わかった?」

「最善を尽くします」

「だめ、最善を尽くすんじゃなくて出社するのよ。これはあなたの仕事なのよ、忘れたの?」

「あしたはちゃんと行きます」あたしは嘘をついた。

「じゃあ、会えるのを楽しみにしてるから」ライラ・アグラは言った。

あたしは電話を切ってカウンターにもどした。ゲイブリエルは膝の上に本をひろげたま、目を見ひらいてこっちを見ていたが、あたしが見返すとその目をそらして、ひらいたページにもどした。あたしは数秒間その場に突っ立ち、自宅にいながら侵入者になったような気分で、次になにをしたものか決めかねていた。結局、もういちど安楽椅子に腰掛けることにした。ゲイブリエルは読書中のふりをしている。

自分がいま途方もない厄介ごとの淵にいることを、あたしは思い知っていた。あれほどはっきりと、ライラの口から職が危ういと聞かされたのははじめてだったし、そうなったのも、おそらくあたしが今回じっさいに、そこまで職を危険に晒してしまったからということだろう。自分でもやましさを感じているし、それはついた嘘のせいばかりじゃない――ここ最近のあたしは信用のならない人間だった。ある意味、ライラがもうたくさんだと言ってくるまで、これほど時間がかかったのが驚きなくらいだ。

ゲイブリエルがページをめくる。そこに書いてあったことを読んで、口の両端がくいっと笑顔をつくった。

もうこの一件からはすっぱり手を引いたほうがいいと、あたしは自分に言ってきかせた。ライザが自分で用意したベッドなんだから、勝手にそこで寝てればいい。

だけど、問題はそこなんじゃないだろうか？　ライザは自分でベッドを用意したわけじゃない。すくなくとも、全部を用意したわけじゃなかった。両親や家族のことでライザが責められるいわれはない。自分と息子の置かれた状況をなんとか改善しようとしたからって、ライザを責めることなどできはしない。ヴィンスを殺したことはまちがいだったとしても、あたしにはそれを正当防衛だと言ったライザの主張が正しいと思えてしかたがなかった。ライザにとってはそうだったのだ——ただ、法が理解してくれるどんな正当防衛ともちがっていただけで。

ライザはいくつもひどいまちがいを犯してきた。でも、ずっとあの子は、それ以上にひどい世界の犠牲になって生きてきたじゃないか。生まれてからここまで犠牲者でありつづけ、やっとそれを変える準備ができたときになって、そいつは思い過ごしだとばかりにヴィンスが舞いもどってきたのだ。

それに正直言って、あたしにはどうしても確信できなかった。もし生きていたとしたら、ヴィンセント・ラークは二度とふたたびもどってこなかっただろうか。もどってきて、ライザとゲイブリエルに襲いかかることはなかっただろうか。

とどのつまり、ライザだって自分の身を守るための最後の勝負、真っ向勝負をする権利くらい、与えられてもよかったんじゃないのか？

二度まばたきをして、ゲイブリエルがすでに本を閉じていたのに気づいた。心許なげにあたしに微笑みかけている。

「もしお母さんが刑務所に入ることになったらどうする？」あたしは訊いた。

「わからない。ヴェラおばさんは、そんなことにはならないって言ってたよ」

「これから裁判になるのは知ってるよね」

ゲイブリエルはうなずいた。

「裁判に負けることもありうるんだよ、ゲイブ」あたしは言った。「殺人の有罪判決がくだることもありうる」

「やってないんだから、そうはならないよ」

「やったと思っている人も、何人かいるんだ」

「でも、そいつらは嘘ついてるんだ、そうでしょう？　母さんがなにも悪いことをしてなければ、釈放されてうちに帰ってくるんだ、そうだよね？」

「そうさ」そうやってまた、あたしは嘘を重ねた。

「母さんに会いたい」ゲイブリエルの声が、か細くなっていく。

「だいじょうぶ、すぐに帰ってくるよ」あたしはさらに嘘を重ねたが、わずかにタイミングが遅すぎた。ゲイブリエルの目が、こみあげてきた涙で光りはじめる。ゲイブは本を落としてカウチから降りると、一ヵ月まえに自分の家で自分の母親に対してしたのとそっくり同じ仕種で、椅子に坐ったあたしに駆け寄り、両腕を投げだすように巻きつけてきた。

「母さんに帰ってきてほしい」ゲイブは言った。

あたしはその体を引き寄せて、固く抱きしめた。もうそれ以上、ついてやれる嘘はなかった。


午後四時を少しまわったころ、ゲイブにキスをしてタクシーに乗せてやり、ヴェラおばさんのうちに着いたら、電話して無事に着いたことを報せるように言ってきかせた。運転手に十ドル渡して行き先を告げ、営業許可番号と車体ナンバーを控えるところをまちがいなく見せるようにしてから送りだした。

部屋にもどり、自分で夕食をつくったものの結局食べず、一時間ほどチャンネル・サーフィンをして過ごした。ゲイブから到着したとの電話が入った。あたしは、心配しなくていい、と言ってやった。

ベッドに就くころには、頭痛がはじまっていた。

もっと悪いことに、ある考えも浮かびはじめていた。

「私事でしばらく暇をもらいたいんです」

ライラ・アグラは口をひらくまえに、二秒ほどまじまじとあたしを見ていた。「期間は？」

濃い茶色の目は、ほとんど黒に見えた。

「わかりません」とあたしは答えた。

「この件と、あなたがもてあそんでる例の奇特な男性とは関係があるの？」

「いいえ」

ライラは坐ったまま椅子を後ろに蹴りだした。椅子はそのまま転がって壁にぶちあたった。その頭越しに見えるオフィスの窓から、マディソン・アヴェニューをはさんで向かいあっている建物の贅沢な眺めが広がっていた。きょうのライラはパワースーツに身をかためている。法人顧客との面会があるときに決まって着てくる類のもので、いつものポニーテールを頭の上にねじりあげたところは、漆黒の蛇がうたた寝しているように見えた。

「いつから？」ライラは訊いた。

「これからすぐに」

「もっと情報を与えてもらわないと」

「もう情報はありません」あたしは言った。「あることに巻きこまれていて、そのことについては話せないし、どれだけ時間がかかるかもわからないので」

「目安をちょうだい、ブリジット」

「すくなくとも一ヵ月」

「つまり、十一月の半ばには帰ってきてもらえるってこと?」

「できれば」

「でも、もっとかかるかもしれないのね?」

「そうです」

ライラは右のこめかみに二本の指をあてがい、顔をしかめながら、小さな円を描くようにさすった。「それがどんなふうに聞こえるかわかってるの、ハニー?」ライラは訊ねた。「つまり、どう見えるかちょっとでも想像がつく? 自分がどんなことを頼んでいるのか?」

「はい」あたしは答えた。

「いま抜けるのは最悪このうえないタイミングよ、ブリジット。マーティンとこうしてあなたの怠慢を目こぼししてきたところに、まさかそんな話を持ってくるなんて」

「これであなたがどんな立場に置かれてしまうかは理解してます」あたしは言った。

ライラはこめかみから手をおろし、椅子を回転させて通り向かいの超高層ビルと向きあった。「これであなたがどんな立場に置かれるかは理解してる? わたしはあなたが、今年の終わりにはパートナーへの昇進を望んでるものと思ってた」

「いまもこの事務所への思いは変わってません」あたしは言った。「ただ、どうしても先にこの件を片づけなきゃならないだけで。それさえ済めば、あたしはもどってくるし、もう信頼してもらってだいじょうぶです。でも、いま暇をもらわないと、あたしたち双方にとって状況は悪くなっていくばかりだから。あなたやマーティンにこんなことはしたくないけど、ライラ、でも、ふたりをひっぱりまわすわけにはいかなくて」

「それなのに、あなたがやらなきゃいけないことの内容も、理由も言えないっていうのね?」

「どうしても」

「法に触れること?」

「もしかしたら」

「あなたのライセンスを危険に晒すようなこと?」

「もしかしたら」あたしは繰り返した。

ライラはくるりと椅子をもどして、あたしと向かいあった。「帰ってきたら仕事はないかもしれないって、わかってる?」

「はい」

ライラはかすかに首を振り、頭の上にねじった髪がその動きに揺れてきらめいた。ライラにドアまで送られると、クライアントになったような気がした。握手の手を差しだされたときには、もっとそう感じた。

「なんで？　抱きしめるのはなし？」あたしは訊いた。

「たぶん、もどってきたときにね、ブリジット」

「これでサヨナラなんてのは、いやだ」

「ちがうわよ」

差し出された手をとり、握手をかわすと、ライラはあたしのためにドアをあけた。

最後にライラがあたしに言った言葉はこうだった。「ばかなことだけはしないでね、ハニー」

次の週は働きづめに働いた。アパートメントで孤独に作業するときもあれば、ストリートに繰りだすこともあった。外に出たときは目立つことを避け、幾度となく距離をとった尾行を重ね、幾度となく張り込みを重ねた。

まずライザもあたしも市民とは呼ばないような連中を、腐るほど目にした。取引され、使われ、売られるドラッグを、腐るほど目にした。

妙なもので、その週ずっとミスター・ジョーンズはなりを潜めていた。

たぶんあたしたち双方が、これからやってくるものを知っていたせいだろう。

そしてこんどは、荷造りと電話連絡にとりかかった。持ち物を箱に詰め分けて、ブロンクスのハーレム川を越えてすぐのところにある貸し倉庫に運びだす。郵便物の留め置きを手配し、電話の件と電気の件で〈ベル・アトランティック〉と〈コン・エド〉に、次の週からサービスを停止してくれるよう、それぞれ連絡をいれた。それから、二通の手紙を書いた。一通は妹に、そしてもう一通はアティカスに宛てて。

ハロウィンまで残り二週間となった日、あたしは朝のうちに銀行に出かけて金の手続きを済ませた。口座に五千ドルだけ残してあとの全額を引き出し、それをケイシェルに宛てた銀行小切手に入金してもらった。十一時にはポルシェに乗りこみ、ふたたびライカーズに向かっていた。

連絡せずに行ったため、看守はあたしの面会権を確認せねばならず、ライザに会うまでに三時間もかかった。これまでに見たどの部屋とも寸分たがわない部屋で、あたしたちは会った。わざわざ腰をおろすまでもなかった。

入ってきたライザは、顔いっぱいに期待を浮かべ、ドアが閉まったとたんに訊いてきた。

「やってくれるの？」

「やるよ」あたしは答えた。

ぎゅっと目を閉じ、安堵の息をもらすライザの姿に、つかのま、これまで背負っていた荷が、急にすっと肩から離れていくところが見えたような気がした。けれど、すぐもとにもどって、ライザは訊ねた。「どうやって？」

「教えられない」

「あたしはなにをすればいいの？」

「麻薬取締局《DEA》が取引を申し出てきたら、承諾するんだ」

「え？」

「聞こえただろ」

「いつからそんなのが関わってきたのよ？」

「この先、およそ一ヵ月のあいだに関わってくることになる。万事順調にいったらの話だけどね」

「でも……その、取引の内容は？」

「連中がなにかしてほしいと言ってくる。それに同意するんだ。あとはあたしが引き受ける」

「ブリジット――」

「最後にもうひとつ」あたしは言った。「きょうのこの会話のことはだれにもしゃべっちゃいけない。グレイザーにも、ＤＥＡにも、だれにもね。だれかにきょう話した内容を訊かれたら、ゲイブリエルのことを話してたって言っときな。服役することになった場合にどうするかを相談してた、って」

「だれかに訊かれる、ってこと？」

「その可能性はある。なにも起こらない可能性もあるよ、DEAがいっさいやってこない場合もね。なにも保証はしてやれないんだ、ライザ」

「でも、望みはあるってことよね？」

「いくらかは」

「やれることはなんだってやるわ」ライザは言った。「失うものはなにもないから」

「いいや」あたしは言った。「あたしにはある」


ライカーズを出たあと、クイーンズのフォレスト・ヒルズまで足をのばし、あたしと変わらないくらいしっかり車の面倒をみてくれるとわかっている人物の手に、ポルシェをゆだねた。デイル・マツイはアティカスを通じて出会った友人で、アティカスがともに警護の仕事をしている仲間のひとりであり、車両関係を専門としていた。それはすなわち、デイル・マツイが命を落とすことなく迅速に車を操る術《すべ》を心得ていることを意味する。さらにそれは、彼があたしの911のためなら弾丸を受けることも辞さないという意味でもあった。

「よく面倒みてやってね」あたしはデイルに言った。

「おれがそうするのはわかってるだろ。あんたの行き先はどこなんだい？」

「西海岸まで出張なんだ。一ヵ月かそこらは街をあけることになる」

「アティカスには話してあるのか？」

「帰ったら電話するつもり」

「やつとの関係は、いまどんな感じになってるんだ？」

「あたしはあんたの恋愛関係について訊いたりしないよ」

「じゃ、恋愛関係にはあるってことだな？」

「デイル」あたしは警告するように言った。

「わかったわかった。気をつけてな。じゃあ、もどってきたときにまた」

デイルの熊のような抱擁を受けて別れ、地下鉄の駅まで歩いて、マンハッタン島内にもどる列車に乗った。四時近くになってようやく帰り着いたが、自分のアパートメントに足を踏み入れて、がらんどうの部屋と対峙するのは妙な感じだった。一秒の何分の一かのあいだ自分を見失い、そのわずかな時間だけで、あらゆる疑念がどっと押し寄せるに充分だった。一分ばかり真剣に、あたしは正気なんだろうか、と悩まなければならなかった。

受話器をとりあげ、まだサービスが停止していないとわかってほっとした。床に坐りこみ、ダイヤルして待っていると、三回ベルが鳴ったあとでボーイスカウト男が電話にでた。

「よう、あんたかい」と、話しかける。「あたしだよ」

「やあ」とアティカスが答え、あたしはその声に警戒と驚きとを感じとった。「きみから電話がかかるとは思ってなかったよ」

「何週間か街をあけることになってさ。知らせておきたかったんだ。もどってきたころに、話ができたらと思ってる。会ってもいいかもしれない」

「どの程度の期間、行ってるんだ？」

「仕事だからね、どれだけかかるかまだわからない。もどってきたら電話するよ」

「かかってくるのを待ってるぞ」アティカスは言った。

「エリカ、いる？」

「いまは学校に行ってる。きみから電話があったと伝えておくよ」

「そうして」あたしは言った。「それと……だいぶまえにエリカとあたしで話してたんだけどさ、その……もうそっちでクリスマスの話をしてるかどうかわかんないんだけど、あの子はバイカーズ・ジャケットが欲しいそうなんだ。ほんとはあんたと一緒に買いに行ってやりたいと思ってたんだけど」

「クリスマスの買い物には、ちょっと早すぎやしないか？」

「いいプレゼントになるだろうなって思ったもんだからさ。クリストファー・ストリートにいい店があるんだ。店の名は〈レザー・マン〉。よかったら、そこに寄って一着あの子に選んでやってくれないかな、支払いは折半ってことで」

「きみがそう言うなら、そうしてもいいが」アティカスはのっそりと答えた。「エリカに渡すときには、間に合うように帰ってくるんだな？」

「もちろん」あたしは言った。

その声になにを聞きとったのかはわからないが、なにかが引っかかったらしい。「仕事で行くのか?」と、アティカスは訊ねた。

「ああ」

「どこに?」

「サンフランシスコ」

「ほんとかい? おれの地元じゃないか。どの辺に滞在する予定なんだ?」

「まだわからない。向こうに行ってから電話するよ。ねえ、そろそろ切るよ、荷造りを終わらせないと。今晩の便で飛ぶんだ。ナタリーと話す機会があったら、もどってからまた会おうって伝えといて」

「そうしよう。ブリジット?」

「なに?」

「うん、その……夜だろうと昼だろうと、まえに言ったとおりだ。おれがどこにいるかはわかってるよな」

「ずっとそんなことばかり言われてると、申し出を受けてもいいかなと思っちまうね」

「申し出は無期限有効だ」

「覚えとくよ。じゃ、またすぐ電話するから」

「じゃあな」

「じゃあね、アティカス」と、あたしは言った。

その夜八時には、ほぼすべてが片づいていた。書いておいた二通の手紙を銀行小切手とともに段ボール箱のなかに収めたのち、あたしはアパートメントをあとにした。施錠を済ませ、鍵束も同じ箱に入れて荷造り用テープで封をする。テープのロールは角のゴミ箱に投げ入れ、荷物を最寄りのフェデックス集荷ボックスに持っていって、ブロンクスにいる妹に宛てて送った。航空貨物運送状の控えをとって、同じく妹の住所を書いた別封筒に入れ、それも投函しておいた。

すでに真っ暗で底冷えがし、本物の牙を持った秋本番の寒風が島内を吹き抜けていった。胃が固くこわばってねじくれている。あたしはエイス・アヴェニューと二十番ストリートの角に立ち、往き過ぎていく車や信号の光を見つめた。舗道を歩いていくカップルがいて、ひとりがベビーカーを押していた。なかに乗っている赤ん坊は、繭のなかの芋虫みたいにしっかりと包まれていた。

アップタウンに向かって歩きだし、途中、終夜営業の薬局に立ち寄って注射器を買った。そこからは地下鉄に乗り、一号線でいっきに百六十八番ストリートまで北上した。ふたたび地上にあがると、さっきより冷えこみが強まっていて、どの通りもさっきより幅を増したように思え、あらゆるものが巨大で、どこか恐ろしげに感じられた。

十分も歩かないうちに、ウォッズワース・アヴェニュー沿いの戸口に立って仕事をしている客引きを見つけ、そいつに手引きされて、三十がらみのドミニカ人紳士のところへ行った。ドミニカ人は無言であたしの二十ドルを取ると、通りの向こうに姿を消した。二分後に女があらわれ、あたしに近づいてふたつのデッキを手渡し、あたしは女の固い手のひらからグラシン紙の包みをするりと抜き取って、ポケットに忍ばせた。

「上物だよ」と、女は言った。女の様子では、もう何年も注射針の世話になっているらしく、肌は骨に張りつくようで、顔は溶かしたプラスティックで成型したようにてかっていた。「これだけ上等なヤクのときはどう扱うか、ちゃんと心得てるんだろうね?」

「考えがあるんだ」あたしはそう言って、女に次の客の相手をさせるべく立ち去った。ストリートのラジオが大音響でヒップ・ホップのリミックスをがなりたて、ほかにもいくつかのグループが、しゃがみこんだり車に寄りかかったりしているのが見えた。男たちが手に持ったロングネックのビール壜をもてあそびながら、違法酒場の外でたむろしている。これだけ寒くても、まだ連中を店内に追い立てるには充分じゃないようだ。

ようやく目的の住所を、カーラの住所を探しあてたときには、すでに十時になろうとしていた。最後にもういちどポケットをあらため、ライターと、壜の蓋と、注射器と、アラバッカが〈グッドネス〉と銘打った二包みのヤクがあるのを確かめた。

おさきにどうぞ、とミスター・ジョーンズが言う。

「悪いけど、そうさせてもらうよ」そう言って、あたしはなかに足を踏みいれた。

# 第二部　十二月二十四日から十二月二十七日

# 1

「でさ、そいつのこと気に入った？」と、エリカが訊いた。

「そいつと言われても、だれなのかさっぱりだ」と、わたしは答えた。

「グレンデルだよ。犯罪の天才、社会病質人格の殺人鬼。マンハッタンの暗黒街を支配する男」

わたしは目をぱちくりしながら、エリカを見返した。

「だから、コミック本の登場人物だってば、アティカス」エリカは忍耐づよく言い足した。

「あぁ」そう言って、わたしはもういちどその人形に目をやった。グレンデルは身長約二十センチ、全身黒ずくめで、頭部をすっぽり覆い隠す印象的な黒マスクをかぶっている。たぶん目の部分をあけるためだろう、垂直方向のスリットがマスクの両側に長く伸びていた。

「これが彼のフォーク」エリカは箱のなかに手を入れて、問題のアイテムをわたしに差しだした。

フォークといっても食事用ではなく槍のような道具で、黒くて長い棒の先端に二股に分かれたシルバーの刃がついている。二股部分は、見るからに鋭そうだ。

「こいつを使いまくるんだな？」わたしは訊いた。

「あんたが思ってるほどには使わないよ。貸してみな」

人形を渡すと、エリカはグレンデルをいじくりだし、握った手に武器を滑りこませてから、居間の床のうえでポーズをつけさせた。八枝の燭台《メノラー》から投げかけられる灯りの揺らめきが、なかなかいい影をフィギュアの周囲に落としている。

「ハッピー・ハヌカー（ユダヤ教で十二月に八日間、一日一本ずつ蠟燭に火をともして神殿を清める祭り）」エリカが言った。

「そして、メリー・クリスマス」

「クリスマスはまだ。あしたでしょ」

「なら、メリー・クリスマス・イヴだ」わたしは言いなおした。

ふたりとも、床の上で影に囲まれて不気味に立っているグレンデルを見やる。

「気に入らないんだね」エリカが決めつけるように言った。

「そんなこと言ってない。おれはただ、だれなのか知らないって言っただけだ」

「けどさ、もう知ってるのに、やっぱりまだ気に入ったって言わないじゃん」

「気に入ったよ」わたしは言った。「こいつはクールだと思う」

エリカがじいっと何秒間かこちらの顔色をうかがっていたので、自分の感じていた心からの気持ちを表情にあらわす努力をした。エリカがためいきを吐く。「あんたのためになにか買うのって、めっちゃくちゃ大変なんだよ、わかってる?」

「気に入ったよ」わたしは繰り返した。「そろそろ自分のも開けてみたらどうだ。それともおれはここでジグでも踊って、きみからのプレゼントに感謝感激の至りであることを証明しなきゃならないのかい？」

エリカは下唇を噛んでいたが、やがて、我が家のクリスマス・ツリー役をつとめるちっぽけな植木の根元にわたしが置いておいた箱に手を伸ばした。植木はテーブルの上の、小さな燭台が載っているのとは逆の端に置かれていたが、宗教的な意図があってのことではなく、たんに火事の危険を減らすためだ。エリカが植木にまわしかけた一重の金箔のモールが、燃えている二本の蠟燭の炎を受けて金色と黒にちかちか光っている。わたしとエリカは祝祭日の祝い方について、できるかぎり平等主義でいくことにしていた。

エリカが包装をあけるのはすばやかった。儀式ばることなくギフト用のラッピングをびりびり破って、その下の厚紙の箱をむきだしにした。

「重いね」エリカは言った。「なにこれ？」

「開ければわかる」

箱を持ち上げ、左右に傾けて見ていたエリカが、目を輝かせた。蓋の下の厚紙に指を突っこみ、テープもろとも引っ張って無理やり開けようとしている。鋏《はさみ》を持ってきてやろうかと思ったそのとき、ぶちっとテープのちぎれる音がして、エリカの膝のうえで箱が開いた。エリカがにっこり笑い、薄紙を燃えている蠟燭のすぐそばで危なっかしくひらひらさせながら取り去ると、なかから黒いレザー・ジャケットが姿をあらわした。

「サイズが合わなければ、返品できるからな」とわたしは言った。

エリカは立ち上がり、その際にグレンデルを蹴ってひっくり返した。グレンデルのフォークが部屋の隅に滑っていって、ラジエーターの下にもぐりこむ。ジャケットに手を通すと、エリカは身頃のジッパーを上まであげた。真新しい革は艶々して、強い匂いをさせている。

「カンペキだよ、これが欲しかったの。まさかもらえるなんて思ってもみなかった。あたしが出したヒントなんて、ちっとも気づいてくれてないと思ってたもん。どう、似合う？」

「すごくいい」

「サイコー」そう言うとエリカはわたしが坐っているカウチに身を乗りだして、抱きついてきた。お返しに抱いてやると、エリカは体を離し、窓を鏡のかわりにして、そのまえでくるりと一回転した。炎がそれぞれにエリカの像を映しだしている。「ブリジットのにそっくり」エリカは言った。

「売ってる店をブリジットが教えてくれたんだ」わたしは言った。

窓に映った自分を見ていたエリカは、頭を振り向けてわたしを見た。「ブリジットから聞いたの？」エリカの声が鋭くなった。大事な情報を隠していたことをいまにも責めようという構えだ。

「いなくなる前に、きみにそれを買ってやる相談をしたんだ。ふたりからのプレゼントだとってずいぶんになるよね」

思ってくれ」

「ここにいてくれたら、もっとよかったのに」

「そうだな」

「もどってきてくれてたら、よかったのにな」エリカは少ししてつけくわえた。「いなくなってずいぶんになるよね」

「二ヵ月と二日だ」わたしは破れた包装紙を床から拾い集め、キッチンに向かいながら、近ごろ馴染みになってきた胃のあたりのしこりを無視しようとつとめた。しこりの主《ぬし》はブリジットだ——十月に彼女が一粒の種を植え、わたしがそれに、彼女の身を案じる気持ちと、自分のなかのそれ以外の千もの感情を汲みあげては、律儀に水をやってきた。彼女がいなくなったときからずっと、一時間ごとに。ここ数週間でそれは三倍に丈を伸ばし、重さはずっしりと二倍に膨れあがっていた。

シンク下のひらき戸を開けて、包装紙をゴミ容器に捨てた。ひらき戸を閉じ、水道の蛇口を見やる。点々と水の跡がついた金属に、わが身の一部が曲がって映っていた。

ブリジットのアパートメントに電話をすると、その番号へのサービス提供はもう行われていないというメッセージが流れた。アグラ&ドノヴァン探偵事務所に電話をすると、ミズ・ローガンは休暇をとっている、いつ帰ってくるかはだれも知らない、と聞かされた。連絡先の番号を残していったか訊ねると、じつにぶっきらぼうにノーと言われた。仕事で出張しているものと思っていたことを伝えると、長い沈黙が返ってきて、そののち不機嫌と言ってもいいような「こちらの知るかぎりではちがいます」という返事があった。

別々に五回、五週間にわたって、ブリジットのアパートメントを訪れたが、いつ行っても部屋にはだれもおらず、隣人たちのなかにブリジットの行き先を知る者はなかった。郵便受けには一通の手紙も刺さっていないし、ドアの下から半分押しこまれた紙切れもない。

きょうはクリスマス・イヴだ。本当ならもう帰ってきているはずなのに、とわたしは思った。帰ってきていなくてはおかしい、それでなければ電話かなにかしてきそうなものだし、それもないとなると……これは……。

いつものように、そこでわたしは失速した。つづけようとしても、次になにがくるかがわからない。思いつくままにあげるなら、ブリジットの不在に対する説明は、とんでもないものから平凡なものまでいくらでも考えられる。プロとしてにしろ個人的なことにしろ、仕事で遠出している可能性はある。なにか豪華世界旅行みたいなものに参加してるのかもしれない。ジャマイカのキングストンあたりで、日焼けに専念しているのかもしれない。

もしくは、のっぴきならないトラブルに巻きこまれているのかも。

死んでいるなら、おれにはわかるはずだ。

そうであってほしい。

新しいジャケットをきしらせて、エリカがキッチンに入ってきた。わたしの背中を見つめているのがわかる。振り返って、祝日を寿《ことほ》ぐとっておきの笑顔を所定の位置に貼りつけると、エリカも同じようにうそ臭い表情を投げ返してきた。そしてエリカは電話に手を伸ばし、わたしに受話器を手渡した。

「あたしがダイヤルするね」エリカはそう言い、そのとおりにした。

呼び出し音が三回鳴ったのち、デイル・マツイが電話にでた。「われらに神の祝福を、みなさん」と、デイル。

「もしもし、グリンチ（童話に出てくるクリスマス嫌いの妖怪で、他人のクリスマスを台無しにする）だけど」と、わたしは言った。「マックスっていう、うちの犬を探してるんだ。見たらすぐわかるよ。トナカイの角を紐で頭にくくってあるから」

「ここには、陽気なフーヴィルの街のフーたち（同じ童話のクリスマス好きな村の人々）しかいないぜ」デイルは言った。「どうしてる、アティカス？　エリカは元気か？」

「どっちも元気だが、いまふたりで祝日の憂鬱ってやつに仲良くひたってたところなんだ。ちょっと気を引き立ててもらえないかと思ったんだが？」

「ブリジットなら、まだポルシェを引き取りにきてないぞ、アティカス」

わたしはなにも言わなかった。エリカはこちらを見ていたが、わたしが首を横に振ったとたん、堅木の床に届きそうなほど首をうなだれた。

「連絡もきてないんだろうな？」

「まったくないな。ずっとまえのあの日にポルシェを置いてったきり、音沙汰なしだ。もうそろそろ帰ってていいころだよな？」

「おれたちもそれを考えてたんだ」

「心配なのか？」

「そんな言葉じゃ間に合わないくらいにな」わたしは言った。「今夜はどうしてる？」デイルは言った。

「イーサンとおれは、暖炉のまえで温めたワインをちびちびやってるよ」

「それとも、そういう話はすべきじゃなかったかな」

「おれの心配はしてくれるな。充分に居心地のいい相手がここにちゃんといるから」

「あしたは会えるんだろ？」

「ブランチを食いにそっちに行くよ」そう約束して、わたしは電話を終えた。

「どうしよっか？」エリカが訊ねる。

「ポップコーンでもこしらえて、『素晴らしき哉、人生！』でも観ようと思うんだが」

「ポップコーンでもこしらえて、『ヘンリー／ある連続殺人鬼の記録』でも観ようよ」

「きみには専用のテレビがあったほうがいいな」

「誕生日によろしく」とエリカは言って、新しいジャケットのジッパーをおろし、自分の部屋に行った。

わたしはもうしばらく窓から路地を見下ろしていたが、やがて食器棚の下段に入れた大鍋に手を伸ばし、調理用オイルの罎をおろした。油を注いでからコーンを三粒放りこみ、鍋を電熱バーナーに載せて点火する。エリカの部屋のドアがふたたび開けられるのが聞こえ、まもなく居間でテレビのスイッチの入る音がした。試験用の三粒のうち、ふたつ目のコーンがはじけた瞬間、インターコムからブザー音が鳴った。わたしはボタンを押して応答した。

「はい？」

「アティカス・コディアックさん？」人間の声のようではあるが、結核の末期なのかもしれない。

「わたしですが」

声がふたたび雑音をたてた。

「もしもし？」

「――あなたに手紙です！」

「開けますからどうぞ。五階のF号室です」わたしは入り口の開錠ボタンを押し、押したまま三つ数えてから、手を離した。振り返ると鍋から煙がのぼりはじめたところで、焦げたポップコーンのにおいがすでにアパートメントのなかを漂いはじめていた。レンジ台にもどり、とたんに金属部で手を火傷し、毒づきながらふたたび引っぱって火を切った。

「あたしのポップコーンは？」エリカが訊ねる。

「一時保留だ」

「いま来たのだれ？」

「おれ宛の手紙を届けにきた男。いま上にあがってくるよ」

「クリスマス・イヴの夜八時に？」

「特別配達だろ」そう答えながら、四回のノックの一回目が叩かれると同時に玄関に向かった。あとをついてきたエリカは、覗き穴をたしかめるわたしの半メートルほど後ろに立っている。うちの建物のインターコム設備がいかにろくでもないかを証明するように、外にいた人物は、じっさいに見ると男ではなくて女だった。いかにブリジットの身を案じているかを証明するように、はじめ、ドアのまえに立っているのはブリジット本人かと思った。

わたしは記録的な素早さで錠をはずし、すごい勢いでドアを引きあけたもので、おどろいた相手の女性は、わたしが口をひらきかけると同時に一歩あとずさろうとしていた。そのとき気がついた。本人じゃない。ブリジットではなかった。すると胃のあたりのしこりがさらに膨れたように感じられた。

まちがえるのも無理はなかった。その女《ひと》は身長百八十センチ近くあり、ブリジットそっくりの黒髪と白すぎるほどの肌をして、同じ鼻と、同じ骨の造りをしていた。目はブルーよりグレーが勝り、口はあれほど大きくなく、唇もあれほどにはふくよかじゃない。左の小鼻にピアスはなく、左右の耳朶《みみたぶ》にひとつずつ、ごく小さなスタッド型のイヤリングをしているだけだ。服装はありふれたものだが野暮ったくはなく、濃紺のコーデュロイのパンツを穿いて、ピンクのタートルネックにグレーの毛織りのジャケットを羽織っている。首に白いスカーフをゆったりと巻いて、手袋をはめた手の一方に緑、青、白の毛糸の帽子を握っていた。もう一方の手には、大きなマニラ封筒を抱えている。

左の襟に、おそらく錫《すず》製か銀の曇ったものだろう、長方形のピンがとめてあった。ピンには頂上に十字架をいただいた丘のレリーフが彫ってある。縁に沿ってラテン語でなにか書いてあったが、まじまじと見るわけにもいかず、ひとつ、ａｍｏ《ラブ》という単語だけが読みとれた。

「あなたがアティカス・コディアック？」相手はとくに感銘を受けたふうでもなかった。声までブリジットに似ていたが、あんなにも低くはない。

肘のあたりからエリカの声が聞こえた。「うわっ！」

わたしは言った。「きみはケイシェルだな」

相手はうなずいた。

「どうぞ、なかへ」

その女性はエリカとわたしのあいだを通り抜けて、うちの狭い廊下を抜け、キッチンに入った。ドアを閉めてからあとにつづいたわたしの胃は、それまでとはまったくちがった行動をとっていた。冷ややかな悪寒の気配が忍び寄ってくるのが感じられる。

「ブリジットのきょうだいなの？」エリカがケイシェル・ローガンに訊ねていた。

「ええ」

「妹だよね？」

「一年と半年はなれてるわ」

「エリカ」わたしは言った。「ちょっとふたりだけにしてくれないか？」

「は？」

「ちょっとだけ席をはずしてくれ、いいな？」

エリカは警戒するようにわたしを見やり、ケイシェル・ローガンは表情を動かさず、それが不安をかきたてた。

エリカはそれ以上なにも言わず、廊下を歩いて、つぶやいているテレビのもとにもどった。

わたしはテーブルの下から椅子を一脚引きだした。「どうぞ」

「ありがとう」ケイシェル・ローガンは、テーブルに封筒と帽子を置いてスカーフをほどき、手袋もはずして隣に並べた。上着のボタンをはずすときに、左の薬指に小ぶりな金の指輪が見えた。上着を羽織ったまま、ケイシェルは腰をおろした。

自分が悪い報せを予想しているのはわかっていた。耳で鼓動が脈搏っていることや、隣の部屋から『素晴らしき哉、人生！』主人公のジミー・スチュアートの声を聞きとれることからそうとわかる。窓敷居のところに行って腰を掛け、真冬の冷たいガラスがシャツごしに背中に触れるのを感じた。

「ここには姉に代わって来たの」慎重な言い方だった。

「そうだろうとは思ってた。もし本当にこれが、おれがそうだと思っている内容だとしたら、きみをわずらわせずにいまこっちから訊かせてもらうよ、その、そうしたらきみもつらい思いをしなくてすむし」いざ訊こうとすると、その言葉を言うのは口から岩を出すようだった。「ブリジットは死んだのか？」

ケイシェル・ローガンの頭が跳ねあがり、正真正銘めんくらったように見えた。「いいえ、まさか、そうは思わないけど。そうでないことを祈るわ。わたしは……姉からの連絡はきてないの？」

おおいに安心とはいかなかったが、それで充分だった。「いや、おれはてっきりきみが……」

わたしの視線を追ってテーブルの上に置かれた封筒を見たケイシェルは、手を伸ばしてそれをとりあげ、差しだした。「十月の終わりごろに、姉から受け取ったのよ。書類や、ほかにいろいろ詰まった箱を送ってきたわ。そこに手紙も入ってたの」

封筒はなにも貼られていないありふれたもので、驚くほど重かった。厚みも相当あって、あと一枚紙を滑りこませるだけで内側から裂けてしまいそうなほどだ。

「ブリジットがわたしに宛てた手紙に、指示が書いてあったわ」ケイシェル・ローガンは言った。「今月の二十四日までに連絡が来なかったら、封筒をあなたのところに持っていってほしいと書いてあったの。あなたの名前と住所も添えてあった。いったいどういうことなのか、あなたが知っているものと思ってたんだけど」

「おれには仕事の関係で街を離れると言っていなくなったんだ」と、わたしは言った。

「アパートメントの鍵束も送られてきたのよ。五万ドルを超える銀行小切手も。仕事で街を離れてるだけなら、そんなことするはずがある？」

「おれにはわからない」わたしは言った。「信用してくれ、おれはきみと同じくらいブリジットのことを心配してるんだ、ミセス……」

「ミセスじゃないわ」ケイシェルは言った。

「失礼、指輪が見えたから――」

「修道尼なの」

　わたしは相手をまじまじと見つめた。

「羽もないし、光輪もないわよ」シスター・ケイシェル・ローガンは言った。「ごくありきたりの〈愛の体現姉妹会〉のシスターだから」

「知らなかった。気を悪くさせるつもりはなかったんだ」

「悪くしてないわ」

「修道尼のようには見えないな」

「特別の日には普段着を着るの」

冗談なのか本気なのかどうもよくわからず、あいてしまった居心地の悪い間を利用して封筒に注意をもどしてみたが、うまくごまかせなかった。

「姉とは親しいのかしら？　つまりその、ブリジットからわたしの話を聞いてなかったのかなと思って」

「きみの話は聞いてるよ」わたしは言った。「でも、修道尼だという部分はとばされてた」

シスター・ケイシェルは両手を膝に置き、足首をからませて品よく坐っている。「驚くことじゃないかもしれないわね。わたしも手紙を受けとるまで、あなたの話を聞いたことはなかったし。姉と一緒に仕事を？」

「することもある」

「することも？　じゃ、あなたも私立探偵？　それとも刑事さん？」

「警護のほうだ。人を守ってる」

「ブリジットは手紙のなかで、まちがいなくあなたのところへ行くようにって書いてたわ。どんなことがあろうと頼みを聞き届けてくれる唯一の人物だって、そう書いてあった」

「そのとおりだ」ややあって、わたしは答えた。

シスター・ケイシェルはじっとわたしを見つめ、わたしの風貌に評価をくわえ、レンズの奥の目を探った。わたしは、けさ髭を剃っておいたことに安堵し、頬の傷があまり恐ろしげに見えないことを願い、左耳のふたつのフープピアスがきちんと並んでいるようにと願った。もうすこしましなセーターを着て、ジーンズではなくスラックスを穿いておけばよかったと悔やまれた。

なんといっても、ブリジットの家族と会うのはこれが最初なのだ。

シスター・ケイシェル・ローガンは、品定めを完了すると小さくうなずいてみせてくれた。ただし、笑顔はなしだ。

「それじゃ、そろそろ封筒を開けたほうがいいんじゃないかしら」と、シスターは言った。

「姉があなたになにを頼みたいのか、あきらかにしてちょうだい」

そこにはおそらく四十ページにも及ぶと思われる資料が入っていた——写真、地図、タイプ打ちしたメモ、ブリジットの筆跡で埋められ、線引きされた何枚もの法律箋。わたしはとりあえず、そのすべてを無視した。いちばん上に手紙があったからだ。

手紙には十月二十日の日付が入れられ、こう書かれていた——

2

アティカス

こんばんはフェルプス君——

おそらくあたしのこと、すごく怒ってるだろうね。ずっと連絡もせず、いきなりこの地上から姿を消してしまったあたしに、ひどく腹を立てていることと思う。二度も三度もあたしのアパートメントに足を運んで、完全に閉め切られているのを知ったんだろう。アグラ&ドノヴァンにも電話して、あたしの居場所を知っているかどうか訊ね、手がかりのひとつも知らないと聞かされたはずだ。もしくはクビになったと聞かされたかもしれない。もしくはその両方だったかも。ナタリーやデイルやスコットにも訊ねてまわり、それでもやっぱりだれも知らなくて。

そして、おそらくいまは、あたしの妹《シスター》はシスターだってことを、なんだって黙っていたのかと訝っていることだろうね。

でもその辺のことは、どれも現時点ではたいして重要なことじゃない。なぜなら、いまこれを読んでいるということは、あんたはあたしがいったいどこに消えちまったのか、そこんとこを知りたがっているはずだから。

じつは、もしあんたがこれを読んでいるとすれば、あたしはのっぴきならない理由で引き返せない状況にあり、あんたの（さあ、いまこそ、あたしたちがずっと待ち焦がれていた瞬間だよ）……助けが欲しいんだ。

おかしなもので、いまあたしがどこにいるにしろ、そこにいる理由もじつは似かよったものだったりするんだ――だれかをちょっと助けようとした結果なんだよ。

ということで、あんたの知っておくべきことを書いておくね――

じつを言えば、あたしはサンフランシスコにも行っていないし、ほかのどんな奇妙で恐ろしげな街に出張しているのでもない。あたしはいまもニューヨークにいる（すくなくとも、まだニューヨークにいるものと願ってる）。

そして、あたしみたいな人間が単独調査をする場合に可能な範囲内で潜伏してるんだ。つまり本名を使ってるってことだから、すくなくともそれだけは手がかりにできると思う。

あたしはいま――うまくいっていれば――ピエール・アラバッカという名の男が仕切る麻

薬密売組織の構成員になっている。

問題なのはその最後のところだ。あまりに深く足を踏み入れすぎて、自分の力では逃れられなくなっている可能性がまずひとつ。警察に逮捕されてしまった可能性もある。正体がばれた可能性もあり、それがなにを意味するかはあんたもあたしも知ってるから、それについてはあまり言わないほうが賢明だよね。

現在あんたはこれを読んでいて、あたしはそこにいないわけだから、つまりあたしはあんたに助けにきてもらわなきゃならないってことなんだ。このささやかな作戦《オペレーション》の期間中借りておいた部屋の住所を同封しておいた。たぶんまず、そこを探してもらうのがいいと思う。

もちろん、そこにはいないこともありうる。その場合は、じっさいそれ以上、たいして与えられる手がかりはないんだ。出発するまえにアラバッカに関して集めた資料のすべてを同封しておいたから、あたしがいるべき場所にいなかった場合、そのすべてがあたしを見つける手助けとなってくれるかもしれない。メモはわかりやすく書くように努めたつもり。書きつけておいた名前のなかに、例の昔馴染み、アンドルー・ウルフの名前もある。過去の一時期、あたしのことをよく知っていた人物なんだ。今回の一件に取りかかったとき、アンドルーはあたしに手を貸してくれた。同じように、きっとあんたにも手を貸してくれるだろう。

仲間のみんなについてだけれど、デイルとナタリーとコリーは、この件からはずしておいてくれるとありがたいんだ。エリカもはずしておいてくれるとありがたいけど、それは難しいかもしれないなと思ってる。あたしがスコットを抜かしていることに気づくだろうね。スコットに知らせるかどうかは、あんたに一任するよ。

　最後にあとひとつ、あんたが知っておくべきことがあるんだけど、正直言って、どうしてもここにそれを書く勇気が出てこないんだ。妙だよね、口で言うより書くほうが簡単だと思っていたのに。とにかく、あたしには書けない。だから、卑怯だけれど逃げを打って、その説明はケイシェルに頼むしかないと思ってる。

　この手紙を読み終えたら、十六歳のときのあたしはどんなふうだったか、妹に訊いてみてほしい。はぐらかされそうになったら、無理にでも訊きだして。あんたには知ってもらわなきゃならないんだ。あんたはすべてを知っておく必要がある。

　妹の話をすべて聞いたあとは、もしそうできるならば、あたしを許してほしい。すでにしてしまったことに対してだけではなく、これからしてしまうかもしれないことに対しても。

　お別れの手紙のつもりで書いたわけじゃないけど、そういう可能性があることをわかってないとしたら間抜けだろうね。だからいま、電話で喧嘩したあの夜に言うべきだったことを言っておくよ。あたしは、もう一度ふたりにチャンスがほしいと思ってる。もうそれが可能かどうかすらわからないけど、それだけは知っておいてほしい。なんともぞっとするような常套句だけど、一度だってあんたを傷つけようと思ったことはなかった。あんなふうに沈黙してしまったのは、あたしのほうの問題で、あんたのせいじゃない。あんたのことはもうとつくに許してるよ、アティカス。七月に電話をくれた、あの瞬間に許してた。あんたも同じように許してくれることを願ってる。
エリカがジャケットを気に入ってくれましたように（ジャケットを買ってやるの、ちゃんと覚えててくれたよね？）。
愛をこめて、
ブリディ

読み終えると、わたしは手紙をめくって添付されたページに移った。短期賃貸契約書のコピーで、マンハッタンで貸しアパートメントを斡旋《あっせん》している業者のものだ。ブリジット・ローガン名義で、フラワー地区のシックススス・アヴェニューからすぐの場所に、ステュディオ形式のアパートメントを借りる契約が交わされている。ページの最下段に、そこの電話番号が記してあった。

わたしは電話に手を伸ばし、その番号をダイヤルした。

「姉に連絡しようとしてるの？」ケイシェルが訊いた。

「電話番号を残してたんだ」わたしは言った。呼び出し音が鳴っている。足を踏み鳴らしそうになるのを我慢した。まだ鳴りつづけている。

一分間鳴らしつづけて、ついにあきらめ、手紙をケイシェルに渡した。「読んでくれ」わたしは言った。感じていた動揺の半分しか声にはあらわれなかった。「きみが読み終わったらその住所に行ってみよう。行く道で、きみの姉さんがいったいなんの話をしてるのか聞かせてくれ」

ケイシェルはなにもコメントせずに手紙を受けとり、わたしは立ち上がって居間に向かった。

エリカはカウチに仰向けに寝そべって、シートにあいた穴から詰め物をほじくりだしていた。ちょうどメノラーの火が燃え尽きたところで、テレビの画面ではジミー・スチュアートがいまにも橋のうえから身投げしようとしていた。わたしの記憶にまちがいがなければ、もうまもなく天使クラレンスが登場するはずだ。エリカの上から手を伸ばしてリモコンをとり、ミュートを押すと、音声がカットされた。

「どういう話をしてるの?」エリカが訊いた。

「ケイシェルがブリジットからの手紙をくれたんだ」わたしは言った。「それに関して、おれとケイシェルで話しあう必要がある」

「ブリジットは無事?」

「わからない。とんでもなく馬鹿なことをやらかして、抜けだすのにおれの手を借りたがってる」

「なにしたの?」

わたしは首を横に振った。

「いやだ、そんなのなしだよ」エリカはそう言って起きあがると、とがめるように右手の指で差した。「ちゃんと話して。ブリディはあたしの友だちでもあるんだから」

「まだだめだ。もっと事情がわかってからにしよう。いまはケイシェルとふたりだけで話をしなけりゃならないから、いまから一緒に散歩に出てくる。どのくらい出てることになるかはわからない」

エリカはわたしを睨みつけた。「全部話してくれなきゃ承知しないよ」

「帰ってきてからな」わたしは約束した。

引き返してみると、ケイシェルは手紙を読み終え、手袋をはめなおしていた。わたしはフックからアーミージャケットをはずし、防寒帽もとって、玄関でケイシェルを待った。エリカが廊下の奥から、出ていくわれわれを見守っていた。

「どっちへ?」シスター・ケイシェルが訊いた。葉巻の煙を吐きだしたように、息が揺らめいている。

「シックススだ」そう答えて、西へ向かった。レキシントン・アヴェニューの往来はまばらで、タクシーが数台南に向かっているほかはさしたる車も見あたらず、いくらも待たずに渡ることができた。店の正面はどこも暗く、通りには人の姿もほとんどなかった。隣を歩くケイシェルは、わたしの歩調に難なく合わせている。パーク・アヴェニューを渡っているとき、ケイシェルが口をひらいた。「あなたとうちの姉との関係がよくわからなかったんだけど、ふたりはやっぱり——」

「ちがうよ」わたしは言った。「それとも、そうなのかもしれない。おれにはわからない。この一年間、おれたちのあいだには山ほどもめごとがあってね」

「姉はいつもそうよ」

「ブリジットが悪いんじゃない。おれが元凶なんだ」わたしはケイシェルを見やり、修道尼に対して人はどういう話をしたものかと考えた。おそらく、真実を話すべきなんだろう。「おれが裏切ったんだよ」

シスター・ケイシェルはかすかにうなずいてみせた。「それじゃ、もう許したって書いてあったのはそのことだったのね？」

「そうだと思いたい」

「あなた自身は、もう自分を許してる？」

「思うんだが、シスター、そろそろブリジットが十六歳のころどんな子だったか、話してくれてもいいんじゃないかな？」

信号が変わり、ケイシェルは通りの中央の安全地帯で立ち止まった。心配せずとも車はろくに走っていないが、わたしも一緒に足を止めた。道の向こうでグレート・デンを散歩させている老人が、同じように立ち止まっていた。グレート・デンは頭に小さなサンタの帽子をかぶり、見るからにそういったことすべてがうんざりという顔をしていた。

「それは姉が本当にわたしからあなたに言わせたいこととはちがってるわよ」そうシスター・ケイシェルは言い、口調が怒っているように思えたので驚いた。「わたしに伝えさせたいのは、姉がヘロイン中毒だったってことよ」

信号が変わり、老人とグレート・デンが動きだして、われわれのほうに渡ってきた。

「姉は更生中のジャンキーなの」

老人が「メリー・クリスマス」と声をかけてすれちがっていった。シスター・ケイシェルも同じ言葉を返している。

わたしはなにも言わなかった。

この人が嘘をつくことはありそうにない、と思った。なんといってもシスターなのだ。そんな嘘をついてなんになる？

返事をするのがやっとだった。「ブリジットが？」

「姉がドラッグを使いはじめた当時、わたしは十四歳かそこらだった。どういう経緯ではじめたのか、はっきりは知らないけど、たぶん手紙のなかに出てきたアンドルーって人を通してだと思うの。ふたりはボーイフレンドとガールフレンドの関係だったから」

ケイシェルはまた歩きだし、手袋の具合をなおしていた。「しばらくはブリジットもその習慣をうまくコントロールしてたんだと思う。みんなまったく気づかなかったわ、母さんも父さんもわたしも。でもそのうち、気づかずにはいられなくなってしまった。コントロールが効かなくなったのか、ある日姉は家に帰ってこなくなったの。一度出るとまる一日帰らず、それが二日になり、一週間になった。そしてとうとう、まったくもどらなくなってしまったのよ」

わたしより三メートルほど先でケイシェルが足を止め、振り向いてもどってきた。ちょうどチェイス・マンハッタン銀行のオフィス壁面に組まれた工事用足場の下を通っているところで、そこだけ周囲よりも一段暗く寒々としていた。「まったく初耳だった、そうなのね？」

わたしは首を横に振った。「ブリジットがジャンキーだったって？」

「だったのよ。いまもそうかもしれない。あれって一度はじめたら、本当にジャンキーでなくなる日なんて来るものかしら？」

わたしは眼鏡をはずして目をこすった。そうすると十代のブリジットを思い浮かべることができた。注射器も思い浮かべることはできる。だが、そこから先を絵にすることはできなかった。針そのものも、それをブリジットが自分の体に、自分の腕に、自分の生きた静脈に突き刺している姿も。そんな行為を考えるだけでも吐き気がした。ブリジットがそれをやったと、みずから望んでそうしたなどということは、到底信じられるはずがなかった。

「あなたは自分で思っているほど、姉のことをよく知ってるわけじゃなさそうね、コディアックさん」ケイシェルは言った。

目をあけて眼鏡をかけなおし、ケイシェルを見る。その顔に、わたしをからかっているような気配はなにひとつなかった。

「よく知ってるなんて思ったことは一度もないさ。どのくらい……どのくらい家出してたんだ？」

「三ヵ月。途中で一度か二度、父さんが仕事で留守とわかってるときに帰ってきたけどね。お金がほしくて」ケイシェルはわたしに向けていた目をふたたび路面にもどし、記憶をたどっていた。「自分の家に泥棒に入ったのよ。あれこれ盗んでいったわ」

「ひとりでストリート暮らしをしてたのか？」

「わからない。それについてはまともに話してくれたことがないし、もうブリジットとわたしは以前のように話をしなくなってしまったから」

われわれは歩きつづけ、シックスス・アヴェニューに到達した。〈メーシーズ〉はまだライトアップされていて、ウインドウディスプレイがきらびやかに輝いている。キャンディの杖でできた林のはるか上空に赤と白の縞模様の輪っかが連なり、サンタが橇《そり》を駆ってそこをくぐっていた。

「母がよく、ここのサンタを見に連れてきてくれたわ。最後に来たとき、わたしのほうはまだ八歳か九歳だったんじゃないかしら」ケイシェルは指差していた手をさげ、ちらりとわたしを見た。その表情には、はじめ懐旧の念かと思ったが、悲しみが浮かんでいた。「ブリジットは自分で話すべきだったのよ。そんなこと、わたしに任せるべきじゃない。ふたりの人間の心のあいだに置くには重すぎる秘密だわ」

「それはたいして意外じゃないよ」ややあってから、わたしは言った。「きみの姉さんは、プライドが高いから」

「プライドが高すぎるときがあるの」ケイシェルは言った。「頑固なのよ。アイルランド人がときどき自分たちをロバ《ドンキー》って呼ぶのを知ってるでしょう？　姉はいい方向にも悪い方向にも、ロバそのものよ」

手袋を忘れてきたので、手が寒さで痛くなってきた。わたしは両手をポケットに突っこんだ。シックスス・アヴェニューをくだり、シャッターのおりた花屋や閉まった〈デュアン・リード〉のドラッグストアを通り過ぎる。一軒だけ食料雑貨屋があいていて、どこか中東あたりの出身とみえる若い男がカウンターで仕事をしていた。男は通り過ぎるわれわれに、期待をこめた目を向けていた。

ケイシェルが言った。「アパートメントはこのあたりなんでしょ？」

「あと二ブロックほどだ。話のつづきを聞かせてくれないか。家出からどんなふうにもどってきたんだ？　帰ってきたという前提で訊いてるんだが？」

「連れもどされたのよ」シスター・ケイシェルの声はとてもきっぱりしていた。「あるとき父さんが姉を見つけたの。父さんは警官で——それはたぶん知ってるわね——父さんと父さんのパートナーとで、姉を連れて帰ってきたのよ。ひどい姿だったわ。服は汚れて、傷や痣だらけで、がりがりに痩せこけて。もちろん、昔から背が高くてひょろっとはしてたけど、父さんに連れもどされたときの姉さんときたら、冬の枯れ木を見てるみたいだった。危ないと感じるほど痩せてたわ。よく見なきゃ姉だとわからなかったくらい。父さんと母さんは自分たちの寝室をあけ渡して、そこに姉を入れた。一週間、家族みんなで付き添って、離脱をさせたの」

「家族三人だけで？」

ケイシェルがためいきをつくと、白い息が噴流のように吐きだされた。「両親は恥じいってってね。娘に起こったことをだれにも知られたくなかったの」顔を振り向けたケイシェルは、わたしの表情のなかに善悪の評価を探した。「両親がくだした決断のなかでは最高とはいえないけれど、でも、理解はできるとわたしは思ってる」

「おれには事態をよけい困難にしかねないように思えるな」

「たしかに簡単じゃなかったわ。そのころから薬物乱用に関するカウンセリングはたくさん経験してきてるけど、ヘロインはいつだってとても厄介なの。多方面から使用者に作用するし、無論、精神的依存は肉体的なものとはまったく別物だしね。なかには三日かそこらで身体のほうはすっかり正常になる人もいるのよ。一過性の風邪を引いてただけみたいに。でも、二週間もかかってようやく元気をとりもどす人たちも矯正施設では見てきてる」

「ブリジットの場合は？」

「肉体的に？　姉は相当量を使っていたから禁断症状はひどかったわ。それに当然、姉はじっさいよりもずっと辛いように見せかけたしね」その言葉におもわず顔を見ると、それに気づいたケイシェルはそっとかぶりを振った。「思いやりがないように聞こえたらごめんなさい。でも、姉はジャンキーだったのよ——もっともっとジャンク《ヘロイン》を欲しがってたの。わたしたちがどれだけ自分を死にそうな目に遭わせているか、やたらめったら騒ぎたてたわ。ブリジットは、その気になれば人を操る天才になれるのよ」

わたしは反論しかけ、ふいに気がついて口を閉じた。たったいま自分がどこにいて、なにをしようとしているのか。ブリジットが自分になにをしてくれと頼んできたのか。

「カレッジに通いながら、二年ほどカウンセリングを受けてたと思うわ。当然ながら、どんなケースでも大変なのは精神的な離脱のほうなのよ」

「ちょっと教えてくれないか」わたしは言った。「ブリジットは逆もどりしたことはあるのか？　つまり、それ以後にまたやったことは？」

「あのね、コディアックさん」

「おれのことはアティカスと呼んでくれ、シスター。きみはおれにブリジットがジャンキーだった話をしてるところなんだ——おれのことはアティカスと呼ぶべきだと思う」

「あなたの質問に確信をもって答えられたらいいんだけど、アティカス、正直言ってそれはできないの。父が死んでから、ブリジットとわたしはおたがいにめったに顔をあわせなくなったわ。気持ちのうえでは、きっとあれからはやってなかったはずだと信じてる。でも、ほんとうに知らないのよ」

自分の息で、眼鏡のレンズが白く曇った。「しかし、きみはブリジットが、いままたやっているんじゃないかと思うんだな？」

ケイシェルのためらいは、それ自体が答えだった。「麻薬ディーラーと一緒に行動してるなら、誘惑はあるということだわ。過去に常用者だった者のなかには、また使っても言い訳のたつ状況をみずからつくりだそうとする人たちがいるの」

「たとえなんであれ、潜入調査の苦労を水の泡にするような真似はしないはずだ」わたしは言った。

シスター・ケイシェルは顎を下げて、首に巻いたスカーフの内側に鼻から下が全部見えなくなるまで埋めた。「過去にジャンキーの知りあいはいた？」声がくぐもっている。

「ひとりかふたり、会ったことはある」

「ストリートで？」

「そうだ」

「人をそうしたジャンキーにしてしまう依存とはどういうものか、これまで考えてみたことはある？　それがどれほど強力なものか？　どうして自分の持てるものすべてを――家も家族も……愛情も――針の先に得られる慰めのために捧げてしまう人たちが存在するのか？」

「ときには」

「わたしは五年間、麻薬依存症患者のカウンセリングをしてきたけれど、それでも理解できないのよ。理解できる人なんているんだろうかと思う。わたしの言いたいのは、まさにその部分なの。きっと理屈なんて超越してるのよ」ケイシェルの吐息の雲がスカーフから漏れてできた。「たとえわたしの姉がいまはヘロインを打ってないとしても、いまもジャンキーであることに変わりないわ。それは、どんなときでも姉が意識している事実であり、姉の選択や姉の行動に常に影響を与える事実なの。たぶん気分のいい日には、麻薬を使おうなんて考えもしないでしょう。でも、嫌な一日には、四六時中そのことが頭からはなれないはずよ。もしブリジットが自分の意思でクスリに手の届く環境に身を置いたんだとしたら、それはつまり、本人がまた使える状況に自分を置いたということ。姉のなかの一部分は、心底それを求めてるはずだわ」

　われわれは賃貸契約書に記載された住所に到着していた。開店休業の中華飯店が一階の半分を占めているが、残りはアパートメントのように見える。別段見るものはなかった。ぽつねんと建った六階建ての細長い建物で、片側は通りに面し、もう一方の側は駐車場になっていた。セヴンス・アヴェニューまでずっと、二十七番ストリート沿いに暗く寂れた景色がつづいていた。道路端に停まっている車は一台もない。ボディーガードひとりと修道尼ひとりを除いて、クリスマス・イヴのフラワー地区に用のある者はだれもいないようだ。

わたしのあとにケイシェルがつづくようにして通りを渡り、正面のドアまで来た。鍵はかかっていない。ごく小さな玄関口はガラスでできた別のドアで仕切られ、そこから階段が伸びているのが見える。玄関のなかは暖かいうえに狭苦しく、足を踏み入れたとたんに眼鏡が完全に曇ってしまった。ふたつ目のドアには鍵がかかっていた。

インターコムがあり、列記された部屋番号の横にそれぞれボタンがついていたが、どれも名前はなかった。各階にふたつずつのアパートメントしかないようだ。眼鏡のうえからのぞいて二階S号室のボタンを見つけ、押してみた。

なんの反応もない。

「どうする?」ケイシェルが訊ねた。

「ピンで錠を開ける方法を知ってるかい?」

「知らないわ」

「おれも知らない」2Nのボタンを押してみると、しばらくしてインターコムがカチリとつながった。

「はい?」

「クリスマス・パーティーにやってきたんだ」わたしは大声をだした。「たのむよ、開けてくれ！」

「地獄に落ちな」スピーカーから返事があって、スイッチが切れた。

シスター・ケイシェルのスカーフの上から、にっこり笑った口の端がのぞいている。「よくできましたこと」

「まだ終わっちゃいない」そう言ってわたしは3Nのボタンを押した。対応は似かよっていたが、さらに無礼な内容で、もしこちらが〈愛の体現姉妹会〉のシスターを同伴していると知っていたら、はたしてこれほど色彩豊かな罵声を浴びせてくるだろうかと疑われた。

さらに3S、4N、4S、5N、5S、6N、6Sと、ボタンを押していった。応答のなかったアパートメントが三つ。残りは2Nからもらった返事とよく似たものが返ってきた。われわれのために楽しいクリスマスを願ってくれる者はなかった。

ケイシェルが、ドアのボルトを見つめている。「クレジットカードを持ってない？」

「持ってるよ」わたしは答えた。

「ちょっといい？」

なにを考えてるかは手にとるようにわかり、それではまったく埒《らち》があくまいと思いながら、わたしは財布をとりだしてVISAカードを渡した。ケイシェルはカードを受けとると、そのプラスティック片をドアと側柱の隙間にすべりこませ、ボルトにあたるまですするすると持ちあげた。

「蹴破れるかどうか試してみようか」わたしは提案してみた。「おそらくそのほうがうまくいく可能性が高いんじゃないかな」

ケイシェルは眉根を寄せて集中し、錠から目をそらそうとせず、すでにわたしのVISAカードをそこにあてがって前後に抜き差ししていた。カードのエッジがまたたくまに傷んでがたがたになっていくのが見える。「そんなことをしたら」ケイシェルは言った。「割れたガラスを全身に浴びるか、もっとひどいことになるかもしれないわよ。それにたぶん、逮捕されることになるかも」

「それでも、クレジットカードは無傷で残る」

ケイシェルは微笑んだ。が、いぜん目は錠からそらさない。「だからあなたのを貸してって頼んだのよ」

「じつに気高い行為だな、シスター」

ボルトがカチリとはずれ、ケイシェルの顔が嬉しさと驚きに輝いて、いっそうブリジットそっくりに見えた。「やった!」

わたしはハンドルを握り、ドアを押しひらいた。ケイシェルが脇をすり抜けて階段の上がり口にいき、それからカードを返してよこした。てっぺんのエッジ部分はまるで虎にでも噛まれたようなありさまで、逆の隅は曲がっている。わたしは苦労してそいつを財布にもどした。

階段は狭く、ケイシェルはわたしを先にあがらせた。2Sのドアは、あがりきってすぐのところに、2Nとちょうど向かい合わせについていた。われわれはドアを見つめ、おそらくふたり同時に、その向こう側に発見するかもしれない最悪の事態を思い浮かべていたのだろう。まずまちがいなく、同じ光景を想像していたはずだ。そこはとても静かで、いつかの時点で階段にモップがかけられた際の漂白剤のにおいが漂い、それがほかのにおいを感じさせないほどに強烈だった。たとえ2Sの室内でなにかが朽ちたり腐ったり死んだりしていても、なかに入る以外にそれをたしかめる術はなかった。

「またカードを借りないとだめかも」ケイシェルが言った。

「自分のでどうぞ」わたしの軽薄な口調はケイシェルのよりひどかった——口に出したとたんに、自分で聞いてても馬鹿じゃないかと思ったほどだ。ドアの錠にかぶせるようにプレートがネジ留めしてあり、一部を切り取って鍵穴にだけ届くようになっていた。ドアとドア枠の隙間になにかを滑りこませることは不可能だ。「どっちにしろ、使えないな」

「となると、こっちは蹴破るほうに挑戦してみてもいいんじゃないかしら」

それを一考したのち、とりあえずはノブを試してみることにした。ノブは手のなかでやすやすと回り、わたしはきっと予備のボルトが当たるか防犯チェーンに阻まれるだろうと思いながら押してみた。ドアはなんの抵抗もなく大きくひらき、なかの闇をあらわにした。空気を嗅いでみると、オレンジのにおいと、チャイニーズフードの残飯のにおいがした。一階の中華飯店からあがってくるのかもしれない。

「ここで待っていたいだろうが」と、わたしは言った。

「できるものならね」ケイシェルはそう答え、なかに足を踏み入れたわたしの後ろにぴったりついてきた。

床にはわれわれの足になんらクッションの役目を果たさない薄っぺらなカーペットが敷きつめられ、灯りのスイッチを探そうと触れた手の下で漆喰壁が少し湿っぽく感じられた。五秒ほどごそごそしたのち、スイッチが見つかった。灯った照明は小さな金属レールに吊るされており、笠が壁を向いているため、たいして部屋を照らす役にはたたなかった。わたしはさらに奥へすすみ、ケイシェルが後ろでドアを閉めた。

アパートメントの造りを簡単に言えば、ほぼヨーロッパの街の通り程度の幅があるその建物の一辺の長さ分だけ縦に伸びた、細長い矩形だった。コンマを区切りにつづいていく無終止文の建造物版といったところか。ドアを入ってすぐの左手にバスルームがあった。そこから三メートル奥に、タイル張りカウンターの小さな区画、シンク、二口の電気コンロで構成された簡易キッチンがつづく。カウンターの上には〈ブラック&デッカー〉社のコーヒーメーカーとトースターが置かれていた。キッチン部分は小さな冷蔵庫で終わりになっていた。そこを過ぎると、上に載っている果物鉢を支えるだけの大きさしかない、がたのきた円形テーブルが壁に押しつけるように置かれていた。ベッドはその部屋の奥にあったが、クイーンサイズには少し足りないようだ。わたしにはブリジットがそこにおさまっている図が想像できなかった。ベッドは整えられていなかった。部屋の突きあたり部分には、独立式のクロゼットと、その横に置かれた抽斗《ひきだし》の六つある衣装箪笥がおさまっていた。どちらの家具もオーク材でできているように見える。

われわれは、それぞれ部屋の両端から捜索をはじめた。ケイシェルはバスルームからはじめ、わたしはベッド脇の箪笥からはじめた。家具はじつはオークではなく合板で、オークに見えるように板貼りが施されていた。使われている抽斗は四つで、そのうち二段には貸し主から支給されたと思われる寝具の類が入っている。予備の毛布二枚と、XLサイズのタオル二枚、枕と、だいたいそんなものだ。三段目の抽斗をあけると、下着が入っていた。女性用ジョッキー《ジョッキー》・ショーツ《フォー・ハー》が六枚、ブラが三枚で、うち二枚はスポーツタイプ、ソックスが六足。四段目のなかには、Tシャツ三枚とセーター一枚が見つかった。一枚のTシャツは白で、愛猫と手をつないだホットヘッド・ペイザンが真ん中を意気揚々と歩いている。クロゼットにかかっているのはパンツが三本で、三本のうち二本がジーンズ、二本のうち一本がブルー。もう一本のジーンズはブラックだった。靴はない。畳んだダッフルバッグがクロゼットの下隅に突っこんであった。

「ここに住んでたのね」背中でケイシェルが言った。

「ああ」と、わたし。「ブリジットの服だ」

ケイシェルは乱れたベッドを見ていた。「最近かしら?」

「ちがうだろうな」わたしは冷蔵庫の脇にあった小さなテーブルのところにもどり、鉢に盛った果物を調べた。強いにおいがたちのぼっている。てっぺんのオレンジを突《つつ》いて転がすと、カビが生えて下のバナナまで広がっているのが見えた。「果物は腐ってる。こんなのをとっといたりはしないだろう。どこかにゴミ箱はあったかい?」

ケイシェルは首を振り、わたしが探すのを手伝った。さして時間はかからなかった。たぶんあるだろうと思っていた場所、シンクの下にあったからだ。そこから引っ張りだして、なかに腕を突っこみ、ケイシェルが腕の先を見守るなかでゴミをあさる。コーヒーフィルターが見つかったが、捨てられてからかなりの時間が経っているようで、挽いた豆がすっかり干からびていた。茶色の紙袋もふたつ入っており、一方の底にテイクアウトの食事とおぼしきレシートが見つかった。ブリジットは現金で払っていた。レシートからは、どこでその食べ物を買ったかまではわからなかった。さらに《デイリー・ニューズ》も捨ててあるのが見つかり、最上欄の日付はおよそ二週間前のものだった。

「悪いが、持っててくれないか」と言ってケイシェルに新聞を渡し、シンクで手を洗った。戸棚の下のフックに四角い布が吊るしてあったので、それで手を拭き、その間ケイシェルは、折り目にこぼれたコーヒーの粉を払おうと、ゴミ箱の上で新聞を振っていた。わたしはケイシェルから新聞を受け取り、丸めてポケットに押しこんだ。それからシンクの下にゴミをもどして扉を閉め、ふたたび室内を見まわした。

「なにを考えてるの?」

わたしは首を振り、鼻を掻いた。指から饐《す》えたコーヒーのにおいがした。冷蔵庫のドアを開けてみる。なかはミネラルウォーターがひと壜と、プレーンの〈トーマス・イングリッシュ・マフィン〉がひと箱、それに、ホテルでルームサービスをとるとついてくるようなストロベリー・ジャムのミニチュア壜が六個。それでおしまいだった。もとどおりに閉めて、ケイシェルを見た。「よかったら、その、戸別訪問をやってもらうわけにはいかないかな?」

「は?」

「この建物をまわってドアを順にノックしていき、ここに住んでいた女性を見た人がいないか訊いてみてほしいんだ。その女性の妹《シスター》だと言えばいい。文字どおりシスターだと名乗るんだ。そうすれば、きっとなにか協力が得られるはずだ」

「で、そのあいだあなたはどこに?」

「おれはここにいる。ここを徹底的に家捜しする」

ケイシェルは姉がするのとほぼそっくりに片眉を吊りあげてみせたのち、うなずいてドアに向かった。

わたしはトイレのタンクからはじめた。次に、シャワーカーテンの吊棒をはずして、それをあらためた。ポケットナイフを使って照明器具をはずし、その内側も調べた。部屋じゅうの抽斗を順にあけては中身をほうりだし、ひっくり返して底や奥の裏側を調べていった。家具のどれかに空洞がないか見ていき、冷蔵庫も壁から引きだしてみたが、見つかったのは底板に逆さに貼りつけてあった古い〈ゴキブリモーテル〉だけだった。コンロの電熱コイルをソケットから引き抜き、ふたつの窪みを調べる。四つんばいになってカーペットをインチ刻みで移動しながら、膨らんだところや端のほつれたところを探していった。

終わるまで一時間以上かかり、ケイシェルはそれよりずっと先にもどってきて、「四人と話をしたけど、だれも姉のことは見てないそうよ。そのうち三人は、ここにきてまだ一週間にもならないらしいわ」と報告した。

「四人目は？」

「越してきてから二ヵ月ですって。だれの話をしてるかはわかるけど、十二月のはじめごろから姿を見てない、って言ってたわ。はっきりした日はわからないそうよ」ケイシェルは乱れたベッドの端に腰を掛け、エアコンと格闘するわたしを見ていた。「だれも嘘をついてはいなかったと思うの」

「どうして？」

「みんな寂しそうだったわ。そのまましゃべっていたいみたいだった」

「クリスマス・イヴだからな」わたしは腰を伸ばしながらそう言った。

　ケイシェルは腕時計に目をやった。「これからミサに出なきゃいけないの」

「どのみち、ここにはもうやることもない」わたしは言った。

　ケイシェルが腰をあげ、ふたりでドアまでもどって、最後にもういちど部屋を見渡した。その場所は入ってきたときとほとんど同じように見えた。しかし、まったく同じとは見えなかった。いまのほうがより侘しく、冷たく見える。

　わたしは明かりを切り、ドアに鍵をかけてそこを出た。


　ケイシェルとわたしはシックスス・アヴェニューを北にもどった。

「タクシーを拾うかい？」

「ええ、すぐに」ケイシェルは言った。「あなたはこれからどうするの？」

「うちに帰る。たぶんエリカは心配で気も狂わんばかりになってるだろうから、なにか話してやって落ち着かせないと」

「そういう意味で訊いたんじゃないの。あなたはこれからブリジットを探すつもり？」

　そう訊かれて驚いたのは、おそらくほかの選択肢など考えてもいなかったからだろう。

「もちろん」

「どこからはじめるの？」

「ブリジットにもらった書類からだ。今晩あれに目を通す。あしたはたぶん、元ボーイフレンドとやらに会いにいくよ」

ケイシェルの口角が巻きあがって笑みをこしらえたが、すぐにそれをスカーフの内側に隠した。

「妬いてるように聞こえるかい？」

「ちょっとだけね。おもしろいわ、姉にここまでのことをされても、まだ昔のボーイフレンドに嫉妬できるなんて」

「きみの話だと、ブリジットを麻薬に誘ったのはそいつなんだろ。嫉妬という言葉ではカバーしきれないかもしれん」

「わたしも一緒に行きたいわ」

「それはまずいだろうな」

「どうして？　姉が麻薬密売人の仲間に走ったから？　暗い、危険な場所を探すことになるから？」

「うーん」

「わたしは修道尼だけど」ケイシェルは言った。「だからって、世慣れてないことにはならないわよ」

「醜い場面にでくわすかもしれない。それだけだ」

「そういうのは嫌というほど見てきてるの、ほんとよ。朝になったら電話をいれるわ。一緒に行ってアンドルーと話をしましょう」

「あしたはクリスマスだぞ、シスター。きみに迷惑をかけるわけにはいかない」

ケイシェルは立ち止まり、通りを振り返ってタクシーの姿を探した。「わたしに迷惑をかけてるのはブリジットよ。手紙を届けるだけでそれっきりわたしがこの件に関わらないと思ってたとしたら、姉さんは自分をごまかしてたってことだわ。わたしにそんなことができないのは、よく知ってるはずだから」

「きみのしゃべり方はブリジットに似てるな」わたしは言った。

「そう？」こんどは向こうがおどろいた声をだす番だった。

「義憤のかたまりだ」

ブロックの向こうから、一台のタクシーが三回の車線変更でわれわれのいる側に寄ってきた。片方のヘッドライトが消えている。ケイシェルは挙げていた腕をおろした。「義憤じゃないわ。怒ってるのよ。あなたもそういう気持ちになってておかしくないと思うんだけど」

「そりゃなってるさ」わたしは答えた。「ただ、声にあらわれないようにしているだけで」

「どうやったらそんなことができるのか、いつか教えてもらわないと」

「知らないほうがいい。胃潰瘍の原因になる」

タクシーがすぐ横に停まり、ケイシェルは客席のドアを開けてから、コートのポケットに手を入れて財布を取りだした。カードとペンを抜き取って、わたしの電話番号を訊ねる。わたしが教えると、それをカードの裏に書きとめ、ペンとともに財布にしまった。

「やっときみに会えてよかったよ」わたしは言った。「もうすこしマシな状況ならもっとよかったんだが」

「わたしもよ」ケイシェルはタクシーに乗りかけたが、ふと止まってわたしを振り返った。握手をするものと思っていたら、傷のあるこの左頬に乾いた唇を押しつけられてめんくらった。そうしてからケイシェルはタクシーに乗りこんだ。

「楽しい祝日をね、コディアックさん」

そしてタクシーは走り去っていき、わたしだけがシックスス・アヴェニューにひとり残された。両手を寒さにかじかませ、次はなにをしたものかと思いあぐねながら。

3

エリカはキッチンテーブルについて、ブリジットの封筒の中身を目の前いっぱいに広げていた。わたしがドアを入ったときは電話中だったようで、ちょうど切るときに廊下を曲がって部屋までたどりつき、さよならの挨拶のところだけが聞こえた。

「ずいぶん長くかかったね」エリカは言った。「ブリディはいたの?」

わたしは咎めるようにテーブルを見、咎めるようにエリカを見た。

「封筒をだしっぱなしにしてったのはそっちだよ、アティカス。あたしにどうしろっていうのよ、なにも起こってないふりをしてろとでも? ブリディが借りたっていう、そのアパートメントの住所には行ってみた?」

「そこにはいなかった」わたしは上着を脱ぐ手間も省き、もうひとつの椅子を引いてエリカと顔をつき合わすように坐った。「たぶん、いなくなって一週間か二週間は経つだろう」

その答えを予期していたようにエリカはうなずき、やがて言った。「伊達男に電話して、なにがあったか話しといた」

「スコットならカリフォルニアだぞ」

「知ってる。スコットの妹んちに電話したの」

「あいつの妹の番号なんか、うちにはないじゃないか」わたしは言った。

「あたしがこの一年間、あんたやブリジットと一緒に過ごして、情報のひとつやふたつくらいつかんでないと思う？　伊達男はあさってまでもどれないそうだけど、そのあいだにいくつか電話して、ブリジットがどこかで捕まってないかどうか調べてみるって。それと、例のピエール・アラバッカってやつはマジで大物だとも言ってた。この街じゃ有名な麻薬界のドンだって。また電話してくれるって言って——なによ？」

「きみを見くびってたよ」わたしは言った。「ここに帰ったら、時間をかけて事情を話してやらなきゃならないと思ってたんだ。それどころか、きみのほうがおれより先をいってる。頼もしいかぎりだよ」

「まだ話してもらわなきゃならないことはあるよ。〝十六歳のときのあたし〟って部分が、どういうことだったのか」エリカは言った。「ケイシェルに訊いたんでしょ？」

「訊いた」

「じゃ、教えて」

　わたしはブリジットの習癖について、ケイシェルがわたしに話した内容の大半を繰り返して聞かせた。はじめエリカは信じようとせず、その反応はわたし自身がみせたと思われるものと似通っていたと思う。わたしが話を終えてもエリカはなにも言わず、じっと坐ったまま、壁からはずれかけた幅木の一部を凝視していた。そこにあいた穴からネズミが走り抜けていくのを、始終ふたりのうちどちらかが目にしていた。だが、今夜はネズミは見あたらなかった。

「くそったれ女」エリカが吐き棄てるように言った。「嘘つきのクソ女」

「その言い方はちょっと——」

「なによ？　フェアじゃない？　あたしがフェアじゃないって言うの？」怒りがエリカの頬に染みをつくった。「あの女がずっとあたしたちをごまかしてきたっていうのに、あたしがフェアじゃないって思うわけ？　冗談じゃないよ、アティカス、ちょっとは自尊心を持ったらどうなの」

「ブリジットのことはわかってるだろ。自分の話はいっさいしない人間なんだ」

「わかんないの？　あの女はいま、そういうとこにいるんだよ！　どこかのクソおぞましい穴んなかに籠って、ドラッグやりながら、あたしたちが助けに来てくれるものと期待してんだよ」

「そうとはかぎらない」わたしは言った。「もっとひどい事態も考えられる」

「それ以上にひどい事態なんて、なにがあんのよ？」エリカが怒ったまま訊き返す。

「死んでいるかもしれない」わたしは言った。

「そのほうがマシよ」

「エリカ」

自分の部屋に行こうとしたエリカは、捨て台詞を吐くために立ち止まった。廊下の明かりに、涙のこみあげはじめた目がきらめいた。

「死んでれば、すくなくとも威厳は保てるわ」エリカは言った。


夜中の一時になっても、わたしはまだテーブルのまえに坐り、コーヒーをちびちびすすりながらブリジットに託された書類の束を読んでいたが、そのとき電話が鳴った。もう一時間以上もすべてが静まりかえり、窓の下の通りまでしんと息をひそめていたので、電話のベルが静寂を引き裂いた瞬間、目の前に置いてあったピエール・アラバッカの写真一面にコーヒーをぶちまけてしまった。山ほど悪態をつき、乾いた手で受話器をとり、濡れたほうの手をパンツで拭きながら、なおも罵りつづけた。

「メリー・ファッキン・クリスマス」スコット・ファウラー特別捜査官は言った。

「そっちこそハッピー・ファッキン・ニューイヤーをな」

「例の場所は調べてきたか？」

「ああ。収穫なしだ」

「まったくなにも？」

「数週間ほど前までそこにいたらしい。出ていった日ははっきりしないが、八日付けの《ニューズ》をゴミ箱で見つけたよ。室内はとくに問題ないようだったし、散らかってもいなかったが、ドアの鍵が開いていたところを見ると、すでにだれか別の人間が家捜ししたんじゃないかと思う。なにかなくなっていたとしても、おれにはわかりようがないが」

「それじゃ、ブリジットが自発的に場所を移った可能性もあるってことか？」

「それも考えられるだろうな。衣類が何着かあった以外に、個人的な所持品はなにもなかった。本も、請求書のたぐいも、雑誌もなし。その新聞だけだ。もしかしたら場所を移ったのかもしれん」

「でも、それは疑わしいと思ってるんだな？」

「ああ、疑わしいと思ってる。非常に疑わしいと思う」わたしはそう言って椅子にもたれかかった。エリカが部屋から出てきていた。口を「スコット」と動かしてみせると、エリカはうなずいてテーブルにくわわった。目元にひとしきり泣いた跡が残っている。

「FBIの同僚に電話をしてみたよ」スコットは言った。「そいつに調べてもらった。こちらに言えるかぎりでは、ブリジット・ローガンという名前では逮捕者は出ていないし、司直の手に渡った者もない」

「ストライク・ツーか」わたしは言った。「いただけないな」

「ニューヨーク五区を通り抜けていくヘロインの大半は、アラバッカ一味の資金が支えている。もしブリジットがあいつらを怒らせたとしたら……」

「おれたちの耳にもなにか入ってきてるはずだ」わたしはあとを引き取った。「死体もあがってるはずだしな」

スコットは数秒間なにも言わなかった。エリカはわたしの肩に頭をあずけ、わたしはエリカに腕をまわしていた。

「ブリディは死んじゃいないさ」わたしは言った。

「おれは麻薬対策本部《タスクフォース》のメンバーじゃないから」スコットが口をひらいた。「アラバッカに関して持ってる情報はごく限られているんだ。もともとナイジェリアの法執行機関に所属していたアラバッカは、サニ・アバチャ将軍が実権を掌握したときに国外へ逃亡。警官時代を通してアムネスティ・インターナショナルに友人はいなかったと言えば、なにが言いたいかわかるだろ。ともかくだ、数ヵ月前のことだが、DEAが何者かの組織に潜入していた囮捜査官一名を失ったという話がうちのオフィスに伝わってきた。どの組織かはっきりしたことはわからないし、なにより話自体が事実かどうかも怪しいが、一週間か二週間は、その話でだれもがひどく動揺させられたんだ。おれは捜査官のひとりが、その話のつながりでアラバッカの名前を出すのを耳にした」

「なにが起こった?」

「まず囮捜査官がどういった仕事をするかを理解してもらいたいんだ、アティカス。くだらん映画は忘れてくれ。じっさいの囮捜査官はじつにきっちりと制御かつ監視され、援護なしに活動することはほとんどありえない。それも直近の援護だ。DEAは作戦実行中に囮捜査官が視界からはずれることすら嫌がる。身内の囮捜査官を危険な状況に置くことに関して、連中はじつに慎重だよ。大規模なオペレーションではとくにな」

「アラバッカは自分の組織内に潜入した捜査官を見破ったのか？」

「噂でしかない。だが、そうだ。アラバッカはその捜査官を拉致し、応援や司令部から引き離した。ウエストサイド・ハイウェイまで連れていったそうだ。さんざん殴る蹴るの暴行をくわえ、ナイフも使ったが、それもひと思いに殺すような生易しいものではなく……」

わたしは電話に耳を傾け、先がつづけられるのを待ちながら、電話の向こうにいるスコットを思い浮かべていた。異なる海岸にいるわれわれのあいだには五千キロの距離が横たわっているが、スコットの声は完璧なほど明瞭に聞こえた。ふと、おそらくその声は受話器ごしにエリカにも聞こえているだろうと思い当たり、まわしていた腕をほどいてわずかに移動した。ややあってエリカはまっすぐ坐りなおし、耳の上に髪を撫でつけた。

「連中は捜査官の背中で両手を縛り、足首も縛った」スコットが先をつづける。「梱包用ワイヤーを使ってな。それからビニール袋に灯油を注いで、そいつを捜査官の頭に結びつけたそうだ。しばらくそのまま、灯油で皮膚がひりひり沁みるのを捜査官に感じさせるためだけに放置した。そしてそのあと、袋に火をつけたんだ」

わたしはテーブルの上の写真に目をやった。撮られているのに気づかず、メルセデス・ベンツから降りようとしている黒い肌の男。ブリジットはタイムスタンプ機能のついたカメラを使用しており、写真の日付は十月十七日になっていた。撮影時刻は一八三二時。ピエール・アラバッカは、着ているものも、本人の風貌もとくに派手なところはなく、引退した実業家のように見える。車の大きさから測ると、身長は百七十八センチより高いとは考えられず、体重も八十キロそこそこだろう。髪は黒より灰色が勝ち、年齢のせいで顔にはくっきりと長い皺が刻まれていた。写真では、アラバッカはサングラスをはずしながら、撮影者を通り越して、道の先のなにかに眉をひそめている。

「アティカス？」スコットが声をかけた。「聞いているんだろうな？」

わたしは咳ばらいして、テーブルの書類を何枚か動かした。「いままでずっとブリジットから送られてきた情報に目を通していたんだ。運び屋や受け渡しに関するメモやら予定表やら、この商売にまつわる大量の情報が集めてある。どれも法廷で通用するとは思えないが、なんにせよブリジットの目的には申し分ない量であるはずだ。アラバッカやふたりの側近をはじめ、ストリートレベルの売人、仲介人、用心棒に至るまで、名前と住所をつかんでる。いい偵察仕事をしてるよ」

「いいか、アティカス」スコットはゆっくりと言った。「ピエール・アラバッカはニューヨーク・シティの麻薬を牛耳ってる大物なんだ、わかってるのか？　組織に守られ、コネを抱え、プロフェッショナルであり、半端じゃなく邪《よこしま》な性根を持った人間なんだ。頼むからおれがもどるまで待って、ふたりでことにあたろう。こいつには法の助けが必要になってくるぞ」

「わかってる」わたしは言った。

「じゃあ、待つんだな？」

わたしは答えなかった。考えてみれば、ことブリジットに関するかぎり、もう嫌というほど待ちどおしだった。

「アティカス？」

「そいつは無理だ」と、わたしは答えた。

# 4

クリスマス当日の正午、ブロンクスのティベット・アヴェニューに建つ二階建て家屋のおもてにバイクを停めると、シスター・ケイシェル・ローガンはわたしの腰に巻きついた両腕を苦労してほどいた。先にケイシェルがバイクを降り、わたしはエンジンを切って、ふたりのヘルメットとベストに通してあった導線の接続をはずした。わたしがバイクを降りたときには、ケイシェルはヘルメットを脱いでいた。頰を真っ赤にしてグレーの瞳を輝かせ、溢れんばかりの笑顔を見せている。

「きっと気に入るって言ったろ」と、わたし。

ケイシェルはうなずいて、足の下にまだ地面があるかどうか確かめるようにおずおずと一歩踏みだした。「脚が水になったみたいな感じよ」

「アドレナリンのせいだ」

ケイシェルはあいている手でコートの前をひらくと、その下に着たヒーター付きベストのジッパーをおろした。そのベストはエリカのものだが、ここに乗ってくるためにわたしがケイシェルに渡したのだ。わたしも似たようなのをジャケットの下につけている。この手のベストはなかなかの優れもので、胴回りを心地よい一定の温度に保ってくれ、おかげでマイナス一度のこんな曇り空でも快適だった。

顔を見るかぎり、ケイシェルの気分はそれ以上らしい。

それぞれヘルメット片手に家の正面の階段をあがった。その家は低い丘の中腹に建ち、通りのこちら側はブロックの端から端までそっくり同じ外見の家で埋められていた。どれもおそらく五〇年代の終わりに、時期を同じくして建てられたように見える。目的の家はベージュに塗られ、木部は焦げ茶で、大きな窓が通りを見下ろし、飾りつけられたクリスマス・ツリーの灯りが見えた。玄関ドアの中央に、ぎざぎざした柊《ひいらぎ》の葉のリースがひとつ、掛けてあった。

ベルに応えてあらわれた女性は身長百五十八センチあるかないかで、ブルージーンズにざっくり編んだ白いセーターを着ていた。茶色い髪をショートにしたその女性は、ケイシェルの姿を見るや、やかんの笛に似た甲高い音を発して両手を相手の体に投げかけた。

「シスター・ケイシェルじゃないの！」

「こんにちは、ケリー。メリー・クリスマス」

「メリー・クリスマス！　すばらしいサプライズよ、最高だわ！」茶色の髪の女性はケイシェルにまわした手をほどき、一歩後ろにさがった。「その格好。バイクをかっ飛ばす修道尼とは！」

「といっても、この人のバイクなのよ」ケイシェルはヘルメットでわたしを指し示した。

「こちらはアティカス・コディアック。ブリジットの友だちよ。アティカス、こちらはケリー・ウルフ」

ケリーはすばやくわたしを眺めまわした。まず足元からはじめ、見上げるように頭をそらして目を合わせる。「メリー・クリスマス、アティカス。どうぞ、ふたりともなかに入って。ちょうどご馳走にとりかかろうとしてたとこなの」

あとについて家のなかに足を踏み入れると、温もりとスパイスの香りに包まれた。七面鳥と林檎《アップル》ジュース《サイダー》、それに灯ったキャンドルから垂れる蠟のにおいがする。ケリーは先に立って廊下を抜け、クリスマス・ツリーのある大きな部屋へわれわれを案内した。床のうえで三歳くらいにしか見えない男の子が〈フィッシャー・プライス〉のお医者さんセットで遊んでいる。カウチに坐っている年配の男性は銀髪で、ひょっとしたらケリーよりも背が低いかもしれない。いかにもお祖父ちゃんといった目で、男の子を見守っていた。ケリーは、男性を父親のジョン、男の子を息子のフランキーだと言って紹介してくれた。ジョンは温かくわれわれを迎えてくれた。フランキーのほうは無視をきめこんでいる。

「アンドルーは赤ちゃんのおむつを換えてるとこなの」ケリーが言った。「すぐに降りてくるわ」

「ちっちゃなアイリーンの様子はどう?」ケイシェルはケリーに訊ねた。

「それが信じられないくらい食欲旺盛なの」ケリーは誇らしげに答えた。「そうだ、まだべビー服のお礼を言ってなかったわよね。とても素敵だったわ。あの子に着せてやったらそりゃあ可愛くって」

「使ってもらえて嬉しいわ」

われわれはキッチンに通され、オーブンのまえで忙しくしていたケリーの母親、ペイジに紹介された。ケリーはテーブルの席とカップに注いだ温かい林檎ジュースをすすめると、たちまちケイシェルとたわいないおしゃべりをはじめて、隣近所の目新しい話題をわかちあった。わたしはジュースを飲み、あきらかにぎこちなく振る舞いながら、行けなかったパーティーのことを考えていた。その朝はやく、エリカだけはデイル宅でのブランチに送り届けてあった。

ケイシェルとケリーの会話が教会の話題に移ったあたりで、巨大なピンク色の靴下のようなものを着せられた女の赤ん坊を両手で抱いたアンドルー・ウルフが部屋に入ってきた。アンドルーはわたしとほぼ同じ背格好だったが、わたしよりも肩幅が広く、ブロンドというより茶色に近い髪を後ろで短いポニーテールにまとめ、面長な顔には過去に二度以上折られたらしい鼻がついていた。笑顔がおおらかで、部屋に入ってきたときはそれを愛娘に向けていた。

「アンディ、だれが来てると思う?」ケリーが言った。

ケイシェルを目にしたとたん、アンドルーのおおらかな笑顔は固まり、もしかすると弔問の場に足を踏み入れてしまったかもしれないという認識とともに真顔へと解けていった。

「ケイシェル」

「メリー・クリスマス、アンドルー」

アンドルーがわたしを見た。赤ん坊があくびをする。

「アティカス・コディアックだ」わたしは言った。「ブリジットの友人だよ」

相手の目に、その名前に聞き覚えのある様子はあらわれなかった。

「そうなんだ?」

「そうだ。あんたと話がしたいんだ」

「それで、ブリジットはどこに?」

「話したいというのはそのことだ」

アンドルー・ウルフはふたたびケイシェルを見やり、その顔になんであれ探していたものを見つけたらしく、まもなく妻のところに行って腕に抱いた娘を預けた。アンドルーは赤ん坊の額に口づけた。赤ん坊は嬉しそうにきゃっきゃと笑い、父親の鼻をつかもうとした。

「書斎で話そうか」アンドルーはわたしに言った。

ケイシェルが前置きを話し、わたしが本題を話し、アンドルー・ウルフは書斎に置かれたフトンに坐ってふたりの話に耳を傾けた。書斎は仕事場というより応接間に近く、机とコンピュータと、拡げるとベッドになるフトンが置かれていた。見たところ部屋はどちらの用途にしろあまり使われていないらしく、なかは少し埃っぽかった。知っているごくわずかな事柄をわたしが話すあいだ、アンドルーは微動だにせず、とても静かにしていた。閉じたドアの向こうで、だれかがビング・クロスビーの《ホワイトクリスマス》をステレオにかけた。

わたしが話し終えるのを待って、アンドルーは訊ねた。「おれになにをしてほしいと？」

「ブリジットを見つけられそうな場所を知らないか？」

「二、三、訪ねてみていい場所なら心当たりがある」

「そこにおれを連れていってもらいたいんだ」わたしは言った。

アンドルー・ウルフは自分の両手に目を落としたのち、立ち上がってフトンからおりた。

「コートを取ってくる」

ドアが開くとゼラチンがけのハムの香りが鼻をくすぐり、腹の虫が騒いだ。

「みんなのクリスマスを台無しにしてまわっているような気がするよ」わたしはケイシェルに言った。

ケイシェルがわたしの腕を軽く叩く。「探したいと思ってなければ、行くとは言わないわよ」

わたしはうなずき、そのことについて考えた。アンドルー・ウルフをそうさせるものはなんなのか、と。もしあの男が躊躇をみせていたら、すくなくとも、家族や祝いの食事を残していくのは残念だと、文句のひとつも言っていたら、きっとわたしは——ひねくれた話ながら——この件に関してもう少しまし な気分でいられただろう。それがじっさいのところは、相手の熱意のおかげで、自分の熱意にまで疑念を抱く羽目になっていた。アンドルーはかつてブリジットをヘロインの道に誘いこんだ男だ。わたしはかつてブリジットを裏切っている。そのふたりがいま、われさきにブリジットの救出に乗り出そうとしているのだ。

ブリジットが聞いたら、途方もなくうんざりしそうな話だった。

深緑色のオーヴァーコートを羽織ってアンドルーがもどってきた。「おれの車を使うといい」

「そうしよう」わたしは言った。

持ち主のオーヴァーコートに似た緑色のその車は、すくなくとも十年は年季が入っていると見え、点々と錆が浮いて、ところどころにへこみがあった。アンドルーはわたしのために助手席側の鍵を開けてから運転席側にまわった。乗りこもうとしたわたしは、真後ろにケイシェルがいることに気がついた。

「きみは来なくてもいいぞ、シスター」わたしは言った。

「やめたほうがいいだろうな」と、アンドルーもうなずいて言い添えた。

「どうして？」ケイシェルが訊き返す。

男ふたりはどうにも口をひらくことができなかった。ヘルメットを持ったまま立っているケイシェルは自信満々の様子だ。五秒後わたしは、間抜けになった心地を十二分に味わいながら、ケイシェルが車にもぐりこめるよう前部座席のシートをめいっぱい倒してやっていた。シスターはなにも言わずに後ろの席におさまった。

われわれを乗せたアンドルーは、ブロードウェイ・ブリッジからブロンクスを出てマンハッタン島の北端に渡り、ワシントン・ハイツへと向かった。その日は曇天で、高い上空を雲が覆い、この世のすべてが何世紀も昔に陽の光に色褪せてしまったように見えた。コロンビア大学の運動競技熱が生みだした巨大競技場〈ウィーン・スタジアム〉も、石板に彫ってあるようにしか見えなかった。

アンドルーは優等生ドライバーで、常に両手でステアリングを握り、なにがあろうと周囲の車からけっして目を離さないタイプだった。アンドルーを見ているほうが、車そのものよりよほど安心させられる――セリカはバックファイアを起こしてうめくような音をたて、ブレーキをかけるたびにきしり、アクセルを踏みこむたびにがくがく揺れた。アンドルーは運転しながら話をし、ブリジットが会いにきたときのことや、やってほしいと頼まれたことの内容をケイシェルとわたしに伝えた。話し方はゆっくりで、どうも自分で話す内容をチェックしているらしく、そのせいで脈絡が乱れていた。話が終わっても、正確に言ってどういう手助けをしてやったのか、わたしにはいまひとつよくわからなかった。

「ただ、あちこち質問してまわってた?」わたしは聞き返した。「それだけなのか?」

「ほぼそんなところだ」

「ブリジットは理由を話さなかったのか? あんたの手助けを必要とするわけを?」

アンドルーの手が、ギアを落とすあいだだけステアリングを離れた。セリカのエンジンから、ナイフで目を貫かれでもしたような悲鳴があがる。「後ろについててくれる人間がほしいんだと言ってた」

「それで、あんたに頼みにいったと?」

「そうだ。そうだったらなにか問題があるかな?」

わたしは首を横に振った。「ただ、なぜあんたなのかと思っただけだ」

アンドルーはなにも言わなかった。後部座席からケイシェルが身を乗りだし、ふたりのあいだに頭を突きだした。「姉はなにを探しているかも言ってなかったのかしら、アンディ?」

「いや、とくに聞いてないな」

「あなたも訊かなかったの?」

「ああ、訊かなかった」

「なぜ訊かなかった?」と、わたしが訊ねた。

アンドルーは信号で車を停めた。表情は締まり、挑むようですらあった。「言っても理解できないだろう」

「言ってみなけりゃわからないぞ」

アンドルーは首を横に振った。信号が変わり、またセリカがガくんと動きだして、頸椎に響いた。

シスター・ケイシェルが咳払いをした。「なにか思いあたることくらいあるはずよ、アンディ。姉とは何日間、行動をともにしてたの?」

「何日というか、夜だ。三晩か四晩か」

「じゃ、三晩か四晩、一緒に作業しているうちに、あなたなりになにかわかったはずだわ」

「殺人事件を調べていたように思う」ゆっくり、静かにそう言われて、もうすこしでエンジン音と通りの騒音にまぎれてその言葉を聞き逃すところだった。「殺された男というのは、どうも売人だったらしい」

「知り合いの売人だったの?」

アンドルーはためらったのち、うなずいた。

ケイシェルはふたたびシートにもたれこんだ。バックミラーに映った部分だけで、その目を閉じてしまったのがわかった。

「だからといって、ブリジットが麻薬をやってたとはかぎらない」わたしは言った。「どんな場所だろうと、その男に出くわす可能性はある。どんな関係だったかは、おれたちにわかることじゃない」

アンドルーは冷笑に近い顔でこちらを見やった。「きみはまちがってる」

「どうしてわかる?」わたしは問いただした。「そもそもあんたは、ブリジットが調査してる理由もよくわかってなかったはずだろ」

「あのな、……」

「アティカスだ」わたしは代わりに言ってやった。相手がこちらの名前を忘れたわけじゃないことは百も承知だ。

「そう、アティカスだな」アンドルーは言った。「きみはブリジットを見ていなかった。ブリジットがどんなふうに振る舞ってたかを見ていないし、どんなことを言っていたかも聞いていない。だが、おれは見てたんだ。聞きこみをしていたとき、彼女はずっとピリピリしどおしだった。すべてを自分への攻撃とみなして、ことにあたっているようだった」

「だいたいブリジットはなんでも自分への攻撃とみなすたちだからな」

「そういうのとはちがう」

このままでは埒があかないと思い、わたしは口をつぐんだ。もうワシントン・ハイツのなかまで入っており、ずっとブロードウェイを走っているが、道の両側に連なる店舗は残らず閉まっていた。外を歩く人影はほとんど見当たらない。ドミニカ人がふたり、地下酒場におりる階段で酒壜をまわしているのが見えた気がしたが、たしかめようと振り向いたときには視界から消えていた。

「目撃証人」アンドルーが言った。「おれが見ていたかぎりでは、ブリディは複数の目撃証人を探していたんだ。たしか地区検事局がひとりの目撃者をつかんでいて、どうしてもその男と話をしなきゃならないとかなんとか言っていたな」

「その目撃者とやらの名前は？」わたしは訊いた。

「覚えてるかぎりでは聞いてないな」

「結局そいつは見つかったのか？」

「だと思う」

「それから？」

「それから先は知らない。おそらくおれ抜きでそいつに会ったんだろうが、最後に連絡をもらったのもちょうどそのころだった。十月のいつだったか」

車はブロードウェイから道を折れて一ブロック走ったのち、ウォッズワースに乗り入れて、そこでアンドルーは黒いヴァンと古いシェヴィー・マリブのあいだに駐車スペースを見つけた。ヴァンは持ち主の手で装飾が施され、運転席側に達者なエアブラシ画でペイントされた赤い肌の悪魔は、想像の余地も残されていないドレスをまとった肉感的なラテン娘を蹂躙しようとしていた。アンドルーはタイヤを縁石に寄せてハンドブレーキを引き、エンジンを切ってから振り返ってわたしを見た。

「自分の面倒を見る術《すべ》は心得てるか？」アンドルーが訊いた。

「自分の汚れ物は自分で洗濯できるさ」と、わたし。

相手の顔にわたしのユーモアを認めたようすはまったく見られなかった。アンドルーは顔をそらして通りの向こう側を見やった。なにを見ようとしているのか、わたしにはよくわからなかった。「この場所におれたちが話をした男がいたんだ。十月の一週目か二週目だった。売人だったんだが、ブリジットはそいつをかなり手荒な目に遭わせたんだ」

「手荒とは？」

「あまり協力的じゃなかったんでな。そいつにも何度か追い払われ、おれたちは手詰まりになっていた。ブリジットはそいつに脅しをかけることにしたんだ」

「ブリジットが殴ったのか？」わたしは訊いた。

「いいや」

「あんたが代わりに殴ったのか？」

アンドルーはなにも答えなかった。

「アンディ？」ケイシェルが訊く。

「そいつはきみの姉さんをナイフで刺そうとしたんだ」アンドルーはケイシェルに言った。

「そんなことはさせられない。そうだろう？」

ケイシェルは黙っていた。

「暴力沙汰があったかもしれないとだけ言っておこう。それしか言うつもりはない」アンドルーはわたしにそう言ってから、ドアの取っ手に手を伸ばした。「シスター？　ほんとに車のなかで待っててくれていいんだぞ」

「いやよ」ケイシェルはきっぱりと断った。「わたしを車のなかに待たせておきたがっているのは、あなたの希望でしょ。わたしは待ちたくないの。さあ行って、ふたりのあとをついていくから」

全員車から降り、ケイシェルを中央にはさんで一緒に通りを渡った。風がきつくなり、気温がまた五、六度下がっていた。ゴミのかけらが風に押されて地面を跳ねるように転がっていく。この一角に建つどこかのビルのどこかの部屋で、音楽が鳴っていた。いまいる場所からは、天使たちの囁きのように聞こえた。

アンドルーを先頭に、彼が示した路地まで半ブロックほど歩いて、入り口のところで立ちどまった。そこはさまざまながらくたが足元を覆いつくし、でっぷり太った縞猫が奥のほうをよたよたと歩いているだけで、人の姿はなかった。

われわれの背後、通りの向こう側から甲高い口笛が鳴らされた。振り向くとちょうど男が口から指をはずすところで、すぐさま追い払うような手振りをされた。

「あいつがそうか？」わたしは訊いた。

アンドルーは首を横に振った。「だが、あいつでことは足りそうだ」

われわれはまた、通りを渡って引き返した。

口笛を鳴らした男はドミニカ人で、歳はわたしと同じくらい、背はケイシェルより数センチ低かった。ジーンズを穿いてグレーのスウェットシャツにデニムの上着を重ね、頭には革製のギリシャ風フィッシャーマン帽をかぶっている。こちらが近づいていくあいだ男はずっと下を向いていたが、歩道のそばまでくると、すばやくつづけさまに三人に向けて眼《がん》をとばしてきた。

「あんか用か?」アクセントがきつく、わかるまで一瞬かかった。

「ゴールディを探してる」アンドルーが返答した。「前回いいのを売ってもらったんだ」

「ゴールディ? 知らねえよ、にいちゃん。おれだってそいつのと同じくらいの上物を分けてやれっぜ。ゴールディの糞なんて必要ねえって」

アンドルーの肘がわたしを掠《かす》り、それでわたしも意味を察して財布に手を伸ばした。二十ドル札を出すと、売人はふたたびわれわれを眺めまわし、まもなくその視線はケイシェルの上で固まった。「うおっ! あんた、シスター・ローガンじゃないすか? シスター・ローガン、こんなとこでなにやってんすか?」

「ごめんなさい」ケイシェルが答える。「前にお会いしたかしら?」

「そうっすよ、去年だったかな、弟のやつ、あんたにカウンセリングしてもらったでしょ、あそこの、ええと、〈誓いの家〉とかってあるじゃないすか、ダウンタウンに? ジェイミ・コスタスって覚えてないっすか?」

ケイシェルの眉が平らになった。「前の前の夏？」

「そうそう」

「ということは、あなたはフェルナンドね？」

フェルナンドはまぶしいほどの笑顔になった。「そのとおりっす、ええ、フェルナンドっすよ！　覚えててくれたんすね！」

「もちろん覚えてるわよ。あの子の面会に来てくれたたったひとりの家族だもの。ジェイミはどうしてるの？」

「仕事が見つかって、クリーニング会社でトラックの運転やってますよ」フェルナンドの声にかすかなプライドがのぼった。「まさか、ほんとにヤク買いにここに来たわけじゃないっすよね、シスター？　ちがうって言ってくださいよ。こいつはね、体にとっちゃろくなもんじゃないんだ」

ケイシェルは穏やかに首を振った。「じつはわたしたち、ある人を捜してるの」

「ゴールディを？」

「ゴールディだ」アンドルーが肯定した。「どこに行けば見つかる？」

フェルナンドの興奮は影をひそめていき、ふたたびアンドルーに眼をとばし、つづいてそれをわたしに移した。「はじめて見る面だな」そう言って、フェルナンドはアンドルーに目をもどした。「だが、てめえはちがう。てめえにゃ見覚えがあるぜ。二ヵ月ほどまえ、この界隈であれこれ訊きまわってたやつだろ、どっかの白人ねえちゃんと連れ立ってよ」

「それがわたしの姉なの」ケイシェルが言った。「ほんとは姉を捜してるんだけど、このアンドルーが、ゴールディなら姉の居場所を知ってるんじゃないか、って」

「あれがあんたの姉さんっすか？」

「ええ。ブリジットよ」

「言っちゃなんすけど、あの女はでしゃばりすぎだ。このあたりじゃ、あいつのダチになるやつなんていやしませんぜ」

「以前ここに来たとき、ゴールディから情報をもらったんだ」アンドルーは言った。「コリンという名のジャンキーの居場所を教えてもらった」

わたしは口をひらくまいと歯を食いしばった。あとどれほどの情報をアンドルーは胸の裡に隠しているのだろうか。フェルナンド・コスタスは帽子を脱いで薄くなりつつある髪の層をあらわにした。後頭部をぼりぼり掻きむしっている。ひっきりなしに物腰が変わり、ケイシェルと話すときにはテンションが上がってガードが下がるのだが、アンドルーやわたしが話しだすと、すぐにもとにもどってしまう。

「ドクター・コリンだろ。あいつにちげえねえ」フェルナンドは言った。「まえは百七十一番ストリートのカーラんとこにいたけどな。ああ、そりゃコリンもあの女にゃ会ってんだろ」

「どうしてそう言える?」わたしは訊ねた。

「あの女はずっとこの辺をうろついてたからさ」

「最近のことか?」アンドルーが訊いた。

「一ヵ月ほど前だったんじゃねえかな」フェルナンドは帽子をかぶりなおして考えていたが、やがてケイシェルに注意を向けた。「その女、そのブリジットってのは、ほんとにあんたの姉さんなんすか?」

ケイシェルがうなずく。「思ってることを言っていいのよ、フェルナンド。姉について言いたいことがあるなら、ぜひ聞かせて」

フェルナンドはもういっときためらっていたが、体勢をずらしてケイシェルにすこし近づき、内緒話を打ち明ける用意をした。「あの女はミゲリートを病院送りにしちまったんすよ、十一月の終わりにね、シスター。ミゲリートの支払いが遅れちまって、まったく容赦なしでした」

われわれはみな押し黙っていた。

「あの女が殴ったんすよ」フェルナンドは小声でつけくわえた。「ぼこぼこにね」

「どうして?」ケイシェルが訊いた。

「ミゲリートはアラバッカの印が入ったデッキにいくらか混ぜ物をして、かなり薄くのばして売ってたんでさ。アラバッカは示しをつけさせたかったらしくて」

「ブリジットはアラバッカの下で働いてるのか?」わたしは訊いた。

フェルナンドが、いかにわたしを間抜けと思っているかを如実に示す一瞥を投げてよこし、それからケイシェルに向かって言った。「ミゲリートは商売をしてただけなんすよ。みんなやってることだ」

「姉がいまどこにいるか知ってる?」ケイシェルが訊いた。「すごく重要なことなの、フェルナンド」

「わかんないっす、シスター、申し訳ねえけど。コリンと取引してたんなら、やつが知ってるかもしれねえけど、さっきも言ったようにしばらく見かけてないっすから」

ケイシェルはアンドルーを見やり、アンドルーは首を横に振った。「ありがとう、フェルナンド」ケイシェルは言った。「とっても助かったわ」

わたしはふたたび財布に手を伸ばし、新しくつくってあった名刺を一枚抜き取ると、それと二十ドル札を一緒にフェルナンドに差しだした。「もしまたブリジットを見かけたら、電話をもらえるかな?」

フェルナンドは両方を受け取り、札だけ別にしてポケットにしまいながら、わたしの名刺を眺めた。読んでるあいだ唇が動いていた。「電話するよ」フェルナンドは言った。

「わたしがよろしく言ってたって、ジェイミに伝えてね」ケイシェルが言った。「とても誇りに思ってると伝えてちょうだい」

「おれもですよ、シスター」

　ケイシェルは片眉をあげてみせた。「あなたも仕事を紹介してもらったらいいんじゃないかしら？」

　フェルナンドは小さく笑い声をたてた。「ジェイミは楽しそうにトラックを運転してます、シスター。でも、いまだにイエス様みたいに貧乏っすよ」

## 5

セリカのうめき声とともにカーブを切ったアンドルーは、ドクター・コリンを捜すため、百七十一番ストリートへと乗り入れた。走る車中から両側に連なる店を眺めやると、同じ街並みがごくわずかな変化をくわえながら、果てしなく繰り返していた。雑貨店、理髪店、旅行代理店、理髪店、雑貨店、旅行代理店——ドラッグ絡みの金を洗浄する目的で成り立っている三幅対の商売だ。この界隈ではドラッグが地域社会の根幹をなし、サービス経済における職の供給源となっている。どの店もかたぎの商売を営んではいるが、そうした商売だけでこれだけの店がすべて営業しつづけられるわけはない。パーセンテージがどれほどなのか、何軒の店が合法とは程遠い見せ掛けにすぎないのか、確たるところはわからないが、半数をくだらないのは想像がつく。

ブロックの突き当たりで車を停めると、アンドルーはこんどもまた丁寧に駐車し、こんども全員が車から降り立った。車があまりに小さいために、脚をもとどおり伸ばす段になるたび痛くてしかたなかった。

「場所を見つけるのにしばらくかかると思うんだ」アンドルーが言った。「このブロック内のどこかというだけしかわからない。三十分ほど時間をくれ、いいな？」

「おれたちも一緒に探そう」わたしは言った。

アンドルーは黙って首を振り、ケイシェルとわたしをおんぼろ車の脇に待たせて通りをくだっていった。

「あれはどういう意味だったの?」ケイシェルが訊ねた。「フェルナンドが言ってたこと、あれをどう受け取ったらいいの?」

「つまり、ブリジットは今月のはじめまでは生きて潜伏してたってことだ」わたしは言った。「それ以上の意味はない」

「わたしにはフェルナンドが姉のことで嘘を言ってたとは思えない。姉がしたことについて」

「おれもだ」

ケイシェルは首に巻いたスカーフをなおした。「寒くないの?」

「そうでもない」アンドルーが二ブロック近く向こうで、アパートメント・ビルの正面階段でだれかに声をかけているのが見える。相手は白人だったが、この距離からではせいぜいその程度しかわからなかった。

「アンドルーのこと、好きじゃないんでしょ」わたしの視線をたどって、ケイシェルが言った。

「ああ、あんまりな」

「向こうのほうもあなたを好いていないみたいね」

「気づかなかった」

「修道尼に嘘をつくもんじゃないわ」

「たしかに、それはまずいな。じつを言うと、おれは怒ってるんだ。ブリジットがおれではなく、あいつを頼っていったことに怒ってる。どうしてそうしたのかはわかるよ。自分がジャンキーだったことをおれに言いたくなかったんだろうとか、そういうのは全部わかってる。それでも腹が立ってしょうがないんだ」

「アンドルーのほうも腹を立てて当然なんじゃないかしら」ケイシェルが言った。「アンドルーは結婚してるし、薬とは縁が切れてるし、懸命な努力をしてすべてを過去に置いてきた人よ。そこへ突然ブリジットがあらわれて、どうしても断ることができないんだわ」

「そんな感じだな」

「そういうことじゃないの」ケイシェルがたしなめるように言った。「そりゃあ、アンドルーはまだ姉に愛情を感じてるかもしれない。当然考えられることだとは思うわ。でも、クリスマスの日に家族と離れて外出なんてことをアンドルーにさせるのは、愛情なんかじゃない。罪悪感よ」

「かもしれん」

「そのことを考えてみてほしいの」

「これ以上まだ考えることが必要だって言うのかい」わたしは言った。

ブロックの向こうのアンドルーが視界から姿を消していた。ケイシェルはためいきをつき、車にもたれかかった。ややあって、わたしも隣にもたれた。が、ふたりの背中でセリカが危なっかしく傾いたので、またまっすぐ立つことにした。

そのままふたりで待ちつづけた。


腕時計を見て、どれだけの時間を無為に過ごしたか計算しているとき、ブロックの逆の端からアンドルーがもどってきた。隣りあって歩いてきたのは、見たこともないほど痩せこけ、見たこともないほど生っちろい男で、額にぺったりと垂れかかる脂ぎった黒い髪のせいで、青白い肌がよけいに青白く見えている。背がまた高く、百九十三センチはあるかに見え、それがホラー映画のゾンビのようによたよたしながら通りをこちらに歩いてくるのだ。上着の左袖は巻き上げて上腕にピンで留めつけてあり、肘から下全部が失われているのがわかった。

「見つけたぞ」アンドルーが言った。固い仮面のような表情をし、発見した嬉しさなど微塵も見あたらなかった。

ふたりがわれわれの前で足をとめると、ケイシェルはセリカに手をついて体を起こし、わたしの脇に立った。がたがたのショックアブソーバーの上で車体が揺れるのが聞こえた。

「あんたがおれに金をくれるって聞いたんだ」ドクター・コリンは言った。

うなずきながら、胃がまずい状態になっているのを感じた。その男は、昔軍隊にいたときにだけ嗅いだ覚えのある悪臭を立てていた。腐って崩れていく肉体のにおいだ。上着を着てはいるが、その内側にいるドクター・コリンは腐った肉の塊だった。

「いくらほしいんだ？」わたしは訊いた。

「百もらおうかな」

「百ドル出すなら、先にそっちの持ってる話を聞かせてもらいたい」わたしは言った。

コリンはピンで留めた袖でアンドルーに手振りをしてみせた。「この男がだれの話をしてんのかはわかってるよ。あの女ならまえに会った」

「いつごろのことだ？」

「金を」コリンはそう言って右手を突きだした。手袋をしていない手は汚く、腕を動かした拍子に袖がめくれあがって、前腕に怒ったような赤い穴が見えた。自分の見てくれが気にならないのか、そんな気配すら顔には見あたらなかった。

二十ドル紙幣を渡してやると、コリンは小ばかにしたようにそれを見下ろした。「話の内容いかんによっては、もっとやってもいい」と、言ってやった。

「フェアってとこだな」コリンが笑うと歯がまっ黄色で、角膜の色も同じだった。「なんでも訊いてくれ」

「ブリジット・ローガンだが」わたしは言った。「知ってるんだな?」

「知ってますとも、サー。これでまた二十もらえますかね?」

「ローガンに会ったのか?」

「ものの道理として、知ってるってことは会ったってことだ」黄ばんだ笑みがうぬぼれに変化した。

「いつ?」

「はじめて会ったのがいつかと訊きたいのか、最後に会ったのがいつかと訊きたいのか?」

「最後に、だ」

「十二月の八日」コリンは答えた。

「確信のある日付のようだな。どうしてその日だとわかる?」

「コロンビア長老派教会の診療所で、メタドンをもらう日なんでね。メタドンのことなら忘れやしないさ」

「ローガンはそのとき、なにをしていた?」

「新しい仕事に就いてたよ。巡回中だった」

「仕事って?」ケイシェルが訊ねた。

コリンは目を細めるようにしてケイシェルを見た。「あんた、あの女に似てるって知ってたかい?」

「血がつながってるの。その新しい仕事ってなにかしら、コリン?」

「集金と配達さ。デッキの束を届けてたんだ」

「アラバッカのもとで働いてたのか?」わたしは訊いた。

コリンは右の手の甲で鼻をこすり、もともと汚い袖にライムグリーンの洟をなすりつけた。「そういう噂だ。本人の口から聞いたわけじゃないが、でも、そうだよ、アラバッカんとこの銘柄だったから」

「それが新しい仕事?」ケイシェルが聞き返した。「それじゃ、その前の仕事というのは?」

コリンはにっと笑って、うながすようにわたしを見た。わたしはもう一枚、二十ドル札を渡した。「最初に会ったときは、おれが見たドンパチについて質問されたんだ」

「ドンパチというと?」

「ヴィンセント・ラークって名前の野郎が、ここから二、三ブロック先でくたばっちまったのさ。あれはたしか九月のことだったと思うな」わたしの反応にコリンがにやりとした。「ちっ、そこんとこを話しちまうまえに、もっと金を要求するべきだったようだな、え?」

わたしはうなずき、あらぬ方に目をやってすばやく考えを巡らせ、たったいまわかったと思ったことを把握しようと努めた。九月。それならブリジットが電話をしてきて、いい弁護士を紹介してほしいと頼んできたころだ。ミランダ・グレイザーの名前を教えてやると、ブリジットはわたしにくちばしを突っこまないよう釘をさした。その後は言われたとおりに引っこみ、すぐにそんなことも忘れてしまっていたが、もちろんいまとなっては納得がいく。ブリジットがなにをしていたにしろ、素性を隠して潜入調査をはじめた理由も、ピエール・アラバッカの下で働いている理由も、あの電話に関係があるにきまっていた。

「ラークのことを話してくれ」

「高くつくぜ」コリンは言った。

「話さなければ、もう一本の腕ももぎとってやる」わたしは言った。

コリンは一歩あとじさり、ケイシェルはショックを受けてわたしを見ていた。アンドルーはまばたきもせず、両手をコリンの肩に置いてその場に押しとどめただけだった。

「この男の質問に答えるんだ」アンドルーは穏やかに言った。

「くそっ」コリンはつぶやいた。「いいか、いまからあの女にそのとき話したとおりのことを話すから、そしたらもうおれのことはほっといてくれ、わかったな?」

「待ってるんだがな」と、わたしは言った。

「若い女がいて、ブロンドのあばずれで、そいつがヴィニーを撃ったんだ、いいか? それだけだ。どこかの若い女、歳は二十代ってとこだろうけど、おれの知ったこっちゃない。ある日、おれはとあるギャラリーにいて、そのあばずれが上がってきた。バンバンバーンで、売人が死んだ。ブリジットは、おれが見たことを訊いてきたってわけだ」

「なぜだ?」わたしは訊いた。

「わかるわけねえだろ?」アンドルーが小枝も動かないほどかすかにコリンを揺すった。それだけでコリンの体は特大トラックの下に住んでいるようにがたがた震えた。

「警察はその訴訟の目撃証人におれを選びやがったんだ」コリンは腹立たしげに言った。「厄介なだけなのに、そのブロンド娘をやっつける証言をしろって言うんだぜ。たぶんそれが理由じゃないか、知らないけど。おれは教えてもらってないんだ」

「その若い女の名前を知ってるか? 銃を撃った女の?」

「知らない。それでいいか? ブリジットは言わなかったし、おれもいっさい訊かなかったし、どっちにしたってぜんぜん関係ないんだ、おれは証言する気なんてないんだから」

アンドルーはわたしを見て了解をとると、コリンの肩から手を離した。コリンは身震いしてから上着をなおした。「もういいだろ?」

「もういい」わたしはそう答え、財布のなかに残っていた札を残らず渡してやった。コリンは大急ぎで金を数えると、ぜんぶまとめて折りたたみ、前ポケットの奥底に押しこんだ。その際に手の甲のひらいた傷を引っ掻いたが、それでも痛そうな顔ひとつしなかった。

「あんたらと取引できてよかったよ」コリンは言った。「そろそろ行かせてもらうよ、悪いけど」

「待った。もうひとつだ」

足を止めて振り向いたコリンの目には、溢れんばかりの敵意が浮かんでいた。

「最後にブリジットに会ったとき」わたしは訊いた。「彼女はヤクをやってたか？」

コリンの顔に、例のうぬぼれた笑みがもどった。その笑みがさらに広がっていき、なにか言うのだろうと思っていると、その瞬間コリンは大声で笑いだした。陽気と言ってもいいほどの声だ。もしコリンが太鼓腹でも抱えていたら、ボウルに山と盛ったゼリーさながらに震えたにちがいない、そんなたぐいの笑いだった。

「あんたらみんなに、楽しいクリスマスを」そう言って、コリンはもと来た道をふたたび歩き去っていった。

6

帰宅は六時をまわり、エリカはキッチンのテーブルにひろげたブリジットの書類を読みふけっていた。シャワーを浴びたばかりなのか、髪が濡れ、スウェットシャツとロング丈の肌着のボトムスを穿いている。わたしがフックにバイク用具をかけてしまうまで待ってから、エリカはきょう一日の成果を訊いてきた。わたしはわかったことをおおまかに教えてやった。

「アンドルーってどんな感じ？」

「自信に溢れてる」そう答えたのち、自室に隠れることによってそれ以上の質問を避けた。ブーツを引き抜いてベッドにあがりこみ、水漏れにやられた天井の片隅を見やる。疲れていたが、神経は興奮していた。それだけではない。いくばくかの怒り。いくばくかの恐れ。もしやと思ったとおり、ささやかな嫉妬もあった。

わたしは思った。アティカス・コディアック——感情のガスパチョ・スープ。とろりとして冷たく、すこしピリ辛、ときに具だくさんで供される。

九時二十二分、エリカがわたしの部屋のドアをノックして訊いた。「出てくるつもりはあ

ん の？」

「そのうち出るしかなくなるだろうな」わたしは言った。「生理的な要求があるだろうから」

「ふん、生理的？　そこでなにやってんのよ？　視力を失ってるとこ？」

「天井をじっと見てるだけで、目をだめにすることができるならそうだ」

「天井ならこっちに出てきたってあるんだよ。じつを言えば、このアパートメント一帯が天井で覆われてるんだけどね」

「それとは同じじゃない。おれの部屋の天井のほうがいいんだ」

ドアがぎぃっとひらき、エリカが一歩部屋に入ってきて、本当にわたしがベッドに仰向きに寝そべって天井を見つめていることを確認した。そのままエリカは無言でベッドの反対側にまわると、わたしの隣にあがりこんで、自分用にひとつ枕をとった。

一分後、エリカは言った。「ほんとだ。あんたの部屋の天井はいいね」

「だから言ったろ」

さらに一分後、エリカは言った。「ブリディのこと考えると、怖くて」

わたしはエリカの頭に片手を置き、軽く叩いた。

「おれもだ」と、わたしは言った。

エリカはわたしの部屋で眠ってしまった。はじめはそれに気づかず、ただ静かにして、自分と同じく考えごとをしていると思っていた。やがて鼾《いびき》が聞こえてきて、わたしは自分も眠る努力をすべきだと言い聞かせながら目を閉じた。無益な行動にとりかかろうとしているのを確信しながら。

ワシントン・ハイツとフェルナンドとコリンの黄色い笑い顔が、なんども目に浮かんだ。シスター・ケイシェル・ローガンの目に浮かんだ表情が、なんども目に浮かんだ。ケイシェルが同じ修道会のシスターたちと共同生活をしている家の外でヘルメットを返してもらうとき、その苦悩が見え、また例の怒りが見え、その両方と懸命に闘っているのがわかった。わたしが見ていることに気づいていたケイシェルは、冬のブロンクスの空気を大きく吸いこむと、わたしには手の届かないどこかから笑顔を呼び起こしてきた。もしかしたら、ほかにどうやってもうまくいかないとき、信仰はこんなふうに目に映るのかもしれないと、わたしは想像した。

いつの時点かでなんとかうとうと眠りかけたものの、結局、頭のなかで脈を搏つのが感じられるほどの鼓動の速さに起こされてしまった。ベッド脇の時計は二時三十七分を告げており、これ以上少しでも眠るのは無理だとわかった。

エリカは眠っているあいだに寝返りを打って、ベッドの真ん中を陣取っていた。わたしはそっと起き上がり、フットボードにかかっていた予備の毛布をかけてやった。読みかけの本でも少し読み進められるかもしれないと自分に嘘をつき、机の上に置いておいたフランク・

バーゴンのウエスタンの最新刊を手にとると、部屋を忍び出てキッチンに入った。エリカは明かりをつけたままにしていた。

テーブルに腰を落ち着け、置いてあった書類をぱらぱらとめくってみた。エリカが書きつけたメモを読む。地図を見ていき、そのあと見知らぬ男たちの写真に長いことじっと目を凝らした——ピエール・アラバッカ。ロリー・バトラー。アントン・ラディーポ。アラバッカ組織の三位一体だ。老境にさしかかったアラバッカが筆頭にたち、ロリーとアントンは側近をつとめているのだろう。その男たちになにがしかの激しい感情を呼び起こそうと努力し、抽象的にでも憎むべきだと心から感じていたが、それすら思うようにいかなかった。そこに並んでいるのはただの顔に過ぎず、通りを行き交う人や、会ったことのない人たちがただの顔でしかないのと同じだった。

お茶を一杯淹れて、居間に移った。窓の外に目をやり、人影の絶えた通りと暗いビル群をじっと見つめる。見るべきものはなにもなかった。

あと六時間か七時間したらミランダ・グレイザーに電話をかけ、ブリジットが手がけていた事件に関して、なにかこの手でできることを見つけだそう。そのあとスコット・ファウラーがカリフォルニアからもどるのを待って、ほかにも情報を仕入れてきたか訊ねてみよう。その二本の電話で、きっと手がかりか方向性が見つかるはずだ。なにか自分にできることが見つかり、自分が役に立っていると感じられるにちがいない。すくなくとも、まったくの役立たずではない、と。

この手でできることは山のようにある。

あと数時間が経ちさえすれば。

いまだって出かけているべきなんだ、とわたしは思った。この瞬間にも、眠れないからといってむくれている暇があったらブリジットを捜しにいくべきだ。行動しなきゃいけない。捜さなければ。

八日以降、ブリジットを見かけた者がひとりとしていないことが、心の底から不安で不安でたまらなかった。

六時、まだミランダ・グレイザーに電話をするのは早すぎると自分に言い聞かせ、しょうことなしに四杯目のお茶を淹れにキッチンにもどった。もうとっくに美味いとは感じなくなっており、膀胱をいっぱいにしておくためだけに飲んでいるようなものだった。ティーバッグをひきあげていたとき、ふとブリジットのレンタルアパートメントから持ち出した新聞のことを思いだし、そもそもそんなことをなぜ忘れていたのかと自分を呪った。探すのに三分かかった後、アーミージャケットの内側にそれが見つかった。

つづく一時間、テーブルで紙面の隅から隅まで慎重に目を通し、ひとつひとつの記事を見ていきながら、その《デイリー・ニューズ》になにか重要性を見出そうと努めた。一面はこの三ヵ月間クイーンズに出没している連続レイプ犯に関する人相書きの添えられた記事で、ほかに郊外から遊びにきていた父親と息子がヴァリック・ストリートを横断中に酔った運転手に轢かれた記事もあった。いつものごとくわめき散らす社説があり、ニューヨーク・メッツがいかにより安い報酬で働くより優秀な選手を必要としているかといった定番のごたくを並べるスポーツ記事があった。メトロスターズのことも少し書いてあり、アレクシー・ララスとタブ・ラモスがサッカー・ワールドカップ九八年フランス大会のアメリカ代表に選出されることが確実視されているという内容だった。

よかった、おめでとう、とわたしは思った。

二度目に全体を読み返していたとき、ページが飛んでいるのに気がついた。前後にばさばさとめくってみて、飛んでいるページ数を調べる。つぎに目次を調べ、なにが抜けているかヒントを探した。目次ではなにもわからなかった。なにかの記事の一部分、導入部か結論のどちらか抜けているのかもしれないと考えて、三度目に目を通してみたが、そうしたものも見当たらなかった。

重要なこととはかぎらない、と自分に言って聞かせた。抜けているからといって、それだけで手がかりだと決めつけることはできない、と。抜けているのは広告ページだったということだってありうるだろう。紙面には祝祭日に向けたバーゲンの広告が満載されていた。

コーヒーメーカーの上の時計を見ると、朝の七時十四分だった。

かまうものか、と思い、アドレス帳と電話に手を伸ばした。

十一回ベルが鳴ったのち、受話器のありかを探りあてたクリスチャン・ハヴァルが、唸り声をだした。「……ったく、どこのだれよ？」

「クリスか？　おはよう、アティカスだ。アティカス・コディアックだよ」

クリスはガチョウでも呼ぶように、鼻を鳴らした。「アティカス？」

「正解」

「コディアック？」

「また正解」

クリスは受話器から離してなにやらつぶやいたが、「最低野郎《コックサッカー》」という言葉は聞こえてきた。そのあと二、三度咳きこむのが聞こえ、風邪をひいているのだと気がついた。

クリス・ハヴァルが訊いた。「いま何時だかわかってんの？」

「あることで力を借りたいんだ」

その言葉が頭をはっきりさせるのに役立ったようだ。「前回、あなたがあることで力を借りたがったみたいに？」

「おかげで出版契約にありつけたんだろう？」

「礼を言う気はないわよ」

「今回のほうが安全だ。だれもきみを撃ってはこない」

「覚えてるかどうか知らないけど、撃たれそうにはなってないわよ。あたしは何者かに爆破されそうになったのよ」

「おれだってだ」わたしはそう指摘した。「でも、おれはきみに愚痴ったりしてないだろ」

「くそったれ」クリス・ハヴァルはまた咳をした。「いいこと、人がこっぴどい流感にかかってるっていうのに、あんたはあたしをヴィックス・ナイクィルの桃源郷から引きずりだしたのよ、わかってんでしょうね？　おしっこして頭をしゃきっとさせるのに十分はかかるわ。あとでかけなおす、いい？」

「家にいるよ」

「十分ね」そう言って、クリスは受話器を叩きつけた。

わたしはテーブルを立って、冷たくなった紅茶をシンクに流した。夜明けは過ぎて、一日がはじまろうとしていた。時計を見るんじゃないと自分に言い聞かせる。

それでも結局、電話が鳴ると、わたしは受話器をとるなり、「二十分は経ってるぞ、十分じゃなかったのか」と言ってしまった。

「あたしに力を借りたいんじゃなかったの、とんちき野郎」と、ハヴァルは言った。「まだ目も覚めきってないんだからね。ナイクィルを服《の》むとどーんとぶっとんじゃうのよ、知らないの？」

「ああ、あれは最高だよな」と、わたしも同意した。「聞いてくれ、いま目の前に《デイリー・ニューズ》が一部あるんだが——」

「あんた、新聞読めるんだ?」

「今月八日の朝刊なんだが、三十三ページから四十四ページまで、ページが抜けてしまってる。抜けているページになにが書いてあったか知りたいんだ」

受話器の向こう側に沈黙が落ち、しばらく経ってようやくまたガチョウを呼ぶように鼻が鳴らされ、沈黙が破られた。ハヴァルが訊く。「図書館ってもの、聞いたことある?」

「ああ。でも、このほうがてっとりばやい」

「たぶん、あんたにとってはね」

「抜けたページになにがあったかどうしても知りたいんだが、《ニューズ》でおれの知ってる人間といえばきみしかいない。調べてもらうことはできるかな?」

「できることはできるわ」ハヴァルはそう答え、その嗄れた声のなかに抜け目なさが聞き取れた。「でも、お返しになにかほしいな」

「言ってみてくれ」

「七月の終わりに約束してくれたインタビューを実現してほしいわね。まだなのはあんただけよ――ヘレッラ、マツイ、トレントの娘のほうは、みんなあたしとあたしのテープレコーダーのまえで話をしてくれたわ。いまだに渋ってるのは、あんたひとりだけ」

「わかった」とわたしは言った。

返事も聞かずにハヴァルはつづけた。「あたしがフェアにやるってことは、わかってるはずよ。ただ〝暗殺者ドラマ〟のストーリーを包み隠さず話してほしいだけ」

「わかったって言ったろ。ちゃんと話す。来週電話してくれ、予定を決めてしまおう」

「あんたのほしいものは、昼までに用意しとくわ」ハヴァルは言った。

着替えをとろうと忍び足で部屋にもどった際にエリカを起こしてしまった。エリカは絶叫とともにがばっと起きあがった。

「おれだよ」

脳に認識が伝わるまで、エリカは五秒間、目をぱちくりしながらわたしを見ていた。「なんであんたがあたしの部屋に？」

「ここはおれの部屋だ」わたしは指摘した。「着替えをとろうとしただけだよ。もっかい寝てろ」

エリカはうめき声とともに、ふたたびぱたんと倒れこんだ。

すばやくシャワーを浴び、髭をあたって着替えを済ませると、そろそろ八時近くになっていたので、ふたたび電話をとってミランダ・グレイザーの自宅にかけた。呼び出し音が四回鳴ったのちに留守電が応答し、流れた音声からは、自分がミランダ・グレイザーの電話にまちがいなくかけたことと、トーンのあとにメッセージを残さねばならないということ以外には、なんの情報も与えられなかった。言われたとおり、電話がほしいとメッセージを残して電話を切る。コートをつかんで忍び足で寝室に引き返し、エリカをできるだけ優しく揺り起こした。だが、その甲斐もなく、エリカはふたたび絶叫した。

「そいつはやめてくれないか」わたしは言った。

「そっちが脅かすからじゃん」エリカが非難する。

わたしはエリカに、これから外出する、いつごろもどるかはわからない、クリス・ハヴァルかスコット・ファウラーから電話があったら伝言を控えておいてほしいと伝えた。わたしがドアを出るときには、エリカもベッドから起きだしていた。

マディソン・スクエア・パーク横のミランダのオフィスはうちから歩いて十分の距離にあり、きっかりそれくらいの時間をかけて行こうと努めたものの、結果は六分で着いてしまった。外は寒く、空は晴れ渡ってのぼりゆく太陽の光がまともに射し、ロビーに入るころには眩しさのせいで頭痛がしていた。エレベーターに乗って三階のグレイザーのオフィス、〈フエレンツォ、ドゥーリトル&グレイザー法律事務所〉まで上がり、廊下から受付につづく鍵のかかったドアに足止めされた。ガラスごしに覗き、明かりの量からしてまちがいなくだれかがオフィスにいると判断すると、わたしはドアを叩きにかかった。

三分かかったが、苛立ちと不審を顔に浮かべたミランダが、受付の間仕切りをまわって姿をあらわした。わたしの姿を認めると、不審な表情は消えたが、苛立ちの表情は度合いを増した。きょうのミランダはこれまで見たなかでいちばんカジュアルな格好をしていた——汚れたスニーカーにブルージーンズ、ブルーのフードつきスウェットシャツ。わたしが待っているると、グレイザーは鍵を開けてドアをひらいたが、ひらいたといっても、なかに招き入れるつもりがないのをはっきり示すに足る程度だった。

「あなただったの」ミランダは言った。

「やあ。どうしても話したいことがあってね」

「仕事の遅れを取りもどそうとしてるとこなのよ、アティカス。いまは間が悪いわ」

「長くはかからない。ブリジット・ローガンのことなんだ」

ミランダは顔をしかめた。「あなたが人を選ぶ趣味も相当よね」

「ブリジットから連絡はあったかい？」

ミランダは再評価をくわえるように、わずかに頭を後ろに反らせた。

「いいえ。そっちは？」

「話したいのはそのことなんだ」

「入ってもらったほうがよさそうね」ミランダは場所をあけ、わたしを通してからドアに鍵をかけ、オフィスの奥にもどりながら言った。「コーヒー飲む？」

「いや、ありがとう」と、わたしは言った。

「わたしは飲むわ」そう言って、ミランダは自分のオフィスを通りすぎ、事務所が管理している小さなキッチンラウンジにわたしを連れていった。カウンターには古い〈ミスター・コーヒー〉が湯気をたて、ミランダはマグカップをふたつおろすと、両方にコーヒーを注ぎ、とりあえずわたしにも一杯差しだした。「飲んだほうがよさそうな顔してるわよ」

わたしはマグを受けとった。「おれが九月にきみたちふたりを引き合わせた、あの訴訟事件がなんだったのか知りたいんだ」

ミランダはマグを唇に持っていったが、まだ飲まなかった。両の眉が吊りあがった。「ブリジットから聞いてないの?」

「聞いてない」わたしは言った。

「だったら、話すべきかどうかわからないわね」

「きみと一緒に仕事をしてるのか?」

「問題の訴訟に関していうなら、ええ、してたわ」ミランダは言った。「あなたのところに最後に連絡があったのはいつ?」

「十月だ。その後、消息がまったくわからなくなった」

「そう」ミランダはコーヒーを一口飲んでから、マグをおろして代用クリームをスプーンに一杯くわえた。「わたしもちょうどそのころから連絡をもらってないのよ」

わたしはコーヒーに口をつけないまま、カウンターにマグを置いた。「きみがそのとき取り組んでいた訴訟の内容を、なんとしても聞かせてほしいんだ」

「それを言うなら、いまも取り組んでいる訴訟、だわ。あなたのお友だちは、わたしに荷物を押しつけて姿をくらましちゃったかもしれないけど、わたしはいまでもその訴訟に取り組んでるのよ。審理は三週間ほど後にひらかれるの」

「どうしても教えてもらわなければ困る」

「どうしても？」

「そうだ」わたしはそう言って、そのわけを明確に説明した。

# 7

ライザ・スクーフは背が低く痩せ型で、あと三ミリ短かったらスキンヘッドという髪型をしており、二十年から終身という刑を軽々と担いでいる様子で面会室に入ってきた。それ以上の重荷を課せられたとしても、文句も言わず不安も覚えず、同じように担いでしまいそうに見える。

「そいつはだれ?」ライザはミランダに訊いた。声はかぼそく、掠れている。

「アティカス・コディアックよ」ミランダが答える。「坐ったら、ライザ?」

肩をすくめたのち、ライザはすすめられた椅子に坐った。「あんた、DEAの人間?」と、わたしに訊く。

わたしは首を横に振った。

ライザ・スクーフはミランダに目をやった。「だったら、そいつに話すことはなにもないわ」

「ブリジットのことで、きみと話したいんだがな」わたしは言った。

「だから、あんたに話すことなんかないって言ってんだろ」

「おれはブリジットの友人なんだ」

「へえほんと？　あたしもよ。そのわりに、あの子はあんたのことなんかひとことも話したことなかったけどね」

「おたがいさまだな」と、わたし。「おれがはじめてきみのことを聞いたのは、けさ、ミランダの口からだ」

「だからなによ？」

「だからブリジットはトラブルに巻きこまれていて、そんな事態になってしまったのはきみのせいだってことさ。ブリジットは姿を消してしまったんだ、知ってるか、ライザ？　きみを罪から逃れさせようと潜入調査に行ったっきり、いまだに帰ってきていない。おれたちのなかには、このまま帰らないいんじゃないかと心配しはじめてる者もいる」

ライザ・スクーフの冷ややかな笑みが、バケツ何杯分もの嘲りを伝えてきた。ライザは「なにも話すことなんか――」と言って、立ち上がりかけた。

「坐れ」わたしは声を荒げはしなかった。それでも命令はちゃんと効果を発した。わたしはライザが椅子にふたたび腰をおろすまで待った。「きみがなにをやったかはおれの知ったことじゃない。きみの訴訟や罪状がなんであろうとネズミのケツほども気にかけちゃいない。知りたいのは、ブリジットがきみになにを言ったのか。知りたいのは、ブリジットがどこにいるのかってことだけだ」

「あたしがなにを知ってるってんだよ？」ライザが訊きかえした。「あたしがしょっちゅう面会を受けてるように見える？　報告でも聞かされてると？」

「ブリジットは失踪する前にあなたと話してるわよね」わたしよりずっと冷静な声で、ミランダが割って入った。「面会人記録を調べたのよ」

ライザは頭部の刈りこまれた髪に手を滑らせた。

「おれが知っているのはこうだ」と、わたしは言った。「おれはきみが更生中のジャンキーだと知っている。ブリジットも同じだということも。きみがヴィンセント・ラークという名の麻薬密売人殺害の容疑で審理を待つ身だというのも、ラークがピエール・アラバッカの組織とつながっていることも知っている。ブリジットがきみに弁護士をつけたことも知っているし、ブリジット自身もこの事件を調べていると知っている。ブリジットが潜伏に乗りだし、それも友だちを助けるためにそんなことをしているのだと知っている。その友だちというのはきみか、ライザ？」

「そうかもね」

「だったら、それらしい行動をとったらどうだ？」

「ほっといてよ、タコ」

「なあ、きみがブリジットの友だちであるとすれば、ブリジットだってすこしは友情を分け与えられてしかるべきじゃないのか。もしきみが友だちだと言うんであれば、ブリジットが無事かどうか確かめたいはずだと思うんだが」

「ブリジットは自分で自分の面倒くらい見られるよ」

「今回はそうじゃない」わたしは言った。「今回はやばい状況に巻きこまれ、そこにブリジットを追いやったのはきみだ」

「あたしには関係ないね」

「もう三ヵ月近く、だれも姿を見ていないんだ」わたしは言った。「最善の事態であれば、またヤク中に舞いもどったということだろうな。最悪の事態なら、ブリジットは死んでいる。アラバッカの手下に素性をあばかれたか、打ってはいけないものを打ってしまったか。つまり、きみの友だちは死んでいるかもしれないわけだ。それを聞いてどんな気がする？自分のケツ持ちをしてくれると頼りにしていた女が死んでるかもしれないと知ってどう思うんだ？」

固く冷ややかなライザの表情は変わらず、目のなかにあるものを読み取ることはできなかった。

「ファック」ライザは低く罵った。「マザーファック」

「聞かせてもらおうか」

「なにをするつもりかなんて、あたしには言ってなかったわ」ライザは言った。「ＤＥＡがきて取引を持ちかけてくるってことと、そうなったときは承諾するようにって、それだけしか言わなかった」

ミランダの口がわずかにぽかんとひらいた。「DEAがなぜそうするかを言ってた?」

ライザ・スクーフは両手で目をこすった。みんな押し黙っていた。

「どうしてブリジットはそんなことをしたんだ、ライザ? なぜブリジットはきみのために潜入調査を?」わたしは訊ねた。

ライザの両手が目元からおろされると、この面会室に入ってきたときから十年が失われたかのように、せいぜい十四歳にしか見えなくなっていた。

「あたしがあのひとでなしを撃ったからよ」ライザはわたしに言った。

自分のやったことを誇りに思っているのかどうか、わたしにはわからなかった。

わたしは立ち上がり、それ以上なにも言わずにドアに向かった。友情とはどこまで貫くべきものなのだろうかと考えながら。

8

ちょうど法律事務所にもどってきたところで、ポケベルにエリカから呼び出しがあった。ミランダはわたしが電話を使えるようにデスクまで押しやったあと、ご立腹の秘書に対処しに向かった。ダイヤルすると、エリカはすぐさま応答した。

「スコットがLAからもどって、いまこっちに向かってるとこだって。着いたらまず、なにをすればいい？」

「ファイルを見てもらってくれ」

「そうするわ。それと、例のハヴァルって女がバイク便で封筒を送ってきてる。開けていいかな？」

「開けてくれ」そう答えると、エリカが封筒を破っているのが聞こえた。

「オーケイ。コピーのでっかいのが一束とメモが一枚はいってる」エリカは言った。「メモはね、『Aへ——約束を忘れないように』だって。コピーはどれも、新聞を写したやつだよ」

「脇にどけておいてくれ。帰ったら見るから」

「探し物がなんなのか言ってくれたら、いますぐ調べられるよ」

「それがわかってたら、そうするんだがな」

た。

「きょうよりまえに、ライザ・スクーフが有罪なのはわかってたのかい?」わたしは訊いた。

と、デスクの向かい側にある椅子のひとつを指し示した。

を乱暴に受け台に置くと、椅子に身を畳むようにして坐りこみ、引きあげた脚を尻に敷く
エリカが電話を切り、わたしはもどってきたミランダに受話器を渡した。ミランダはそれ
「もうすぐ帰る」わたしは言った。
「ありきたりな答えだね」

ミランダは首を横に振った。「有罪じゃないわ。ライザがラークを撃ったのはわかってたけど、あれは殺人じゃない」

わたしの表情がすべてを語っていた。

「いいえ、アティカス。被告の女性はあなたには到底信じられないほど情状酌量すべき事情をいくつも抱えてるの。ラークとは知り合いで、ライザが更生するまで何年にもわたって薬を売りつけていた。ラークはライザを殴り、虐待をくわえ、レイプした男よ。そのラークがあらわれて、ライザとその子息を脅した。ライザは自分の行為を正当防衛だと感じていたし、わたしもそれに賛成だわ。ライザの命と息子さんの命は、その男がもたらす危険に脅かされていたのよ」

「息子がいるのか?」

「ゲイブリエル。十歳よ」

「二十五歳を超えてるようには見えなかったが」

「ライザは二十六歳。十五のときに産んだ子なの」

わたしは眼鏡を押しあげて目をこすった。睡眠不足がいまごろ追いついてきはじめ、次第に集中するのが困難になりはじめていた。「ラークが父親なんだろうか?」

「ライザが言うには、ゲイブリエルの父親はだれだかわからないそうよ。わたしもラークじゃないかって考えはしたけど、確たるものがあってのことじゃなくて、きっとわたしのなかのチャールズ・ディケンズのせいだと思う。いずれにしても、少年の出生は訴訟にはなんら影響を与えない。ライザが刑期を勤めることになれば、ライザの叔母がゲイブリエルの正式な養育権を持つことになるの」

「そうなる可能性はどの程度なんだ?」

「ライザが服役する可能性?」ミランダは肩をすくめた。「こちら側は正当防衛で争うつもりよ。マイノリティ集団のシングルマザーで陪審団をかためれば、ライザは釈放されるわ。そうでなければ、厳しくなるでしょうね。地区検事局はライザの薬物使用を持ちだし——被告は信用に値しませんってわけよ——さらにライザがじっさいの犯行におよぶ以前からラークをつけまわしていたと主張して、弁護側の主張を崩しにかかるわ。それに、ラークの手で行われた虐待の過去を証明するのはとても難しい作業だと思う——ライザは一度として警察に駆けこんでもいなければ、苦情申し立てもしていないのよ。なぜならライザはクスリをやっていて、警察に言っても信じてくれないばかりか、もっとひどい事態になりかねないと思っていたから。もし陪審が犯行は計画的なものだったと考えたなら、こちらの主張はまず受け入れてもらえないわ」

わたしは目をこするのをやめ、こめかみをこすりにかかった。そうすると少しは楽になった。「それでブリジットは取引に持ちこむ手を探しているわけだ。訴訟に勝ち目がないから」

「勝ち目がないとは言わないわよ」ミランダが異議を唱えた。「困難、ってところでしょう。ともかく、地区検事局がすでに出してきた条件の上をいこうと思えば、ブリジットはよほどの取引を提案しなきゃならないことになるわ。これから地区検事補のコーウィンに電話をいれて、ライザの承諾を得たら、答弁に入ることもできるの。向こうは取引を申してでるのよ。おそらく第一級故殺ということで見逃してもらえるわ」

「それじゃ、きみがそれをやるのとブリジットがなにか画策しているのとは、どういうちがいがあるんだ?」

ミランダは眉根を寄せ、折り敷いていた脚を下におろしてまっすぐ坐りなおし、デスクの上段中央の抽斗に手を伸ばした。鎮痛剤のタイレノールの壜をとりだし、投げてよこすまえにカラカラと二回振って、わたしが気づいていることを確かめた。

「こういう会話をあなたとしていいものかどうか、確信がないのよ」わたしが壜を受けとめると同時に、ミランダは言った。

「仮説として話せばいい」ゲル状カプセル二錠を振りだして水なしで飲みくだし、壜の蓋を閉めて宙を投げ返した。「おれ宛にブリジットがこの件にまつわる大量の情報を残していったことは話したよな。ところが、そのなかでブリジットは、きみについていっさい触れていないし、ライザのことにも、ラークのことにも触れてないんだ。意図的にことごとく排除してある」

ミランダはわたしを見たが、なにも言わなかった。

「言えないことなのか？」

ミランダは小声でみじかい曲をくちずさんだ。『小さなドライデルを持ってた』（ハヌカーの祭りで歌う童謡。ドライデルは四角いこま）の歌に聞こえた。

その音楽を伴奏に一分近くも考えて、ようやく思いあたった。「きみの報酬はブリジットが払うと言ってたよな？」

ミランダはハミングをやめて微笑んだ。

こんどはこちらがうなずく番だった。ブリジットがミランダとのつながりを残していかなかったのは、つながりを残せなかったからだ。自分の行動の動機を説明するような証拠は、なにひとつ書面上に残すわけにはいかなかった。すぐさま〝司法妨害〟という言葉が頭に浮かんだ。〝利益の衝突〟が、すぐあとを追ってきた。

だからブリジットは、肝心要のその部分を排除しておいたのだ。そうすれば、たとえ最悪の事態になったとしても、アラバッカの身辺を洗っていたのは、間近に迫っているライザ・スクーフの審理とはまったく無関係に引き受けたものだと主張することができる。書面上の証拠さえなければ、ブリジットの動機に対していかなる疑念が持ちあがろうと、情況的なものとしかみなされないだろう。

「取引の際、きみには無理だがブリジットには差し出せるものというのは、相当なものなんだろうな」

「そうだろうと思うわ」

「だが、なんだろう？」

「値打ちの問題よね」ミランダは言った。「DEAがはるかに軽い求刑とよろこんで引き換えてやろうというほど欲しがっているものを個人が提示するのは、おそらく不可能なことではないわ。たとえば、刑期をまったく伴わない求刑に引き換えるとしても」

「そうか」それで合点がいった。

「ライザは息子にきわめて大きな愛情を注いでる。ヴェラは——例の叔母よ——できるかぎり足繁く息子を面会に連れてってやってるわ」

「そして、ライザ・スクーフのようなシングルマザーは……」

「……刑期を勤めなくて済むかどうかに、強い関心を寄せていて当然でしょうね」ミランダがあとを引きとった。「けど、言っとくわよ――ブリジットのような人物がなにかをDEAに渡すとして、それでライザに服役なしの判決や、たとえ執行猶予の判決であっても勝ち取ろうというなら、本当に途方もなく大きなものである必要があるわ」

「どのくらい？」

「ピエール・アラバッカ・サイズよ」ミランダは答えた。

　エリカはキッチンテーブルの上を片づけて、ブリジットの書類をまとめて居間に移したのち、画鋲を使った作業にとりかかっていた。窓と反対側の壁には、一枚一枚の写真と、黄色の蛍光ペンでワシントン・ハイツを囲ったアッパー・マンハッタンとロウアー・マンハッタンの道路地図が貼ってあった。わたしが部屋に入ったとき、エリカは我が家の壊れかけたカウチのうえで、ハヴァルの送ってくれた新聞コピーのかさばる束を膝にのせ、黄色の蛍光ペンを攻撃態勢に構えていた。そのエリカに背中を向けて、彼女の手並みに感心して立っているのは特別捜査官スコット・ファウラーだった。

「大統領閣下」スコットはそう言うと、かなりずさんな敬礼を飛ばしてみせた。「作戦《ウォー・》本部室《ルーム》へようこそ」

「もとへなおれ」

「はい、閣下！　ありがとうございます、閣下！」

エリカはふたりのやりとりに頬をゆるめたものの、読んでいる書類から顔をあげようとはしなかった。

「どこに行ってたんだ?」スコットがわたしに訊ねた。

「動機の確定に」

「話してくれ」

わたしが話すあいだ、エリカは新聞コピーを読むのをやめ、こちらに全神経を集中させていた。

話を終えると、スコットは壁の資料を眺めながら耳を傾けていた。

「どうしたものかな。きょう知った内容が役に立つのかどうかすら自信がないんだ。ブリジットの居所はわからないままだし、探す対象はいまも市内全域のままだ」

「市内だけじゃあるまい」

「そうだな」

スコットはためいきをついてカウチの横の安楽椅子に腰をおろした。カリフォルニアですっかり陽に焼け、もともとブロンドの髪は不在だった一週間のあいだにまたわずかに脱色されていた。おそらく眼鏡のせいで余計にそうなのだろうが、焼けた肌に映え、スコットの目はとびぬけて青く見えた。

「思うにこいつにあたる最良の方法は、この街の法機関をあたってみて、ブリジットがそこのだれかに接触をはかったかどうか調べることじゃないだろうか」と、スコットは言った。「一、二件、電話をかけてみたらどうかな。知りあいがひとり、タスクフォースにいるから――」

「それなに？」エリカが鋭く質問をはさむ。

スコットはクラーク・ケントを思わせる仕種で眼鏡をなおした。「麻薬対策合同本部《ジョイント・ドラッグ・タスクフォース》さ」

エリカは膝に置いたコピーをめくって、探していた二枚を見つけ、われわれに突きつけた。

「ジョイント・ドラッグ・タスクフォースって、こんな？」

そのコピーは特大サイズで、十二月八日付けのニューヨーク版《デイリー・ニューズ》三十六ページと三十七ページを、くっきりと読みやすく複製したものだった。各種法執行機関の人間が入り混じった一団を撮った写真が載っており、NYPDのメンバーもいれば、FBIやDEAの人間もいて、全員が〝検挙一万人達成。記録更新中〟と書かれた横断幕の下でポーズをとっている。わたしは二枚のコピー紙をつかみとると、ざっと目を走らせた。

「ブリジットが行ったのはそこだね」わたしが読んでいるとエリカは言った。

記事の大半は、ドラッグ・タスクフォースがどれほど素晴らしいものであるか、その職務に任命された男女が過去五年間にいかなる努力を重ねて薬物の供給と使用を半減させてきたか、といったどうでもいいものだった。さらに記事のなかでは、中国人組織はほぼ活動停止に追いこまれ、現在タスクフォースは〝中央アフリカ・コネクション〟に焦点を絞っていると語られていた。記事の終わり間際に、タスクフォースの仕事を賞賛する市長の言葉が引用されている。ピエール・アラバッカやブリジット・ローガンに関する記述はいっさいなかった。文中の刑事や特捜官による引用は、どれも名前が伏せてあった。

その二枚をスコットに渡し、読むのを待った。いつのまにかエリカはカウチのアームに腰掛け、かかとを床に繰りかえし打ちつけていた。

「で？」スコットが読み終わると、エリカが言った。

スコットがわたしを見る。「タスクフォースと話をしにいこう」

FBI当局の人間であるスコットのおかげで上層部との接触が叶い、じっさいテンス・アヴェニューの合同本部室まで一気にたどりつくことができた。スコットは金属探知機の手前で武器をはずし、反対側でまた受け取ったのち、わたし用にビジター認可証を手に入れてくれた。そこから一緒にエレベーターで七階まで上がると、ちょうど医者の診察室から出てきたような具合に待合室になっていた——小さなカウチ、二脚の椅子、コーヒーテーブルの上の開かれたことのない数冊の雑誌。古くて不恰好なプラスティック製のクリスマス・ツリーが奥の隅に不安定に置かれ、いまにも白衣の看護婦があらわれそうなスライドガラスの間仕切りがある。しかし、看護婦の姿はそこにはなく、タートルネックとブルージーンズに身を包んだ黒人の中年男がいるだけで、男はこちらに気づくと、スライド窓の脇にあるインターコムのスピーカーを指差した。

スコットはバッジをとりだして掲げたのち、ボタンを押して言った。「ファウラー捜査官だ。ランジ捜査官は来てるかな？」

ガラスの向こうの男が、小型のマイクにむかって返事をした。「ランジは外出中だ。連絡はしてあったのかい、ファウラー捜査官？」

「いや、いきなり寄ったんだ。だれかピエール・アラバッカに関して話のできる者はいるかな？」

男は人差し指をたてると、架空のピストルで狙いをつけるようにわたしを指差した。「こちらは？」

「おれの連れだよ。民間人だ」

「でも、トイレの躾は済ませてる」と、わたしは言い添えた。

男はにっこりと笑った。「待っててくれ」スピーカーが切れ、男は視界からいなくなった。

スコットは肩をすくめ、わたしも肩をすくめ、しばらくふたりして、手持ち無沙汰のあまり、組んだ手の親指どうしをぐるぐる回しそうになりながら、その場に突っ立っていた。待合室からつづくドアはふたつあり、どちらも窓がなく、壁の表示に関係者以外の訪問客はそこから先の立ち入りを禁ずる旨が明示してある。監視カメラもあり、ひとつはドア横の角に、もうひとつは間仕切りの真上に設置されていた。わたしは間仕切りがガラスではなく、防弾用のポリカーボネイト樹脂であることに気がついた。

一方のドアからずしんと重い音が響いて磁気ロックが開錠され、さきほど話をした捜査官が半身をのりだした。「ファウラー捜査官、きみは奥に入っていいぞ」

スコットがこちらを見やり、わたしはまた肩をすくめて言った。「待っとくよ」

スコットがなかに入ると、ドアが閉まり、ふたたびロックがかかった。わたしはカウチに腰をおろし、まもなくしてこちらを見つめている《フォーブス》を一冊手に取った。ひっくり返して、裏にあったランドローヴァーの広告をしげしげと眺める。そののちまた、四方の壁の観察にもどった。そのあと立ち上がり、さきほどの捜査官に二、三質問してみようと間仕切りをのぞきこんだが、いなくなっていた。捜査官が立っていた場所の後ろには機械がぎっしり積まれている——双方向性無線コンソールやセルラー式周波スキャナーなど、むやみに点滅ライトのついた電子機器がやたらとあった。

ライザ・スクーフのように監禁されている気がしはじめていたとき、さっきとちがうドアが開いて、さっきと同じ捜査官がなかに入るよう手招きした。捜査官はわたしが入ると椅子をすすめ、まもなく別の人間が来るからと言って、ひとつしかない別のドアから出ていった。再度、錠の閉まる音。

こんどの部屋はそのまえの部屋の半分の大きさで、窓もなければ壁にもなにもなく、小ぶりな長方形のテーブルセットが中央近くに縦に置かれている。椅子は三脚あり、そのうち一脚だけがわたしのいる側にあった。椅子は見たところどれも、床に敷きつめられたグレーの産業用カーペットと同じ素材で貼ってあるようだ。

腰をおろし、これでいよいよ事実上監禁されてしまったと思った。頭痛もぶりかえし、そこにまた胃痛がくわわっていた。原因は睡眠不足だと自分に言い聞かせる。そののち、おまえはうそつきだと言い直した。腕時計をチェックする。すでに二分が経っていた。

十一分が過ぎたのち、もうひとつのドアが開いて、フォルダーを抱えたスコットが入ってきた。スコットは後ろ手にドアを閉め、わたしと向かいあってテーブルについた。

「弁護士を呼ぶ権利を行使させてもらいたいんだが」と、わたしは言った。

スコットはにこりともせずにかぶりを振り、黙ってフォルダーを開くと回転させてわたしのほうに向けた。「こいつは機密書類であり、オフレコであり、持ち出しは許されない」スコットが言った。

フォルダーには〝ローガン、ブリジット　E〟と記入され、氏名と並んで、わたしにはなんの意味もなさない文字と数字の長い羅列でできた資料コードが打ってあった。なかには数枚の書類が入っている。タイプ打ちした報告書や手書きのメモ、それに粒子の粗いエイト・バイ・テンの白黒写真が二枚だ。

「ブリジットの捜査ファイルだ」スコットがぎこちなく教えてくれ、その声にピリピリしたものが聞きとれた。まだ言おうとしない、なにか別のことがあるらしい。

「どのくらいひどい内容なんだ？」

「いいから読め」

ファイルは十月の二十八日、ブリジット・ローガンがピエール・アラバッカの組織内メンバーと連絡をとっていたのが目撃されたという趣旨のメモを皮切りに作成されていた。そのあとに監視報告書がいくつかつづき、ブリジットの残した書類や写真には出てきた覚えのない数名の人物との接触が報告され、そのあとに見覚えのある名前がひとつ出てきた——ロリー・バトラー。アラバッカの側近の片割れだ。バトラーとのつながりは十一月の初旬に報告されており、その時点で報告書の色合いが変化していた。その時点から、ブリジット・ローガンは未知の人物ではなくなっていた——ブリジットは敵になっていた。

盗撮写真はブリジットがバトラーと、そしてさらにもうひとりの男と、親しげに並んでいる姿をとらえていた。もうひとりは黒人で、おそらくアントン・ラディーポだと思われる。なにも悪事を働いているわけではなく、ただ一緒にいるだけの写真だ。

しかし、報告書はどれもそれを否定して、ブリジットがピエール・アラバッカの麻薬を運んでいると糾弾しており、なかでも一枚はきわめつけの内容だった。ブリジット・ローガンがどのようにして国内に不法滞在しているナイジェリア人グループに支払代金を送り届け、どのようにして交換にヘロイン十キロを受け取っていると想定されるかが、詳細に記述してあった。報告書の日付は十一月二十二日になっており、サインをしたのは担当の主任捜査官、ジュリアン・ランジだ。その報告書を提出した人物は、自分の名前の代わりに数列を用いていた。

「これはだれが書いた？」その報告書を示しながら、スコットに訊いた。

「囮捜査官」スコットが答える。「匿名だ」

「それじゃ立証ができない」

スコットは首を横に振るとファイルに手を伸ばし、しばらくがさごそやったのち、わたしに見せたかった一枚を見つけた。その報告書を引き抜いて、わたしに読めるように置く。

報告書は十二月十八日の日付がうたれ、今後なにがしかの進展が見られるまでブリジット・ローガンのファイルを休止状態に置くよう勧めていた。

スコットを見る。

「タスクフォースのだれかが最後にブリジットの姿を確認しているのは、今月の七日か八日あたりだ。アラバッカの側近、バトラーとラディーポに絡んだ数々の動きを追っかけるだんになって、はじめてブリジットがいないことに気づいたらしい。囮捜査官の話では、忽然と消えた、ということだ——自分の意志でいなくなったのかどうか、判断がつかないそうだ」

「それで連中の考えは？」質問の最後の言葉に力が入り、自分が苛立っているのがわかった。

「ファイルを閉じるのは時期尚早だと考えている」スコットは抑制のきいた声で言った。「なんらかの証拠が——証言かなにかが——なければ決められないそうだ、その——廃棄処分については」

証拠。つまりブリジットの死体だ。つまりこう言ってくれる人物だ——おれはブリジット・ローガンが撃たれたのを見た、と。もしくは刺されたのを、殴られたのを、両手両足を梱包用ワイヤーで縛られ、灯油を満たしたゴミ袋に頭を突っこまれているのを見たと。こう言ってくれる人物でもいい。おれが火をつけ、この手でマッチを投げ、片がつくのを見届けてやった、と。

狭いその部屋のなかで、わたしは呼吸ができなくなっていた。

自分ひとりで、愛する女性が死んでしまったんじゃないかと思い悩むのは辛い。だが、DEAとNYPDとFBIがその見通しに同意しそうになっていると聞かされるのは、また別ものだった。

磁気ロックがはずれる音もろくに聞こえなかった。スコットは急いでフォルダーに書類をしまい、向きなおってさっき話をした例の捜査官に一切合財を手渡した。スコットが礼を言うのが聞こえ、相手の男が外まで送ろうと言うのが聞こえた。スコットがなにか言い、わたしは同意するような声を出した。なにに同意したのかもわからない。

一階の制服警備員がわたしのビジターパスを無言で回収した。外に出ると、夕闇に包まれた。スコットがタクシーを拾ってわたしの家にもどろうというようなことを言い、手際よく一台とめるのに成功した。

「なにか意味があるわけじゃないんだ、じっさい」タクシーに乗りこむまえに、スコットは言った。「アラバッカに見つかったという意味にはならない」

ああ、ちがう、そういう意味にはならない、とわたしは思った。

だが、そうではないという意味にもならない。

スコットは話しかけるのをあきらめ、どちらも黙ったままタクシーに揺られてわたしのアパートメントにもどった。スコットが出そうとするより先に支払いを済ませると、わたしのあとからスコットも車を降りて階段をのぼり、アパートメントに入ってきた。わたしはまっすぐ居間に向かった。カウチから床に移動していたエリカは、わたしを見た瞬間に表情を読み取った。

「なんて言われたの？」

「スコットが説明してくれる」そう言って背を向けたわたしは、壁に貼られた紙をつぶさに眺めはじめた。

「タスクフォースはブリジットを見失ったそうだ」スコットがエリカに伝えるのが聞こえた。「およそ一週間まえに、連中はブリジットのファイルを停止にした。悪いがそれ以上のことは言えないんだ。機密情報だから」

「連中はブリジットのファイルを停止にしたって、どういう意味よ?」エリカの声が高くなろうとしていた。「それっていったいどういう意味?」

スコットの返事は聞こえなかったし、どうでもよかった。壁の上、白人で自信満々で二本の指にタトゥーを入れたロリー・バトラーの写真の下に、探していたものが見つかった。腕時計をたしかめ、計算する。自分の考えていることは完璧に理にかなっていると思えた。ふたりの声を背中で聞きながら、わたしは静かに廊下を歩いていった。寝室のクロゼットで、銃を入れたロッカーケースの鍵を開け、拳銃とホルスターとマガジン二個を取りだした。腰にホルスターをつけ、銃をあらためてから装塡し、最初の一発を薬室に送りこむ。上着を着てバイクの鍵をつかみ、エリカとスコット両方の声が聞こえるまで待って、夢中で話していることをたしかめた。

そっとアパートメントから出て、ドアが閉まったのを見届けてから、バイクのある車庫まで猛然と走った。スコットがわたしの行き先に気がつくまで、長くはかからないだろう。長くてもせいぜい五分。余裕のある時間とはいえない。

それでも運がよければ、この銃をピエール・アラバッカの喉元に押しつける時間は十二分にあるはずだ。

ブリジット・ローガンの悪口ならいくらでも言えるし、息切れして青くなるまで欠点を並べたてることもできる。だが、ブリジットはやることをやらない人間である、とは絶対に言えない。ブリジット・ローガンは私立探偵の仕事をわかっていない、とは絶対に言えない。

ブリジットは、ニューヨーク五区のなかにあるピエール・アラバッカの三ヵ所の住所を突き止めていた。ひとつはブルックリンに、もうひとつはクイーンズに、あとのひとつはマンハッタンにある。メモによれば、マンハッタンのアパートメントが本宅で、アッパー・ウエストサイドにあるハイドン・プラネタリウムからほんの二ブロックほどの場所に位置していた。ブリジットの調査によれば、アラバッカは毎日夕方六時には自宅にもどり、その後、七時三十分になると夕食のためにまた外出するのだという。

バイクにまたがった時点で、時刻は七時十七分だった。

安全を無視して速度をあげ、車の波を縫って走り、セントラル・パーク付近に来たところで、こぞって車線変更にかかるタクシーの一団と度胸を張りあった。むきだしの顔に凍るような風が吹きつけ、寒さで頬の筋肉がこわばるのを感じる。二台の車のあいだになんとか抜けられそうな隙間を見つけ、思いきりスロットルをひねって突っこんでいくと、だれかのフエンダーに後輪がかすった。バイクがぐらつき、危うく横倒しになりかけたが、どうにか立て直す。それが速度を落とせという神のお告げだったとしても、聞き入れられることはなかった。八十一番ストリートに出た時点で時速百十キロを超え、コロンバスに曲がるところで死なない程度に速度を落としたのち、ふたたびエンジンをふかして街区をかっ飛ばした。

すでに夜になり、通りはどこもヘッドライトと街灯に照らされ、両側にごちゃごちゃと停まった車が歩道への視界を遮っていた。わたしは速度を落とし、住所表示をたしかめていった。アラバッカ邸の建物の外にはドアマンがひとり配置されていて、黒い厚手のコートと黒い帽子の制服を着こみ、そのどちらにもロイヤルレッドのパイピング飾りが施してあった。ブロックの突きあたりまで走り抜けてから、鋭く車体を回して歩道に両輪を乗りあげ、アイドリングのまま停止する。手をつないで歩いていた若いカップルに、おまえはくそったれだと告げられた。わたしが無視すると、カップルは大回りしてよけていった。

一台のメルセデス・ベンツが、ドアマンの立っている位置から車六台分離れたところに停まっていた。滑らかなシルバーの車体で、アラバッカの写真に写っていたものと同一のようだ。

腕時計をたしかめると、七時二十八分だった。ふたたび顔をあげたとき、ドアマンが体の向きを変えた。最初に出てきた男は白人で、まずバトラーにまちがいないその姿に、わたしの内側にあったものが残らずかなぐり捨てられ、冷たい血流に置き換わった。大柄な男で、ベースボール・ジャケットを着ているために肩幅がよけいに広く見える。男はベンツまで行ってドアの鍵を開けると、向きを変えて煙草に火をつけた。

そのあとに出てきたのがアラバッカで、夜の外出用にクリーム色のセーターとスラックスを着こんでいる。見ていたのはせいぜい一、二秒だったが、またたくまに印象が焼きついた——年齢のわりには若者のような身ごなしで、兵士のように背筋を伸ばして歩く姿は自信に満ちていたが、偉そうではなかった。バトラーより二、三センチ上背があり、百八十センチか、百八十二センチはありそうに見える。まっすぐベンツに向かい、そこで足を止めたアラバッカは、もうひとりの男に煙草の火をつけさせた。

最後にあらわれたのがラディーポで、知るべきことはひと目でわかった。ラディーポこそが連中の守りの要であり、目の配りどころを知っている男だ。こちらを見たときに自分の見たものがなんであるかを認識し、ふたたび目を凝らすことをしたのはラディーポひとりだった。

わたしはスロットルを回してクラッチをはずし、前輪をまっすぐラディーポに向けた。ラディーポは状況を読みちがえ、アラバッカの背中に手をかけて脇に突き飛ばした。アラバッカはバトラーに倒れこみ、次の瞬間わたしはふたりに乗り上げ、右足を蹴り上げて、ブーツの爪先でラディーポのみぞおちをとらえた。手ごたえがあり、相手が回転して倒れるのを感じると、思いきりブレーキをかけ、バイクが倒れるにまかせて飛び降りた。

ラディーポは両手で腹を押さえて歩道で仰向けに倒れ、開いた目は上を向いていたが、うめき声ひとつ聞こえなかった。ドアマンは凍りついていて、なにをすべきか決断を迷っており、アラバッカはまだベンツにもたれてこちらに見入っている。バトラーがようやく反応を起こし、迎撃の動きに入って、左肩の下に吊るしてあるのが見える銃に片手をやろうとした。

その手が銃をつかむまえに、わたしの手が伸びた。罵声を飛ばそうとし、「ぶっ殺して――」まで口にしていたバトラーの腹に一発送りこむ。拳はさほど沈まなかったが、間髪を容れずに股間に膝を見舞い、頭を二回殴りつけた。二発目が首の横に当たるとバトラーは膝をつき、わたしがアラバッカをつかんだときには倒れていく途中だった。

闘争か逃走かの反応が作動し、ピエール・アラバッカは身を転じて運転席側のドアを開けようとしたが、その瞬間にわたしの手が喉をつかんで、車にその体を叩きつけた。銃を抜いて銃口を額に押し当てると、アラバッカは後頭部がベンツの屋根に載るほど首をのけぞらせた。わたしは体重をかけて上にのしかかり、手のなかのヘッケラー&コッホを徐々に引き絞りながら、すくみあがる男に言った。

「ブリジット・ローガンはどこにいる?」

アラバッカは黙っていた。わたしはさらに体重をかけた。

「どこにいるのかと訊いてるんだ」わたしは怒鳴っていた。

ピエール・アラバッカはその表情から無理をして苦痛を排除した。しゃべるとフランス語のなまりがある。

「だれの話をしているのかまったくわからんが」その声にごまかしをにおわせるものは皆無だった。「撃つ気があれば、わたしならいまやるだろうな」

「あいにくだな」そう言って銃口を八センチ右にずらし、一発撃った。銃声は大きく耳もとで轟き、よほど痛かったと見えてアラバッカは縮みあがったが、それだけだった。わたしは銃口を額にもどした。「どこにいるんだ、彼女は？」

「一度しかないチャンスを棒に振りおって」アラバッカは言った。目線がわたしを離れて右に移ったが、わざわざそれを追うことはしなかった。喉を取っ手がわりに体のまえでアラバッカを回転させ、自分の背中を車につけて銃口をこめかみに滑らせる。思っていたより体重があり、それだけの動きに相当の力を要した。

ラディーポはまだ地面に倒れていたが、転がって向きを変え、拳銃でこちらを狙っている。重厚な造りのシグ・ザウエルだ。バトラーもようやく立ち上がり、スミス＆ウェッソンのセミオートでそっくり同じことをしている。ドアマンはまもなく銃撃戦がはじまると承知しているのか、入り口を入ってすぐの鉢植えの蔭に逃げこんだ。植木の上に間抜けな帽子が飛びだしている。通りの双方向からざわめきが聞こえていた。

次の瞬間、スコット・ファウラーがわたしとアラバッカの部下たちとのあいだに立ちはだかり、片手でバッジを振りかざすと、もう一方の手を火事でも消し止めるようにぱたぱたさせて叫んだ。「やめろ！　やめろ！　銃を降ろせ！　全員銃を降ろすんだ！」

全員が静止画像に変わった。

「FBIだ」スコットは言った。「全員、落ち着いて頭を冷やせ」

バトラーとラディーポは武器を下げたが、ホルスターにはしまわなかった。

こちらを見たスコットは、その目に怒りを燃やしていた。「銃をしまうんだ」と、スコットが言う。

従いたくなかった。答えが欲しかった。たったひとことの答えでいい。ごく単純な質問でしかないはずだ。これほどまでに難しく、これほどまでに危険であってはならないはずなのに。

それでも、ここで答えが得られないのはもうわかっていた。

ヘッケラー＆コッホを握っていた手をゆるめ、安全装置を掛けて、銃身をピエール・アラバッカの頭からしりぞけた。喉を離してやり、だらりと腕を落とす。

アラバッカは体を起こし、丸めた手に一回静かに咳をして、わたしから離れた。アラバッカがバトラーを見やり、つづいてラディーポを見やると、部下はどちらも武器をホルスターにおさめた。アラバッカは、そしてスコットを見やった。

「恩に着る」アラバッカは言った。「わたしが思うに、この男を逮捕すべきなんじゃないのかね？　暴行罪だろう？　それとも威嚇罪か？」

「おれが思うに、この件はすっかり忘れてしまうべきだ」スコットは言った。「おたくのご友人ふたりも一緒に逮捕されたくなかったらな」

「わたしの友人は正当防衛にうったえただけだぞ。法律もふたりの行動を支持してくれるはずだ」

「だったら、いまからふたりの武器をあらためさせてもらっても構わないんだろうな？」

アラバッカはスコットの表情を探った。そして左手を左耳にあて、血が出ていないか確認してから、わたしに目を移した。「故郷《くに》にいたころ、何台もの戦車が往来の人々を踏み潰していく様を見たことがある。大量処刑も見てきたし、軍の独裁者の残虐行為に手がつけられなくなったのも目にしてきた。

だが、自分の家から出ようとして襲われるなどという事態は、生まれてはじめてだ」アラバッカの声が含む棘《とげ》は、肌を引き裂かんばかりだった。「もし耳が聴こえなくなりでもしたら、ムッシュー、代償はかならず払ってもらうぞ」

なにも言うなと、スコットの表情が警告していた。わたしは銃をホルスターにおさめた。ラディーポが片手で腹をかばいながら、ゆっくり体を起こした。立ち上がるのを待って、アラバッカはふたりの部下に車のほうを指し示した。スコットが腕を伸ばしてわたしを引き寄せ、道をあけさせる。アラバッカは無言で車の後ろに乗りこんだ。運転席に乗ろうとしたバトラーはわたしと眼を飛ばしあった。

三人ともベンツの車内におさまったところでエンジンがかけられ、車は静かに走り去っていった。わたしは車が角を曲がってしまうまで睨んでいたが、そののちスコットの手をふりほどいて放ってあったバイクのところまでもどった。すでにエンストしており、起こそうとしていると、スコットがそっと手を貸してきた。もとどおりまっすぐ立て直したのち、わたしはスタンドを蹴りだしてしゃがみこみ、あちこち調べにかかった。左サイドをかなりひどくこすり、キャブレターからガソリンが少しもれている。見たかぎりでは、まだ走れそうだった。

後ろに立っているスコットの視線を感じた。そこで目を合わせるのは嫌だった。

わたしは立ち上がってスタンドを撥ね上げ、バイクを押してブロック沿いに向かいの角まで歩きだした。バイクは重くてがたがたし、またしても心配の種を与えてくれた。

角までたどりつくと、スコットが言った。「聞きだせたのか?」

「いいや」

「それで、やった甲斐は? 気分がましになったか?」

ふいにアドレナリンがすっかり消え失せ、頭痛と胃痛と睡眠不足が、体の芯までまとめて染みていった。急にまぶたに重さが押し寄せる。わたしは黙って首を振った。

「一杯飲みにでもいこう」スコットは言った。

スコットの手を借りてバイクの向きを変え、ブロックをくだりはじめた。三歩もいかないうちに黒い車がタイヤをきしらせ、前のタイヤをふたつとも歩道に乗り上げてわれわれの真横に停車したかと思うと、すでに両側のドアはひらいてバッジをつけた男ふたりがこちらに銃を突きつけ、別のふたりがビルの側壁にわれわれを突き飛ばした。

またしても、わたしのバイクは歩道に倒れた。

「だれも動くんじゃない」バッジをつけたうちのひとりが命じた。「おまえらふたりとも逮捕だ、くそったれ」

# 10

「ジュリアン」スコット・ファウラーが説明していた。「あんたが考えてるような話じゃないんだ」

DEAのジュリアン・ランジ捜査官はその言葉を鼻で笑いとばした。その隣では、NYPDのジェイムズ・シャノン刑事が椅子に深々と腰掛け、ひとり目を閉じて笑みを浮かべている。タスクフォースの任務を邪魔だてしない人々の白昼夢でも見ているのかもしれない。

「そいつを逮捕させることはできる」ランジはそう言ったあとで、わたしのためにつけくわえた。「おまえを逮捕させるのはわけないんだ。火器の不法発砲。暴力行為。車両による殺人未遂。そのほか思いつくかぎりなんだっていい。なにか抜けてるかな、ジミー?」

シャノン刑事は目を開けなかった。「犯罪的愚行」

「すまなかった」わたしは言った。

ランジがまた笑った。面白がっている笑いではない。だがもとより、さしてなにかを面白がるような男には見えなかった。三十代後半か、四十代前半というところだろうか、平均的身長ですこし痩せ気味、黒い髪はしばらくカットをしていないか、したとしてもあまり上手ではなかったようだ。そこにまた同色の、垂れた両端がカールして口に入りこみそうになった口髭を生やしている。目は茶色で大きく、猟犬のように感情をあらわしていた。わたしに対するランジの見解は見まちがえようがなく、察するところいま現在のわたしの評価は、わずかに鼠の糞より下回るといったところだろうか。

一方のジェイムズ・シャノンは、わたしを素晴らしい娯楽の源と思ってくれたようだ。すくなくとも、われわれに昼寝の邪魔をされたという素振りを見せていないときにはそう見える。わたしにわかるかぎりでは、ランジが悲観論者なのに対してシャノンは楽観論者であり、青い目をひらいているときには、ほかのなによりも陽気さがそこにうかがえた。ゆうに百九十センチを超える大柄な男で、恰幅もよく、脂肪はあってもその下には筋肉のほうがより詰まっていそうだった。ブロンドの髪はそろそろ薄くなって銀髪へと変わりかけており、タスクフォース会議室内の人工的な明かりのなかでも、頭皮と顔が赤味がかっているのがわかった。

「おまえの謝罪なんて、おれにとっちゃケチなチンポコほどの意味もないんだ」ランジはつづけた。「FBIがのこのこ現れてタスクフォースの張り込みを台無しにしくさるとは――今回おれたちのあたっている山がどれほど繊細さを要するものか、おまえはわかってるにもかかわらずだ――それも、このくそったれ野郎が勝手に飛びこんだだと？　いったいこいつはなにをする気だったんだ？　自殺でもしたかったのか？」

「そちらの作戦はいまも万全だ」スコットは言った。「DEAの人員はいっさい関わっていないんだから」

「それはおまえが飛びだしたからってだけの話だろうが!」ランジが爆発した。「おまえがあの場をおさめる直前、おれたちはもう半分ヴァンから出かかっていたんだ。それに、FBIがバッジを振りまわすような事態を、麻薬ディーラーたちがあっさり忘れてしまうとでも思うのか、スコット! こうなったら向こうはいまよりさらに神経質になって……」

ジェイムズ・シャノンがゆっくり目をあけ、その視線の全重量がわたしにのしかかってきた。それを目にすると、昔わたしが陸軍に志願すると告げたときの父の顔を思いだした。父親の悲哀と落胆を腹の底から知っているようなその表情に、既婚者だろうかとシャノンの左手を見やった。指輪のあるべき指にはなにもなかった。では離婚したか、先立たれたのだろう。息子がいるのは絶対にまちがいなかった。

「自分がなにをしていたのかを正確に話してもらえるか、お若いの?」シャノン刑事はわたしに訊ねた。

「ある人物を見つけようとしていた。アラバッカが、その人物の居場所を知っている」

「ある人物というのは、道のど真ん中で殺し屋を脅そうというほど、きみにとって大切な女性なのかね?」

ランジが言い足した。「その女はなにか? おまえに金でも借りてんのか?」

わたしは首を横に振った。

「その人というのは、きみの恋人か？」シャノンが訊く。

「そのようなものかな」

ランジが髭の両端を口からどけたので、侮蔑の念をはっきり見ることができた。「おまえの女はアラバッカとつるんでたってわけか？　ここにいるスコットは、どうやらおまえに弾丸をくらわすべきだったようだな」

「女の名前は？」と、シャノン。

「ブリジット・ローガン」

ある意味、面白い光景だったかもしれない。その場にいなくてさえ、彼女の名前は波紋を呼び起こすのだ。ランジは鋭くシャノンを見やり、一瞬シャノンの眠たげなまぶたが完全に上下に分かれた。陽気な目元がいくらかその輝きを失って、無表情になったように見える。

ランジはわたしに目をもどしたのち、なにやらつぶやきながら椅子に坐った。

「なんでその女のことを知っている？」シャノンがわたしに訊いた。

「友人なんだ」

ランジが身を乗りだすように、スコットに言った。「つまりおまえの友だちは、ピエール・アラバッカの友だちの友だちってわけだな。そのことについて、おまえはどう考えてるんだ？」

「ブリジットはおれの友人でもある」スコットは穏やかに答えた。「それに、ブリジット・

ローガンに関する一連の件であんたがどう思っていたとしても、その見方はまちがってると保証する」

「あの女はおれたちが見つけ、申し立てを起こしたんだ」ランジは言った。「連邦検事が気に入りそうな申し立て、とでも言い足しておこうかな」

「あんたが考えてるような事情じゃない」わたしは言った。

「ちがうのか?」シャノンが訊き返した。「ローガンはアラバッカの下でヘロインをさばいてる。ほかになにか考えようでもあるのか?」

わたしは黙ってかぶりを振った。ブリジットの動機に対する判断がたとえ正しかったにしろ、自分たちのファイルがすべてだと思っているタスクフォースのメンバーふたりの面前にその件を持ち出してどうなるものでもない。それに、まんざらこのふたりがまちがっているわけでもないのだ——ブリジットはおそらく匿名の囮捜査官が報告したような行為そっくりそのままをやったのだろうし、アラバッカのために麻薬を売りもしただろう。ワシントン・ハイツで会ったフェルナンド・コスタスを信用するなら、それ以外のことも、それ以上のこともしていたはずだ。

「どうなんだ?」ランジが訊いてきた。

「どうしてもブリジットを見つけなきゃならない」わたしは言った。

シャノンはあくびと闘っている様子で、毛深い眉をぽりぽり掻いた。「あの女がアラバッカとつながっていることは、どうやって知った？」

「本人から聞いた」と、わたし。

「ヤクの密売をやってるんだと、ローガンがおまえに軽く話してくれたってわけか？」ランジが嫌味たっぷりに訊き返した。「それでおまえは、わざわざ警察やうちに電話なりなんなりする気はなかったってことなんだな？」

「この男は真人間だ」スコットが言った。「いま頭のなかにあることは忘れていい。わかったな、ジュリアン？　アティカスは規制薬物を打たれたって、それと気づきもしないぞ」

「ブリジットから、アラバッカの下で働いていたと聞かされたんだ」わたしは言った。

あくびがシャノンに打ち勝った。あくびが終わると、シャノンは訊ねた。「いつ？」

「クリスマス・イヴに、本人からの手紙を受け取った」

「いつ投函されていた？」

「投函はされず、人を介して届けられた」

「だれから？」

「本人の妹から」

またしてもシャノンは両の目をいっぱいまでひらいてみせると、わたしの顔を探った。

「眼鏡をとってみろ」シャノンは言った。

わたしはスコットを見た。「べつに問題はあるまい？」と、スコット。

わたしは眼鏡をはずした。

「こっちを見ろ」シャノンが言う。

わたしは刑事を見た。たった一メートルの距離でもシャノンの顔はいくぶんぼやけて見えたが、思うにきっと警察の顔写真ファイルでこの顔を見た覚えがないか記憶をたどっているのだろう。わたしの目尻のすぐ外側で、ランジの口髭が上唇のうえに乗っかった大きな蛾の死骸のように見えている。ずいぶん長い時間が経っている気がしたころ、ようやくシャノンは得心したようだった。

「よし、かけていいぞ」

わたしは眼鏡をかけた。シャノンは巨体を傾け、ランジの耳元に小声で話しかけている。ランジの表情は苛立たしげなままだった。やがてシャノンは体を引き、視線を交わしあったのち、ランジが椅子から立ち上がった。

「来い」と、ランジはスコットに言った。

「どういうことだ?」スコットが訊く。

「きみらふたりには席をはずしてもらいたい」シャノンが答えた。「ミスター・コディアックとわしだけで話がしたいんだ」

ランジはドアのまえに立って、スコットを待っていた。スコットは左耳につけたスタッドピアス二本のうちの下側をいじっていたが、やがてためいきをついた。「こいつも反省してます。手荒なことはしないでやってくださいよ、刑事」

「出てってくれ」シャノンは穏やかにそう言った。

スコットは腰をあげ、最後にこちらを一瞥してからランジ捜査官につづいてドアの外に消えた。音高く錠が閉まる。すくなくともこんどは磁気ロックではなかった。

ジェイムズ・シャノン刑事はごくゆっくりと椅子から立ち上がり、延々とそうやって体を起こしつづけるかに見えたが、やがて背筋を伸ばしきった。わたしを見下ろしたのち、テーブルのこちら側にまわって背後にやってきた。片手が左肩に置かれるのを感じる。

「おれが気の小さいタイプなら、いまにも殴られるかとびくびくしてるところかな」

「きみがそういったことを好むタイプでないかぎり、やめておこう」シャノンは言った。「そういうふうに見せかけてもいいぞ。よかったら、最後に一発お見舞いしておいてもいい」

どういう意味か推し量ろうと、わたしは振り向き、体を傾けるようにして刑事を見た。シャノンはにっこり笑い、肩に置いた手を離すと、隣に腰をおろして椅子を近寄せてきた。

「ローガンがなにを企んでるか知ってるのか？」シャノンは訊いた。

「知っているかもしれない」わたしは答えた。「確信はないが」

「だが、しばらく会ってはいないんだな？　どこにいるか本当に知らないのか？」

「知らない」

「では、どうしてアラバッカとラディーポとバトラーのところに殴りこみをかけた？　あれの真意はなんだったんだ?」

「さっき話したとおりだ。あいつらがブリジットの居所を知っていると思ったので」

「連中は知らんぞ」

「たしかなのか?」

「連中のほうでもローガンを探してる」シャノンは言った。「しばらく前からずっと探してるんだ。われわれは、ローガンが連中をカモったんじゃないかと疑ってる。うまく仲間になって、いくらか信用を手に入れたところで、何キロかのブツと現金バッグでも持ち逃げしたんじゃないかとな」

わたしは首を横に振った。「そんなことはしていない」

「ローガンのことをどの程度知ってるんだ?」

「知っておくべきだったほどには知らない」

「それでも、ローガンがそんなことをするとは思わないと言うんだな?」

「そんなことをするはずがないのはわかってる」

ジェイムズ・シャノンはわたしから目をそらし、閉じたドアを見やった。「ローガンはヤクをやってるのか?」

「かつてやったことがある」

「まだやってるのかもしれん」

「いや」

「ヤク中どもは悪習を隠しておくことができる。すくなくとも短期間はな。なかにはずっと長いあいだ、まんまと隠しとおしてみせる者もいるんだ」

わたしはじっとシャノンを見つめ、その言わんとするところを見定めようとした。

「ブリジットを知ってるんだ」わたしは気がついた。

シャノンはなにも言わなかった。まもなくシャノンは立ち上がり、ドアのほうへ歩いていった。「もう行っていいぞ」と、シャノンは言った。

「どうしてブリジットを知ってるんだ?」わたしは訊ねた。

刑事はふたたびあくびを嚙み殺した。

会話はそういう状態で打ち切りとなった。ジェイムズ・シャノン刑事はいましばらく美容のために休養をとる必要があるそうだ。わたしが出られるよう、シャノンはドアを押さえていた。ドアの外で、スコットがランジと話しているのが見える。ふたりとも話をやめて、われわれのほうを見やった。

部屋から出かかっていたときに、シャノンが頭を低くしてわたしの耳にささやいた。

「ブリジットを見つけるんだ」シャノンは言った。

要望ではない、とわたしは悟った。

それは命令だった。

## 11

家に帰り着いたのはもう午前二時近くで、信じられないほど疲れきり、半分眠った状態でベッドに倒れこんだ。眠りは深かったもののさんざんで、意識下からやってくる鮮明なイメージの連続に悩まされ、その大半がその日にとった愚かな行動のリプレイだった。まったく休んだ心地がしないまま目覚めると、ベッドの端にエリカがコーヒーのマグを持って腰掛け、わたしを見ていた。

上半身を起こして引っ張りあげたシーツを体に巻きつけると、エリカはベッド脇のテーブルにコーヒーを置き、眼鏡を渡してくれた。わたしが眼鏡をかけると、エリカはにっと笑った。

「シスター・ケイシェルが来て、居間にいるよ。シスターにあんたを起こしてもらおうかと思ったんだけど、あんたの裸を目にしてショック受けちゃったら気の毒だもんね」

「シーツで隠れてるだろ」

「あたしが入ったときには、掛かってなかったよ」

「出てけ」わたしは命令した。「しっしっ！」

けらけら笑ってエリカが出ていってしまうと、わたしは音をたてて一口コーヒーをすすってから、気合をいれてベッドから起きだした。脳味噌が腫れあがったような頭痛がする。ドリルでも持ってきて圧力を抜いてやる必要がありそうな感じだと思いながら時計を見ると、もう正午をまわっていて愕然とした。十時間強もの睡眠をとっていながら、神経の興奮はとれていなかった。

急いで服を着こんでコーヒーの残りをだっと流しこみ、おかわりを注いだマグと、またもとどおりのパートナーシップを歓迎はせずとも認識しあった脳と体をひっさげて、居間にたどりついた。エリカは自分の部屋に入ってしまったようで、黒いロングスカートに白いタートルネックを着たシスター・ケイシェル・ローガンが安楽椅子に坐り、エリカによって装飾しなおされた壁を眺めながら、根気よくわたしを待っていた。膝のうえにきちんと畳んだコートが置かれている。

「この時間なら起きているだろうと思ったものだから」ケイシェルは言った。

「どのみち起きなきゃならなかったんだ。コーヒーでも飲むかい？」

「いいえ、ありがとう。さっきエリカにいただいたわ。昨夜あなたに連絡をとろうとしたんだけど、エリカに聞いたら出ていったきりだ、って。電話のとき、あの子とても動揺してるみたいだったわ。あなたが黙って出ていった、って言って」

「急いでたんだ」

「手がかりを追ってたの？」

「ひとつものにするはずだった。失敗したよ」

ケイシェルの表情が、詳しく話してもらえないかと我慢づよく訊ねている。

「馬鹿だったよ」わたしは言った。「ピエール・アラバッカの顔に銃を突きつけて、きみの姉さんの居場所を教えろと迫ったんだ。その結果手に入れたのは、DEAとのトラブルだけさ」

「あたしの一日と似たり寄ったりみたいね」ケイシェルが言った。「アンドルーとわたしでもういちどブリジットを探しにいって、ワシントン・ハイツを中心にあたってみたの。成果はさんざん……アンドルーはやたら喧嘩腰で、べつべつに二件の喧嘩を起こしたわ」

「そいつは楽しかっただろうな」

ケイシェルの表情は影がよぎったかのように暗くなり、また例の見慣れた相似が強まった。ブリジットがいちどならずわたしに見せた表情だ。「そうだったかもしれないわ、アンドルーにとっては。苛立ちの捌け口にしたのかもしれない。アンドルーには、きょうは家にいて、奥さんや子どもたちと一緒に過ごすべきだと思うって言ってきたの。聞きいれてくれたかどうかはわからないけど」

「たぶん聞き入れなかっただろう」

「そして、もしわたしがあなたに、一日ゆっくり時間をとって気持ちを落ち着けたほうがいいと思うってすすめたら、あなたもわたしの助言を無視するのよね？」

「なかなかの洞察力だな、シスター」

ケイシェルはかぶりを振った。「そうでもないわ。わたしも一日休んだほうがよさそうだったけど、もっと先に進みたくてここに来てる。あなたがなにをつかんだか知りたくて」

「ブリジットがどうして潜伏調査をはじめたかはわかった。それに、DEAがブリジットの捜査ファイルを作成してることもわかった。さらに、ピエール・アラバッカと部下たちは、簡単に脅しの通用する連中ではないこともわかった」

「そこそこ成果があったみたいじゃない」ケイシェルは畳んで膝にかけたコートを撫でつけた。「わたしたちよりましだわ。じっさいこっちはフェルナンドの話の裏が取れただけなの——麻薬の売人がふたりほど、姉と〝仕事をした〟って認めたわ」

わたしは二杯目のコーヒーを飲み干しながら、書類の壁を見やり、地図に視線をあわせ、ビッグシティ《ニューヨーク》に焦点をしぼった。「ブリジットが殺人の調査をしているというアンドルーの話は正解だったよ。きみの姉さんが一緒に仕事をしていた弁護士と話をしたんだ。それに依頼人の、ライザ・スクーフという女性とも。ライザは現在ライカーズに拘置されてる。公判の開始まで四週間もないそうだ」

「ごめんなさい」ケイシェルが言った。「ライザ・スクーフって言ったのよね?」

「知ってるのか?」

「カレッジにあがって以来、会ってはいないわ。つまり、罪を犯したというのはライザで、ブリジットはライザの汚名をはらそうとしている。そういうこと？」

「そんなふうに見えるな」

「ライザ・スクーフ」ケイシェルはそっとつぶやいた。「もうずいぶん長く会ってないわ」

「きみとブリジット両方の知り合いだったのか？」

「ええ、そのとおり。もちろんわたしよりブリジットのほうが親しかったけど、わたしもあの人のことはよく知ってたわ。かつて大っ嫌いだった人よ」両手に落としていた目をあげてこちらを見たケイシェルは、わたしの反応を見てにっこり笑った。「心配しないで、その気持ちは克服したから。でも、あのころは……わたし、あの人に死ぬほど嫉妬してたの」

わたしはライカーズで会った灰色の在監者用ジャンプスーツを着た小柄な女を思い起こしてみたが、そこにケイシェル・ローガンが嫉妬するようななにかがあるとは想像できなかった。「どうして？」

ケイシェルは答えを形にするまでに何秒か費やし、一語一語をじっくり考えてから口にした。「ブリジットはね、セラピーグループでライザに出会ったの」ケイシェルは言った。「ライザが入所してきたのは、姉が麻薬を断って六ヵ月か七ヵ月のころだったと思う。姉は十七歳で、ライザはわたしと同じ十五歳だった。そして、妊娠してたの。ライザが麻薬をやめようとしたのはそれが理由——健康な赤ちゃんを産みたかったのよ。

ライザとブリジットはとても仲が良かった——強い絆で結ばれてたわ。ブリジットはライザの姉のように振るまってた。そのときになって、わたしはブリジットともういちど仲良くなりたくて、ふたりのあいだに起こったことを修復したくてたまらなくなったの。横取りされた気がした。いちばん控えめな表現がそれよ。自分のなかの怒りを認めるのも、ブリジットの落ち度を認めるのも嫌で、みんなライザのせいにしたわ。というか、とにかくそうしようとしたの」

「いまはそうじゃないのか？」わたしは訊いた。

ケイシェルはためらったのち、慎重に口をひらいた。「自分の姉が、自分よりも更生施設で知りあった女性のほうに、十代のころの友人のほうに誠意を示しているのは傷つくわ。あのふたりのあいだには、わたしが姉と分かちあいたいと願っていた親密さがある。でも、わたしもこの歳だから、もういい大人なんだから、ライザに腹を立てたりはできないわ」

「でも姉さんには？」

ようやくケイシェルがふたたび口をひらいたとき、その声はごく小さく、まだそこにある傷とのせめぎあいに固くくるまれていた。

「わたしは姉を愛してる」シスター・ケイシェルは言った。「この二年間、いちども顔を合わせてないのよ、たった二十分の距離に住んでいるのに。わたしが電話しても、姉からかけなおしてくれることは一度もなかった。家を訪ねてみても、いつも留守。そうするうちに、おのずと意図は伝わるわよね。姉を愛してる。姉を許したい。わたしは修道尼よ。わたしにはそれができなきゃいけないの。神様の恩寵と愛のもとに、とっくに姉を許してなきゃいけないのに……でもあの人はそれを、あまりに難しくしてしまうのよ」

ケイシェルは顔をそむけた。泣いているのだろうかと心配になったが、そうじゃないと確かめることもできなかった。なにを言えばいいのかわからなかった。

かわりにすることを思いつき、わたしは言った。「すぐにもどってくる」ケイシェルにその言葉が聞こえたとは思わない。

わたしはキッチンにもどり、マグに残った滓を捨てて、電話に手を伸ばした。ミランダ・グレイザーの事務所にかけ、三分後には欲しかった住所を手に入れていた。受話器を置いて居間に引き返したところで、ちょうど廊下沿いのバスルームのドアが閉まる音が聞こえた。椅子は空っぽだったが、ケイシェルのコートが背もたれに掛けてあった。

バスルームのシンクでほんのいっとき水が流れていたが、まもなくケイシェルは廊下に出てきた。白い肌が紅潮し、睫《まつげ》がもつれている。わたしと目を合わせたその表情は、謝っているそれだった。

「よしてくれ」わたしは言った。「そんな顔しなくたっていい」

「懺悔《ざんげ》はね」と、ケイシェルは言った。「魂のためにいいことなのよ」

ミランダからせしめたのは、ヴェラ・グリムショーの住所だった。わたしがバイクの後ろに乗せていこうと申してでると、ケイシェルは地下鉄を使おうと提案した。そのほうが正解で、駅にも着かないうちから空が暗くなったかと思うと、氷のような雨が降りはじめた。

その建物には、三時二十分にたどりついた。インターコム・システムもなければ、まともな防犯設備というものが皆無だった。三階までの階段をのぼり、廊下のなかほどにあるアパートメントに向かう。廊下は鼻をつく饐《す》えた煙草のにおいがした。

室内からもれてくるテレビ音声に耳を傾けながらノックすると、防犯チェーンを掛ける音がしたのち、ドアが引き開けられた。ドアとドア枠の隙間、ぴんと張ったチェーンの下で、中年女の細長い切片がこちらを睨みつけている。

「なんか用かい？」

「ヴェラ・グリムショーさんですか？」

「訊くまえに名乗んなよ」

ケイシェルがまえに乗りだし、とくと眺められる位置に自分を置いた。「ミズ・グリムショー？　ケイシェル・ローガンです。覚えてらっしゃるかしら？」

見えていた側の眉が吊りあがった。「まさか、あんた、まえに会ったときは骨ばっかりだったじゃないか、背だってあたしの腰くらいしかなかったはずなのに」

「そのわたしよ」ケイシェルは言った。「それからこちらはアティカス・コディアック。姉の友人なの」

ヴェラ・グリムショーは防犯チェーンをはずしてガチャンと落とすと、大きくドアをひらいた。「あんたの姉さんだって? ライザの保釈が却下されてからこっち、音沙汰もなしだよ。お入り、さあ入って。テーブルのとこに場所があるだろ。適当に腰掛けとくれ」

アパートメントは入っていきなりキッチンと居間のスペースになり、指し示されたテーブルというのが中央に置かれていた。部屋の奥に近い場所にはカウチがあり、収納式のベッド部分が出したままになっていたが、きちんと整えてあった。隅にはテレビがあり、《スーパーマン》の最新の冒険譚が流れている。テーブルに近づいてはじめて、畳まれていないベッドの向こう側にうつ伏せになった、ゲイブリエルとおぼしき少年が目にはいった。テレビが見える場所で床に寝そべり、ペンやら紙やらを目の前いっぱいに散らかした少年は、両肘で体を支え、われわれが入ってくるのをなんだろうという顔で見ていた。

「ヴェラおばさん、だれなの?」と、少年は訊ねた。

「ブリジットの友だちだよ」ヴェラがキッチンから大声で返事をした。「自己紹介するんだよ」

ゲイブリエルはベッドを支えに起きあがって、われわれふたりを眺めやった。いましがたの好奇心は、ほぼ完璧なまでの無表情に道をゆずっていた。「こんちは」と彼は言った。

「こんちは、アティカスっていうんだ」

「ああ」

ケイシェルは百ワットの笑顔を少年に放《はな》った。「ケイシェルよ、ゲイブリエル。また会えて嬉しいわ」

「会った覚えないけど」

「あなたが生まれたとき、わたしもその場にいたのよ」ケイシェルは言った。笑顔のワット数は百五十まで上昇していた。

ゲイブリエルはそっぽを向きながら、「それがどうしたの?」と言った。そして、またぺたんと床に寝転ぶと、絵のつづきを描きだした。

キッチンの陰からクッキーの並んだ皿を両手に持って出てきたヴェラは、煙のあがった煙草をくわえて眉をひそめていた。「ゲイブ、失礼なこと言うんじゃないよ」と、たしなめる。

ゲイブリエルの返事はテレビの声で聞こえなかった。

ヴェラは皿をテーブルの上の、ほぼいっぱいになった灰皿と封の開いたマシュマロ入りシリアルの箱とのあいだに置いた。ヴェラの爪は鮮やかな赤に染めてあった。「今週はずっとあんな調子でね」と、ヴェラは打ち明けた。「とにかくぶっきらぼうでさ。母親のいないクリスマスのせいなんだろうけど」

ケイシェルはヴェラのもてなしに礼を述べて坐り、それから言った。「ライザのことはさっき聞いたばかりなの。気の毒に」

「あの子は安らぎってもんを手にしたことがない」ヴェラは言った。「あんたの姉さんと知り合ったことが、ライザにとっちゃ人生最良の出来事だったんだよ、わかるかい？　あんたの姉さんがいたからこそ、ライザはいまも頑張ってるし、いまも生きてられるんだ。人間だれしもブリジットみたいな友だちを持つべきだね。コディアックさんって言ったかい？」

わたしは緑色のクレヨンで紙に猛攻撃をかけているゲイブリエルから視線をもどした。

「はい？」

「あんたもブリジットを知ってるんだろ、ねえ？」

「ええ、たいした女性ですよ」こんどは膝立ちになって絵の道具を掻き寄せているゲイブリエルのほうをふたたび見やった。少年は敵意のこもった目でこちらを睨むと、部屋を出ていき、去りぎわにドアを思いきり叩きつけていった。

「できることは精一杯やってるんだよ」ヴェラはそっとつぶやいた。「でもね、あの子がうちにきてもう三ヵ月になるけど、やっぱりうちに帰りたがるんだよ。もしあんたの姉さんが、できると言ったことをなにもかもやりとおしてくれたら、あの子も二月になる前にはライザの腕のなかにもどれるんだけどね」

「じつを言うとわたしたち、ブリジットのことでこちらにお邪魔したのよ」ケイシェルが言った。「おかしな話に聞こえるかもしれないけれど、ヴェラ、姉はなんというか、姿を消してしまったの。もしかしたら、あなたが姉に会っていないかと思って来てみたんだけど」

「姿を消した？」ヴェラ・グリムショーは、蒸気を吐く竜のように口から煙をたちのぼらせた。「前回ライザに会ったときは、ブリジットが容疑を晴らそうとしてくれてるって言ってたんだよ。ライザの話じゃ、ブリジットが手を貸して、あの女弁護士のために弁護側の準備を固めてるんだ、って」

「グレイザーですか？」わたしは訊いた。

「そう、あの偉ぶった生意気なやつさ」

「ミス・グレイザーもブリジットに会ってないんですよ」とわたしは言った。

「そんな馬鹿なことがあるかい」

「わたしたち、ブリジットになにかあったのかもしれないと考えてるの」ケイシェルが小声で言った。

マッチボックス社のミニカーが一台、収納式ベッドの脚の脇にあった。小さな黒いその車は、拾いあげてみるとじっさいはブルーであることがわかった。ヴェラとケイシェルが話しているあいだ、わたしは手のひらに包んだその車を見つめていた。すると、ようやく頭痛がどこかへ去っていった。

「ゲイブリエルと話をしてもいいですか？」わたしは会話に割りこんでヴェラに訊ねた。

「どうぞ、行ってやって」そう言ってヴェラは灰皿で煙草を揉み消した。次の煙草はすでに火をつけて口にはさんである。

ケイシェルはわたしを見たが、わたしは首を横に振り、ドアのところに行ってノックした。返事はかえってこず、もういちどノックしても同じ結果だったので、そのまま開けてなかに入った。

その部屋はゲイブリエルが来るまでヴェラの寝室だったらしく、中年の独身女性と十歳の少年という奇妙な組み合わせの空間になっていた。化粧品はドレッサーの上でアクション人形《フィギュア》と場所を共有している。毛糸玉にじゃれる猫のポスターが、バッグス・バニーを挑発しているマイケル・ジョーダンのポスターの横にかかっている。ゲイブリエルのクレヨン画も何枚か貼ってあり、ジェット戦闘機や忍者や宇宙人らが、レーザー銃を持った戦士たちと闘っていた。片隅には衣類が積んであり、見たところ汚れ物のようだ。

ゲイブリエルは芸術方面のキャリアを積む真摯な努力を放棄して、集めたミニカーのために、オレンジ色のプラスティックでできたレーシングコースのパーツを組み立てているところだった。作ろうとしているのは、ループやハイバンク・ターン、涎をたらした猛獣の口のようなトンネルを備えた、なかなか迫力のあるセットだ。コースパーツのひとつは機械仕掛けで、回転ディスクによって車を前方に押しだす仕組みになっている。

「クリスマスのプレゼントかい？」わたしは訊いた。

「うん」

「かっこいいじゃないか。だれからもらった？」

「母さん。これを買ってあげてって、ヴェラおばさんに言ってくれたんだ」

ゲイブリエルはさらに三分かけて組み立てを完成させると、膝立ちになってレーシングコースの電源スイッチを入れ、どれをレースさせようかと手近な車を見まわしだした。小さな赤いコルヴェットをつかんで所定の位置に載せると、車は弾丸のように飛びだして、ターンで大きく傾斜し、ふたつのループのひとつ目をなんなく回りきった。だが、ふたつ目のループで、コルヴェットはコースを飛びだして床にクラッシュした。

ゲイブリエルは黙ったまま、わたしのほうなど見向きもせずに次の車に手をのばした。こんどは赤いムスタングのコンバーティブルで、新しいモデルのものだ。少年がひと押しすると、ムスタングは疾走をはじめた。

隣に坐ったわたしはわたしで、やはり押し黙っていた。

ムスタングはループをふたつとも成功させたが、トンネルで失敗し、進入しようとした直前にひっくり返った。ゲイブリエルは顔をしかめて次なる犠牲に手を伸ばした。そのあと完走させるまでに、パトカーやらフォルクスワーゲンのビートルやらホンダのワゴンやら、都合七台が試された。ワーゲンだけが完走を果たし、自動的に次の周回をスタートさせる回転盤をとらえるかに見えた。が、そこでついに失速すると、ゴールラインのわずかに手前まで滑って停止した。

「こいつは何度もぐるぐるまわりつづけるはずなんだ」ゲイブリエルは言った。「何周もまわるはずなんだよ。でも、ほとんどの車はそこまでいかない」

「こいつで試してみるべきだ」わたしはそう言って、握っていた青いポルシェ・ボクスターを渡してやった。「速く走るための造りをしてる」

ゲイブリエルはポルシェを受け取ってわたしを見たが、すぐに目をそむけ、レーシングコースに視線を移した。だが、それだけで充分だった。わたしは理解し、頭痛はおさまったまま、胃がこわばろうとしていた。

ゲイブリエルがポルシェのミニカーをコースに置き、人差し指で機械部まで押していくと、そいつは飛ぶようにスタートした。最初のターン、ポルシェは路面をしっかりとらえ、なんの支障もなくふたつのループを走り抜けて、音高くトンネルをくぐると反対側にはしりでた。

ゴールラインを切る直前、ゲイブリエルは手でポルシェを止めてコースの電源を落とした。そして車を床に移すと、前後に転がしはじめた。

「どこでブリジットに会ったんだい？」わたしは訊いた。

ポルシェが動きを止めた。

「最近のことかな？」わたしは訊いた。

探していなかったら、おそらくそのうなずきを見過ごしていただろうと思う。

「今週？」

こんどのうなずきはいくらかわかりやすかった。

「どこで?」

ゲイブリエル・スクーフが乱暴に指で押しやると、ミニチュア版のポルシェ・ボクスターは壁に向かって疾走した。あまりに強く押したので、タイヤが床から浮きあがって横転し、大きく音をたてて幅木に激突した。衝撃で木には傷がついていた。

「あいつはぼくの母さんを助けようとしてるはずだったんだ」ゲイブリエルは言った。「ぼくたちを助けるために頑張ってくれてるはずだった。そう言ってたのに、どうしてそうじゃないんだよ。ぼくに言ったんだ、助けてくれるって、だいじょうぶだって」

ゲイブリエルが睨んでいる。わたしがその答えを、その問いだけではなく答えを知っているとでもいうように。

「ブリジットはどこにいた?」わたしは訊いた。

「うちにいた」

「自分のうちに?」

「ぼくのうちだよ!」少年の頰が赤くなり、オレンジ色をしたプラスティックのコース上で次から次へとミニカーが衝突していったように、言葉があわてててたどたどしく溢れだした。

「ぼくは……ぼくはうちに行った……帰ったんだ、そう、ミニカーを取ってこようと思って、自分で持っておこうと思って取りに帰ったんだよ、わかる? そしたらこのバカでマヌケでへボいコースで遊べると思って。うちに帰って、帰ったら、そしたらあいつがいたんだ、わかる？　あいつがそこにいて、あいつは……あいつは……あいつはそこに住んでたんだよ、わかる？　わかる？　わかる？」

「わかるよ」わたしは言った。

少年は聞いていなかった。秘密をずっとひとりで抱え、それすら十歳の両肩にのしかかったそれ以外のあらゆる重荷に新たにくわわったひとつにすぎず、いまその重圧が逃げ場を見つけ、ほかのあらゆるものが我さきに外へ逃れようとしていた。ゲイブリエルは立ち上がり、両腕を突きだし、その腕をわたしに伸ばすと、わたしの両袖をつかんで上着を引っ張った。

「わかる？　ねえ、わかる？　あいつがそこにいたんだよ。でも母さんはいないんだ。だからぼく、あいつに母さんのこと訊いて、でもなにも言ってくれなくて……それで……それで……それでぼくはミニカーを取って、あいつはぼくに帰れって、だれにもしゃべるなって、それで――」

ゲイブリエルは口をぱくぱくさせて、息を吸おうとしていた。わたしは両腕をほどいて少年を抱き寄せ、「だいじょうぶ、いいから息をして、だいじょうぶだから。息をしなきゃだめだ」と繰り返した。ヴェラとケイシェルが部屋にきて、ヴェラが嗄れた声でゲイブリエルの名を叫びながらこちらに飛んできた。

「ゲイブ、いい子だ、あたしだよ、ハニー」ヴェラはわたしの腕から少年を引きはがそうとしたが、ゲイブはそれに逆らい、わたしの上着をつかんだ手を離そうとしなかった。ヴェラが非難の目をわたしに向ける。なにがあったかわかってはいなかったが、そのヴェラの表情を見れば、わたしが自分で自分のせいだと承知しているのを思い知らされた。「おいで、いい子だ、ヴェラおばさんはここだよ」

ゲイブリエルがわたしを離し、背中からヴェラに倒れこんだ。顔が真っ赤になってむくみ、目と鼻から涙と洟を流している。ゲイブリエルは子どもにしかできない泣き方で泣いていた。苛立ちと恐怖からくる嗚咽、人生とは自分の番の最中に突然ルールが変わり、しょっちゅうだまされるゲームなんだとわかったときの慟哭《どうこく》だった。

やがてしゃっくりがはじまるころ、わたしはケイシェルのもとへ行き、一緒にドアに向かおうとしていた。

醜い街角に建つ醜いビルの、醜い廊下に面した醜いドア。そのすべてが、アルファベット・シティの醜い一角に組みこまれていた。ノックをすると、音までが醜く響いた。なかからは返事も物音も聞こえない。廊下や階段に撒き散らされたゴミから立ちのぼる悪臭の向こうに、廊下のずっと奥のアパートメントの一室から夕食を火にかけているにおいがしていた。

ケイシェルがわたしを見て訊いた。「クレジットカードを持ってる？」だが、今回は微笑んではいなかった。

ノブをまわしてみたが、鍵がかかっていた。じっくりとドアの品定めをする。金属扉だが、枠は木製だった。

後ろに数歩さがり、ノブの上あたりに蹴りをいれた。ドアは破れ、音をたててひらくと同時に木片が飛び散った。一歩足を踏みだし、ライザ・スクーフが住んでいたアパートメントの主室だった場所に入る。カウチとテーブルがあり、床にいくつかゴミが散らかっていた。バーガー・キングの紙袋や、そのほかの食べ滓。空っぽのキッチン用スペースがあり、つぎに別のドアがあって、それをくぐると、ゲイブリエルの寝室だったはずの場所だった。

そこにブリジットが、ベッドにあがり、壁にもたれて坐っていた。Tシャツは何日も換えていないのか黒く皺だらけで、それ以外の持ち物は床に散乱していた。ブーツも、ジャケットも、銃も。ベッドの上や床のそこらじゅうに、ごく小さな透明の四角い袋が落ちていた。グラシン紙は燃えている蠟燭の灯りで宝石のようにきらめき、どこもかしこもきらきら光っていた。

わたしは名前を呼びかけた。

顔をあげたブリジットは退屈しきった様子で、おそらくほんの少し、邪魔されたことに苛立っていた。そのとき一瞬、破れカーテンのような髪の向こうで目が輝いたと思うと、われわれがだれかに気がついた。ブリジットはくわえていたベルトの片端を落とした。左腕に巻いた部分はまだきつく締めつけている。

「よう、あんたかい。よう、シスター・シスター」

「ブリジット」ケイシェルが言った。

「んんん」ブリジットは言った。「すぐだから待ってなよ」

そして、注射器の中身を残らず腕のなかに打ちこんだ。

# 第三部　一月八日から一月十九日

# 1

デイル・マツイから鍵を返してもらいながら、「あの子、どう?」と訊ねた。

「栄養をとって健康そのもの、機嫌もいいし、それに無傷だ」デイルがにっこり笑ってみせる。「総体的に言って、あんたとは段ちがいにピンピンしてるよ」

「面倒見てくれて本当に感謝してる。厄介なこと頼んじゃったよね」

デイルは片手を振って、あたしの言葉を打ち消した。「厄介ったって、説明なしに姿をくらましちまった件ほどじゃない。あんたのおかげで、どれだけみんなあちこち這いずりまわって探したことか。来いよ」

クイーンズにあるマツイ邸のキッチンを出て、家主のあとについて正面玄関に向かい、そこから敷地内の凍りついた芝庭を二分する小道に出た。ポーチを降りるとまた洟が垂れてきて、この十分のあいだで三度目に丸めてぼろぼろになったティッシュを使った。

外で待ったままのエリカは、両手をアティカスのアーミージャケットのポケットに入れて厳しい天候から守りつつ、屋根づたいに走りまわるイーサンを見あげている。車庫に向かう途中で立ちどまったデイルは、クリスマス用のイルミネーションライトの電気コードと格闘している恋人を見あげた。その呆けた笑みは、あたしが見ていることに気づいて、照れくさそうな笑みに変わった。

「さて、ご友人」デイルは言った。車庫の鍵を開け、シャッターをレールに沿って巻きあげる。「ご令嬢だよ」

デイルの清潔な車庫に守られて、あたしのポルシェがそこにあった。「洗ってくれたんだね」

「あんたがいないあいだ、週に一回は外に連れ出してたんだ。トータルで三百キロほどは走行距離が増えてるかもしれんが、まあその程度だろう。ただ、道路に凍結防止の塩が撒いてあったから、汚れは落としておくようにしといた。冬ってのはそれがあるからな」

「すごくきれいになってるよ」

デイルの肩越しに、エリカがイーサンからこっちに注意を移すのが見えた。あたしに対するむきだしの猜疑心はあいかわらずだ。それを無視しようと努め、ジャケットの内ポケットにいれた小切手帳に手を伸ばしながら、デイルの思いやりに溢れた笑顔のシェルターにふたたび逃げこんだ。

「いくら借りがあるのかな?」

デイルはひどく傷ついた顔をした。「おれにはなんの借りもないぞ、ブリジット。仲間うちの親切はタダと決まってる」

「ガソリン代くらいは払わせてよ」

デイルは首を横に振り、困ったように眉根を寄せて、皺のきざしすらないその顔に皺を刻んでみせた。三十歳になるデイルは大和男子《ヤマトオノコ》の輝かしき好例であり、あたしより背が高く、あたしの倍は骨太だった。天使のようにおおらかな魂を宿すその肉体は、WWFのプロレスラーも恥じいるくらい堂々としている。

「しつこくすると、おれの機嫌をそこねることになるぞ」デイルは言った。つかのま車を見ていたが、またあたしに目をもどした。「あんたがどこに行ってたか、おれは教えてもらえるんだろうか？　アティカスは言おうとしないんだ」

「体を壊してたんだ」あたしは言った。「もうだいぶよくなったから」

「また落ち着いたら、電話を待ってるからな。イーサンが今月の終わりごろにでも夕食パーティーをひらきたいと言ってるし」

「ふたりとも年末からこっち、祝日つづきでじゅうぶん楽しんだんじゃないの？」

「新年のほうはさっぱりだったよ」と、デイルは言った。「ナタリーとコリーが顔を見せてくれたが、それでおしまいだ。あんたがいないと、おれたちはパーティーもできない有り様だったんだ。こうしてもどってきたとなれば、状況修復といかなくちゃな」

「電話するよ」あたしは約束した。「ほんとにありがとう、デイル」

デイルが抱きしめてくれた。「おれたちみんな、あんたに惚れこんでるって知ってたかい？」

あたしはうなずいた。そのほうが、惚れこむのはまちがいだと説明するより簡単だから。

あれはいつだろう、起こされて気づくとベッドの脇にケイシェルがいて、手にタオルを持って看護婦の表情を浮かべたその姿に、てっきり自分はまた十六歳にもどったのだと思いこんだ。痛みという痛みが体の内部を駆け巡り、自業自得ながらあたしは地獄の苦しみを味わっていた。一週間砂を飲んで暮らしていたとしても、口の干からび具合はもう少しましだったにちがいない。

ケイシェルはあたしの額にタオルをあて、手の甲で頰に触れて熱をはかった。そして訊ねる。「気分はどう、姉さん?」

なんだか大人びて見えると思いながら、あたしはしわがれた声をだした。妹がこんなにはやく成長しているとしたら、自分もそうなんだろうと思いながら。ケイシェルはナイトテーブルから水の入ったグラスを取ってすすめてくれ、それを持とうとしたら、手が震えて止まってくれなかった。妹の手を借りて、ぬるい水をいくらか口のなかにいれ、砂が喉のもっと奥まで滑り落ちていくのを感じた。あたしは吐き気をもよおした。

「すこしだけよ」ケイシェルが注意する。「よかったら、ゲータレードもここにあるから」

さっき訊こうとした質問をもういちど言ってみて、あまりに自分の声が異様に響いてびっくりした。

どうしてそんなふうにケイシェルがこっちを見てるのか、あたしにはわからなかった。

「父さんはどこ?」

「もういちど眠るといいわ」ケイシェルは言った。

ロングアイランド・エクスプレスウェイを走っていると、やっとエリカがあたしに口をきいてきた。

「あんたは最低の女だ」エリカは言った。

「わかってる」

「その点だけははっきりさせとかないとね」エリカは切られた耳が隠れているのをたしかめると、窓の外に目をそむけ、自分たちの車が速度をあわせているまばらな車の往来を見やった。

目の前のトヨタカローラが時速六十キロあるかないかの速度でのろのろと道を塞いでいて、よく見ると運転席のシートから白髪頭が突きだしていた。追い越したいとは思ったが、そこまでする気分でもない。

「あたしがなににいちばん腹を立ててるかわかる? いっぺんそいつを考えてみなよ、ブリジット・ローガン、ええ? このくそったれの最悪のどつぼ女」

あたしはポケットからもう一枚ティッシュをとって、また鼻をぬぐった。「あたしの身勝手さにだろ」

　トヨタは車線と車線のあいだをよたよたして、右から追い越してきたトラックが危うくかすっていきそうになった。あたしはミラーを見て後ろがきていないのを確認したが、それでもまだ追い越さなかった。

「腹立たしくてたまらないのは、アティカスにしろケイシェルにしろ、あんたがどういう状態だったかを、あんた自身に言ってやろうとしないことだよ。もとどおりにしてやろうと苦労してるあたしらに向かってあんたの言ったことやしたことを、あのふたりはいっさい非難する気がないんだ」

　あたしはまた鼻を拭いた。

「でもね、言うべきなんだよ」エリカは断言した。

「離脱の途中だったから」あたしは言った。

「それが理由になると思ってんの？　言い訳になると思ってんの？」

「事実としてそうだった、って……それだけだよ」

「あんた、アティカスに言ったんだよ、こんなふうに世話してくれるのは、お礼にファックしてほしいからだろって」エリカは言った。「そのあとあんたは、一発ヤクを手に入れる手伝いをしてくれたら、それでも同じようにファックしてやるからって持ちかけて、さんざんなじったうえに、落ち着かせようとしたアティカスの顔を殴りつけたんだ。ケイシェルには、とっとと帰ってキリストとファックしてろ、おまえなんかにまわりをちょろちょろされるのはごめんだって言ったよね。金切り声あげて、怒鳴りまくって、あんまり騒ぎたてるせいで近所の人から別々に三回も警察に通報される始末だったよ！」

「覚えてる」あたしは言った。

エリカはふたたび顔をそむけ、シートに叩きつけるように背をもたせた。「なおさら悪いじゃん」

それは車をぶつけたみたいに突然襲ってきた。一発打ちたい。ほかのあらゆるものを抑えこんでしまいたい。一発だけやれたら、それで手品のようにエリカを黙らせられる。一発あれば、よけいな雑音は薄れて消える。

あたしはトヨタを抜き去り、スピードメーターは百四十を越そうとしていた。エリカは口にあたしの靴下でも突っこまれたかのように、完全に黙りこんでしまった。

あたしはまた八十キロ未満に速度を落とした。

暗闇でふたたび目覚め、まぶたをひらくと不自然にまぶしく見える常夜灯の光が覆いを透かして目に入った。すぐ近くで、つづけて爆発音がした。銃声だ。ラディーポに見つかったにちがいない。あたしのしたことがばれたんだ。バトラーも一緒に、ピエールに差し向けられてきた。ふたりはダクトテープを持ってきていて、バトラーは興奮し、あたしはおびえていた。跳ねるように起きあがり、体にシーツが張りついているのを感じ、無防備な自分を感じて、見当識の欠落と雑音のなかでパニックを起こす。部屋にだれかがいて、そいつが近づいてくるからあとずさろうとしたら、後ろに倒れてなにかに頭をぶつけ、目の奥で光がフラッシュした。

「だいじょうぶ」アティカスが言った。「花火だよ。新年おめでとう」

あたしは凍りついたが、もっと光のあたるほうに男が動いて姿が浮かびあがった。あたしはそいつがだれだか思いだした。自分がどこにいるのかも思いだした。情けないとか恥ずかしいとか感じるよりも、そいつに会えてどんなに嬉しいかだけを思い知った。

「すこし気分がましになったかい？」そいつが訊ねる。

あたしはうなずき、そいつに手を伸ばし、胃がせりあがるのを感じて、ベッド一面に反吐をぶちまけた。


ポルシェを車庫に入れ、アティカスのBMWのバイクに並べて慎重に駐める。エリカはあたしを待たずに階段へ駆けだし、あたしがアパートメントにあがったときにはすでに自分の部屋に入っていた。閉ざされたそのドアから、アティカスが振り返った。

「具合のほうはどうだ？」と、アティカスが訊く。

「疲れた」

「ベッドに入ったほうがいいんじゃないかな」

あたしは首を横に振り、すぐにそれを後悔した。背中と両腕に汗を感じる。アパートメントが暖かいのは知っていたし、キッチンの窓の下でラジエーターが音をたてているのもわかっていたが、わかっていてもやはり寒かった。ジャケットを脱ぐだけで一分近くかかり、肌を這い、乾いていく汗を感じた。椅子の背にジャケットをかけようとすると、滑って床に落ちた。あたしはそのまま放っておいた。塩と胡椒のシェイカーの隣に置いた箱から一枚新しいティッシュを抜きとって、また鼻をかむ。

「きみはすこしゆっくりすべきだと、きみの妹もおれも思ってるんだが」

「やることが腐るほどあるんだ」あたしは言った。「時間を無駄にしすぎちゃったからさ」

アティカスはかぶりを振ると、むこうを向いてティーポットの用意にかかった。シンクの上の棚からポットを降ろし、〈アイリッシュ・ブレックファスト〉の缶を抜きとる。シュガーボウルに砂糖を入れて、それと、牛乳とクリームの〈ハーフ&ハーフ〉一パイントパックをテーブルに並べた。

そのこまごまとした動きを見るともなく見つめながら、こんなふうにアティカスの姿を最後にこの目でじっさいに見てから、じつに一年以上が経っていることに気づいていた。雑誌で読んだある記事を思いだす。南極で一年間暮らしたのちに故郷にもどってきた男が、最初の一週間を森でキャンプをしながら過ごし、木々の緑を見つめて、色の世界に帰ってきた実感にただただ魅了されたという話を。

アティカスの色が、あたしは好きだ。

笛が鳴りかけたところでアティカスはやかんを降ろし、火を切った。それからティーポットと二個のマグをテーブルに持ってくると、触れられるくらい近い席に腰をおろした。あたしはアティカスから無理に目をそらし、マグの選択を次の課題とした。大きなマグで、クラシックアートで装飾がほどこしてある。ひとつはスーラで、もうひとつはピカソだった。

「デイルはどうしてた?」アティカスが訊ねる。

「元気だった。イーサンとふたりでクリスマス用の電飾をはずしてる最中だったよ。ツリーなんて、もう歩道のとこに出してあった」

「そろそろそういう時期だろう?」

「あたしが子どものころはさ、一月が終わるまで親父は電飾をつけたままにしてたんだ。年明けのあと一週間やそこらではずすなんて了見は、親父にとっちゃ呪詛も同然だったみたいだよ」

アティカスは微笑みながら紅茶を注ぎわけた。あたしの分はクリームと砂糖をどっさり入れられるよう、少なめにしてあった。「デイルにどこにいたか訊かれたか?」

あたしはうなずきながら、紅茶を好みの味にした。「省略法の嘘をついた」

エリカの部屋の閉じたドアを見やり、あらたな欲求が背筋を這いのぼってくるのを感じた。すぐにおさまると、自分に言い聞かせる。アティカスは注意深くこちらを見守り、心配を隠そうとはしていたが成功していなかった。

「だいじょうぶだよ」あたしは言った。

あたしの嘘にアティカスはにっこりしたが、それを指摘しない思いやりを持ちあわせていた。

「ケイシェルはどこ?」

「職場にいるよ」アティカスは言った。「夜にはきみの様子を見に寄ると言ってた」

「職場か」あたしは言った。「あたしもみんなに電話しないと」

「そうすべきだろうな。いつから復帰できるか報せたほうがいい」

「当分は無理だね」

「無理?」

「片をつけてしまわないと」あたしは言った。

アティカスはピカソのマグを両手のあいだに移動させ、湯気があがるのを見つめた。「どうしても?」

「やるしかないんだ」

「おれも一緒に行きたい。きみはひとりになるべきじゃない」

「タスクフォースと話すときは、スコットがついてきてくれるって言ってた」あたしは言った。「ジミー・シャノンはあたしを知ってる。心配いらないよ」

「おれが言ってるのはそのあとのことだ」

「一緒に来てもらうわけにはいかない。ひとりでやるしかないんだ。でないと連中は、なにかあったと感づいちまう」

アティカスは湯気から目をあげて顔を曇らせた。

「あたしならだいじょうぶ。もう帰ってきたんだ。またいなくなったりはしないさ」

「そもそも最初になぜいなくなってしまったのか、おれにはその理由がわからないんだ」アティカスがそっと言った。

「なんで。知ってるじゃないか」

アティカスは首を横に振った。「ライザ・スクーフのことを言っているんじゃない」

「なんのことを言ってるかはわかるよ」

「それじゃどうしてあんなことを?」アティカスのその訊き方は、ゲイブリエルのことを思いださせた。

あたしはスーラを押しのけた。「あたしがジャンキーだから」

「そういうことを言ってるんじゃないんだ」

「なんであんたに会おうとしなかったか、ってことか」

左腕がむずがゆかった。まだ針穴が残ってじくじくし、几帳面に四角く切った清潔なガーゼで覆ってある部分だ。テープが肌にしがみつき、その刹那、皮膚が窒息しているのが感じられる気がした。エリカの部屋から爆音と銃声が聞こえ、コンピュータで皆殺し系のゲームを立ち上げたのがわかった。コンピュータ映像の銃身の先にあたしの姿を思い描いていないことを願ったが、そうにちがいないのは承知していた。

「会いたかったんだよ、アティカス」あたしは言った。「会いたいって思いはヘロインをやりたいって思うのと変わらないほどだった。もちろん、それとはちっとも同じじゃないし、似ても似つかないのはわかってる。でも、あたしのなかでは、あんたはもうひとつの弱みなんだよ」

アティカスはただじっと静かにあたしを見つめ、理解しようと努めていた。

「どうしても自分の条件でやらなきゃならなかった。自分でコントロールできる必要があったんだ」

「あのアパートメントに隠れて、その腕にヤクを打ちこんでいたのもそれが理由なのか？」アティカスが訊く。「おれのほうから迎えに来てもらいたかったから？　自分の条件というのはそういうことなのか？」

「そいつはちょっと自分を買いかぶりすぎってもんじゃないの」あたしは言った。「あたしは救いようのない最低女だよ。その点はエリカがきょう、車んなかでそりゃあ優しくこんこんとわからせてくれたけどさ、でも、サディストじゃない。あたしがこの腕にヤクを打つのは、もうはるか昔、あんたに出会うずっとまえにはじまってたことなんだから」

「でもきみは、たとえまた悪習に舞いもどっても、おれがきみを見つけだすのがわかってい
た。それをあてにしてたんだ」

あたしは答えなかった。

「きみの妹が言うには、ジャンキーはわざとクスリを使ってしまう可能性のある状況に自分を送りこむことがあるそうだ。今回起こったのはそういうことなのか？」

あたしは新しいティッシュに手を伸ばして鼻をぬぐった。次第にひりひりしはじめ、皮がむけてしまった感じがする。以前リングピアスをはめていた穴は、まだ化膿していてむずがゆかった。いつはずれたのかも知らないが、リングを失くしたとき、同時に皮膚まで引きちぎってしまったらしい。

「もしそうだったのなら、そう言ってくれ、ブリジット」アティカスは言った。「おれがどんなふうにきみを見つけることになるかを承知のうえで、あの手紙を書いたのなら」

「そうだとしたら？」喉がつかえそうになるのをこらえながら訊き返す。こんなふうに動揺したくなかった。涙がとまってほしい、体がまともに動いてほしい、太陽が出てきてほしい、また暖かくなりたい。「ハイになりたいがために、あんなことをしたんだとしたら？」

アティカスの目はけっしてあたしから離されることはなく、思案に沈むにつれて翳りを増していった。ふたたび鼻をかむと、手のなかでティッシュの破れる感触がした。立ち上がっ

てぼろぼろのティッシュをシンクのそばのゴミ箱に捨て、水道をひねって手についた洟を洗い流す。水を手で二回すくって顔にかけた。そうすると寒気がいくらかましになった。

アティカスはテーブルについたままで待っている。

「そこらじゅうにあったんだ」あたしは言った。「目を開けてるかぎり、デッキやデッキの束を目にしないわけにはいかなかった。ラップに包んだクソでかい塊《ブロック》が、一キロ、二キロ、五キロ、十キロって転がってたんだ。それも純ヘロインか、混ざっててもごくわずかで、雲みたいに真っ白なんだ。あの連中が動かしてたヘロインの量ときたらあんたには想像もつかないと思うよ。もしあれを見たら、あの量を残らず買ってくだけのジャンキーが存在するなんて、ぜったい想像できないはずだと思う。

怖かったよ。コリンのために新品の注射器とヤクをいくらか買って、ゴールディの居場所を見つける手助けをしてもらおうと持っていったんだ。思ったとおりコリンは教えてくれて、ゴールディの隠したブツを盗んだあたしは、そいつをアラバッカのところに持ちこんで、もうちょっとマシな人間を雇う必要があるんじゃないかって言ってやった。このあたしなら願ってもない答えだよ、ってね。ピエールはげらげら笑って、あたしに仕事をやるようバトラーに言いつけたんだ。はじめの二週間ってものは、それこそ一挙手一投足を連中に監視されてた。アラバッカの部下にズボンのなかまで覗かれずには、着替えひとつできなかった。

それが変わったのは、あたしが連中のために買いつけをやったときからだった。二十キロなんてとんでもない代物を、ピエールはあたしとバトラーに受け取りに行かせたんだ。連中はあたしを信用し、仲間と認められたのはわかったけれど、それでも恐ろしい気持ちはおさまらなかった。

だからひとつデッキを開けて、ちょっとだけやったんだよ、眠れるように」

アティカスが坐ったまま向き直った。表情はさっきと変わっていない。

「けど、どれもみんな、言い訳にするつもりはない」あたしはアティカスを見て言った。「あたしがやったのは、やりたかったからだ。はじめたときから、やる機会がきっとあるってわかってた……そうだよ、あのアパートメントから出ていったのだって、自分の生活を失ってしまうわけにはいかないからで……すくなくともその可能性があるってことに気がつかないほどの馬鹿じゃなかったからだ」

アティカスは、まるでその言葉が脆いクリスタルでできているかのように口にした。「可能性？　それとも必然性？」

エリカの部屋の雑音はやんでいたが、いつ止まったのかすらよくわからなかった。窓越しに通りの往来が、人の声が聞こえる。やがてそれも止まったように思えた。だれもがあたしの答えを待っている。

「あたしは自分にこう言ったんだ、だいじょうぶ、やりはじめたことをやるだけで……」あたしはつづけた。「一兎を追って二兎を得られるかもしれない、と。わかるかい？　そして、あたしは手紙を書いた。あんたなら力の及ぶかぎり探してくれるとわかってたんだ。つまり、そうさ。あれを書いた時点でわかってたんだよ。あれを書いたときには、自分がなにをしたいのか知ってたんだから」

アティカスは椅子から立ち上がり、ゆっくりとあたしの立っている場所に歩いてきた。右手であたしの左頰に触れ、その指先がわずかに肌を押した。もう一歩まえに踏みだし、その体があたしの体にかぶさるほどに近づいたと思うと、唇が額に置かれた。あたしはやめてくれと言おうとした。汗でじとじとして冷たくて熱くてひどい体だから、ゴミ収集車の荷台のような味がするとわかっているから。

「やめ――」まで言いかけて、あたしは黙らされた。

そして、アティカスはあたしに両腕を固く巻きつけ、長いこと離してはくれなかった。

2

アティカスのベッドでふたたび目覚めると、あたしにとっての石器時代《ストーン・エイジ》に先立って妹に送ったあの箱がいま、アティカスのデスクの上で待っているのが目に入った。あたしはすんなりバスルームまでたどりつき、そのままなにごともなくシャワーに手をかけて頭からお湯を浴び、シャンプーの泡を髪から洗い流す段になるまで、ヤクを仕入れたいという考えはちらりとさえ浮かばなかった。

ささやかな勝利だが、すくなくとも前日の朝に比べてまる四分間の記録延長だ。箱のなかから、清潔な衣類と自分のアパートメントの鍵を探しだした。うちに帰ってもしかたがない——ふたたび自分の生活にもどるというステップは、まだ踏んでみようという気になれなかった。ありあわせの服に着替え、鏡の前で髪を梳《と》かし、すこし長すぎるほど自分の顔を眺める。そのあとベッドをととのえると、キッチンにいるアティカスのところに行った。アティカスはテーブルで焼きたてのホットビスケットを盛った皿の上に《タイムズ》を広げて読んでいた。バターとジャムと蜂蜜が並べられ、淹れたてのコーヒーが入ったポットまで用意されている。

「おはよう、サンシャイン」

「おはよう。これ全部、あたしのために？」

「きみとクリスチャン・ハヴァルのためだ。あと三十分ほどしたら、おれにインタビューするためにここに来ることになってるから、丁重に扱ってもらえるようにと思ってな」

「それって去年の夏、あんたと警護仲間のことを書いてたレポーターだよね？」

「クリスは本を執筆中なんだ。その件でインタビューに応じる約束をしたんだよ」

あたしはビスケットひとつとコーヒー一杯をもらうことにした。

「あたしなら邪魔はしないから。どっちにしろ、いろいろとやりはじめなきゃいけないことがあるし」

アティカスが諫《いさ》めるような顔をした。「あまり危ない真似はやめておけよ」

「危ない部分はもう済んでるよ、忘れたのかい？　ここから先はゲームの行き先を見送りつつ、自分の生活を取りもどしにかかるだけさ」

アティカスは唸るような声をだし、新聞の都市圏欄《メトロ・セクション》をあたしに渡してよこした。食べながら目を通していく。胃の具合は落ち着いているが、それがニュースの内容によるものか、自分自身の代謝によるものかはわからなかった。食欲はおどろくほどもどってきていた。

「今朝エリカが学校に行く前に、ふたりですこし話をしたんだ」口からビスケットのくずを拭きとっていたあたしに、アティカスは言った。「まだきみに対して怒ってはいるが、今後はもう少し前向きなかたちで対処する努力をすると思うよ」

「それはエリカとあたしの問題だよ。あんたに仲立ちしてもらう必要はない」

アティカスはそれについて少し思案し、新聞を畳みなおしてビスケットの皿の脇に置いた。

「妹に関しても同じことだからね」あたしは言った。「どっちもあたし自身の人間関係なんだから、自分の力でなんとかするしかない。ケイシェルはここにいるとき、なにか言ってたかい？」

「電話番号を残していった。きみからの電話を待ってると言って」

あたしは残りのコーヒーを飲み干すと立ち上がり、自分の食器をシンクに置きにいった。

「なにかあったら電話するんだぞ。きょうはずっとここにいる」

「じゃ、またあとで」

「わかってる。ねえ、アティカス？」

「なんだ？」

「ハヴァルって、《ニューズ》の記者じゃなかったっけ？」

「ん、ああ、そうだが？」

「だったら《タイムズ》は隠しといたほうがいいんじゃないかな」そう助言してから、あたしは仕事に向かった。

ポルシェで職場へと走り、オフィスに足を踏み入れると、ケイリスが声をあげた。「まさか！」

「うん、ただいま」あたしは言った。「ライラはいる？」

ケイリスはうなずいた。その場はそうするだけで精一杯のようだった。

二回ノックしてから、ライラのオフィスのドアを開けた。ライラはデスクの後ろに坐り、向かいの椅子はまるまるとして恰幅のいい白人の男が占領している。あたしが顔を突きだすと、男もこちらを振り返った。そうしてくれてよかった——ライラの顔に浮かんだ表情は、クライアントに信頼を抱かせるたぐいのものではなかったから。

「帰ってきたことだけ報せておこうと思って」あたしは言った。「自分のオフィスにいます」

ライラは驚きを拭い去り、もとどおりビジネス用の顔を貼りつけて、うなずいた。「話があるから、そこで待ってなさい」

「了解、ボス」と、あたしは言った。

あたしのオフィスは以前と同じ様子で、以前と同じにおいがしたが、埃をかぶっていないのが残念だった。デスクはあたしが記憶しているのとは変わっていて、いないあいだにだれかが使っていたような感じがし、載っていた書類をまっすぐに揃え直しながら、報告書に書かれた見覚えのない名前をぼんやりと眺めた。あたしの長期休暇中、事務所はずっと繁盛していたらしい。返事を待っている郵便物の束があり、それをまとめてコンピュータ・モニターの脇に置いた。片づけ仕事が終わると、あたしは受話器に手を伸ばした。

「帰ってきたわけね」こちらが名乗ると、ミランダ・グレイザーは言った。喜んでいる声ではなかった。

「ああ、帰ってきたよ。それで、どうしてもあと一回だけ、ライザに面会する手配を頼みたいんだけど」

「なんのために？」

「あたしが探りだしたある件で、あの子と話す必要があるんだ」

「DEAの興味をひきそうな件で、ってことかしら？」

電話のいいところは、驚きを隠してくれることだと思う。「アティカスから聞いたの？」

「ライザがわたしたちふたりに話したのよ」ミランダは言った。「ずっと以前、最初にライザの訴訟を引き受けたときにあなたに言った言葉を、もういちど繰り返しておく必要がある気がするわ、ミス・ローガン――わたしは誤審の手助けはいっさいしないし、この件に関して自分の倫理観を妥協するつもりもありませんから」

「なにも誤ったり妥協したりすることなんかないさ」

「でもあなたは、ライザのために司法取引をとりつけようとしてるんでしょう」

「それのどこが非倫理的なわけ？」

「見かけ上はちがうかもしれない。でも、詳細を教えてもらいたいわね」

「まず、ライザと話すのが先決」あたしは言った。

ミランダ・グレイザーが癇癪を爆発させた。「だめよ！　だめだめ、冗談じゃない、だめに決まってるでしょう！　わたしに隠れて勝手に走りまわって、わたしのクライアントに本人のために最良とはとても思えない指示を勝手に与えて、そんなことをつづけさせるわけにはいかないの！　いまここではっきりと、ライザとどういう件で話をする必要があるのか言いなさい。でなければ、面会させるわけにはいきませんから」

「どうしても先にライザと話さなきゃならない。そのあとで、なにもかも話すから」

「ふざけないで！」

「あんたを通さなくても、ライザと会うことはできる」あたしは穏やかにそう言った。

「でも、わたしがいなければ、ふたりきりで会うことはできないわ。あなたの紐の先につながれているのはもうたくさん、ブリジット。ライザにアクセスしたければ、まずわたしとの問題に片をつけることね。審理は月曜日、あと四日ではじまるけど、わたしはもうあなたのくだらないゲームからは降りさせてもらうから。わかったわね？」

あたしは椅子ごとゆらゆら体を揺らし、やがてデスクの抽斗を開けるとクリネックスの箱を探した。

「わかったわね？」ミランダは繰り返した。

「ラークを撃ったとき、ライザはやつの運んでたブツを盗んだんだ」あたしは鼻をぬぐい、ティッシュを隅のゴミ箱に投げこんだ。「でも、ヴィンスはそのバッグにヘロインだけじゃなく、別のものも入れて運んでいた。DEAがどんな代償を払ってでも入手したいと思う代物を」

「なんなの？」

「まだ言えない」

受話器のこちら側でさえ、ミランダから吐き出される蒸気が感じとれた。

「信用しなって」あたしは言った。「信用するだけの価値はあるから」

「だったらライザがなにを盗んだのか言いなさいよ」

「ライザと話をするまではだめだ」

あたしのオフィスのドアがひらき、ライラ・アグラがなかに入ってきて、後ろ手にそっとまた閉めた。あたしが両眉を吊りあげると、ライラはうなずき、壁にもたれて待っている。きょうのパワースーツはネイビーブルーだった。

「あした」声に怒りをこめて、ミランダ・グレイザーは言った。「十時に。わたしも行きます。ライザとふたりの時間を五分与えるけど、それが最大限よ。そのあとなにもかも説明してもらいますからね」

「了解」あたしは電話を切った。

ライラは胸のまえで腕を組んでいた。

「やあ」と、あたしは言った。

ライラは首を横に振った。口元は、鼻と顎の中間のくっきりした直線と化していた。

「すみません」あたしは言った。

ライラはふたたび首を横に振った。「あなたを馘《くび》にするかどうか、ずっとマーティンと話しあってたの。そうすべき？」

「あたしがあなただったら、そうすると思います」

「辞めたかったんなら、ひとことそう言うべきだったのよ。辞表を一通送ってくれたら、それでことは済んでた。そのくらいの礼儀は常識だわ、ブリジット」

「辞めたいとは思ってません」

「すくなくともそれだけは、こっちもわかってる」ライラは言った。

「あなたとマーティには嫌な思いをさせてしまった。それはわかってます。自分のしたことは無礼だし不可解だし、期待を裏切ってしまったのはわかってます。これから償うべきことが山ほどあるのもわかってます。そうさせてほしいんです」

ライラはデスクと向かいあった椅子のひとつに手をかけ、ポニーテールを下敷きにしないよう、背中から引き寄せてから腰掛けた。「あなたがいないあいだ、いくつか耳にした話があるの」ライラは言った。「不安にさせられるような内容の話をね」

あたしはなにも言わず、ライラの視線が自分へと近づいてくるのを見ていた。あたしの両手を通り過ぎ、両腕をのぼり、そして最後にはあたしの視線と絡みあって静止した。

「ドラッグをやってるの？」ライラが訊ねた。

「やってました」あたしは答えた。

ライラの目にはなんの驚きもなく、ただ、ずっと考えていたことは正しかったのだという認識だけがあった。「いなくなった理由はそれ？」

「いいえ。姿を消したのは、友人を助ける目的でやるべきことをやるためでした」

ライラ・アグラは、ポニーテールにした黒髪の先を片手でいじり、指先を太い髪束のなかに押しこんでいる。やがてライラは立ち上がり、ためいきをついた。「いいわ、ブリジット。いまこの時点から、あなたの休職を無期限延長しましょう。うちの保険は更生プログラムもカバーしてるの。この事務所でこの仕事をつづけていきたいなら、そうしたプログラムのひとつを受けることを強く勧めるわ」

「もうだいじょうぶ」あたしは言った。「離脱しました」

「いいえ、この件であなたの判断を信用する気はないの、ブリジット、その点ははっきりしてる。マーティとふたりで今夜にでも話し合って、わたしたちの意向を決めておくわ。でも、わたしたち三人とも、夫も、わたし自身も、それにあなたも、これから本当にどうしていきたいのかについて、じっくり真剣に考える必要があると思う」

腕がかゆかった。また涙が垂れてくるのを感じ、またしても欲求がそこまで迫っていた。

ミスター・ジョーンズが脊髄の端から端までぴょんぴょん跳ねまわっている。あたしはうなずいた。

「自宅に連絡すればつかまるの?」ライラが訊ねた。

あたしは首を振り、急いでデスクからペンと白紙のメモ用紙をとった。アティカスの電話番号を書きつけると、あたしは立ち上がってそのメモをライラに渡した。

「電話するわ」と、ライラは言った。


シックスス・アヴェニューに借りたアパートメントから三ブロックほど離れた駐車場にポルシェを駐めたのち、昼時の人の波にぶつかったりぶつかられたりしながら徒歩で北へ向かい、途中、小さな金物屋に寄ってプラスのドライバーを一本買った。生花市場がひらかれて賑わいを見せ、ディスプレイ用に並べられた花に歩道が塞がれてしまっている。水遣りで流れた水がそこらじゅうで凍りつくほど寒く、ブロックの端から端まで、いつ足を滑らせてもおかしくない状態だった。

入り口にたどりつくまでに出しておいた鍵束ですばやく建物内に入り、手すりの助けを借りて階段をのぼった。アパートメントの内部《なか》に入ると、腐った果物のにおいでまた涙が出てきた。何者かが、それも複数組の何者かが、家捜しをしたらしい。衣装簞笥の抽斗は残らず取りだされ、衣類は床にぶちまけてあった。ベッドのマットレスは裏返され、毛布やシーツは枕と一緒くたにして、吊台で高い位置に設《しつら》えたテレビの下に丸めて置いてあった。クロゼットのドアは開けっぱなしだ。あたしの服はハンガーからはずされて投げ散らかされ、ポケットはどれも裏返しになっていた。

徹底的に調べあげられている。あたしはただ、それが不首尾に終わってくれたことを願うしかなかった。

スクリュードライバーを取りだしてベッドに転がし、椅子のひとつに手を伸ばそうとしたところで、アパートメントの片端でドアがひらき、アントン・ラディーポが入ってきた。

「ブリジット」アントンは言った。「みんな心配してたんだぞ」

あたしはできるだけなにげなく椅子から手を離した。「なにも心配するようなこっちゃないさ、アントン」

ラディーポは慎重にドアを閉めてから向き直り、両手を腰のまえで握り合わせながらあたしを見た。ワシントン・ハイツの裏路地ではじめて会ったときのように、アントンはこざっぱりと清潔感にあふれ、しかも危険に見えた。

「いままでずっと、どこにいたんだ？」ラディーポが訊ねる。

「体を壊しちゃってさ」あたしは声に怯えがあらわれないように努めた。「調子をとりもどそうと思って、しばらく暇をもらったんだ」

「なんでひとこと言ってくれなかった」思いやるような含みの言葉は見せ掛けで、レストランのデザート皿に盛られたプラスティックの菓子のようなものだ。「おれたちで面倒をみてやったのに」

「煩わせたくなかったんだよ」

「そんなふうに思ったのが不運だったな。そうしておけばおれたちにも確認できたんだが」

「なにが言いたいんだい、アントン」

ラディーポは部屋のなかを見まわした。まるで一度もなかに入ったことがなく、その手で、おそらくバトラーの手も借りただろうが、家捜しした覚えなどないといった顔で。それから、ラディーポはあたしに歩み寄った。あわてずさわがず距離を縮めながら、閉じた唇に笑みを浮かべている。あたしはじっと動かずに相手を見据え、腕の下にある銃のことを考え、もしこいつを殺してしまったら、これまでしてきたことは水の泡になってしまうと考えていた。

アントン・ラディーポは三メートル手前で足を止めた。

「病気じゃなかったんだろう、ブリジット。たぶん、警察に捕まっていたんだ」

あたしは首を横に振り、鼻を指差した。「病気だって、ほら。妹んとこにいたんだよ」

「妹がいたとは初耳だな」

「訊かれたこともなかったしね」

「ひょっとして、弟もいたりはしないだろうな？」

「いないけど」

「おもしろい」アントン・ラディーポは首をひねってテレビを見上げた。あたしは一センチ右に足を踏みだし、ベッドの上のドライバーを視界から遮ろうとした。ラディーポの頭が巻きもどってこっちを向いた。「クリスマスの翌日、ある男がピエールに襲いかかってな。そいつがきみの居場所を訊いてきた。ピエールは危うく殺されるところだったよ」

あたしは両眉を吊り上げて、精一杯おどろいた表情をしてみせたが、さほど難しいことではなかった。与えられたニュースは、あたしにも初耳だったのだから。

「眼鏡をかけた背の高い男だった」アントンは言った。「茶色の髪。バイクに乗っていた。このうちどれか、思い当たるものはないか？」

あたしは首を横に振った。

「信じていいものかどうかわからんな、ブリジット。だが、それはじっさいどうでもいい。要は、ピエールが信じるかどうかだ」

「説明ならまたいつでも、よろこんでさせてもらうよ」あたしは言った。「あとで行こうか？」

「いますぐがいいだろうな。さっき言ったように、おれたちはずっと心配していたんだ。このまま一緒にピエールのところに顔を出すべきだと思うぞ。もう心配しなくていいと報せておくべきだろう」

「いま、ちょっと取りこみ中でさ」あたしは言った。「ここを片づけなきゃなんないんだ」

「悪いが、どうしてもいますぐだ」

視線が絡みあい、たがいに自分が本気だということを示そうとしていた。やがて、あたしはまばたきして言った。「わかったよ。先に出て」

ラディーポの笑みが広がった。「レディ・ファースト」

「あんたって人は紳士だよね、アントン」あたしはドアに向かった。「もどってきてよかったって気になるよ」

「ああ」ラディーポは言った。「そうとも。また一緒になれてよかったじゃないか、そうだろう？」

3

「淋しかったぜ、別嬪さん」好き者のロリー・バトラーが、あたしの腿の内側に両手を這いのぼらせていく。「てっきりおれを捨てて、よその男に走ったものと思ってたんだ」

「あんた一筋ってわかってんだろ」あたしはその手の感触を無視しようと努めていた。

バトラーは右の手のひらをあたしの股間に強く押しあて、それから左に押しやって向きを変えさせたいことを示した。あたしが従うと、バトラーはこっちが壁を向くあいだだけ手をおろして待ち、すぐにもどして、その手をこんどは下からゆっくりと尻に滑らせていった。

ラディーポはピエール・アラバッカのオフィスへとつづくドアのそばに立っている。その顔は無表情で、目は退屈していた。

「すこし濡れてきてんじゃねえか」なおも手を動かしながら、肩越しにバトラーが言った。

「どうやらおまえもおれが恋しかっ《ミス》たと見えるな」

「殴る的を外す《ミス》ことはしなくなったよ」

バトラーは笑い声をたて、あたしの腰から両手を離して背中に移した。指先が髪にもぐりこみ、頭皮をまさぐったのちに、また首に下がるのを感じる。それからその両手は脚を上から下へと滑りおりていった。そこでようやくバトラーは後ろにさがった。

「盗聴器はない」と、ラディーポに報告する。「銃だけだ」

「そう言っただろ」と、あたし。

「いっとき銃は預からせてもらうぞ」ラディーポはそう言って、拳銃をバトラーから受けとった。「構わなければだが?」

「ああ、もちろん」あたしは言った。

ラディーポがあたしを自由にさせるようバトラーに手振りし、あたしは体を伸ばしてシャツをパンツにたくしこんだ。ラディーポがドアを開けると、バトラーはあたしを小突いて、あとにつづけとうながした。

アラバッカは黄褐色のスラックスに水色のカーディガンを合わせ、遊びにやってくる孫たちを待っているような格好だった。

「ブリジット!」アラバッカは言った。「ずいぶん心配したんだぞ! さあ、おいで——坐んなさい」

まだ一度も入ったことのなかったそのオフィスを、あたしは見渡した。そこは景気のいい不動産業者が使っているかのような趣の空間だった。デスクは艶々した木製、その後ろに置かれた椅子は革張りで、あらゆるものがエグゼクティブ・サイズに造られ、本棚の上の水槽も例外ではなかった。贅沢な住まいで楽しげに泳ぎまわる色鮮やかな熱帯魚たちが、これまたエグゼクティブ・サイズをしている。ベネシャン・ブラインドが一方の壁の窓を覆い、銀色の羽板は傾けてあったが、完全には閉じられていない。部屋は充分に明るい状態よりも、一、二段ばかり光量を絞ってあった。

いまいる場所はクイーンズのどこか、たぶんジャクソン・ハイツあたりだろうが、確信はなかった。ラディーポは自分の車で行くと言って譲らず、道もやたらと曲がりくねっていたし、ドライブしていた時間の大部分を、車の行き先ではなく連中がどこまで知っているかを想像することに費やしてしまった。屋敷に着くまで銃はとりあげられず、それはいい兆候だと思えた。つまり、過度に疑ってるわけではないってことだろう。

それかあるいは、連中に怖いものが無いだけかもしれないが。

ピエールが指し示した正面の椅子に、「帰ってくるとほっとするね」と言いながら腰をおろした。背後でバトラーがドアを閉める音が聞こえる。ラディーポはあたしのすぐ右隣に移動した。

「そう言ってもらうと嬉しくなるな」ピエール・アラバッカが身をのりだした。「おまえのそんな言葉を聞くとじつに心温まる思いがする。頼む、もういっぺん言ってくれ」

「帰ってくるとほっとするよ、ピエール」あたしは言った。

アラバッカは左耳をあたしに見せるように、わずかに顔を横にひねった。「もういっぺん」

「は？」

「もういっぺん言ってくれ、ブリジット」

「帰ってくるとほっとするよ、ピエール」あたしはゆっくり繰り返した。なにかひどく冷たいものが、あたしのなかで広がりはじめていた。

ピエール・アラバッカはかぶりを振った。「すまん、聞こえなかった。もういっぺん言ってくれんか」

「どういうことなんだい？」

アラバッカはラディーポを見、ついでバトラーを見、そしてまたあたしに目をもどした。次に出てきた言葉は命令となり、ミスター・ロジャーズ（子ども向け人気TV番組の司会者。カーディガン姿で登場する）を真似た演技は蒸気と化していた。「もういちど言うんだ」

「帰ってくるとほっとする」

アラバッカのひらいた右手があたしの顎をしたたかに張りとばした。頭が右に吹っ飛び、冷たいものが広がり、耳のなかでなにか雑音がしはじめた。

「聞こえんのだ！」アラバッカが怒鳴った。「なぜ聞こえないか、その理由がわかるか、この役立たずの腐れまんこが？　どこぞのマヌケな野郎が、かれこれ二週間前に、この耳元で銃をぶっぱなしやがったからだ！　どこぞのくそいまいましいろくでなしのくそったれがバイクでアントンを突き倒し、この顔に銃を突きつけて、おまえの居所を教えなければ鉛玉をぶちこむと脅しやがったんだ！」

あたしはまっすぐ椅子に坐りなおし、両手を膝に置いたまま、ふたたびアラバッカと目をあわせた。アラバッカは口を閉じていたが、鼻からせわしい呼吸をしている。あたしはなにひとつ目にはあらわさないよう努めながら、じっと相手を見つめ、自分の転がり落ちた状況はどの程度ひどいものなんだろうかと思い巡らせていた。

アラバッカは胴まわりがきついと言いたげに、教職者のようなカーディガンのボタンをはずした。ふたたび口をひらいたとき、その声は平静をとりもどしていた。

「ちょうどそのときにＦＢＩの捜査官があらわれて、騒ぎをとめに入ってな。すくなくとも、わたしはＦＢＩの捜査官にまちがいなかったと思っとる。バッジをつけていたんだ。まあ、バッジがあっても本物とは限らんかもしれん。どうだろうな。できれば自分がまちがっていてほしいんだ。ＦＢＩがわたしの身辺にそこまで注意を払ってるなどとは考えたくもないんでな」

口のなかに銅の味がする。あたしは血を飲みこんだ。

アラバッカはスラックスのポケットに両手をおさめ、ラディーポを見やった。

「その男の素性は知らないと言っている」アントンが報告した。

「そうなのか？　われらがオートバイ野郎の素性を、おまえは知らないのか？」

あたしはかぶりを振った。

アラバッカはアントンに笑みを見せた。「ほらな、ちゃんとだれだか知ってるんだ。言いなさい、ブリジット。そいつが何者か言うんだ」

「だれでもないよ、ただちょっと昔知ってた男ってだけで」あたしは言った。「一緒にブツをさばいてたことがあってさ。でも、おまえとはもう仕事をする気はないって言ってやったんだ。いまはずっと格上の組織で働いているから、って」

アラバッカが嘘を見抜いているのはまちがいなかった。水槽のなかではじける泡の音が聞こえる。アラバッカはじっとあたしを見つづけ、あたしは目をそらして相手のローファーに視線を落とした。それが向こうの望んでいることだったからだ。

「おまえがまだ息をしている唯一の理由はだな、ブリジット、姿をくらます際にわたしの金や商品にはいっさい手をつけなかったからだ。それをわかってるか？」

あたしはうなずいた。

「おまえは、うちで使ってる連中はどしろうとだの、仕事のやり方をわかってないだのと言って、わたしのところにやってきた。覚えてるか？　連中がいかにわたしから利益をかすめとってるかを話し、自分ならきっちりけじめをつけさせられる、と言ってきたんだ。わたしの望むままに、連中に躾を叩きこんでやれると言っていた。わたしはおまえにチャンスを与えたが、とどのつまりはおまえもストリートにいる若い連中と変わりないとわかったわけだ。同じように信用ならんとな」

「病気だったたんだ」あたしは言った。「本当にひどい病気になって、しばらく引きこもってたんだ」

「どこに行ってた？」

「入院してたんだよ、ブロンクスのほうで。そのあとは妹のところに転がりこんでた」

「病気？　どんな病気だ？」

「肺炎だった」

「で、おまえの妹というのが面倒見てたのか？」

「退院したあとはね」

「なんという病院だ、ブリジット？」

「ブロンクス・レバノン病院」あたしは掻き集められるかぎりの真実味を掻き集めて、アラバッカを見上げた。「あんたを裏切ったりなんてしないよ、ピエール。あたしはそんな馬鹿じゃない」

「一ヵ月は長いぞ、ブリジット。一ヵ月あれば、サツに捕まって寝返ってしまうだけの時間はじゅうぶんにある。一ヵ月というのは、FBIとDEAとNYPDが揃ってわたしの背後に迫ってくるに足る時間なんだ」

「あんたを売ったりはしてない」あたしは言った。「神に誓うよ」

「だったら、どこにいたのか聞かせてもらわなければな」

「もう言ったじゃないか」

「おまえの妹の居場所を教えるんだ。彼女と話をさせてもらおう」

あたしは首を横に振った。

アラバッカは背中で腕を組み合わせ、聞き分けのない生徒を見るようにぐっと背筋を伸ばした。「おまえが本当のことを言ってるかどうか、妹とやらに訊こうじゃないか。電話番号は何番だ？　いまここで電話して、話の裏をとってみたらよかろう」

あたしの胃は難解な結び目をかたちづくり、冷たい感触が四肢まで満たしていた。水槽の泡音がやけに大きくなり、アラバッカの声が次第に聞きとりづらくなっていく気がした。

「電話をしよう、ブリジット。おまえの妹が病気についてなんと言うか聞いてみたい」

「いやだ」あたしは言った。

「こっちで見つけたっていいんだぞ。ロリー、おまえ、ブリジットの妹を探してみる気はないか？　いくつか質問してもらおうと思うんだが？」

「そりゃあもう」背後のどこかでバトラーが答えた。「こいつの妹に会う機会をもらえるんなら、金を払ったってかまやしないぜ」

「妹はこの件になんの関係もない」あたしは言った。

「妹か」バトラーが言った。「おまえの妹もおまえのように、おれを好いてくれるかな？」

「電話帳を使え」ピエールが言った。「ローガンの欄で、見つかるかどうかやってみろ」

「なにがあったか話したじゃないか」あたしは言った。「ちゃんと本当のことを話してるのに」

「だが、わたしは信じていないんだ、ブリジット。おまえはこのわたしに嘘をついている。そして、わたしは真実を知らねばならない。でなければ、おまえのせいで、控えめに言っても残忍としか呼びようのないテクニックを弄することになってしまうものでな」アラバッカはバトラーのほうに顎を突きだし、一回うなずいて見せた。

あたしは体を起こし、椅子から立ち上がりかけたが、動きが鈍すぎ、手遅れだった。バトラーの前腕が喉元に差入れられ、片手が頭に置かれて、てこ代わりにされた。脚で蹴ったが、どこにも当たらずにバランスを失い、バトラーはあたしを胸に抱えこんでさらに力をくわえ、ラディーポも加勢しに前にまわって手を伸ばしてきた。パニックが水槽の泡のように湧きあがり、のたうって椅子をなぎ倒したがなにも役に立たなかった。バトラーがその腕にいっそう首を押し下げると、視界の端が白くなって泳ぎだした。

ピエールがデスクから体をしりぞけ、抽斗を開ける。出てきた手には大きな鋏《はさみ》が握られていた。

バトラーに押さえこまれ、窒息させられている間に、ラディーポがジャケットを引っ張って脱がしにかかった。蹴ってみるとむこう脛《ずね》に命中してラディーポが悪態をつき、バトラーに、髪が抜けていくのがわかるほど引っ張られる。ラディーポに腹を殴られ、ジャケットが剝がされた瞬間、世界が急激にまわりだし、波のような音が脳にどっと散ったかと思うと、唐突に静かになった。雪のあとの静寂のように。

ていく。

バトラーにデスクに叩きつけられ、角で腹をぶつけた。くずおれかけたあたしの左手をラディーポがつかみ、デスクに押しつけて指をひらかせる。最後にもう一度立とうとしたが、バトラーが髪を使ってデスクの上にあたしの顎を叩きつけた。また口のなかに銅の味が溢れていく。

アラバッカが鋏をひらき、鋭い刃先を親指と人差し指のあいだの薄い皮膚にあてがった。

「事実を手にするまでは、痛い思いをさせることになる」アラバッカは言った。まるで父親のようにあたしに微笑みかけている。そして、アラバッカは手を下へ、分厚い紙束をステイプラーで留めようとするみたいに、ぐっと押しさげた。

声を漏らすまいとして、歯で下唇を噛みちぎりそうになり、ふいにコリン・ダウニングのいくつもの穴が目に浮かんだ。

ラディーポが言った。「そんなことをしても、なんの得にもなりはしない」

あたしに言ってるのかアラバッカに言っているのか、わからなかった。

アラバッカは刃を回転させ、そののち引き抜いた。あたしは唇をさらに噛みしめた。後ろからバトラーが全体重をかけてのしかかってきて、あいつのあれ《ヽ》があたる感触があった。

アラバッカが「肘だ」と言って、鋏を袖に移動させた。

ラディーポが腕を握る向きを変えると、アラバッカは袖に長い切り目を入れてから、手で布をつかみ、弾みをつけて一気に肩口まで引き裂いた。

アラバッカの目が、二頭筋の下に貼ったガーゼをとらえた。手を伸ばして腕からガーゼをむしりとる。

すると、アラバッカは笑いだし、鋏を投げだして言った。「離してやれ。かまわん、もう離してやっていいぞ」

ラディーポはあたしの肌で手を火傷したかのように瞬時に手をゆるめたが、バトラーは覆いかぶさったままぐずぐずし、アラバッカにつづいてあたしの腕を見やった。体を震わせているのが背中から伝わってくる。さらに一秒も居坐ったのちに、やっとバトラーが体をどかすと、あたしはデスクからくずおれて膝をついた。

全員があたしを見て笑っていた。目の端に、床で小山をつくっている自分のジャケットが見える。

「起こしてやってくれ、頼むから」アラバッカはそう言って、またひとしきり笑いだした。

バトラーのタトゥーをした手が視界に入り、あたしの左手首をつかんだ。その声が立てと命じる。歯がゆいほどゆっくり、どうにか立ち上がると、バトラーは手首を離し、あたしのジャケットを拾いあげた。アラバッカは微動だにしていない。デスクの天板を見ると、木に小さなへこみができ、あたしの手から流れた血がべっとりついていた。

アラバッカはかぶりを振って涙をぬぐう真似事をしながら、でかい机の後ろのでかい椅子にどさりと腰を沈めた。その顔には、たったいま聞いたジョークはこれまでで最高だったというような、先の余生でも思いだすたび笑わせてもらえそうだといった笑いが浮かんでいた。バトラーがあたしにジャケットを渡し、背中をぱんと叩く。触れられると、手の痛みが激痛に変わった。

「そうならそうと、どうして言わなかった？」アラバッカが訊ね、そのとたん、やつもラディーポもバトラーも一斉にまた弾けるように笑いだした。「言えばよかったじゃないか、ブリジット。そうすれば痛い目にも遭わずに済んだんだ。わたしもそれなら納得したものを」

「あんたのブツじゃないよ」それだけをなんとか口に出した。「あんたのブツに手をつけたことは一度もない」

アラバッカは顎をさすっていたが、その手が下におろされても、面白がっている表情はそのままだった。「買ったのか？」人差し指で、こぼれたあたしの血をデスクのくぼみになすりつけている。

あたしはうなずいた。

「つまり、われわれは正直者のジャンキーと一緒に仕事をしておったわけだな」アラバッカはラディーポに言った。「つまり、こいつを信用したのも百パーセントまちがいではなかった、と」

「それでもジャンキーに変わりはない」ラディーポが指摘した。

「たしかに」アラバッカがこっちを見て眉をひそめた。「では、ここからおまえをどうしたものかな？　おまえは密告屋ではなく、誠意があり、情報提供はしなかった。だが、おまえは街角に立っているような雑魚《ざこ》どもと同類なんだ、ブリジット。おまえをどう扱ったものだろう？」

「連中よりはいい」あたしは言った。左の親指を動かすと、痛みが螺旋のように手の甲を駆けのぼっていった。

「そりゃ、見ばえの差は歴然としているが」

「ちがうよ、あたしはクリーンだ、ピエール」喉の痛みがおさまってくれない。ライフセイヴァーズかアルトイズが一粒でもあったら、舌以外にしゃぶるものがなにかあったら、どんなにましだっただろう。「問題を抱えてはいたけど、もう済んだ話だ。二度とヤクをやるつもりなんかない。また一緒にやらせてほしいんだよ」

アラバッカはためいきをついて目をそらし、席を立ってベネシャン・ブラインドのおりた窓に歩み寄った。二枚の羽板を指先で分け、外をのぞく。冷たい冬の日差しが、その顔に帯を描いた。バトラーとラディーポは肩の力を抜いて立ち、次の指示を待って雇い主を見守っている。

「おまえはくそったれのジャンキーなんだよ、ブリジット」アラバッカは穏やかにそう言い、そこにこめられた落胆は大きく、父親然としていた。「そして、わたしにはジャンキーを雇ってやることはできない。ジャンキーを信用するわけにはいかないんだ。ストリートであれば構わんさ、そうだろう？ 街角で働くのであれば、なにも問題はない。だが、ここでは無理だ。大量のブツを扱う人間を要するとなれば、ジャンキーはいただけない。ここではだめだ。ここには絶対の信頼を置ける人間が必要なんだ」

「これからはもう二度とあんな――」

アラバッカが指をずらすと、羽板が弾けてもとどおりに閉じ、あたしは口をつぐんだ。

「感傷的に過ぎるかもしれんが、ある意味、ブリジット、わたしはおまえを殺さなくて済むのが嬉しいんだよ」アラバッカは言った。「そうとも、おまえはいまはクリーンなんだろう。しかし、だからといって、あしたもクリーンでいられるとは限らない。そういうことだから、ブリジット・ローガン、いい人生を送るんだぞ。この先どんな道に進もうと、おまえにはあらんかぎりの幸せを見つけてほしい。アントン？ ミス・ローガンを外まで送ってやってくれないか」

ラディーポがあたしの腕に手を伸ばした。バトラーはすでに出口に立って、開けたドアを押さえている。

あたしは動かなかった。「ピエール、お願いだから。ここでもう一度やり直すチャンスがほしいんだよ」

アラバッカは肩をすくめた。「二度とこいつがもどってこないように頼んだぞ」

「ピエール――」

ラディーポの手に力がくわわった。振りほどこうとしたが、ラディーポの指先がつぼをとらえ、腕がしびれて動かなくなった。前に出ようとすると、ラディーポは平手で胸をはたいた。手首をだらりとさせたその動きは、やってくるときには威力がありそうに見えなかったが、くらった衝撃は胸の谷間に鉄道用の犬釘を打ちこまれたようだった。あたしはのたうってつんのめり、そこから正真正銘の殴る蹴るがはじまった。ラディーポは両の手と前腕と肘を同時に使い、なんどもなんども殴りかかってくる。天井が旋回して傾ぐのが見え、左肩の関節を絞められたかと思うと、腕全体が後ろに引かれ、重力に逆らって真上に引き上げられた。脇腹や背中に降りかかる拳の雨の下で倒れたまま、身を守る最後の試みに胎児のかたちに丸くなろうとすると、見返りとしてうしろから、腰の上に蹴りをくらった。

そこでバトラーもくわわった。

はっきり覚えているのは、そこまでだ。

4

ふたりはあたしをひきずって階段を下り、外に出た。車で一ブロックほど走っただろうか、このまま見逃したりすればいい面汚しだ、というようなことをバトラーが口にした。運転席からラディーポが、時間がないんだ、と答えていた。

ふたりはあたしをストリートの片端のどぶに捨てていった。そこは無許可の小さな酒場の外で、樽出しのギネスがあるとネオンの灯りが伝えていた。その看板がなぜかおかしくて笑ったら、口から血を吹きだしてしまい、降りだした春の雨のように血が縁石にはねかかるのが見えた。唇が裂けている感じがする。舗道の冷たさがなんとも心地よかった。

そこの気の毒な女の人が、とだれかがやたらに騒ぎたてている。見上げると太った婦人が、指を差して早口でまくしたてていた。別のだれかが救急車を呼べとかなんとか叫んでいる。黒人のティーンエイジャーがあたしのそばに膝をつき、なにかしてやれることはないかと訊いていた。

少年のシャツをつかむと、左手がひとりでに燃えだしたように感じた。「起こして」と、どうにかひとこと口に出す。

「よしきた」と、その子は言った。「腕をおれにまわして、抱えるから」

ひとりで立っていようとすると、右膝が体重を支えてくれず、また少年が抱きとめる羽目になった。

「おねえさん、病院に行かないと」

「タクシーを」

「乗せてくれるタクシーなんかないよ」

だれかが、たぶん早口のでぶちんだと思うが、その少年に放っときなさいと言った。でぶちんが叫ぶ。「病気に罹ってるかもしれないわよ！」

「地下鉄」ひとことしゃべるたびに激痛が走った。

「なに冗談言ってんだよ、おねえさん」

「頼むから」あたしは言った。

その子はあたしの目を見、それから大声でタクシーを呼びはじめた。おそらくは集まってきた野次馬のおかげか一台が停まり、少年は運転手がまた走りだしてしまうまえに後ろのドアを開けた。その子の手を借りて後部座席に転がりこむ。

「病院に連れてってやって」少年は運転手にそう伝えてドアを閉めた。タクシーは動きだす拍子にがくんと揺らぎ、傷ついた節々が泣き声をあげた。運転手は黒い目を丸くして、バックミラーであたしを見つめていた。

「マンハッタンへ。シックスス・アヴェニューと二十七番ストリートの角まで」

「あんた血が出てる……」

「シートにはつけないようにするから」

運転手はかぶりを振ったが、こちらの望みどおりに西へ曲がった。あたしは約束を守ろうと、顔から垂れる血をシャツで受けとめていた。

マンハッタンにもどってきてはじめて、自分が泣いていることに、かれこれずっと泣いていたことに気がついた。

タクシーが停まると、握り締めた数枚の紙幣を運転手に渡した。すくなくとも一枚は二十ドル札が入っているのがわかっている。運転手は降りていくあたしをメデューサかなにかのように見ていたが、バックミラーを使い、目は合わさぬようにしていた。

鍵束を手探りし、よろめきながら階段をのぼった。右脚を使おうとするたびに膝がたまらなく痛み、また涙がこぼれてきた。アパートメントの入り口までたどりつくと、ドア一面に両手の血を塗りたくってしまい、いまいましいそいつが開いたとたん、文字どおりなかに倒れこんだ。壁を支えにバスルームのなかまでたどりつき、三枚あった備品のタオルから一枚をつかみとる。腐った果物と階下《した》の飯店で作っている中華料理の強烈なにおいが部屋じゅうにこもっていた。

トイレの蓋を閉め、腰を落とし、坐った姿勢で壁に斜めにもたれかかる。タオルがちょうど枕がわりになって、その上に顔をあずけると、パイル地が涙と血で濡れていくのが感じられた。しばらくしてから新しいものと取り替え、使ったタオルはそのまま床に落としておいた。生地に血が滲《にじ》んで、漂白した白に暗紅色が広がっている。

呼吸はようやくゆっくりになったが、あいかわらず痛みをともなっていた。頭ががんがん鳴っているのはおさまったが、痛みは消えてくれない。四肢の震えは止まったが、体を動かすたびに関節が悲鳴をあげていた。

階下の飯店の物音や、シックスス・アヴェニューを走り過ぎるトラックの唸りに耳を澄ます。すぐ隣の駐車場で車の防犯アラームが鳴りだし、また唐突に鳴りやんだ。

一時間は経っただろうか。頭の横の壁に取りつけられたプラスティックの物体をじっと眺めて、なんに使うものだったか思いだそうとしているうちに時間が過ぎていった。やがてあたしは手を伸ばし、電話の子機をフックからはずした。覚えている番号を押すと、出てきた相手は知らない外国語でしゃべっていた。たぶん韓国語だ。

もういちどダイヤルすると、エリカ・ワイアットが出た。

「アティカスを」あたしは言った。

「用事ができて出かけちゃったよ。クライアントと仕事の話で夕食を食ってくる、って」エリカは言った。「あたしもあいつも、この時間にはあんたが帰ってるものと思ってたんだけど」

「トラブルが、あったから」

「そんなにゆっくりしゃべんなくたっていいよ、あたしバカじゃないんだから」

「ちがう」考えなければ。大事なことから言わなければ。「手を貸してほしい、エリカ。ここに来てほしい」

「なにがあったの?」

「シックスス・アヴェニュー、借りてた部屋。いま、あのレンタル部屋にいて、それで――」

エリカに電話を切られた。

切れた回線の音を聞き、受話器を見つめる。体を伸ばそうとしたが、顔からタオルをはがすと、目の上の傷と口のまわりのいくつかの傷からまた血が垂れてきた。汚れていない端を使って、もういちど圧迫する。

血は止まらなかった。それに涙も。

ドアを激しく叩く音で意識がもどった。バスルームを出るのに永遠とも思える時間がかかり、ドアまでの三メートル半をのろのろと進んだ。さっき閉まったときに自動的に錠がおりていたので、取っ手に難儀しながらどうにか開けた。乾きかけの血で手がべたべたする。

「たいへん」あたしを見るとエリカは言った。エリカは入ったところで鋭くローラーブレードをターンさせながら、「頼むから坐って、ブリジット」と言った。

あたしはうなずき、坐るならこの場所でいいと判断した。エリカはスケート靴の紐をほどいて蹴り捨て、肩をすくめてバックパックを落とすと、しゃがみこんであたしを見た。その表情が、どのくらいひどい状態かを物語っていた。

「医者を呼ぼうか?」そう訊いてから、エリカはすぐにつづけた。「いや、呼ばないよね、でなきゃもう呼んでるはずだもの。どうしてあげたらいい?」

「立たせて」あたしは言った。

エリカはどうにかまた、あたしを立ち上がらせた。あたしの腰を腕で抱えるようにして細長いアパートメントを歩き、ベッドとテレビの置いてあるいちばん奥まで進む。たどりつくと、エリカはあたしをおろし、あたしは仰向けにベッドに倒れこんだ。プラスのドライバーが、下から背骨に食いこんでいる。あたしはそれを抜き取ってエリカに渡した。

「テレビを台からはずして」あたしは言った。

エリカが当惑してあたしの顔を見る。

その肩越しに指を差した。腕を動かすのがつらい。「重いよ」と、伝える。

エリカはテレビのプラグを抜き、手近な椅子を探して部屋を見まわし、結局ラディーポがあらわれる直前にあたしがつかんだのと同じ椅子を選んだ。吊台の下に椅子を置き、座部に乗る。一分ほどで、エリカはテレビを固定していたネジをゆるめ終えた。

「おろして」あたしは言った。「気をつけて」

エリカはドライバーを下に落とし、テレビの両側に腕を巻きつけるようにして吊台から引き抜いた。先に言われていてもやはり重さに驚いたらしい。シュッと鋭く息をもらし、椅子の上で危うくよろけそうになったが、落っこちはしなかった。ベッドの上のあたしの横にテレビが落とされると、マットレスが跳ねあがって、また体じゅうの痛みを新たにした。あたしは叫びそうになるのをこらえた。

「後ろをはずして」あたしは言った。「なかのものに触らないよう気をつけなよ。まだ電気がきてる」

ネジの数が多いぶん、その作業はやや時間がかかった。作業中はエリカはなにも言わず、下唇を嚙んで、ときおり無意識に髪を定位置に撫でつけていた。ネジをはずしおわるとエリカはスクリーン部分から後部カバーを引き抜いて、むきだしになった部品の集合体を見やった。

「で、次は？」

「カバーの内側」

エリカは箱状のカバーを手に持って裏返し、あたしがテープで内側に留めておいたビニール袋を見つけた。爪でテープをはがし、ビニールに包まれた書類一式をこっちに差しだす。あたしは血がつくのが嫌で、またエリカに押し返した。

「あんたのバックパックに入れといて」

　エリカは言われたとおりにした。「これってなに?」

「無条件出所カードさ」

　エリカの手を借りて服を脱ぎ、バスタブに入った。乾いた血がぱらぱらと剝がれ落ちていく。肌はすでに黒と紫と赤に変色し、皮膚の上から破れた血管が透けて見えた。無言で眺めていたエリカの目は、並んだ針の跡でしばらくとどまっていた。

「傷跡」エリカはそう言って、自分の耳を指し示した。

「傷跡」エリカに感謝しながら、あたしもうなずき返す。

　湯に浸かるあいだ、エリカはひとりにしておいてくれた。

　十五分ほど浸かってから、どうにかバスタブを這いだし、血だらけになっていない最後のタオルで体を拭いた。右目の上にできかけていたかさぶたが熱い湯ではがれてしまったせいで、タオルの白さも長くはつづかなかった。家捜しのあとも無事に残っていた衣類を、エリカが積んで持ってきてくれた。服をすっかり着てしまうまでに、ほぼ二十分を費やした。

　よろけながらバスルームを出ると、エリカがドアについた血をこすり落としていた。

「カーペットもきれいにしようとしたんだけど、もう染みこんじゃってて」と、エリカは言った。

「ほっときゃいい」あたしは言った。「どうせレンタルさ」

あたしの運転でマレーヒルのアパートメントにもどり、ふたたびポルシェを車庫に入れてアティカスのバイクの隣に駐めた。停まるとエリカはすばやく降り、運転席側にまわって手を差しだした。階段まで来るとまた腰に腕をまわし、上までずっと支えてあがってくれた。

外食からもどっていたアティカスは、まだスーツにネクタイの格好だった。

「どうしたんだ、いったい？　もう連中には近づかないと言ったじゃないか、いったいなにがあったんだ？」

エリカは落ち着くようにアティカスに言い、手を振ってあたしから離れさせると、彼のベッドまでそっとあたしを連れていき、上着を脱ぐのを手伝ってくれた。一分後に遅れて入ってきたアティカスは、ネクタイがなくなった代わりに救急キットを持っていた。あたしのそばに腰かけてキットをひらき、傷の手当てをして幼子のように扱う作業にとりかかりながら、その間ずっと左右に首を小さく振りつづけていた。

「ラディーポと鉢合わせしたんだ。それで、やつにアラバッカと引き合わされて。アラバッカはあたしをクビにしたよ」あたしは痣だらけの体を手で示した。「これが解雇手当ってわけ」

エリカがバックパックを開けて、あたしが預けた書類の包みを取りだした。「これはどこに置いとく？」

「どこか安全なところに」

「おれのクロゼットのなかに置いたらいい」アティカスが言った。「あとで拳銃ロッカーのなかにしまっておくから」

　エリカはあたしの承諾を待ってから、アティカスに言われた場所に置きにいき、すぐまた手伝いにもどってきた。アティカスは目の上の裂傷用に、切り取ったテープを組み合わせてバタフライ形の縫合代用テープを作り、エリカに言ってバスルームの棚からヨードチンキを取ってこさせた。傷口に貼ったテープをアティカスが撫でて密着させると、おもわず身がすくんだ。

「どのみち病院に行かないとだめだ」アティカスは言った。「このへんの傷は縫っておかないと。それにその、親指と人差し指のあいだの――」

「行かないってよ」エリカが言った。「あたしもさっき勧めたけど」

　アティカスが独り言のように、この頑固者《ドンキー》ときたら、とつぶやいた。それを聞くと頬がゆるんで、また唇から血が出てきてしまった。

「笑いごとじゃないんだぞ」と、アティカスが言う。

「なんで、いいじゃん」あたしは言った。「ロマンティックだよ」

「もし、きみの唇がゴルフボールの倍ほどに腫れていなくて、口から血が流れてもいなければロマンティックだったろうな。脳震盪を起こしてないかと不安じゃなければ、ロマンティックだったと思うよ。アスピリンを飲むか？」

「痛み止めならヘロインのほうが効くよ」

「そうらしいな」アティカスの声は木の板みたいに平坦だった。「エリカ、水を一杯持ってきてくれないか？」

「はいよ」そう答えてエリカが部屋を出ていった。

「やっと二人きりになれたね」あたしは言った。

「黙ってろ。にやにやするのもやめろ。にやつくことなんかなにもない」

「あんたってファニーなやつだよね」

「そしてきみはとんでもなくラッキーなやつだよ、まちがいなく。こいつはひどいな、ブリジット、この手はどうしたんだ？」

「アラバッカが鋏の先端を突きたてたんだよ。そのあとまた、部下のひとりに踏んづけられちまった」

「こうするとわかるか？」

「ああ」

「指を動かしてみろ」

あたしはそうした。

「どうだ？」

「またショパンが弾けそうだよ」

アティカスが睨みつける。「もぞもぞさせてみろ」

もぞもぞさせてみた。剃刀のような痛みが手を切り刻んだ。

「たぶん折れてるぞ」とアティカスが言った。

「またぁ」

「朝になっても痛みがましにならなかったら、医者に連れていくからな」

エリカがもどってきて水とアスピリンを差しだした。アティカスが二錠とりだしてくれ、なんとかこぼさずに飲みこんだ。だんだん自分が馬鹿みたいな気がしはじめ、同時に骨の芯まで疲れているのを感じた。

それに気づいたのか、アティカスは言った。「よし、しばらくひとりにしておいてやるからな。必ず眠ると約束するんだ」

「バタンキューさ。誓うよ」

アティカスは救急キットの蓋を閉めて立ち上がり、「すぐもどってくる」と言った。散らかした包装紙やテープの切れ端を拾いあげ、それを持ってバスルームへともどっていく。エリカとあたしはその後ろ姿を見送った。顔と顔を見合わせる。そして、ふたりして吹きだした。

「ほんと、いい〝お母さん〟だよね」エリカが言った。

「だろ。ありがと」

「あたし、まだあんたを許したわけじゃないよ」エリカは指摘した。「またあんたを好きになったってことイコール、あんたを許したってことじゃないからね」

「わかったよ」

「おやすみ」

エリカが行ってしまうと、ひとりぼっちになった気がした。おそるおそる体を起こし、ブーツの紐をほどいて、爪先で押しやるようにして片足ずつ脱いでいく。途中で右膝がつってしまい、使えるかぎり両手も使わないとやりとおせそうになかった。くるぶしからブーツを取り去るときは、目に涙がにじんだ。

アントン・ラディーポがどんな武芸を使っていたのか知らないが、もう二度とあれを受ける側には立ちたくなかった。

横になって、アティカスのもどってくる音に耳を澄ませる。すこし経って、アティカスにそのつもりがないことに気づき、名前を呼んだ。

何秒もしないで、ドアに姿があらわれた。「なんだ?」

「どこに行ってたの?」

「カウチをベッドにしつらえてたとこだ」

「カウチは背中によくないんだよ」あたしは言った。

眼鏡の縁から、片側の眉が三日月形にのぞいた。

「いちゃつこうってわけじゃない」あたしは約束した。「そばにいて」

アティカスは思案するようにあたしをじっと眺めていたが、やがて肩越しに振り返って廊下の向こうを見やった。エリカの部屋を見ていたのか、それともあのひどいおんぼろカウチを見ていたのかはわからない。そしてまた、あたしのほうに向きなおった。

「歯磨きをしてくる」と、アティカスは言った。

ほんの一瞥だけで、ゲイブリエル・スクーフはあたしのことが死ぬほど嫌いだと伝えてきた。

# 5

そして背中をむけると、あとは大叔母が不足を補うにまかせた。

「いったいあんた、どういう了見だったんだよ、子どもをあんなに怖がらせて?」マニキュアで染めたヴェラの爪がひとつ、目のまえで閃いた。ヴェラの口紅は赤く、声と同じで燃えるようだ。「十歳の子どもだよ、わかってんのかい? それをあんなやり方であんなに怯えさせちまって」

待合エリアの看守がこっちに視線を投げたが、また防犯モニターに目をもどした。おそらくこういった言い争いは四六時中聞かされているにちがいない。母親が父親に怒鳴り、兄が妹に怒鳴り、どうして愛する者は鉄格子の向こうにいるのかとだれもが文句を撒き散らす。日常茶飯事なのだ。

ヴェラとゲイブリエルがライカーズに来ていることは着くまで知らず、運の悪いことにちょうどふたりが帰りかけたときに鉢合わせてしまった。

ふたりの怒りは、こっちにはなんの話かわかっていないだけに余計にこたえた。

「どういうことかわからないんだけど」あたしは言った。

「子どもにあんな仕打ちはないって言ってんだよ、それもこの子のうちで、母親の頼みの綱はあんただけだと思いこんでたところに、よくもあんなことを！　この子はあたしに話したんだよ、ブリジット・ローガン。自分が見たものを話してくれたんだ。まったく吐き気がするよ」

あたしはぎこちなくゲイブリエルに近寄り、自分のほうを見てもらおうとした。しゃがむのは難しかったし、苦痛だったが、上から見おろさずに目をあわせたかった。

「あたしはなんて言ってたの、ゲイブ？」あたしは訊いた。

ヴェラが唸るように言う。「その子にかまうんじゃないよ」

「覚えてないんだ」あたしはヴェラに言った。「ハイになってたから覚えてなくて」

「あんたがハイになってたのは知ってるさ」ヴェラはぎりぎりのところで唾を吐きかけたいのをこらえていた。

「あたしがなにを言ったとしても、ゲイブ、それは本気じゃなかったんだ。なにを言ったとしても、それはまちがいなんだよ」

ゲイブリエル・スクーフは両手をポケットに突っこみ、穴のあいた汚いリノリウムの床を見ていた。

「すまなかった、ゲイブ」あたしは言った。

少年はヴェラのそばにもどって、あいていた手を握った。ヴェラはその手を引きよせて、クラッチバッグを抱えなおした。

「自分でやると言ったことはやりなよ」ヴェラは最後にもう一度睨みつけながら、あたしに命じた。「それだけやったら、もうあたしらのことはほっといてくれ」

九時五十五分、ミランダ・グレイザーが部屋に入ってきた。

弁護士ケースを抱えて、しゃれたダークスーツを着こんでいる。あたしのほうを見たが気づかず、そのあと裂けた皮膚と青痣に覆われた女がだれであるかに思いあたったようで、もういちど目を向けた。

「そうね」と、ミランダ。「驚いたとは言えないわ」

ベンチから重い腰を上げてついていくと、ミランダは警備員に言ってあたしたちを通させた。さらに十分待たされてようやくライザが連れてこられた。ミランダは鞄から出した書類にかかりきりで、邪魔してほしくないとはっきり示していた。

「入っていいですよ」看守がうながす。

「五分で済むから」あたしはグレイザーに言った。

グレイザーは書類から顔をあげなかった。「一秒たりとも超えないでちょうだい」

入って出てくるまで四分だった。

「あんたどうしたの？」ライザが訊いた。「どこに行ってたのよ？」

「んなこたどうでもいい」

「どうでもよかないわよ」

「ヴィンスのバッグをどこに隠したか教えな」

潜水艦の火災訓練のように、警報がライザの顔に鳴り響いた。

「なんでよ？」

「知る必要があるからだよ。それから、ＤＥＡに同じことを訊かれても答えてもらうよ」

「でも、どうして？」

「連中はあんたがなにか、書類のコピーみたいなものを持ってないか訊いてくる。いつごろかはわからないが、たぶん来週中だと思うよ。とにかく、訊かれたらイエスと答えるんだ。ヴィンスから奪ったヘロインと一緒に入ってるって」

「でも、あたしはそんなもの――」

「わかってる、でもそう答えるんだよ。あんたはマネーリストを持ってるんだ」あたしは言った。

朝の日射しのように理解が広がった。「まさか、冗談でしょう」

「うまくやれる？」

ライザは意気込んでうなずいた。

「どこにある？」

ライザは打ち明けた。

グレイザーがなかに入ってライザと話しているあいだに、あたしはライカーズを抜けだした。けちな遣り口だし、そんなことをすればあの弁護士をさらに怒らせるだけに決まっていたが、こちらの準備が整うまえに先走ってDEAに連絡されてしまったらと思うと、いま秘密を話してしまう気にはなれなかった。金銭受渡《マネーリスト》リストを仕込む時間が必要であり、これがあたしの仕組んだことだとミランダに知られるわけにはいかなかった。ミランダ・グレイザーはあれほどはっきりと、あたしのひらくパーティーにちゃらちゃらと参加する気はまったくない、と言っていたのだから。

ヴィンスのバッグが隠してあったのは川の対岸にある貸し倉庫で、あたしはライザのコードを使ってゲートをくぐり、教えられたコンビネーション番号でロックを解除して、すんなりと内部《なか》に入った。ライザはそこにあるなかで最小のボックスを借りていたが、それでも目的の用途にはかなり大きすぎ、コンクリートと金属でできた四角い空間に、ヴィンスのバッグひとつだけがぽつんと置かれていた。

手袋を持ってきていたので、そんな必要はない気もしたが、とにかくそれを手にはめた。

右手にはめるのは難しく、無理に引っ張ると痛みが走った。指は折れていなかったが、折れているようにずきずきした。あたしは冷たい床に坐りこみ、ラークが死んだときに運んでいたダッフルバッグのジッパーを開けた。

なかには四つ、アルミホイルに包んだヘロインの硬いブロックが入っていた。ひとつ一キロしかないと知ってはいても、もっと重く感じられる。キャンバス地のバッグからそれを残らず出しておいて、ジャケットの内ポケットからマネーリストのコピーを取りだした。いったん全部をくしゃくしゃにしてから、また伸ばして床に広げる。立ち上がって踏んづける際に、左脚に体重の大部分を移しておくことを思いだすのが一秒遅すぎた。さらにもう一度くしゃくしゃにしてから伸ばし、六ページにわたるそのリストをバッグの底に置いた。そして、ブロックをひとつずつもとにもどす。あたしはバッグのジッパーを閉めた。

が、ふたたびジッパーを開けて、ブロックのひとつを手に取った。巻いてあるホイルを、どれだけかっちりと包んであるか調べてみた。試しにすこし握ってみる。

アラバッカがブロックをホイルに包んで取り引きするのは見たことがなかった。やつはラップ派のディーラーだ――自分のところの商品を目で見えるようにしておくのが好きだった。

一分後、まだヘロインのブロックを握りしめている自分に気がついた。そいつをバッグに突っこみ、ふたたびジッパーを閉める。

あたしは急いでその場をあとにした。ほんのすこしくらい自分用にもらったとしても、いや一キロまるごともらったところで、だれにもわからないはずだと自分を説き伏せてしまわないうちに。

スコット・ファウラーはテンス・アヴェニューにある麻薬対策合同本部《ジョイント・ドラッグ・タスクフォース》のオフィスであたしを待っていた。傷を見て啞然としているスコットに、どれもたいした傷じゃない、まだ両方の目からものも見えるし、自分の力で動くこともできるからだいじょうぶだと請けあった。

「ランジ捜査官は会議中だ」スコットは言った。「もうもどってくるはずなんだが」

「すばらしい《ダイナマイト》」あたしは言った。

「連中がきみと話してるあいだは、おれはなかに入れてもらえないからな」スコットは忠告した。「きみは秘密情報源として接触をはかったわけで、つまりは連中のものってことだ。きみがサインしたら、その時点からおれはなんの影響力も持たなくなる」

「わかってるよ」

スコットの顔が、あたしがじつはわかっていないのを確信していると語っていた。「なにもかも話すことになるぞ。きみのしたこと全部」

「それもわかってる」

「要は自白とおなじだ」

「かまわないさ、スコット。あたしならだいじょうぶ」

　奥の壁の向こうからなにかカチリと鳴る音がして、ドアのひとつがひらかれた。ジミー・シャノンが半身をのぞかせて言った。「いいぞ、彼女と話をしよう」

　あたしは立ち上がり、手を貸そうとするスコットを無視して、足をひきずりながらドアまで歩いていった。

「待っててやろうか？」スコットが訊く。

「かなり時間がかかるかもしれんぞ」ジミーはスコットにそう伝え、あたしの背後でドアを閉めた。

　先に立って廊下を進むジミーは、延々とつづく閉じたドアの列を通り過ぎて、ようやくそのうちのひとつ、脇の壁に黒いプラスティックの表札がかかったドアのまえで足を止めた。表札には作戦本部室《ウォー・ルーム》と記され、ドアをあけたジミーはふたたび、あたしが入るまで支えていた。

　楕円形のテーブルが不揃いな六脚の椅子に囲まれ、壁には掲示板とホワイトボードと市内五区の地図がかかっていた。水溶性インクのにおいが鼻をついたが、掲示板もホワイトボードも白紙の状態だった。

「坐れ」ジミーが言った。

あたしは坐った。

「お仕置きでもしてやろうと考えてたんだが」ジミー・シャノンは言った。「どうやらだれかに先を越されてしまったようだな」

「元気にしてた？」あたしは訊いた。

「心痛で肝臓がいかれそうだぞ、ブリディ。まったくおまえってやつは、この三ヵ月間、おまえのせいでどんな思いをしてきたかわかってるのか？」

「すこしは」あたしは認めた。

「わしはおまえが、また道を踏みはずしたんだと思っていた。道を踏みはずしてまっとうな世界からまた向こう側へ行ってしまったと思ったんだ。どんなにデニスが悲しむことだろう、とな。やつはいい男だった。じっさいおまえは、こんなところでのうのうとしてるどころか、逮捕されててもおかしくないんだぞ。ここのオフィスが見なすかぎり、おまえはピエール・アラバッカのもとで働いてる人間だからな」

「いまはちがう。ここには秘密情報部《CS》として来たんだから」

「というふうにあのFBIのカマ野郎は言ってたがな」

「スコットはストレートだよ」

「だったらあのイヤリングはなんなんだ？」

「若いってこと」あたしは言った。

ジミー・シャノンは両目で天を仰ぎ、今日《こんにち》の法執行官のありかたに対する無言の嘆きにくれたのち、テーブルの端から椅子をひとつ引きだして、その体軀であますところなく埋めた。

「ジュリアンはおまえの親父さんのことも、わしがそのパートナーだったことも知らん」ジミーは言った。「言っとくが、おまえもその件は自分の胸におさめておけよ。わしとおまえの関係を、ジュリアンが知る必要はない」

「わかった」

「あいつはおまえのケツを蹴飛ばしにかかる。あの男にとっては、おまえは犯罪者だからな。それに、わしもあいつを後押しするつもりだ。わしから十シリング金貨を恵んでもらえるとは思うな」

「あたしの詩にはそれだけの価値があるよ、ジミーおじさん」

ジミーはひとことうなり、テーブルに置いてあった便箋に手を伸ばすと、ポケットに挿してあったビックのボールペンを抜きとった。なにかメモを書きつけている。やがて、ジミーはあたしを見て微笑んだ。あのときのように。八歳のかわいい盛りだったあたしにそうやって微笑んでくれたのは、うちの親父がお気に入りのトマス・ムーアと乞食の物語を話し終えたときで、なにもかもがアイルランドの郷愁に満たされていた。

「わしらのもとに帰ってきてくれてよかったよ、ブリディ。さあ、はじめるとするか」

ジュリアン・ランジ捜査官がくわわったのは、それから四十分の後《のち》だった。あたしがいかにアラバッカに接近し、組織にもぐりこんだかについて、振り出しからそっくり話をやりなおすのにちょうど間にあったというわけだ。そのあともう一時間、名前やら日付やら告白をあれこれつづけて、ようやくランジが話をまともに受けとるようになりはじめ、さらにたっぷりもう一時間を費やしたところで、ついにふたりが納得するに至った。そののちふたりが二十五分間部屋を離れて——想像だが——廊下で『来たれ友よ』を演じているあいだ、あたしはひとりきりで待たされた。

「どうしてアラバッカを売る気になった?」もとどおり席についてから、ランジは質問した。

両手で自分の顔を指さしてみせる。

ランジがにやりと笑うと口髭が震えた。「だろうな。たいていはそれだ」

もとの席に腰を落ち着けたジミーは、両足をテーブルに載せて目を閉じている。「これで何人だ、今年は四人目か?」

「四人目か五人目だな」ランジが同意した。「そういう手合いが多いんだ、いっぱしの犯罪者きどりで、世の中が自分のために回ってるような気になり、そのくせ急にまずいことになるとおれたちに泣きついて、ろくでなしどもを売りたいと言ってきやがる」

「そんなばかな」あたしは言った。

「日常茶飯事さ」ランジは言った。「自分だけが特別だなんて思うなよ」

「そんなに頻繁にあるんなら、なんでアラバッカはいまだ大手を振って歩いてるわけ？」

ランジが眉をひそめると、口髭が上唇の下あたりまで垂れてくる。「小生意気な口を利ける立場じゃないんじゃないのか。おまえはおれが書面で許可しないかぎり、いっさいなにもできないんだぞ。これからはおれたちの下で働くことになるんだ、わかるか？」

あたしはうなずいた。

「こちらの言うとおりに行動し、協力をすれば、おまえが自白した罪状については免責を保証してやる。もちろん、保証するかどうかはおまえの証言いかんによるし、われわれに対する裏切り行為をしないという条件つきだ。おまえが一線を越え、麻薬の密売、購入、使用その他どんな罪であれ——歩道に唾を吐いても、信号無視をしても、ゴミを捨ててもだ——犯した場合は、即刻この協定をおまえの手から引っこ抜く。その頭が根元からぐるぐる巻きになるほどすばやくな。その点はクリアか？」

「クリスタルばりに」あたしは言った。

「こちらのために働いてもらう間については免責が与えられる。捜査目的でおこなった行為に対しては、なんであれ罪を問われることはない。むろん制限の範囲内でだが」

「つまり、だれかを撃たされるようなことはないわけだよね？」

「はなから銃自体、持たすわけがないだろうが」ランジが歯をむきだした。「これからおまえはおれたちのもんだが、だからといって警官になったような勘違いはするなよ。正しい側についたという、それだけのことだ」

たがいに相手を見据え、こっちが充分びびったにちがいないとランジが思ったと思うまでそれをつづけたのち、あたしはうなずいて、「ほかにも知ってることがあるんだ」と言った。

ランジはためいきを吐き、退屈しきった目をジミーに向けた。ジミーの体が一度だけゆるい痙攣に似た動きをしたが、おそらく笑ったのだろう。

「言ってみろ」と、ランジはうながした。

「さっきも言ったけど、あたしはアラバッカと仲間に関する詳細を知り尽くしてる。いつどこでだれがいくら、って内容なら話して聞かせられる。でも、全部を知ってるわけじゃないんだ」

「ああ、わかってる」

「でもじつは……その、聞いたんだよ……あることを聞いたんだ」

「なんだ？」

「あたしの友だちでさ、いまライカーズにいる子なんだけどね。警察はその子がある売人を殺したって言ってるんだ。ヴィンセント・ラークって男なんだけど」

ジミーが目を開け、あたしからランジへと視線を動かした。ランジの口髭がもぞもぞ動いている。

「ラークはアラバッカから仕事を受けてたんだよ」あたしはつづけた。

「おまえの友だちがそいつを殺《や》ったって？」ランジが聞き返す。

「ラークを？　それはどうかな……警察は殺ったって言ってるけどね」

「おれたちにはどうにもしてやれん」ランジは言った。「悪いな」

あたしは首を横に振った。「ちがうんだ、それはわかってる。だって、その子はこの件になんの関係もないじゃないか、だろ？　ただ、あたしがアラバッカに雇われてたとき、あそこにいたときに、ラークのことでちょっと小耳にはさんだんだよ、殺られたときはブツを運んでる最中だったらしいって話をね。やつがヘロインを入れてたバッグは結局見つからずじまいだったらしいんだ」

「どのくらい入ってたんだ？」

「三、四キロかな」

「混ぜ物は？」

「純ヘロインだったと思う。襲われたとき、ラークはそのブツを調合屋んとこへ持ってく途中だったんじゃないかな」

「純度一〇〇パーセントで四キロ？」ランジは言った。「だが、そいつをアラバッカに結びつける方法はどこにもあるまい。おれたちの役には立たんな」

ジミーはいつのまにか両足をテーブルからおろし、あたしを見ていた。「それだけじゃないんだろう？」

「噂じゃ、アラバッカはえらく動揺しちまって、必死でそのバッグをあちこち探しまわってたらしい」あたしは言った。「それで閃いたんだよ。四キロでなんでそこまで？　だって四キロくらい、あの男にとっちゃ無いも同然なんだ。だったらその消えたバッグのなかには、なにか別の物が入ってたに決まってる、そうだろ？」

ランジはまたためいきをつき、ペン先でテーブルの上をこつこつやりだした。

「で、調べてみたわけ」あたしは先をつづけた。「側近の片割れ、バトラーをつかまえて、いったいなにを探してるのか、なんでそれがそんなに大切なのか、って訊いてみたんだ。そしたら教えてくれたよ」

「いつでも言ってくれ」ランジはうんざりしたようにうながした。

「マネーリストさ」あたしは言った。「ラークはコピーをとってたんだ。それでアラバッカをゆする気だったんじゃないかな。やつは金の問題を抱えてた。ずっとちびちび掠めとってたんだよ、ね？　そこでリストを盗み、これからあれこれ算段しようってとこだったんだと思う。でも、そうなる前にくたばっちまって、そのバッグをライザが盗んだんだ」

ふたりの男はここまでくると全神経をあたしに集中させていた。

「そのライザとかいうおまえの友だちが、アラバッカのマネーリストのコピーを持っていると言うんだな?」

あたしはためいきをつき、爪の先でテーブルをこつこつ鳴らしはじめた。

ランジが徐々に睨《ね》めつけの度合いを最大限まで上げていく。

「その女、名前はなんといった?」

「ライザ・スクーフ」あたしは綴りを教えてやった。「さっき言ったとおり、ライカーズに勾留中だよ」

「それで、どこにあるんだ、そのコピーは?」

「知らない」

ランジはすばやくなにかを書きつけてペンを置いた。警官にはおあつらえむきの顔をしている。平板このうえない、なにも読みとれない表情をつくることができ、いまもその顔をあたしに向けていた。

「ひょっとしておれを馬鹿だと思ってるのか」ようやくランジは口をひらいた。「そういうことか?」

「馬鹿だなんて思っちゃいないよ、ランジ捜査官」

「思ってない? それなのに、おまえが——たまたまアラバッカのCSだと言って出頭してきた人間が——たまたまアラバッカのマネーリストを手に入れた女を、たまたま知っていると信じてもらいたいわけか? おれは馬鹿に見えるのか? この口髭のせいで? そういうことなのか？ うちの女房は口髭がよくないんだと言うが、おれはそうは思ってないんだがな」

あたしは首を横に振った。

「そのライザ・スクーフって女だが、そいつと知り合ったのはアラバッカと一緒に仕事をはじめるまえかあとか、どっちだ？」

「もともと知ってたんだよ」

「なぜだ？ いつから？」

「友だちさ、言っただろ」

「たいした友だちだな、売人を始末するとは。あんたにもそういう友だちはいるかい、ジミー？」

「ふむ、警官なら大勢知ってるから、まあ、いると言ってもよかろう」

「そういうことか？」ランジはあたしに訊いた。「おまえの友だちってのも警官か？」

「いいや」

「それならば説明してもらいたい。一連の偶然をとくと説明してもらおうじゃないか、ミス・ローガン。どうぞ、聞く用意はできてる」

「ライザは麻薬依存から更生した人間なんだ」あたしは言った。「あたしもご同様さ、わかるだろ？ そいつが知り合ったきっかけだよ。あの子がラークと知り合ったきっかけも同じ。昔、ラークはライザにヤクを売ってたんだ」

ジミーが言った。「それはきっかけの部分だけだろう。それでは説明不充分だ」

「そもそもあたしがアラバッカのところに飛びこんだのは、それが理由だもの。ラークにじっさいになにが起こったのか確かめようとしたんだ。でも結局、自分がまたヤクにはまっちまった、わかる？　で、なんというか、自分を見失っちまったんだ」

「つまり、友人を救うためだけにアラバッカの組織にもぐりこんだと、そう言いたいのか？」

あたしはうなずいた。

「ばかばかしい」ランジが言った。「でたらめもたいがいにしろよ。麻薬組織に関わった理由は自分でよくわかってるだろうし、おれにもわかってる。いまは悪習と手が切れたから、おれたちに抜ける手助けを頼みたいってことだろ。いいとも、そいつは文句なしにすばらしいこった。しかし、おまえのその〝友だち〟、ライザって女の件は、まったく別の話だ。そのマネーリストとやらの件は調べてみよう。おまえの言ってることが事実かどうかはそれから判断する。本当にその女がそれを持ってるのかどうかはな」

「ライザは母親なんだ」あたしは言った。「子どもがいるんだよ。このままだとあの子は十五年以上もくらいこむことになる。どうしても司法取引が必要なんだ」

あたしの言っていることが信じられないとばかりに、ジミーがかぶりを振った。

「おまえな、ここにふらりと舞いこんで刑期について指図ができると本気で思ってるのか?」ランジは唾を吐かんばかりだった。「それも殺人罪で捕まってる女の刑期だと? まさかおまえ、いまもラリってんじゃないだろうな? どうなんだ?」

「ライザがマネーリストを差しだしたら、あんたらでマンハッタン検事局に圧力をかけて、司法取引をとりつけてほしい」あたしは言った。「あんたらなら可能だってことはわかってるし、あんたら自身もわかってるはずだよ。彼女に取引を与えてくれたら、あたしはなんでも言われたとおりにする。あの子を自由にしてくれたら、あたしはあんたらになにを言われてもそのとおりにやるから」

ランジが笑いだした。「こいつぁ驚いたぜ! いったいおまえは何様のつもりなんだ?」

「あたしはあんたらにアラバッカを差しだしてやれるんだよ」あたしは言った。「あたしの証言と、マネーリストがあれば、告訴成立はまちがいない。あんたら合同本部だろ。あんたらが協力したら、なんだってできる」

ランジが鉛筆を投げ、それはテーブルの上を跳ねて床に落ちた。顔一面に、利用された憤りを顕わにしている。やがてランジは椅子から立つと、無言で部屋を出ていった。

「やつはかならず、この取引のツケをおまえに支払わせようとするぞ」そう言い残して、ジミーもランジ捜査官のあとにつづいた。

ひとりでウォー・ルームに残されて二十分以上が経ったころ、例の震えがはじまった。大量のカフェインでも摂ったようにいきなり心臓が早鐘を搏ちだし、あたしは欲求を振り払おうと椅子のなかで身を捩《よじ》った。でもまったく駄目で、その考えを頭から追いだすことは叶わず、ヤクへの欲求をとめることはできなかった。すぐおさまると自分をなだめ、その次には、おまえは嘘つきだと自分を責めていた。うろたえるんじゃない、そのまま我慢して様子をみろ、とも言って聞かせた。ジャケットの袖で鼻をぬぐい、爪先で床を叩くまいとこらえる。

それでも、ひどくなる一方だった。

次にあたしは、もうすこしだけ我慢したら、ここを出たあとにヤクを手に入れようと自分に言ってみた。そうすればもう最高だし、おまけにジョイント・ドラッグ・タスクフォースでミーティングしたあとにヤクを買いに行くのはなんとも皮肉じゃないか、と。すると、渇望は去っていった。いまの約束は守ってもらうぞ、と言い置いて。取引を尊重しなかったら代償を払ってもらうからな、と言い置いて。

喉が渇いていたが、ランジとジミーがもどってくるまで何時間かかるかわからないと思うと、手洗いに行きたくなるのが怖くてなにも飲む気になれなかった。ふたりがさっきの件を検討している最中なのはわかっている。失うものの可能性に対してどれほど得るものがあるか見極めようとしているのだ。あたしがほんとうに事実を語っているのか、ライザ・スクーフはほんとうにライカーズにいるのか、あたしの話には根拠があるのか、見極めようとしている。

あたしの約束したマネーリストが、たんなるヤク中の夢物語以上のものなのかどうか。ランジの顔を思いだすと笑いが浮かぶ。賞品を教えてやったとたん、あの口髭をぴくぴくさせて目を輝かせていた。ピエール・アラバッカに対するあらゆる告発がけっして破られない錠前であったとしたら、たったいま、あたしがその鍵を渡してやったわけだ。

マネーリストには、だれがなにに対してどれだけ支払うかが詳細に記されている。各ディーラーがいくら支払い、その不正な現金でそれぞれがなにを受け取ったか書いてあるのだ。この商売をもっとも基本的なかたちでたどっていく方法。早い話が、帳簿とおなじだ。マネーリストを入手すれば、DEAもNYPDも、さらに連中が招待しようと思う者はだれであれ、ピエール・アラバッカを主賓に据えてパーティーをひらくことができるというわけだ。まず連中は、小物のディーラーや少額を扱うバイヤーといった雑魚《ざこ》を逮捕することからはじめる。そいつらに揺さぶりをかけ、いかつい牢名主やホモセクシャルやシンシン刑務所への恐怖をさんざ吹きこんだのち、取引をもちかける。口を割って無罪放免となるのがいいか、制服姿が板につくほうがいいか。

司法のシステムとはそういうものだ。タスクフォースは、相手がアラバッカの罪状について証言を約束するといえば、それこそリストに載っているくそったれ売人ども全員とだって取引を交わすに決まっている。そうやって連中は訴訟を勝ち取り、だれもが褒美のおこぼれにあずかり、連邦検事は、なあ、おれはでっかいヤマをものにしたんだぞ、と言いながら晴れて司法省への名乗りをあげられるのだ。あたしが考えるかぎり、マネーリストにはライザ・スクーフの自由と引き換えるだけの価値があって当然だった。

ひとりでもどってきたランジは、後ろに蹴りあげた踵《かかと》でドアを閉めた。待ちつづけて六時間と十八分が経ち、ちょうどランジのホワイトボードに落書きしているところを見つかった。

「それはおれのつもりか？」

「いいや、あんただったら鼻の下に毛があるはずだろ、ランジ捜査官。これはアラバッカの手下のひとりで、バトラーって男」

「おまえには暴力的性向があると見えるな」

「描くことには治療効果があるんだ」あたしはそう言って、バトラーの漫画の首のまわりに描いた輪っかに仕上げをくわえた。「そろそろ帰っていいかな？」

「坐れ」苦りきった声でそう言うと、ランジはテーブルに書類の束を投げだした。ランジがそれを選り分けているあいだ、椅子にもどりながらあたしは考えていた。なぜ法執行に携わる連中はだれもかれも、相手が言うことをきかない犬だと言わんばかりの話し方をするんだろう——坐れとか、待てとか、転がれとか。束のまんなかあたりに目的の書類を見つけたランジは、それをペンと一緒にテーブルのこっち側へ滑らせ、つづけてノートを押しやった。

「住所と名前と連絡のつく電話番号を、そのノートに書け」

あたしは指示にしたがい、アティカスの住所と電話番号を書きこんだ。

「よし、こっちにもどせ」

ノートをランジのほうへ滑らせてもどす。

「次は、もうひとつのほうを読むんだ」

そこには十七ページにわたって、あたしとアラバッカ組織との関係についてランジとジミーに話をした内容がそっくりそのまま文書化してあった。全部は読まず、なにが書いてあるかわかったあとはざっと見るだけにした。

「そいつがおまえの供述であり、おまえが提供した情報だ」ランジは言った。「関連性のある証言として成立している。そいつに署名することにより、連邦検事が大陪審を招集しておまえに出廷を求めた場合は、かならず出廷する義務を負うことになる」

あたしはペンのキャップをとって署名を書き入れ、サインの横に設けられた空欄にきちんと日付を記入した。書類とペンをふたたびランジのほうへ押しもどす。

「お次は？」あたしは訊ねた。

「次は、もういちどピエール・アラバッカの寵愛のもとに帰る方便を編みだす作業にかかってもらうとしようか、ミス・ローガン」ランジは口の端だけで微笑んだ。「なにせこの書類仕事が終わりしだい、おれはおまえをブーメランよろしくアラバッカのもとへ投げ返すつもりだからな。ただし今回は、盗聴器をつけてもらうことになるが」

「まさか」あたしは言った。

ランジは、気の毒だがどうにもしてやれない、と言うように両手を挙げてみせた。

「気づいてないかもしんないけどさ、ピエール・アラバッカがどれほどあたしを信用してるかは、この顔一面に描いてあるだろ」あたしは言った。「またのこのこと会いに行ったりしたら、いっぺんで情報を流したのがバレちまうよ」

「なにか方法を見つけてもらうしかないな」ランジは言った。「あれこれ手を回すのは得意じゃないか、なあ、ミス・ローガン？　なんたって、すでにここまでの手回しをやり遂げたんだ」

「連中に殺されちまう」その言葉に誇張はなかった。

「いやいや。そんなことはさせせんよ。おまえの面倒はこっちでちゃんと見てやるさ」

「そう言われたって、すこしもましな気分にゃなってこないよ。聞いた話じゃ、あんたんとこはアラバッカ一味に潜入した捜査官をすでにひとりやられたそうじゃないか」

ジュリアン・ランジ捜査官はあたしを見据え、やがて質問が発せられると、その言葉は凍った霜に覆われていた。「その件について、なにを知ってる?」

「なんにも。ただの噂だよ」

「ただの噂? それだけか? それ以上のことはなにも知らないのか?」警官の仮面は消え去り、頬がピンクに染まっていく。「またおれをコケにしようとしてるのか、ミス・ローガン? またこのおれと駆け引きをしようとでも?」

「連中と一緒だったころに噂を耳にしただけ、それだけさ」あたしは急いで言った。「それ以上は知らない。でたらめだと思ってた」

「そうじゃないと知ることになるだろうよ」ランジは言った。「盗聴器をつける理由はそれだ。おまえにはやつの自白をとってもらう」

「だからそれはできないって言ってる――」

「黙れ。できるとも。やるんだ。おまえにはそれをやってもらう。断ればこのおれの名にかけて、おまえがこの紙切れの上にたったいま白状した犯罪のひとつひとつについて、残らず刑期を勤めさせてやるからな。忘れてるようだが、ミス・ローガン、おまえはいまやおれの手の中にあるんだ。おれのものなんだよ。おまえも自分側の取引を成立させたいんなら、おとなしくしてこちらの命令にしたがうことだ。

すなわちおまえは、おれが行けと言ったらピエール・アラバッカのところにもどるんだ。盗聴器をつけていけ。そして、アラバッカの自白をとってこい」

ランジは便箋から、連絡先を書いたいちばん上の一枚を破りとった。そして書類の束をつかむと、立ち上がって出口に向かった。

「おまえの書類を整理するのに二日か三日はかかる」ノブに手をかけたところでランジは振り返った。「うちは秘密情報源の資料をきちんとしておく主義なんでな。決行の用意が整いしだい、連絡をいれる」

「ここにあんたらを訪ねてきたのは、自分を殺す計画を立てるためなんかじゃない」

ランジは首を横に振った。「外までだれかに送らせよう」

ランジは出ていき、残されたあたしはそこに坐ったまま、またしても欲求がこみあげてくるのを感じていた。

ミスター・ジョーンズが、あの約束に念を押した。

## 6

ちょうど七時をまわったところでアティカスのアパートメントに帰り着いたが、なかに入るには自分用の鍵束を出すしかなかった。部屋は空っぽで、あたし以外はだれもいない。冷蔵庫にミネラルウォーターがすこしとクランベリージュースがすこし残っているのを見つけたので、両方をひとつのグラスに注いで混ぜあわせ、できあがった混合液でまた三錠のアスピリンを飲みくだした。アティカスの留守電にメッセージがいくつか入っている。たぶん一件はライラ・アグラからで、もう一件はミランダ・グレイザーからだろう。再生はせずにおいた。

留守電の脇には小さなメモ帳が置いてあり、そこに妹の名前と電話番号が書きつけてあった。

あたしが指示にしたがえない人間だなんて、だれが言った?

二度目のベルが鳴っている途中で受話器がとられ、女の声が言った。「こんばんは、シスター・ジャニスです」

「こんばんは、シスター」あたしは言った。「シスター・ケイシェルをお願いします」

「いまちょうど出かけてしまったところなんですよ、ごめんなさいね。伝言をうかがっておきましょうか？」

「ブリジットから電話があったと伝えてもらえますか？　連絡先はわかると思うので」

「どんなご用件かも、彼女のほうでわかります？」

「あたしも姉《シスター》なんです」と言った。「わかると思います」

電話を切った。それから番号案内をダイヤルし、ブロンクスに住むジェイムズ・シャノンの番号を教えてもらった。教わった番号にかけてみる。呼び出し音四回でジミーが応答した。

「やあ、ジミーおじさん」あたしは言った。

「電話してくるだろうかと考えてたとこだ」

「ランジがあたしを帰したときはオフィスにいなかったね。探したんだけど」

「おまえの話の裏取りに出かけてたのさ」

「それで？」

「ライザ・スクーフからラークのブツの隠し場所を聞きだし、そこでいくつかの品を発見した。マネーリストを含めてな。あの女の審理は三日後にはじまるが、それはもうおまえも知ってることだな。あすもういちど面会することになってるんだが、そっちは知らなかっただろう」

「司法取引の話はすすんでる？」

ジミーのよく響く声が愉快そうに笑った。「連邦検事は週末に働くのが嫌いでな。いまが金曜の夜ってことは、公的な話で邪魔をするわけにはいかん。月曜になったら地区検事局と話をするだろうから、そうなったら連中は総動員をかけて結集し、ライザ・スクーフの処遇を話し合うことになる。あのマネーリストがこちらの願っているとおりのものと判明すれば、なんらかの進展はあるだろうな。ただ、まだなにも確実なことは言えんから、あんまり期待はするんじゃないぞ」

「力になってほしいんだ、ジミー。あの子を出してやるために全力を尽くしてくれるって言葉を聞きたいんだよ」

いっときジミーは沈黙していた。回線を通してなにかのプロスポーツ番組らしいテレビ音声が聞こえてくる。フットボールの試合でも見てるんだろうか。あたしは親父とジミーが実家の居間で試合を見ながら酔っ払い、ニューヨーク・ジェッツにむかって声を張り上げていたのを思いだした。もう、はるか昔のことのような気がする。

「おまえの友だちの件だが……おまえはじっさいにその子がラークを殺ったと思うか？」ジミーが訊いた。

「あれは正当防衛だった、って言っても信じてはくれないだろうね。あの子は自分を守ろうとしたんだ」

「正当防衛？　公共奉仕と言ってもいいくらいだ。いつだったかラークについて調べてやったとき、こいつはろくなやつじゃないと言っただろう。わしのなかの大部分は、もしおまえの友人がじっさいに手をくだしていたとしても、釈放されるべきだと思ってる。取引なんてあろうがなかろうがな」

「そんなふうには考えられないよ、ジミーおじさん。でなきゃあたしらも、あの連中と変わらないことになっちまう」

ジミーがうなった。賛同を示したつもりかもしれない。

ややあってあたしは訊ねた。「ランジが囮捜査官をアラバッカにやられたって話はほんと？」

「われわれみんなが、だ。タスクフォースのメンバーだった。ジュリアンがその話をしたのか？」

「大筋はね」あたしは言った。「アラバッカんとこのチンピラでそんなことを言ってるやつがいたんだけど、だれかがなにかを認めたとかそういうんじゃない。大きい口を叩いてるだけなのかどうか、ずっとよくわからなかったんだ」

「去年の六月だ」ジミーは言った。「囮捜査官がひとり潜入を開始したばかりだった。気立てのいいやつで、万事順調にすすんでいるように見えた。そしたら、忽然と消えちまったんだ。そいつが見つかったのは一週間後だった。連中はハイチ・スタイルでその若者を殺害した。灯油を注いだポリ袋でな。三人の子どもを残してったよ。あれ以来ずっと、ジュリアンは憑き物でも憑いたようになって、犯人を捜そうとしている。そのせいで夜もろくに眠れず、夫婦のあいだもすっかり冷え切ってしまってるらしい」

「あたしがその一件に関するアラバッカの自白をとってくることを、ランジは望んでるんだ」

「そうだ。ランジが望んでることのひとつだな。われわれ全員が望んでいることのひとつだ。マネーリストがあれば、そいつをテコにして、ああいうことが起こった経緯を探りだせるかもしれん。われわれのだれにとってもけっして許せることじゃないんだ、わかるだろう?」

沈黙がまたすこしつづき、ジミーのテレビのアナウンサーの声が大きくなって、タッチダウンの興奮を伝えているのが聞こえた。

「だれが敵に情報をいれたかは突き止めたの?」

「いや。ストリートのだれかが見てはいけないものを見て、しゃべったんだろうな」

「だったらあたしも、姿を見せたとたんにアウトだ。着いた瞬間に連中は感づくよ」

「かもしれん」

「そして、あたしを殺す」

「わしがそうはさせない」

その言い方は、おもわず信じそうになるほどだった。

八時過ぎにそれぞれ買い物の袋を抱えたアティカスとエリカが連れだって帰ってきた。ふたりして笑顔と声を投げかけてくれ、ごちそうの約束をしてくれたところで、アティカスが留守電のメッセージに気づいて再生した。メッセージは二件だけで、どちらもあたし宛だった。

ライラ・アグラの用件は、自宅に電話をかけてほしいとのこと。

ミランダ・グレイザーの用件も同じだった。

「電話は全部、きみ宛だな」アティカスがあたしに言った。

「個人的な話ができる電話機ってほかにあったっけ？」

「あたしのを使っていいよ」エリカが言った。「ベッドの横にあるから」

エリカの部屋に入ってドアを閉めた。その部屋は、大学に入ったころの自分の部屋を思いださせた。少女っぽい飾りを排除して、代わりに壁にはバンドのポスターが一、二枚と、映画のポスターが一、二枚貼ってある。クロゼットの脇にはコミック本が積み上げてあった。ベッドの上には手触りのいい、おどけたゾンビのぬいぐるみが置かれ、いかにも死にぞこないの造りをしているくせに妙にほっとさせる風体だった。

あたしはライラに電話をかけた。

「マーティンと話し合ったのよ」ライラは言った。「いくつか施設の名前を挙げたから見てもらいたいの」

「矯正施設には入りたくないんだ」

「それはあなたが決めることよ、ブリジット。月末まで時間をあげるから、うちの医療保険でまかなえるプログラムのなかから気に入ったのを選んでみて。入所すれば、あなたがもどるまで仕事は確保しておくわ。それは約束する」

「入所しないなら解雇ってこと？」

「だれか信用できる人間と交代させるしかないでしょうね」

「そうだよね」

「あなたにはもどってきてほしい」ライラは言った。「でも、あなたはだれかの助けを借りるべきなの。シンプルなことよ」

「シンプルだね」あたしはそう繰り返し、電話を切った。

とたんにベルが鳴りだした。伸ばしかけた手を止めて、もういちど鳴らしておく。アティカスが「そっちでとるか？」と声を張りあげている。

「あんたんちの電話だろ」あたしも叫び返した。

ベルが鳴りやんだ。まもなくエリカがドアを開けて顔をのぞかせた。「妹さんからよ」

胃がぎゅっと縮こまると同時に、ケイシェルの声を聞けばきっと喧嘩をやらかしてしまうと思い、気持ちも萎えて縮んだ。「あとでかけなおすって伝えて」

エリカは顔をしかめたが、やがて肩をすくめると、ふたたびドアを閉めた。

そのまま待って、メッセージを受け渡すアティカスの声を聞きとろうと懸命に耳を澄ませた。なんと言ったかはわからなかったが、電話を切ったらしいと思えるまでに、アティカスは数分ほどケイシェルと話をしていた。

あたしは受話器をとりあげ、発信音が聞こえてから、ミランダ・グレイザーにかけた。こちらが名乗ると、ミランダは「待って」と言った。

待つこと三分間。

「オーケイ」ミランダの声がした。

「なにしてたの？」

「痛癪を抑えてたのよ」ミランダは言った。「ええとね、日曜の午後二時にわたしのオフィスに来てもらうわ。ひとりで来てちょうだい、あなたとわたしで話がしたいから。なにか都合の悪いことは？」

「行くよ」

「よかった」

「タスクフォースからなにか連絡あった？」

「おやすみなさい、ブリジット」ミランダはそう言って、電話を叩き切った。

そのあとしばらくは、だれとも話をする気になれなかった。

夕食をとっているあいだ、アティカスもエリカもきょうあったことについてはなにも訊いてこず、食後の何時間かはみんなでテレビを見て過ごし、そのあと寝る支度にかかった。なんとなくぐずぐずしているアティカスに、もしよかったらもう一晩ベッドをシェアしようかと声をかけた。しばらくふたりとも目を覚ましたままで並んで横になっていたが、やがてアティカスが勇気をだして腕をまわしてきた。そうしてくれたことが、あたしは嬉しかった。

ライラ・アグラが言っていたことを、アティカスに話してみた。

「たぶん、いい考えだと思うな」アティカスは穏やかな口調で、あたしの髪のなかに話しかけた。

「たぶん、いい考えなんだろうけど」

「だったらそうすべきだ」

「施設に入ったら、みんなに知られてしまう」

「知られるってなにを？　きみが問題を抱えてるってことをか？　薬物乱用の問題を抱えてることを？」

「あんたはジャンキーじゃないから」

「きみはそうなんだろ。きみがいま闘っていることが簡単だなんて思うやつはどこにもいないさ、ブリディ。だれかの力を借りることがまちがってるとはだれも思わない」

「弱すぎるよ」

アティカスの胸が上がって下がり、ためいきを吐いた。「その言葉、おれがさんざんきみに言われてきたって知ってたかい？　思うんだが、きみは強さのなんたるかを忘れてしまったんじゃないかな」

「それとは話が別さ」

「いいや、別じゃない。まったく同じだよ。弱いっていうのは、逃げることだ。おれは経験からそうだと知ってる」

あたしはなにも言わなかった。

「そのことを考えてみたほうがいい」アティカスがまた言った。

「かもしれないね」

「妹さんと話をしろよ」

「うん」

アティカスがまた体を動かし、そっと優しく、腫れた唇をいたわるようにくちづけをした。「きみを知ってる人間なら、絶対にきみが弱いなんて思わない」と、アティカスは言った。

7

土曜は睡眠剤《クエイルード》の作用で蝸牛《かたつむり》のように過ぎていった。エリカは友だちと映画を見に出かけた。あたしはひたすら眠った。アティカスはパンを焼いた。アティカスに手伝ってもらって包帯を取り替え、手にあけられた穴がすでに塞がってかさぶたに覆われているのを見て、一緒にほっとした。アティカスが一度、ケイシェルに電話をかけるようにと言った。あたしはそうすると答え、結局かけなかった。

妹になにを言えばいいのかがまだわからず、たぶんそのせいもあって、日曜の朝は早くから出かけ、セカンド・アヴェニューのはずれにある〈イエスとマリアの聖なる御心教会〉のミサに出席した。懺悔もせず、聖体拝領も受けず、だれにも邪魔されずに済みそうな後ろのほうの席に坐った。

前回ミサに出席してからもう二年になるが、あのときは特別な事情があったから出たまでのことだ。あれより前といえば十六歳のときで、ちょうどヘロインをやりはじめたころだった。

礼拝が終わってもその場に居残り、静寂をとりこみ、沈黙と平穏とお香の匂いのなかで恐怖をなだめようとしていた。聖衣を脱いだ司祭がもどってきて、あたしのほうに近づいてくる。それ以上距離を狭められるまえに立ち上がり、司祭に会話をはじめる隙を与えないうちに立ち去ると、ミランダ・グレイザーのオフィスに向かった。

「最優先でこの件だけは片づけてしまうつもりよ」ミランダ・グレイザーは言った。「この訴訟がおわったら、二度とあなたの顔は見たくない。あなたはプロ失格で、倫理に欠け、道徳観念が欠如している可能性がきわめて高い。傲慢で自分勝手で、アティカスやライザがあなたという人間になにを見ているにしろ、わたしには謎でしかないわ。

あなたはわたしを思うままに操り、利用した。たしかにわたしには、あなたがタスクフォースを導いたあのバッグに自分でマネーリストを仕込んだと証明はできないけれど、だからといってそれがまぎれもなくあなたの仕業であることを知らないわけじゃないのよ。タスクフォースはだませたかもしれない。もしくはだませたわけじゃなく、あの人たちはあなたの差しだした証拠が手に入るだけで幸せだから、べつにどうでもいいのかもしれない。でも、わたしは知ってるのよ。わたしはあなたを信用しないわ」

「義憤にかられてるときのあんたって、じつに色っぽいよね」あたしは言った。

「そう言うあなたは、自分で思っている半分ほどのウィットも持ち合わせてないのよ」

デスクをはさんで向かい合っているミランダは、小麦粉色の分厚いニットのカーディガンを着ている。色っぽく見えると言ったのは嘘じゃない——書類の山とその憤りの向こうで化粧っけもなくヘアバンドをしたミランダは、抑圧を抱えた図書館司書のように見える。ベッドルームではあばずれ女に変貌をとげる七〇年代のポルノ映画ふうの。

「ライザの公判の冒頭陳述はあしたよ」ミランダは言った。「どんなに早くても、それまでにタスクフォースがマネーリストの信憑性を確認しおえるのは不可能だわ。連邦検事が地検に圧力をかける打診の時点ですら、火曜日にはなってるでしょう」

「審理はどのくらいつづく予定?」

「一週間もかからないわよ」

「じゃ、それまでに取引が成立しなけりゃならないってこと?」

「陪審が評決を手にもどってくるまでにね」ミランダは言った。「それ以降、この件はいっさいの争訟性を失うから」

「陪審が無罪にしてくれるかもしれない」

「まず無理でしょう。バッグを回収にいった際、警察は凶器を発見してるの」

「なんだって?」

「ライザがヴィンセント・ラークの脳味噌を吹っ飛ばすのに使った銃が発見されたのよ」あたしの反応が再評価の必要性を勝ちとったようで、ミランダは椅子の背にもたれかかった。

「予想してなかったの?」

マネーリストを仕込んだときにどれほどひどい禁断症状に苛まれていたにしろ、銃があれば覚えているはずだった。それが親父のリボルバーであればなおさらだ。そんなものはあのバッグには入っていなかったし、見逃すなんてことはありえなかった。

「警察はそれが凶器だと確信してるのかい？」あたしは訊いた。

「オーレンショー刑事とリー刑事が銃を弾道分析に持っていったわ。まだ結果は見せてもらってないけど、試験弾が現場で回収された弾と一致しなかったら驚くでしょうね」

あたしはかぶりを振り、ミランダはそのしぐさを誤解した。

「そうだとしても事態はそれほど悪いわけじゃないわ」ミランダは言った。「つまり、すでにコーウィンはライザが殺ったという線で攻めてきてるわけだし、平たく言えば、うちもそうよ。正当防衛で論議していれば、銃にまつわる話はおおかた度外視されてしまうから」

「この件でライザとは話を？」

「けさ面会して、どういうことになってるか知らせてきたわ」

「なんて言ってた？」

「銃について？」

「ああ」

「なんにも。その話は出なかった」

「それじゃ、あの子になんの話を？」

ミランダは鼻の眼鏡を押しあげ、答えようかどうしようか迷っていた。「状況を説明したのよ。ライザは取引が成立すれば、万事解決と考えてるみたいだった。わたしは、そういうふうにはならないと話したの。最終的には答弁取引で刑の軽減を願いでることになるって。運がよければ執行猶予になるかもしれない」

「答弁取引の見返りは？」

「わたしは非故意殺で押していくつもり。でも、もし第二級故殺までが限界だと思ったら、それで納得するようすすめるわ」

「そうなりそうだと？」

「わからない。かなりの部分が連邦検事の肩にかかってるのよ、彼が地区検事局にどこまでの承諾をとりつけるかにね。現状では、取引を成立させるのはマネーリストだけであって、ヘロインは関係ないから」

「でもヘロインも、あって害にはならないだろ？」あたしは言った。

「あなたが思ってるほど助けにもならないわ。あのヘロインはすでに五〇パーセントまで混ぜ物がしてあったと判明したの。連邦の法律では、連邦検事はヘロイン四キロではなく、二キロしか回収しなかったとして処理される。すべて純度を基本に計算されるから」

「二キロだってすごい量だよ。二キロだったら五十万ドルの価値はある」

ミランダは首を横に振った。「そんなことあの人たちにはどうでもいいの。取るに足りない額よ。あの人たちにとって重要なのはマネーリストだわ。地区検事局もタスクフォースの獲物のおこぼれにあずかるという話になったら、ライザは問題なく出所できる。もし連邦検事が栄光を独り占めしたいと望めば——たとえば、自分のヘロインに混ぜ物をされたために機嫌を損ねてしまったとかで——その場合、地区検事のほうも勝ちとれるだけの判決を勝ちとっておくことにするかもしれない」

「期待してたのとちがってる」いっときしてから、あたしは言った。

「なにが起こると思ってたの？　マネーリストがあれば、すべてケリがつくとでも？」

「もうすこし簡単にいくと思ってた」

ミランダは笑った。「これが司法制度ってもの」

わざと遠まわりして、歩いてアティカスのアパートメントにもどった。その日もまた、はっきりしない寒い日だった。またしても無節操な冬の空——朝は雪か、すくなくともあられくらいは降ってきそうな空模様だったのだ。なのに午後になると、その約束は守られそうにないのが確実になった。この冬はずっとこんな日ばかりだったような気がする——中途半端で、不快で、なんの褒美も与えてはくれなかった。

マレーヒルのあたりは住環境がいい。街角の売人などひとりも見かけないし、身を潜めているヤク中もひとりとして見あたらなかった。しっかり探していないだけかもしれない。それはたいして問題じゃない。もうすこし、あとほんの数ブロックほど東に歩けば、一服わけてくれるだれかが見つかるのはわかっている。

あたしは考えつづけていた。引き返さなきゃいけない。あたしにヤクなんか買わせない仲間がいる安全地帯にもどらなきゃいけない。アティカスはずっと、不安や疑いを巧みに胸のうちだけに留めつづけてくれている。信頼なのか、それとも、やりたいと思えばやってしまうだろうという事実に対する諦めなのかはわからない。でも、その自制心がありがたかった。それがあるから、自分はどうだと問いかけることになる。

五時をすこしまわったころにアパートメントに帰り着くと、アティカスがひとりで部屋にいて、居間で読書していた。

「もっと早く帰ってくるかと思ってたよ」アティカスは言った。

「散歩してきたんだ」

「ただの散歩かい、それとも歩きながら考え事をしてたのかい？」

「どっちか片方だけをやるのって可能？」

「陸軍にいたころは、常にそうやってたさ」

あたしはジャケットを脱ぎ捨て、安楽椅子に坐った。アティカスの頭上の壁には、ルービン・フェブレスが死ぬまえに描いた絵がかかっていた。ルービンとはつきあいが長くなかったので、あたしはあまりよく知らない。ルービンはアティカスの友だちだった。その絵については、どう思うか自分でもよくわからなかった。色はきれいだが、血も涙もない殺人をシユールレアリスティックに表現したその絵自体は、見ていると落ち着かない気分にさせられる。アティカスがどうしてこれをとっておくのかわからなかった。ほかにはなにも残さずに死んだ友との、最後のつながりとしてだろうか。

「どうだった？」アティカスが訊いた。「ミランダはうまくライザの面倒をみてくれそうか？」

「最善を尽くしてくれてる。もうあたしの出る幕はないと思うよ、すくなくともあの件に関してはね。これ以上、あたしにできることがあるとは思えない。タスクフォースはマネーリストを手に入れ、連邦検事は地区検事と話をすることになってる。あとはすべてがおさまるところにおさまってくれるかどうか、ってところだね」

「たいていその時点で、すべてがばらばらになっていくものだがな」

「あたしが考えてたのもそんな感じのことさ。だれか電話してきた？」

「ランジ捜査官からってことか？　いいや」

「連中があたしになにをさせる気かは話しただろ」

「ああ。やるべきじゃないと思う、って答えたよな。危険すぎる」

「アラバッカはあたしをそばに近づけもしないだろうね。あたしが接近する理由を、たちどころに見抜くに決まってる」

「たぶん、それはいいことだろうな。やつが接近を拒めば、ランジにもシャノンにもお仲間にも、ベストは尽くしたが役に立てなくて申し訳ない、と言ってやれる」

あたしはアティカスを見やった。どうすればそんなに無邪気でいられるのかと訝りながら。

「あたしにはいくつも嫌疑がかかってんだよ、アティカス。司法にそいつを赦免してもらわないことには、ムショに入るしかなくなっちまう」

アティカスは膝のうえで本を閉じ、眼鏡をはずして窓の外を見やった。「いい弁護士を知ってるぞ」ややあってアティカスは言った。

おもわず笑いがもれた。大笑いではなくても、笑いは笑いだ。「グレイザーには、この件に片がついたらもう二度と顔も見たくないって言われちまったよ」あたしは言った。

アティカスがこちらを見返した。あいだにレンズがないせいで、目が普段よりすこし大きく見える。

「だったら連中に罪を帳消しにしてもらうしかないな」

「アラバッカが接近を拒否しても、連中はもういちど出なおしさせるだけだからね。アラバッカにこっちを信用させる手を見つける以外にないんだ。やつの信用を勝ち取れるだけのなにかを、まえもって与えておかなきゃならない」

アティカスはゆっくりと眼鏡を元の位置に滑らせた。

「考えがあるんだろ」

「考えはある」あたしは認めた。「否、じつのところ、企てが」（「アーサー王伝説」の王妃グィネヴィアと騎士ランスロットのやりとりを模している）

「いやはや、麗しき乙女、さような破滅的危難を伴う企てはいかがかと思いまするが」

「まさしく、かの企ては危難と災いに満ち満ちているゆえ、善良にして忠実な騎士の助けがぜひとも必要なり」

「ひとり、見つけられる場所を知ってるかもしれないぞ」アティカスは言った。「必要とあらば、ふたりでも」

「ひとりでじゅうぶん」

「話を聞こうか」

あたしはためいきをつき、壁の上のぶち抜かれた頭の絵を見やった。

「その企てには、タスクフォースをコケにするってのも含まれてるんだ」あたしは話をはじめた。

## 8

月曜の午後三時十分にランジから電話があり、アティカスが応対して、テーブルで待っていたあたしに受話器を渡しにきた。ダウンタウンの刑事裁判所ビル内では、そろそろ判事がその日の訴訟手続きの終了を告げようとしているころだ。ダウンタウンの刑事裁判所ビル内で、ヴェラとゲイブリエルとミランダ・グレイザーが、翌日の審理までライカーズにふたたびもどされるライザをあとに残して帰り支度を整えているころ――。

あたしは自分にできる最後の行動――自分の命を奪いかねない行動に出るべく、待っていた。

「ローガンだけど」

「いまからこっちに来てもらいたい」ランジは言った。「まわり道せず、まっすぐにだ、いいな？　二十分以内に到着する予定で待ってる」

「すぐに行く」あたしは電話を切った。

「いまからか？」と、アティカスが訊く。

「一時間経ったらたのむよ」あたしは言った。

アティカスはうなずき、ドアまであたしのあとをついてきた。アティカスのいま浮かべてるような表情を自分までが浮かべていないことを願った。いまのアティカスみたいに不安そうな顔をしていたら、アラバッカはほんの一瞬ですら信用してくれないだろう。

「リラックスしなって」あたしは言った。

「おれもいま、そう言ってやろうとしてたところだ」

「あたし？　あたしなら浮氷みたいにクールさ」

アティカスが顔をしかめる。

その顔にキスをする。

「援護をよろしくね」そう言って、あたしは出発した。

ドット・マグワイアという女性捜査官が盗聴器の装着をおこない、ブラの内部《なか》にコードを這わせ、右乳房の内側にマイクをテープで留めつけた。

「これでどう？」完了すると捜査官は訊ねた。

テープはむずがゆいし、全体としてつけ心地はよくないが、どうせ長くつけているつもりはない。「いけるんじゃないの」と、答えておいた。

「シャツを着ていいわよ」

青痣に、そして、みずから注射針でつけた傷跡に捜査官の視線を感じながら、言われたとおり服を着た。シャツの裾をおさめてジャケットを羽織り、点検してもらうべく腕を浮かせる。

ドット・マグワイアは両手を腰にあててあたしを眺めていたが、やがてうなずいた。「いけそうね」

「連中にボディーチェックされたときはどうすんの？」

「させなきゃいいのよ」

「あたしに決められることじゃないんだけど」

「ああいう男たちはたいてい、おっぱいを握ったりはしないものよ」マグワイアは言った。

「連中にも最低限の礼儀はまだ残ってるから」

「あんたはあたしほど、ああいう男たちのことをわかっちゃいないらしい」

「だからこそ、あなたが盗聴器をつけているんでしょうね」マグワイアは言った。「行きましょう、ランジがお待ちかねよ」

廊下を歩いてウォー・ルームに入ると、そこにランジが待ち構えていた。ジミー・シャノンと、はじめて見る捜査官も一緒だ。室内の空気とひとりひとりの顔に緊張がみなぎり、マグワイアがドアを開けたとたん、ランジがテーブルに広げていた目の前のフォルダーをあわてて閉じた。

「装着完了です」マグワイアは言った。

「ありがとう、ドット」ランジが言った。「ライオネルときみは、もう出かけて残りのメンバーに合流したほうがいい。おれたちもすぐに追いかける」

「了解」

ドアがふたたび閉まった。あたしはランジとジミーを見やった。「なに急いでんの？」ランジが言った。「バトラーも一緒にいる。アッパー・ウエストサイドのアパートメントにもどる途中だと思うが、場所は知ってるか？」

あたしはうなずいた。

「よし、だったらそこでおまえを見たとしてもさほど驚きはしないだろう。おまえはそのまやつの車に乗せてもらい、どこへでも行くところまでついていけ」

「で、その途中に、やつから自白を引きだせってかい？」

ランジのこめかみに汗が光っている。「ただ、やつの目的地まで連れていかせるだけでいい」

「目的地まで行って、そのあとは？」

ランジはジミーを見やった。

「昨晩、うちから新たにアラバッカの一味に潜入していた囮捜査官からの連絡が途絶えてしまったんだ」ジミーがあたしに言った。「報告に出頭してから帰途についたところで、行方がわからなくなった。おそらく正体を見破られたものと思う」

「事情聴取にアラバッカを連行したんだが、締めあげるまえに弁護士にものをいわせて帰っちまいやがった」ランジが言う。「こっちにはやつを押さえる口実はなにもないし、手下の連中からもなにもつかめない。もう打つ手がないんだ」

「前任の囮捜査官の身に起きたと考えられる状況からして、こんどの捜査官がまだ生存していると信ずる根拠はある」ジミーが言った。「しかし、たとえそうだとしても、その状況が長くつづくとは考えられん。その捜査官をなんとしても発見する必要があるんだ」

「いや、発見するんだ」ランジが言い直した。「おまえがやるのはそれだよ」

「発見するったって、どうやって？」

「アラバッカにその捜査官のもとへ案内させるんだ」

悪い話がさらに悪くなっていた。「やつははなから、あたしのことなんて信用するわきゃないんだ。いったいどうやって、あんたらのその囮のとこまで連れてってもらえっていうんだよ？ それにあんたらの坊やがまだ息をしてるってのは、楽観的な推測でしかないんだろ？」

ランジが手のひらをテーブルに叩きつけた。「やれと言ってるだろう！ やるんだ、われわれを仲間のもとに連れていけ。さもないとおれはどんな手を使ってでも、おまえがその捜査官を殺したことにしてみせるからな！ おれたちにゲームを仕掛けたのはそっちだろうが、おねえちゃん《ガール》よ。自分の望みを叶えたからには、こっちの望みも叶えてもらうぞ。嫌なら、このおれが残りの一生を台無しにしてやる！」

「やつは信じないってば！」

「この件に関して、おまえに選択肢はないんだ。さあ、愛車のところに行って、アラバッカのアパートメントまで転がし、やつがあらわれるのを待て」

「われわれが監視してる」ジミーが言った。「おまえのことは守らせる」

「大事な囮捜査官を守ってたときのように？」

ランジがドアまで行って引き開けると、勢いあまって壁にぶつかり、銃声のような音がした。

あたしはジミーを見た。

いっときののち、ジミーは顔をそむけた。

「さあ、ジャンキー」息をはずませながら、ランジが言った。「仕事の時間だ」

自分の車にもどってくると、あたしは言った。「いまから目的地に向かうよ」

返事はない。返事を期待してはいなかった。

アラバッカのアパートメントまで車を走らせながら、ついた嘘をすべて思い返していた。

体の節々の痛みを思い、腕のむずがゆさを思い、どれだけヤクが恋しいかを思った。乳房に貼ったテープがひきつり、コードを伝って汗が流れ落ちるのがわかる。マイクをつないだ送信機が、石ころみたいに尻に食いこんでいる。

その運転の最中ほど、ハイになりたいと願ったことはなかった。助手席にはミスター・ジョーンズが坐っていたが、いまはもうあたしの敵ではなかった。親友だ。

あたしは思った。こいつはあたしがどんな行動をとるか、先まわりして知ってしまう。

勝ち目のない戦いを、ひと目で見抜いてしまう。


アラバッカのアパートメントからブロックをまわり、ストリートの見通しがきく場所にエンジンをかけっぱなしで車を停めた。ポルシェの内装に最終チェックをくわえたのち、シートベルトをゆるめてドアロックを両側ともはずす。また体が震える感じがしたが、禁断症状のせいかアドレナリンのせいか、その両方か、もしくはそれ以外のなにかなのかわからなかった。また涙が垂れてくる感触があったが、ぬぐってみても袖にはなにもついてこなかった。

見張りの居場所を探すべく、通りをざっと見渡した。タスクフォースが約束した援護のことだ。目立たない配送用ヴァンもなければ、窓を着色ガラスにした車も見あたらなかった。ガラス店のトラックがアラバッカの住んでいるビルの向かいに二重駐車して、見通しのいい車線をおおかた遮っている。アラバッカの車は一台もない。ベンツもBMW《ビーマー》も見えなかった。

アラバッカの自宅の正面玄関から車六台ほど向こうに青いジープ・チェロキーが停まり、なかにふたりの人間が乗っている。確信はないが、そのうちひとりはたぶんドット・マグワイアにちがいない。

鳥肌がたってきた。

集中しようにも、ヘロインのことばかり考えてしまう。

バトラーの黒いランドローヴァーが通りを曲がってやってきた。あたしを通り過ぎ、ガラスのはまった窓枠をはみださせているトラックの横を抜けられずに、そこで停止した。バトラーがのしかからんばかりにクラクションを長々と鳴らすと、トラックの運転手がビルから駆け出してきて、中指を突きたてながら運転台によじのぼった。トラックが発進してスペースがあくと、バトラーは不器用に前も後ろもフェンダーをこすりながら縦列駐車した。

やるしかない。

ギアを押し入れてブロックを突っ切り、車から降りようとするバトラーの目の前でブレーキを踏んで停まった。急いで外に出る。

「ボスはどこ？」あたしは怒鳴った。

バトラーが車をまわり、逆からまわってすれちがおうとするあたしをとらえた。アラバッカは向こう側から降りようとしていた。

「——言っただろうが、近づくなと」そう言いながら、バトラーがあたしを押しもどす。

その手を払い落として、また捕まらないよう一歩後ろにさがり、向き直って同じ手でチェロキーを指さした。

「やつらがそこに！」あたしはアラバッカに向かって叫んだ。「通りのどまんなかで張ってやがる！」

アラバッカがランドローヴァーを降りる寸前で立ち止まり、考えるだけの時間を捻出しようとしていた。

「DEAのくそったれが！」バトラーの脇から開いた車のなかに手を伸ばして、床にあったビールの壜をひっつかむ。身を翻し、思いきり振りかぶって投げると、壜は大きく宙を飛んでチェロキーのフロントガラスを砕いた。飛び散ったバドワイザーの泡が蜘蛛の巣状のガラスにひろがっていく。

「おまえ、なにやってるんだ！」バトラーが吼えた。

あたしはその腕をつかみ、精一杯の早口でDEAが周囲一帯にいる、ほかでもないこの通りで待ち伏せしている、と告げた。バトラーが手をふりほどいてアラバッカを見ると、入れ替わりにアラバッカのほうはエンジンを始動させたチェロキーを睨みつけた。アラバッカが指差し、バトラーはチェロキーのほうに動きだそうとしている。

ここから進む方向はふたつしかなかった。チェロキーに乗っている捜査官が飛びだしてきて、作戦を台無しにするのもかまわず逮捕にかかることも考えられる。あたしが盗聴器をはずしたと気づき、なにが起きているのかわけがわからずパニックを起こして——あるいは、別のチームがあとを引き取ってくれることを願って撤収し、この状況下で救えるものだけでも救おうとするか、だ。

バトラーが前に出ると同時にチェロキーはあたしの心臓のようにエンジンを全開にして発進し、一瞬、マグワイアかだれか知らないが、バトラーを轢く気なのかと思った。そこで車は停まり、ギアをこねる間《ま》があって、チェロキーはバックで通りを退がっていき、あたしがルートを塞いでおいた場所から遠ざかっていった。一台の車が角を曲がってその一方通行路に入り、クラクションを鳴らしはじめる。

「ここから出なくちゃやばい」あたしはピエール・アラバッカに必死で訴えた。「やつらが二番手を送りこんでくるまえに」

走ってもどってきたバトラーも言った。「こいつの言うとおりだ、片方のやつが無線を使ってやがった。移動しよう」

あたしはポルシェの助手席のドアを開けた。汗ばんだ指が金属の表面をすべる。「こっちへ！」

バトラーはふたたびランドローヴァーに乗りこもうとしていた。

アラバッカがバトラーに言った。「時間がない。こいつの車を使おう。乗るぞ」

バトラーは躊躇したのち、車を離れてドアを叩き閉め、ポルシェの後部座席に滑りこんだ。あたしは運転席側にまわり、アラバッカも乗りこむ。ギアを入れ、アラバッカがドアを閉めるのを待たずに車を出した。カーブを切ってタイヤのきしみを聞きながらコロンバス・アヴェニューに乗り入れ、アクセルべた踏みで赤信号ふたつをつづけざまにぶっちぎっていく。後ろにいるバトラーは体をねじまげ、人がじっさいに乗るようにはできていない空間に必死でおさまろうとしていた。

「スピードを落とせ」アラバッカが言った。「そんなじゃサツに停められるぞ」

あたしはうなずいて速度を緩めた。ステアリングの革が手のひらに貼りつく感じがする。

「それで、こいつはどういうことなんだ、ブリジット?」抑揚のない声でアラバッカが訊いた。

「連中は、あたしにあんたらをはめさせようとしたんだ」あたしは言った。

アラバッカはうなずいた。「左へ」と指示する。

あたしは角を曲がった。

後部座席にバトラーが見える。身をねじって窓から離れ、バックミラーでこちらを見ている。あたしのシートにやつの体重がのしかかっていた。

「次のブロックで止まれ」アラバッカが言った。「停車しろ」

あたしは道路脇に車を寄せ、そのブロックの両側にそびえる建造物の蔭に入ると、ニュートラルにギアを入れた。

「ロリー」アラバッカが声をかける。

バトラーがすぐに反応し、アラバッカの膝に拳銃を落としてから運転席に手を伸ばすと、片手であたしの顎をつかみ、頭を後ろ上方に引きずりあげて、あばれるあたしをシートから引っ張り起こした。アラバッカは腰に銃を構え、あたしの腹を狙っている。

「おとなしくしてろよ、別嬪さん」バトラーがささやく。

刺青をした指がシャツのなかにもぐりこみ、ブラの内側に差し入れられて、撫でるように両側を探った。抗議しようとすると顎をもっと引きあげられ、鼻から一センチ先に迫った車の天井を見つめる格好になった。やつの手がさらに下へさがり、あたしは目を閉じてこぼれそうになる涙をこらえた。手が腹を往復し、そしてジーンズの内側に降りていった。バトラーは必要以上に時間をかけ、あたしは動くまいとした。その人差し指を気に入ったという想像に使われそうなことはなにもすまい。ふたたび手が外に出され、上半身と両脇にまたもどったと思うと、バトラーは握っていた手の向きを変え、あたしをステアリングに顔から思うさま叩きつけた。そして背中を調べ、またジーンズまでさがっていき、シートに覆いかぶさるようにしてあたしを押さえつけると、両脚を探った。

そしてバトラーはあたしから手を離した。

「なにもない」バトラーは言った。正直に驚いているようだった。「こいつはクリーンだ」

あたしは体を起こして坐りなおし、震えを止めようと努めた。

アラバッカはまだ銃をこっちに向けている。

「合格かい？」と、訊いてみた。声があまりに怯えて聞こえるのが腹立たしかった。

「なんでこんなことをした？」アラバッカが訊いた。

あたしは自分の両手を見やり、それをステアリングに置いて、きつく握り締めた。でも、役には立たなかった。「もどりたいんだ」あたしは言った。

「ヤク中のクズめが」バトラーがつぶやく。

「だからなんだよ？　あたしはヤクをやった、それがなんなんだよ？　いまでもあたしはあんたの抱えてきた部下んなかじゃ最高に使える人間だろ。男だろうが女だろうが関係ない、あんたもわかってるはずだよ、ピエール。あたしはあんたの金を稼ぎ、下っ端連中を鍛えなおして、利益をあげてきたんだ。いまもそこで、隠れてたDEAをぶっちぎってあんたのケツを救いだしてやったじゃないかよ、このひとでなし！」

アラバッカが思案するように口をすぼめた。

「もういっぺんチャンスをもらうだけのことはしただろ」あたしはつづけた。「あたしのやってきた仕事や、あたしが受けた袋叩きでチャンスを勝ちとれなかったとしても、いまそこで勝ちとったはずだ。たったいま、ロリーにフィンガーファックさせてやったことで、二度目のチャンスを稼ぎとったはずだよ」

ロリーは雇い主から咎めるような視線を受けていた。「おまえは女性に対する敬意というものをわきまえておらん」アラバッカが意見した。

「向こうもおれに対する敬意を持ちあわせてないんでね」

「もう一度チャンスがほしいんだよ」あたしは言った。「あと一度だけ、あたしにチャンスを与えてよ」

アラバッカの目の奥にはなにも読み取れなかった。あらわれているのは疲労くらいのものだった。

「たまたま偶然にも」ようやくアラバッカが口を開いた。「組織にまた空きができそうなとだしな」

バトラーが声をひそめて毒づいた。「まさか本気で、こんなあばずれジャンキーを信用する気じゃ？」

「ブリジットは自分の手で新たなチャンスを勝ちとったんだ」アラバッカはあたしから視線をそらさずに言った。「わたしの信用もふたたび勝ちとれるかどうかの判断はこれからだ」

「とんでもないまちがいを犯そうとしてるぜ」バトラーが言った。

「運転しろ」アラバッカはあたしに命じた。

ブロンクスに向かうよう指示されたが、はっきり場所を言ってくれようとはしなかった。

「目的地を言ってくれたら、もっと早く連れてってやれるよ」と、あたしは言った。

「そこで曲がれ」

「だめだ」アラバッカは言った。「クロトナに入るんだね？」

アラバッカはにっこり笑った。

あたしはクロトナ・アヴェニューの交通事情についてつぶやき、南に折れてプロスペクトに乗りいれたところで、不満の声をさらに大きくした。アラバッカの坐るシート下の無線機がアティカスの言っていたとおりの高感度であることを祈った。アティカスと、願わくはアティカスがつかまえているはずのタスクフォースの捜査官たちに、この声が大きくはっきり聞こえていてほしい。みんなが後ろから追っているのはわかっている。おそらくはるか後方から。

もしかしたら、無線の届く範囲からはずれるほど遠いかもしれない。

ラッシュアワーのはじまろうとする遅い午後の車の波をよけながら、安全な法定制限速度を守って走った。ブルックナー高架高速道が見えてきたところで、どこに向かっているのか見当がつき、それを口にだした。

「ハンツポイントかい？」

アラバッカはうなずいた。

「ハンツポイントになにがあるの？」

「ラディーポがいる」

「アントンに会うんだ？」

バトラーが笑いだし、小さな車のなかでその声が耳障りなほど響いた。

「ああ、そうとも言えるな」と、バトラー。

「ミスター・ラディーポは――それが本名だとすればだが――わたしの信頼を裏切った」アラバッカが言った。「だがブリジット、おまえとはちがって、いい弁明理由を持っていなかったんだ」

「つまり、ヤクにはまってたわけじゃないってことかい？」

「そう、麻薬の習癖は持っていなかった。アントン・ラディーポが持っていたのはバッジだったよ」

あたしはなにも言わなかった。

「驚かないのか？」

「いや」あたしは言った。「驚いてる。連邦の犬だとしたら、アントンじゃなくてこのロリーのほうだと思ってたからさ。アントンのほうはあんたとすごく似てるから」

「わたしもそう思っていた」

「なんでわかったんだい？」

「何者かがうちの帳簿に手をつけたんだ。何者かがその筋に帳簿を持ちこみおった。そんなことは内部の者にしかできん。調べてみると、分別の無い行動をとったのはアントンだと判明した」

口が渇いているのは禁断症状のせいじゃなく、心理的なものかなにかだろう。

「こいつ、具合がよくなさそうですぜ」バトラーが言った。

「ああ、そのようだな。いまの話がなにか問題だったのか、ブリジット?」

あたしは道路を見つめ、通りに並んだ灰色のくすんだ倉庫群を見つめて首を振った。「一発やりたいんだ」あたしは言った。

「ふむ、そうだな、それならなんとかしてやれるが」アラバッカは言った。「仕事が先だ。お楽しみはあとでな。

その先で右に曲がれ」

ストリートの名前はリアワだったが、なにをやっているか気づかれずにそれを口に出すのは不可能だった。

「臭《くさ》いね」あたしは言った。

「あのクソみてえな下水プラントのせいだろう」バトラーは言った。「水の真上に建ってやがるんだぜ、信じられるか?」

「ここで停めろ」アラバッカが命じた。

そのブロックが終わる間際の、見わたすかぎりがらんとした道路の脇に車を停めた。唾を吐けばかかるほどの距離に倉庫が三棟並んで建ち、それより小さく粗末な感じの小屋も二軒あった。建物のひとつは風雨に晒された赤煉瓦造りで、のこりはどれも曇り空に似つかわしい灰色のペンキで塗ってあった。五時を十六分まわったところで、どこも昼間の仕事は終わっており、違法酒場が店をあけるにはまだ早い時間だった。あと三時間もすれば娼婦がぼちぼち姿をあらわしはじめる。はやく仕事につくのは地元の子らで、そこにジャージーあたりからバスで入ってくる娘たちが遅れてくわわる。すべての不道徳が売りに出され、暴力があとにつづく。

人がブロンクスの醜さを話題にするとき、言われているのはハンツポイントのことだ。東側の市場から来るにおいと、南側の下水とイースト川のにおいが混ざって、鼻がまがりそうなほどの悪臭だった。カモメが水面から低く飛び交い、道も建物もそいつらが落としていく糞で縞状に汚れていた。下水処理施設があるせいではっきり見えないが、川岸の向こうにあるのはライカーズ島だ。ライザはもう監房にもどされているころだろう。

エンジンを切ってキーを抜く。アラバッカは車のサンバイザーについた鏡で、最高のいでたちに見えるよう身だしなみを確認した。チェックが終わるとサンバイザーを閉じ、それから車を降りるのかと思いきや、シートベルトをはずすと、まっすぐあたしのほうに体を向けた。

「おまえは二度目のチャンスをものにしたんだ、ブリジット。となれば、おまえの忠誠を証明してもらいたい」

「どうやって証明すればいい？」あたしは訊きかえした。

「ラディーポがあのなかにいる」アラバッカは道路端にうずくまった建物群の一棟を指した。

「あれかい、あの小屋？」

アラバッカは片眉を吊り上げてみせた。「大仰に構えるほどのことでもないんでな」とアラバッカは言った。「倉庫にする必要はなかった」

「そうだね」あたしは言った。

ロリー・バトラーはあたしの頭の後ろ、座席の背に両腕をあずけていた。右の耳元でやつの息遣いが聞こえる。

「こいつはおまえのテストだ」アラバッカは言った。「わたしのために、おまえにアントンを殺してもらう」

冷えていくポルシェのエンジンが、かち、かち、と音をたてる。呼び交わすカモメの啼き声が聞こえた。アラバッカの席の下のマイクはそんな音も拾っているだろうか。

「やりかたは好きにしてかまわん、おまえにまかせるよ」アラバッカは言った。「ロリーは、自分の番がきたときに火を使ったが、DEAではいまもこいつの送ったメッセージが語り草になってるという話だ。だが、その機会がアントンにまわってきたとき、やつはおれを説きふせて役を逃れたんだ。必要ないと言ってな。あれは失敗だった。おまえと同じで、わたしも失敗はやりなおしておきたい性分でな。おまえの二度目のチャンスは、わたしにとっての二度目のチャンスでもある」

ポルシェのボンネット越しに前を見やる。広い道路のどんづまりを。蛇腹型鉄条網《レーザーワイヤー》と金網フェンスが二軒の小屋を囲っている。非行グループの通り名がどの壁にもスプレーでペイントしてあった。いくつかの倉庫は窓が割られていた。下水処理用の複合施設を囲った高い塀の外には町が木を植えこんでいたが、どれも冬で葉をすべて落とし、もしかしたらすでに枯れているのかもしれなかった。

「ロリーにも同じことをさせたって?」あたしは訊きかえした。

「とくに説得しなくともやってくれたぞ」

「そりゃそうだ」バトラーが口をはさんだ。「骨のあるとこを見せるチャンスがほしくてうずうずしてたんだからな」

「じつにシンプルな話だ、ブリジット。おまえはわたしのためにアントンを殺し、それが済んだら三人でどこかに繰りだして祝宴としゃれこもうじゃないか」アラバッカは言った。「おまえの大好きな粉も用意させておく」

知らぬまに体が震えだし、隠すこともできなかった。生唾を呑むと、口のなかに糊のような味がひろがった。

「案内してよ」と、あたしは言った。

9

連中はアントン・ラディーポに寛大ではなかった。

小屋は通りから見たよりも大きかった。ふたつの倉庫のあいだに挟まれ、暗く奥まっていて、なかは凍えるほど寒い。がらんとして区切りのない屋内には家具もなければ機械類もなく、電灯すらついていなかった。床はコンクリートで、ところどころ深くひび割れ、下の地面から雑草が伸びてきているほどだ。外から街灯の光が差しこんで、その光が壁を伝う裂け目のように見える。

ラディーポは縛られて猿ぐつわを嚙まされ、床の中央で横向きに転がっていた。スーツのズボンは破れて泥で汚れ、白いドレスシャツには細い楕円形の血の染みがついていた。どこまでも黒く美しい肌は、徐々に灰色に変わりかけているように見える。

あたしを見たとき、ラディーポの目に希望が閃いた。

知っていたのだ。

そのときアラバッカがあたしに銃を渡し、ラディーポの目のなかの希望が死んだ。

ジャンキーに銃を渡し、すこしばかりのクスリを約束してやるだけでいい。それで彼女は意のまま思いのまま――。

「七時半の夕食には帰りたいんだが」アラバッカが言った。

渡されたのはあたしの銃だった。四日前、一生分の殴打を受けるに先立ってバトラーに取りあげられたシグ・ザウエルだ。アラバッカは頭がいい。それに冷酷だった。あたしが来ると知っていたかどうかは関係ない。ラディーポをあたしの銃で殺せば、殺人の容疑はあたしにかかる。そのうえあたしに引き金を引かせるとなれば、もっと好都合だろう。

銃尾を見ると撃つ準備は整っていた。ぴかぴかのいかした九ミリの弾丸は、アントン・ラディーポの体内に入って傷つけるためだけに存在している。脚に撃ちこむこともできるが、そのあと生き延びたら、障害が残ることになるだろう。腕を撃ってもおなじこと。胴や頭を撃てば殺すことになる。

背後でロリー・バトラーが動き、金属のうえに金属が滑る音がした。わざわざ見なくともバトラーが自分の銃を抜いたに決まっている。わざわざ見なくとも、それであたしの背中を狙っているのはわかっていた。

「なにをぐずぐずしてる?」アラバッカが声をかける。「さっさとやって取引終了といこうじゃないか」

「いいや」あたしは言った。

バトラーが嘲るようにシューッと息をもらした。「だから言った——」

「この方法はやめよう」あたしはつづけた。「こいつには痛めつけられたんでね。まだその傷を全身に背負ってて、動くたびにそのことを思い知らされてるんだ。まずは痛い思いをさせてやるよ」

真意を見定めようとしたアラバッカは、あたしの顔に嘘偽りのない怒りを見てとった。アラバッカが手を差し伸べ、それが銃を返せという意味であることに気がついた。武器を確保しておく術はないのだと、あたしは悟った。

銃を渡してあたしは訊いた。「あんたらのどっちか、ナイフを持ってないかい?」

バトラーがポケットに手を入れて黒い金属でできた細身の品を出してきた。それを受けとり、横のボタンを押すと、ごく静かに刃が飛びだした。刃は鋭く尖り、ぎらぎら輝いている。

「なんとまあ」バトラーは言った。「おまえ、このろくでなし野郎によほどむらむらきてると見えるな、ええ?」

たなごころでナイフを回転させたのち、片肘で体を支えているラディーポを見おろした。相手の目に浮かんだ恐怖に吐き気がこみあげる。

ひび割れた床でブーツががりがり音をたて、その音がなによりも大きくて、小屋の奥の両隅から反響しているようにさえ聞こえた。ラディーポの正面にしゃがみ、細い刃が見えるように目のまえにかざして、確実にとくと見せてやった。ラディーポの目がまたあたしの目をとらえ、恐怖と混乱のなかに失望が混じった最後の懇願がそこにあった。ランジやジミーと話をし、あたしが来るのを知っていたにちがいない。あたしが秘密情報源として署名したのを知っていたはずだ。あたしなら役に立つと、ラディーポが保証したにちがいなかった。

連中はラディーポの顔をとことん痛めつけており、それを見ると自分のことが、ラディーポから受けた仕打ちが思いだされた。額を横切る太い傷口から体液が滲んでいる。頰の片側がもとの大きさの二倍に腫れあがっていた。

バトラーが動きだし、もっとよく見えるようにと足音が近づいてくる。あたしはラディーポの顔にナイフを持っていき、先端を顎の頂点にあてた。

ラディーポは身を縮めなかった。

「やれよ」バトラーがせっつく。ライターを点ける音がし、煙草の煙の強いにおいがした。あたしはあいた手をラディーポの顔に滑らせ、指先で腫れあがった皮膚と口を塞いだテープに順に触れていった。額の裂傷はむごたらしく、ひどく痛むらしくて、人差し指を押しこむとラディーポの目がうるんだ。

後ろでアラバッカは押し黙っていた。カモメが啼いているのが聞こえる。

顔をかすめるようにナイフを持ちあげ、ラディーポと刃金のあいだにごくわずかな隙間をあけて止める。指をあてがって、裂けた傷口の横に刃を寝かせた。目をそらしたかったが、そんなことをすればもっとまずい事態になるだけなのはわかっていた。ラディーポが目を閉じる。

あたしは刃をねじった。

猿ぐつわも、たいして悲鳴を押しとどめる役には立たなかった。

あたしは後ろにさがり、ナイフの刃を腿にひらたく押しあてた。呼吸が速まっている。

「いい切りっぷりだぜ」笑いだそうとして肺の煙にむせかえりながらバトラーが言った。

アントン・ラディーポは仰向けになり、口から漏れる雑音は苦痛と懇願のそれだった。もうやつの目を見ることはできなかった。

カモメの声だけが聞こえる。呼吸がもとにもどらない。

ラディーポがまた静かになり、またアラバッカとバトラーが待っているのを気配で感じた。

手のなかでナイフの向きを変える。

「もっかい切れよ」バトラーが餓えたように急かす。「腹を掻っさばいてやれ」

ラディーポの顔を流れる血に混じって涙が伝い落ちた。あたしのナイフで傷が深まっていた。ラディーポがこれまでにどれだけ血を失ったかはわからない――もうそれほど流していられるとは思えなかった。

ナイフは人が想像するほど都合のいい武器じゃない。銃よりは加減がしやすいだろうが、それだからこそ弾丸より残忍であるとも言える。

あたしはナイフでできるあらゆることを考えた。アラバッカとバトラーが見てよろこびそうなあらゆることを考え、山のように思いつく自分が空恐ろしかった。アントンを傷つける方法、連中の見たがっている血をもっと流してやる方法なら、いくらでも思い浮かぶ。けれど、あとをひかないような、このさきアントンに生涯の刻印を押すことにならないような方法はひとつもなかった。この手のなかのナイフにできることで、アントン・ラディーポがいつか忘れて赦せるようなものはなにひとつない。

そして、どれほどサディスティックに見せかけたとしても、二度目のボーク球をやつらが黙認するわけはなかった。

すでにひらいた傷口をまた傷つける手は、もう通用しないだろう。

アラバッカがあたしに望んでいるのは、こんどこそ殺すこと。

アラバッカがあたしに望んでいるのは、たった一発のヘロインのためにアントンを殺すことだ。

「終わったよ」あたしはそう言って立ち上がった。

「いや、終わってないだろう」アラバッカが異議を唱えた。「やつはまだ息をしてるぞ」

あたしは首を振り、ナイフのボタンを押しながら腿で刃を畳んだ。

バトラーが銃身を持ちあげて、あたしに向ける。「ちくしょうめ、やっぱりそうか。最初っからおまえはなんかおかしいと思ってたんだ」

あたしはバトラーの目を見据えたまま、口をつぐんでいた。死ぬまえになにか言えたらと思うと悔やまれた。言葉を必要とするようなことが、どうしても思い浮かばなかった。

カモメはいつのまにか啼きやんでいた。やつにも聞こえてたんだろう。

ラディーポが体を硬くしていた。

「ここを片づけたら、おれはおまえの妹を探しにいくぜ」バトラーはあたしに言った。「そうだな、お悔やみでも言いにいって、そして——」

北側と南側のドアが破られ、怒声と銃と懐中電灯の光の条が暗がりに突如なだれこんだ。音に飛びあがったバトラーがいちばん近いドアを見ようと頭をまわすと、銃も一緒にまわった。あたしはふたたび刃を繰りだし、バトラーの左肩に手を伸ばし、後ろに引き寄せながら突き刺した。ナイフは上着とシャツを、そして皮膚を貫き、見下ろすと脊椎のすぐ左横、背中の下のほうを串刺しにしていた。そのままやつの体をてこにして突き進み、上に引き上げてから左にぐっと引き寄せて、左の腎臓を切り裂いていく。バトラーのナイフは研ぎ澄ましてあったが、それでも相当な力を要し、やつの体を横に押し倒してやっと刃が抜けた。

「妹に近づくんじゃないよ」

バトラーはあたしを見、銃を落とし、息絶えて床に転がった。

あたしは全身にやつの血を浴びていた。

アラバッカが降参したと言っているのが聞こえる。自分は丸腰だし、なにもしていない、ここで起こったことについてはなにも知らない、と言っていた。

　そして、ドット・マグワイア捜査官の声がした。「あなたは連邦捜査官一名の殺害を教唆し、さらにもう一名の死に関して共謀を自白したのよ。すべてテープに録音済みです。現行犯逮捕よ、このくそったれ！」

　アラバッカが、自分ははめられた、弁護士を呼べと言っている。

　あたしの手からナイフが落ち、バトラーから流れでた血溜まりでしぶきをあげた。ラディーポに歩み寄ろうとしたが、だれかがあたしに、動くんじゃない、と怒鳴っている。あたしはもう一歩踏みだした。どうしても彼のところへ、すでに男女入り混じった数人にかこまれたラディーポのところまで行かなければならなかった。救急車を呼べと叫ぶランジの声が聞こえた。みんなが自分に銃を向けているのはわかっていたが、ジミーに両腕をつかまれるまで、あたしは進みつづけた。

「落ち着け」ジミーが言った。「さあ、落ち着いて、スィートハート。もうだいじょうぶだから」

「やつに言わないと」あたしは言った。

「救急車がこっちに向かってる。あいつならだいじょうぶだ」

「言わないと」

「おれから伝えておく」ジミーは言った。あたしがなにを言ってるかわかっていた。「おまえはここにいろ、落ち着くんだ。彼氏がきてるぞ。あいつがついててくれるだろう」

ジミーはラディーポのそばに群がってくる捜査官たちを避けて、あたしを左へ連れていった。すでに手錠をかけられたアラバッカは、もうしゃべるのをやめていた。あたしに自分のほうを見させようとしたが、あたしは見なかった。もう少しで殺してしまうところだった男をひと目見ようとするのを止められなかった。

そして、気づくとアティカスがいた。バイク用の白いヘルメットをかぶったままの姿で、あたしの両肩を握って、ふらつく体を支えている。

ひび割れた床に倒れているバトラーを見ようと、ランジが後ろにさがった。すると、ラディーポの姿が見えた。手を借りて上半身を起こしている。だれかがその肩に上着をかけてやっていた。

「ごめんよ」あたしは言った。「ごめんよ、あんなことしたくなかった、なんとかそうしなくて済むようにと……ごめんよ……ごめん……」

そしてあたしは体を折り、はらわたを絞るように反吐を吐いた。

## 10

一月の第三週、金曜の朝にライザは有罪答弁をおこなった。

判事が訊ねる。「この司法取引の条件として、あなたは自分の犯した第二級故殺の罪の全貌について詳細をあきらかにすることを求められると理解していますか？　この答弁が陪審によってくだされる有罪評決と同等の効力を持っていることを理解していますか？」

ミランダがライザの耳元にささやきかける。ライザは言った。「はい、裁判長閣下」

「では本法廷で、あなたのしたことを明確に説明してください」

ライザがふたたびミランダのほうをうかがったのち、肩越しにすばやく目を走らせて、ヴェラとゲイブリエルがそこにいるのを確かめた。そしてライザは言った。「あたしは友人のブリジット・ローガンから銃を盗みました。ヴィンスがいるだろうと思った場所に出向き、そして……あの男を探しはじめました。ヴィンスなら百六十一番ストリートのギャラリーにいるはずだと人に聞いたので、あたしは……あたしはヴィンスを待っていました。あの男があらわれると、あたしはあとをつけて建物のなかに入り、それから言いました、あたしにつきまとわないで、と……言ったんです……あたしはまたヴィンスがあたしを傷つけるだろう、あたしの息子を傷つけるだろうと思っていたので、本人を見たとき、あたしは撃ちはじめ――

撃ちはじめてしまいました。そのあと逃げたんです」

判事席から判事が地区検事補を見下ろした。「いまの答弁を受け入れられますか？」

コーウィンが起立した。顔は見えなかったが、背中を見れば、答えはノーだとわかる。検事補を責める気にはなれなかった。

「はい、裁判長閣下」コーウィンは嘘を答えた。

「ここに連邦検事からの書簡が届いています」判事は言った。「それには、ミス・スクーフは大規模な麻薬捜査活動における情報提供に協力したと書かれています。ミス・スクーフの提供した情報はすくなくとも十七件の重罪を立証に導くのみならず、連邦捜査官一名を殺害し、もう一名の殺害を教唆した人物に対する殺人罪の審理にあたって有用であると、連邦検事は述べています」

代理人はだれひとり口をひらかなかった。判事の正面の席に立ったライザは、足の位置をなおし、下を向いている。

「この内容を念頭に置き、罪状の内容と本件を取り巻く特殊な状況、さらに被告人の協力にもとづいて、被告人ライザ・スクーフに執行猶予五年の懲役刑を宣告します。これにて本件は閉廷。ミス・スクーフ、あなたはもう帰ってよろしい」

小槌が叩かれた。

法廷室の外のでかい大理石階段脇の踊り場で、弁護士たちが行きつ戻りつするのを眺めながら、あたしはみんなを待っていた。最初にミランダがコーウィンと話をしながら姿をあらわし、あたしを目にすると、地区検事補にあとで追いかけるから先に行くようにと身振りした。

「ありがとう」ミランダに機先を制されるまえに礼を言った。「請求書を送ってくれたらすぐに小切手を切るよ」

「どこに送ればいいの？」

「アティカスの自宅に郵送して。そっちで受けとるから」

「そうするわ」弁護士ケースを空いた手に持ち替えるミランダ・グレイザーは、頬の内側を嚙んでなにかこらえているように見えた。「聞くところによると、あなた自身もこれから弁護士が必要になりそうなんですってね」

「どこでそれを？」

「顔は広いから」

「連邦検事が今月末にはあたしを大陪審にかけたいそうだよ」あたしは言った。「とくに起訴されることはないと思うけどね。免責される話になってるから」

「もしそうならずに、起訴されることになった場合は……」

「あんたと知り合いだってことすら忘れるようにするから、だいじょうぶ」あたしは言った。

なんと、グレイザーがにっこり笑った。「日曜にあなたに言ったことを訂正するわ。ぜひまたもう一度会いましょう。ただし、当分のあいだは願い下げってことで」ミランダに差し出された手を、あたしは握った。「週明けまでには請求書を送っておくわね」

そして、ミランダはコーウィンのあとを追っていった。

法廷室からゲイブリエルが出てきて、ドアのすぐ内側からあたしのほうを見ていた。あたしは笑顔を向けようとし、ゲイブリエルから同じものが跳ね返ってくることはなかったが、今回はそっぽを向かずにいてくれた。ヴェラとライザが出てきた。どちらもほっとした様子だったが、ヴェラの顔に浮かんだ表情のどれをとっても、手錠をつけずに歩くライザの嬉しそうな顔には叶わなかった。ふたりともあたしの姿に気づくと、ライザはしゃがみこんでゲイブリエルにキスをし、抱きしめ、ふたたびキスをしてから、手すりの脇に立つあたしのところへやってきた。

「車のとこで合流するから」ライザがヴェラに声をかける。

ヴェラはうなずいてゲイブリエルの手をとった。歩いていくふたりをライザが見守る。微笑みっぱなしで止められないらしかった。ふたりが階段を降りきってしまうと、ライザはようやくふたりから目を引き剝がした。

「あんたってすごいわ」ライザ・スクーフはあたしに言った。「ほんとにやってくれたのね」

「これからどうすんの？」

「これから？ うちに帰るわよ。まず服を着替える。とびきりおいしいものを食べる。それから救急救命士《EMT》の次の講座がいつはじまるか調べて、再入学して、クソ課程を一から全部受けなおすの」

「履修した単位は認めてもらえるんじゃないの？」

「だめなんだって。消防局がプログラムを担当するようになってから、規則がころころ変わっちゃってね。でも、構わない。こんどは最後まで終わらせるから」

「ああ、こんどはやり遂げるだろうね」

ライザはブラウスの乱れをなおしたが、それがこの腕を見る口実であることに、あたしは気がついた。

なにも見えはしない——あたしはジャケットを着ているし、その下にも長袖を着ている。でも、ライザにはなにも見る必要などなかった。

「聞いたわ」ライザは言った。「ヴェラが言ってた」

「ああ」

「ごめんね」

「なにが？ あんたが注射器にヤクを仕込んでこの腕に突き刺したわけじゃないだろ」

「それはそうだけど。でも、あたしのことがなかったら――」

「それはたわごと」あたしは言った。「おたがいにわかってることなんだから、もうやめにしよう。どんな状況であれ、あたしには起こるべくして起こったことなんだ。あんたはあたしが使った口実にすぎないんだよ、ライザ。そのことで疚《やま》しさなんか感じちゃいけない」

「あたしのために、あんたはどれだけのことをしてくれたか。とにかくあたしは――あたしはこの恩を忘れないわ、ブリジット。約束する、きっとこのお返しはするから」

「ほんとに恩を返したいかい、リズ？」

「うん、もちろんよ」

あたしは左手をライザに差し伸べ、その手を首にまわして自分に引き寄せた。素直に従いかけたライザが、途中で抵抗しはじめたので、なにをしようとしていると思われたのか気がついた。

「キスしようってんじゃないよ、リラックスしな」

ライザはおとなしく引き寄せられ、その額があたしの下げた額とくっつきそうになるまで近づいた。

「あんたにできることがひとつある」あたしはささやいた。

「言ってよ」

「隠したヘロインを捨てるんだ」

おした。

左手の下でライザの首と背中の筋肉がこわばるのを感じた。あたしは首をわずかに握りな
「混ぜ物をしたのは知ってるよ、リズ」と、ささやきかける。「あの日、連中に捕まるまえに、長いことといなかったのはそれが理由だろ。やり方はそりゃよく心得てるだろうよ、昔はヴィンスのためにやってたからね。やつのブツを袋に詰めるまえに、いつも混ぜ物をしてたんだろ」

ライザはあとずさろうとしたが、あたしが肩をぐっと押さえると動きをとめた。あたしの胸元を見つめて、鼻から息をしている。

「あたしが思うに、あんたはブロック二個を自分用としてとっておいた。それから残りのふたつを半分の純度にして、ふたたび同量にもどした。そのあと包みなおしてダッフルバッグに詰めたってわけさ。思ったんだろ、これでいざというときの金はできた、って。もしくはきっと、まえに言ってたみたいに、ゲイブリエルの将来を手に入れたってね」

「そうだったかもしれない」ライザはそっとつぶやいた。「だからなんなの？」

「まっとうな市民になりたい。自分でそう言ってただろ、リズ。ずっと口癖のように言ってきたじゃないか。なあ、いいかい、まっとうな市民は、急場のへそくりにって二キロものヘロインを隠してたりはしないんだよ」

あたしはライザの肩から腕をはずし、一歩さがった。ライザはすぐに体を起こし、またブ

ラウスをなおしてから、だれかに聞かれていないかと周囲を見まわした。聞かれていたにしては、だれも興味をそそられたふうには見えなかった。

「あのブツを手放さないなら」あたしは言った。「すべては無駄骨だったことになる」

そしてあたしは階段のほうへ歩きだした。

## 11

子どものころ、日曜は聖ヨハネ教会に行くものと決まっていた。

家族みんなが一緒に起きだし、玉子とソーセージと自家製の厚切りパンの朝食を分けあって食べる。風呂に入ってとっておきの服に着替え、それから教会までドライブしてミサに出席する。

ミサが終わると、親父が愛してやまず整備をかかしたことのないアルファ・ロメオにふたたび全員が乗りこみ、親父の運転でブロンクス一周のドライブへと繰りだした。キングスブリッジのほうからまわって、リヴァーデイルまで北上し、そこからパリセード・アヴェニューをふたたび南へ下る。デニス・ローガンの隣には妻のリリーが坐り、後ろの席にはふたりの娘が坐った。ハドソン川の百万ドルの景色を望んで並ぶ大きく立派なタウンハウスを眺めては、そんな家にはどういう人が住んでいるのだろうと想像を膨らませた。親父がそこでひとこと、ブロンクスは住むには最高の場所なんだ、ベイブ・ルースもここで家庭を持ったんだぞと言って、自分たちがどれほど恵まれた家族であるかを思いださせる。そのあと、どこかの公園を選んで車を停め、散歩をしたり、夏であればアイスクリームをなめたりしたものだ。

その日曜日、聖ヨハネ教会でケイシェルの隣に腰をおろすまで、あたしは自分が、勝手に逝ってしまった父にどれほど腹を立てていたかを知らなかった。

アンドルーとケリーも、子どもたちと一緒に来ていて、礼拝のあと、ケイシェルがふたりのところにあたしを引きずっていった。アンドルーとあたしの会話はなんともぎこちないものだった。

「だいじょうぶか?」アンドルーは訊ねた。

「よくなってきてるよ」あたしは答えた。

ケリーが夕食を一緒にと誘ってくれたが、あくまで儀礼的なものにほかならないのはわかっていた。おたがいにとって、忘れたい過去を見せつける存在でしかないことは、暗黙の了解だった。現在という時間のなかで顔を合わせても、みんなが気まずい思いをするだけでしかない。

ケイシェルはそのあとあたしを仲間のシスター数人に紹介した。みんなずっと年上で、いちばん若くても十歳は上だと思うが、どのシスターも心配りが細やかで魅力的で、ユーモアのセンスまであった。みんなあたしに会えて嬉しいと言ってくれた。礼儀正しく親切に怪我のことを訊ねてくれた。あたしは、喧嘩に巻きこまれて、と言っておいた。シスター・ジャニスは、キック・ボクシングをなさいますかと訊ねてきた。しないと答えると、ぜひ挑戦するべきだとすすめられた。

どうやらシスター・ジャニスは凄腕のキック・ボクサーであるらしかった。

でも、それもみな一時間まえの話で、いまはふたりでベンチに隣りあって腰をおろし、だれもいなくなった教会で、どちらかが先に口をひらくのを待っていた。

シスター・妹《シスター》が言った。「わたしのことなんて糞あつかいよね、ブリジット」

「あんたになにかされたからってわけじゃない」あたしの返事は、まったく答えになっていなかった。

ケイシェルは首を振り、静かな声を保ったが、がらんどうの教会にはそれでもやはり響きわたった。「姉さんに無視されたことを残らず大目に見てあげたとしても、クリスマスにかけてのあれはいったいなんだったの。わたしのこと馬鹿にして」

「馬鹿になんか一度だってしたことないだろ」あたしは怒って言い返した。「なんであんたを頼ったと思ってるんだよ？」

「あたしに頼ったのは、アティカスに自分がジャンキーだと話すのが嫌だったからじゃない。あたしに代わりに言わせたかったんでしょ」

「謝ってほしいわけ？　悪かった。毎日、申し訳《ソーリー》ないと思ってるよ、ケイシェル」

「そうでしょうとも」とケイシェル。「毎日、自分を哀《ソーリー》れに思ってるんでしょうね」

あたしは目の上に貼ったテープをこすり、くっつきかけている皮膚のむずがゆさをなだめようとした。まだあたりには香のにおいと、室内の全席を埋めていた、清潔に清めて、香水を振った体のにおいが漂っている。

ケイシェルはためいきをつき、ヨハネがイエスに洗礼を施している姿を写したステンドグラスの窓を見あげた。「どうしてこうもわたしを怒らせるのかな、ブリジット」

「才能かも」

「神様がわたしたちそれぞれに授けてくださったんでしょうね」

「あたしなんかにわかりゃしないよ」

「わたしならわかると思うの？」

「神様があんたを信仰に目覚めさせたんだろ、忘れたのかい？　それがあんたに対する神の思し召しってこと。だったらそれなりにコミュニケーションもとれそうなもんじゃないか」

ケイシェルは口をひらきかけたが、足音が通路を向かってくるのが聞こえ、途中でやめた。また歩き去ってしまうのを待ってから、ケイシェルは言った。「あたしが信仰に目覚めた理由は姉さんよ。そのことが主の思し召しだったの」

「だとしたら、いまいち気の利いた思し召しじゃないね」あたしは言った。

「わたしたちにはわかりっこないのよ、ブリジット。わたしたちに見えるのは一部分だけで、けっして全体像を見ることは叶わない。だからこそ信仰というものが必要になってくるの」

司祭館の方角から低い話し声が漏れ聞こえ、ややあって大笑いになった。ふたりで見ていると、まだ絹の法衣をまとった司祭が別の男と話しながらやってきた。ふたりはあたしたちを見ると、それぞれ片手を挙げて挨拶し、ケイシェルが手を振ってこたえた。

全体像、とあたしは思った。そこにはいくつも大きなピースが欠けていて、自分の手で埋めていくしかないんだろう。あたりをつけたり、人の真似をしたり、ときには自分に嘘をついたりしてまでも。

「ねえ、あたしはあんたを誇りに思ってるんだよ」あたしは言った。「申し訳ないと思ってる。済まないと思ってるんだ、あんたとおふくろと親父にしてきたことを」

ケイシェルが振り向いてあたしを見た。

「これで最後にしなきゃだめよ」ケイシェルは言った。

「そうするために手を貸してよ」あたしは言った。

「どんなふうに？」

あたしはそれを話した。

妹は同意してくれた。

聖ヨハネ教会をあとにしたあたしたちは、ブロンクス一周のドライブに出かけた。そして、ふたりでアイスクリームを買った。

# 12

オーレンショー刑事には、もう少しで再会を喜んでいるものと信じさせられるところだった。「ミス・ローガンじゃないか、こいつはおどろいた！ 友だちは答弁取引で釈放されたんだってな」

「ああ。二級故殺になった。執行猶予をもらったよ」

刑事はデスクの後ろで坐りなおし、かぶりを振った。「そして、おれたちは犯罪者を通りに放置してると文句たらたら言われるわけだ。なんの御用かな？」

「ええっと、こっちであたしの銃を保管してくれてるんじゃないかと思ってね。正確に言うと、あたしの親父の銃を」

オーレンショーは丸っこい指の先の、嚙んでちびた爪で鼻の頭を掻いた。「そういえば、そのような武器の件であんたに連絡をとろうとした覚えがあるな。一、二週間まえにそいつが発見されたときだ。スミス&ウェッソンの三八口径だろ？ 昔の警官が使ってたタイプの？」

「見ればすぐにわかる」あたしは言った。「ステンレススチールのサイドプレートがついてるんだ、ブルー仕上げじゃなくて」

「だったらあれがその銃だな。あんたに連絡しようとしたんだが、電話は不通になってた。部屋まで行ってみても返事はないし」

「最近は、あちこちの家を転々と渡り歩いてるみたいな感じでさ」

「まあいい、埋めてもらわなきゃならん書類が山ほどあるぞ。その処理が済んだら、親父さんの銃はきょうじゅうに手元にもどる」

「そいつはありがたい」

オーレンショーは抽斗をがさごそやりはじめ、目的の用紙とペンを出してきた。

「見つかったとき、弾は入ってなかったのかな？」

「五発が発砲済みで、一発が撃てる状態になってたよ」

「銃自体は無傷かい？」

「ああ、きれいなもんさ。指紋もなけりゃなんにもなし。だが、弾道の照合結果がポジティブだったからな。なんでだ？」

「ただの好奇心さ」あたしは言った。

スコット・ファウラーは不在だったので、いくつかの質問とともにメッセージを残し、証拠品管理室まで親父の銃を受けとりにいった。それが済んだころには、スコットは返答を用意してくれていた。

「どうしてこの男のことを訊く?」電話の向こうでスコットが訊ねる。「もう死んだんじゃないのか?」

「騎士道精神みたいなもんかな」あたしは言った。「ありがとう、助かったよ」

ジミー・シャノンはヴァン・コートランド・パークからそう遠くない場所で、かつて新婦のキャロラインのために買ったバンガローに独り住まいをしていた。その家のことは子どものころに行ってよく覚えていたが、歩道に薄汚れた雪の積もったその場所をふたたび目にすると、ずいぶんと古びてしまったように思われた。よく家族みんなで、ジミーやジミーの奥さんと一緒に過ごそうと、ここに遊びにきたのを覚えている。やがてそうした訪問は途絶えたが、まだ幼かったあたしはとくになぜだろうとも思わなかった。カレッジに入学したころになってようやく、あれはキャロラインがジミーのもとを去ったからだったのだと気がついた。

そのことを親父に訊ねると、親父はひとことだけ、「やつは子どもが欲しかったんだ」と答えた。

月曜の午後四時過ぎ、自由に過ごせる最後の日に、あたしは最後の用事を片づけに急いでいた。マンハッタンでは、あたしがもどって夕食をともにするのをケイシェルとアティカスとエリカが待っている。

ポルシェを駐め、スコッチのボトルを赤ん坊のように腕に抱きかかえて、汚れた雪の山をまたぎ越した。右足を使うのはまだつらく、脚から腰にかけて刺すような激痛が駆けのぼる。

家のなかには明かりがついていて、ベルを押すあたしの耳にテレビの音声が聞こえてきた。一分近くかかったが、ジミーがドアまで出てきて、のぞき穴でこちらの姿を確認した。すぐに錠のまわされる音が聞こえ、ジミーの大きな体が、嬉しそうにあたしをなかに通してくれた。

「ブリディ！」その腕に抱きしめられると、自分が小さくなった気がする。

「よう、ジミーおじさん。こいつはお土産」あたしは茶色の紙袋をジミーに手渡した。袋からボトルを抜いて、ジミーは笑顔になった。「グラスを持ってこよう。さあ、坐んない。いま試合を見てたところなんだ」

ジミーの書斎は埃だらけの散らかり放題で、見たとたんに気持ちが沈んだ。どれがそうだと言うのではないが、その部屋は寂しい暮らしを物語っていた。いくつかの棚に古い写真が飾られていた。うちの父や母の写真、あたしの写真やケイシェルの写真、キャロラインの写真。いったいどれだけの思い出を、ここで思いだしながら過ごしてきたんだろう。本が何冊も棚から出したままになっていた。古いペーパーバックもあれば新しいペーパーバックもあり、ノンフィクションも歴史物もあったが、ほとんどが軍事物だった。カウチの座部にはまだジミーの体の輪郭が残り、ポテトチップスの屑がぱらぱらこぼれ落ちていた。ビールのシックスパックが、床の上の、頭を支えていたらしき小さくて驚くほど華奢に見える枕の近くに置いてあった。缶のうちふたつは空で、潰してあった。

あたしはジャケットを脱ぎ、椅子から三冊の本をどけ、ちょうどジミーがもどってきたところで腰をおろした。ジミーはグラスの片方をあたしによこして酒を注ぎ、それから自分のほうにも指二本分《ツーフィンガー》の酒を勢いよく注ぎいれた。

ジミーがグラスを持ちあげて、ゲール語で乾杯を唱えた。「スラーンチェ・ハイ・ナ・ファー、アグス・ゴー・マーフィズ・ナ・ムナウ・ゴー・デオ（男たちに健康を、女たちには永遠あれ）」

「健康を《スラーンチェ》」と、あたしも応じた。口をつけるまえに琥珀《こはく》色の液体を見やる。これは自分の求めているドラッグとは別物だと知りながら。そして、あたしは一気にあおった。

スコッチが喉を焼いているあいだ、ふたりとも黙っていた。

ジミーがまたキャップを開けて、さらに指二本分を自分のグラスに注ぎ、あたしは首を振っておかわりを辞退した。

「ラディーポの具合はどう？」あたしは訊いた。

「退院して自宅にもどったよ。しばらくは休暇をとることになっている」

「花を送っといたんだ」

ジミーは笑みを浮かべ、ふたたびスコッチを、こんどは味わいながら口にした。「ちゃんと届いてたぞ。デートに誘ってくれる気はないだろうかと知りたがっとった」

「言っといて、嬉しくてわくわくするけど売約済みだって。この先あいつはだいじょうぶなのかな？」

「やるしかなかったことを気に病んでどうする。おまえが命を救ってやったんじゃないか。あれは強い人間だ。また復帰するよ」ジミーがカウチのアームに載っていたリモコンのボタンを押すと、テレビがぱちりと消えた。急に部屋のなかが一段と静かになった。「このジミーおじを訪ねてきた理由はそれか？　ラディーポの様子を聞きにきたのか？」

あたしは首を横に振った。

「ちがうと思ってたよ」

グラスを差し出しておかわりを注いでもらい、指一本半でストップをかけた。「ずっと考えてたんだ、親父ならどうしただろうって。つまり、親父があたしの立場ならどうだったかな、ってさ。どんなふうに片をつけていったんだろう、って。そのうち、思い直したよ。親父なら、はなからあたしみたいな立場にはなりっこなかったってね」

「そんなこたあるまい」

「そうかな？」

「わしの理解してるところでは、おまえのしたことは友人を救うための行為だったはずだ」

「そう自分では思おうとしてるよ」あたしは言った。「ライザには借りがある、あの子の面倒はあたしが見なきゃならない、それにいままでろくなことをしてやってこなかったんだから、ってね。そういう気持ちでアンドルーも巻き込まれたんだよ。アティカスとケイシェルが関わったのもそう」

「アティカスとケイシェルが関係してた、だと？」

「ぜんぶ飲んじゃいな、このスケベ爺」あたしは言った。

ジミーが笑うとカウチがきしんだ。「デニスは友だちを守るためならどんなことも辞さない人間だった」

「そしてあなたもね」

ジミーはまたしてもブッシュミルズのボトルに手を伸ばし、ツーフィンガーを注いだ。こんどはボトルをおろしてもキャップは締めなかった。

「おまえは家族だからな」ジミーは言った。「家族の情は友情より上なんだ」

「ほんとにあたしがヴィンセント・ラークを殺そうとしたって思ったのかい？」あたしは訊いた。

そう訊いたとき、ジミーはじっとしていた。手に持ったスコッチの表面は静かなままだった。「おまえの親父さんの幽霊がやったとは思えなかったからな」

「でも、もうわかってるだろ」

「おまえが話して、おれが穴埋めをしてくのがいいか？　それとも、わしからいっぺんに話したほうがいいか？」

「こんなふうだったと思うことをあたしが話すよ、ジミー、それでどう？」

ジミーはスコッチを飲みくだした。酒がまわっているようにはまったく見えなかった。

「おまえの話を聞こう、ブリディ」

「あたしは九月にあなたに電話をかけた。青天の霹靂ってやつさ。きっとずいぶんびっくりさせたんだろう、電話なんて何ヵ月ぶりか、それ以上だったから。あたしはラークのことを質問し、あなたはそいつが何者か最初から知っていたか、もしくはすぐに突き止めた。ラークは情報屋としてちょっとした金を稼いでたんだ。人を売るプロとしてこっちで十ドル、あっちで十ドル。それがやつの副業だったんだよね。

あなたはラークがヘロインをさばいているのを知っていた。だから電話を受けたとき、あたしのことが心配になったんだ。あたしがまたヤクをやりだしたと思いこんだ。そう思って当然だよ。嬉しかないけど、当然だと思う」

「心配だったのさ」ジミーは言った。「デニスに娘たちのことを頼むと言われていたからな」

「あなたがラークに会ったのはそれが理由だった。向こうが面会を手配したか、あなたがしたかのどちらかだろう。なぜなら、あの朝、ライザが姿をあらわしたときにあなたはあの場にいたんだから」

あたしはいったん黙ってスコッチを口に含んだが、なんの役にも立たなかった。「ライザはあなたを見ずに、ヴィンスだけを見ていた。ライザは撃ちはじめ、四発分の引き金をひいた。あの子は銃のあつかいも知らないし、びびってたから、そのうち一発でも当たったのは運がよかったんだろう。その一発が肩の傷だった。

そこでライザは銃を放りだして、逃げたんだ。

そしてあなたは、どこかそのときにいた場所から出てきて、銃を目にした。原因はすべてあの銃にあったんだよ。うちの親父のみたいなスミス&ウェッソンは一挺しかないし、二十年も親父とパートナーを組んでいたあなたには、見た瞬間にそれとわかったはずだ。あなたはあたしからヴィンセント・ラークの件で電話を受けていた。ヴィンセント・ラークはヘロインをさばいている。あたしはジャンキーだ。そして、床の上にはあたしの父親の銃が転がっている。

だからあなたは、あたしがやりかけたと思いこんだことをやり遂げたんだ。あたしがラークを殺し損ねたと思い、そのままではあたしが逮捕されるか、もっと悪いことには、ラークになにをされるかわからないと思った。だからあなたは、あたしを守るためにやつを殺したんだ。

凶器が発見されなければあたしを容疑者として訴えるのは難しいだろうと考えて、あなたは銃を持ち帰った。現場から立ち去るのは、じっさいなんの問題もなかった——数人に姿を見られはしたものの、みんな、歩いている白人の男ではなく、走っていった白人の娘に気をとられていたからね。あなたに注意を払う者はだれひとりいなかった。

　そして、撃ったのはライザ・スクーフだとあたしが話すと、ライザが司法取引を試みるのを確認したうえで、あなたはブツの隠し場所に銃を忍ばせた。痕跡を消してバッグに入れ、たぶんそのあとで発見したのもあなただったんだろう。どこにもほつれのない、完全な円だ。みごと《クリーン》だよ。親父ならきっと絶賛しただろうね」

「ラークは以前から、うちにタレこみをしてたんだ」ジミーの目は閉じられ、スコッチのグラスは空になっていた。「情報を持ってるとやつが言ってきた。おまえからの電話を受けたあとだったから、わしが会うことにしたんだ。ああいうイカサマ野郎には、おまえのような娘に手出しすることは考えもしないほうが身のためだと、きっちりわからせておきたかった。やつがおまえのことなど知らないと言い張っても、そんなのはでたらめだと思いこんでいた。そろそろ帰ろうと裏口に降りかけたとき、銃声が聞こえたんだ。わしは引き返し、そこから先はおまえが話したとおりだ」

　ジミーが目を開けた。「おまえの親父さんが知りたがるとすればひとつだけだろうな——このあとはどうする、ブリディ？」

「あなたがやったと証明したければ、あなたが銃をバッグに入れたことを証明しなきゃならない。そうするためには、あたしがバッグの中身を見たことを認めないわけにはいかなくなる」

「それを認めると、マネーリストをあそこに入れたのはおまえだってことになるだろうな」ジミーは疲れた笑みを無理に浮かべた。「わしもまだ完全になまっちまったわけじゃなさそうだ」

「まさか。いいや、まだまだ現役だよ」椅子のそばに置かれたエンドテーブルの端に注意深くグラスを載せて、あたしは立ち上がった。「酒をごちそうさま、ジミーおじさん」

「もう行っちまうのか？」

「今夜は予定があるんだ。それに、あしたになったら施設に入るから」

「もどったら電話をくれるな？」

「そっちがまだ生きてたらね」

「あたりまえだろうが」

帰りかけるあたしを廊下まで通してくれてから、ジミーはあたしの名前を呼んだ。

「おまえの親父さんだが」そう言って酒のおかわりに手を伸ばしたジミーに、あたしは振り向いてまっすぐ向かい合った。

「親父がなに？」

「きっと誇りに思ってるよ。おまえについてあいつが言ってたのはほんとうだった。おまえなら、まちがいなく金バッジを勝ちとってたにちがいないさ」

## 13

アパートメントにもどると、アティカスは夕食の支度をしていた。ガーリックの香りをたっぷり含んだ湯気の雲が、頭の上の漆喰天井にまとわりついている。

「ライザ・スクーフから電話があったぞ」アティカスは言った。「電話の横に番号を控えてある」

「食事が済んだらかけるよ」

「いいんじゃないかな。さあ、おれのキッチンから出てってくれ」

追いだされたので、エリカとケイシェルのいる居間に行き、そこで夕食の準備が整うまで、エリカの新しいプレイステーションでかわるがわるにおたがいをやっつけあった。

ゲイブリエルとライザに会いに出かけるとき、あたしは親父の銃を持っていくことにした。

ふたりは寒くないようぐるぐる巻きに服を着こみ、アパートメントのまえに出て待っていた。ライザは紙のショッピングバッグをぎゅっと抱えている。口の部分は中身を守るようにしっかり巻いてあった。ブレーキを踏んで車のドアをひらくと、ゲイブリエルが後ろの座席にもぐりこみ、それからライザが前に滑りこんだ。

「イースト川にしようかって話してたの」ライザが言った。「イースト川で構わない？」

「いいと思うよ」あたしは答えた。

走っている車はまばらで、抜いていくスペースはふんだんにあった。

「もっとスピードだしてよ」ゲイブリエルがせっつく。

「ほんとに？」

「うん、もっと速く」

あたしは速度をあげた。

「かっこいいや」

ライザは膝のうえの紙袋を押さえたが、なにも言わなかった。

ドライブはそれほど長くかからず、十一時には車を駐めて、川に向かって歩いていた。ウイリアムズバーグ・ブリッジが、ブルックリンから流れてくる車のヘッドライトで一面に輝いている。ライザが先頭を歩き、その隣をゲイブリエルが、溶け残って少しだけ積もっている汚れた雪を蹴りながら歩いていく。水際の壁までたどりついたところで、みんなが足を止めた。

「ここで？」ライザが訊いた。

「いいんじゃない」あたしは言った。

「ナイフを持ってきたわ」

「ちょっと待った」

ライザがあたしを見た。真面目な顔であたしの言葉を待ち受けている。

「あれからわかったことがあるんだ」あたしは言った。「ヴィンスがどうして死んだかについて」

ライザは首をうなだれて水面を見やった。

「あんたは殺してないよ」

ゲイブリエルがとまどうようにあたしを見あげた。母親はためいきをついた。「ううん、殺したわ」

「いや、殺さなかった」あたしは言った。「ほかの人間がやったんだ。あんたが落としていった銃を、あとで拾った人間が」

ライザの視線があたしにもどされた。「あたしは……あたしは落としたと思ってたんだけど、でも……でも、裁判ではバッグのなかに入ってたって言われて、自分じゃそんなところに入れた覚えはまったくなくて……」ライザの右手が口元を覆った。その手は甲にネズミを描いたピンクと白のミトンにくるまれていた。「だれが……？」

「どうだっていいさ。まっとうな理由のもとにまっとうなことをしようと考えた人間だよ」

ゲイブリエルがくるりとまわって、汚れた雪を自分のパンツの脚に、あたしのパンツの脚に、そして母親のパンツの脚に蹴飛ばした。

「ゲイブ、やめなさい」ライザが叱りつける。

ゲイブは蹴るのをやめた。「だって嬉しくないの？」

ミトンをはめた手をおろして、ライザはうなずいた。そしてゲイブリエルに手を伸ばし、両腕をその体にしっかりとまわした。この数週間でゲイブリエルの背が伸びた気がしたが、たぶんそれはこの子が雪の上に立っているせいなんだろう。

息子を離すと、ライザは紙袋をひらいて、なかからラップフィルムに包まれたままのアラバッカのヘロインのブロックふたつを取りだした。つづいて小さな果物ナイフを取りだす。

「この役目はお願いしてもいい？」ライザが訊いてきた。

あたしは風向きをたしかめ、ほぼ無風であることにほっとした。ナイフを受けとって、それぞれのブロックに縦長の切り目をいれる。

ゲイブリエルの見守るなか、母親はイースト川にヘロインを捨てた。

それは一瞬にして、明かりにきらめく水面に消えていった。

あたしはポケットのなかの金属の膨らみを思った。あたしのものではなく、ずっと親父のものだった銃のことを。親父の声が聞こえるような気がする。

わたしにも、そこまでうまくはできなかっただろうな
音もなく、静かに飛沫《しぶき》だけがあがる眺めはいいものだった。

# 訳者あとがき

お待たせしました——と毎度おなじ書き出しになってしまい、本当に申し訳ありません。パーソナル・セキュリティ・エージェント（いわゆるボディーガード）、アティカス・コディアックを主人公とするハードボイルド・シリーズ第四弾『耽溺者《ジャンキー》』Shooting At Midnight（1999）をここにお届けいたします。

いえ、書き間違えました。

主人公はアティカスではなく、彼の恋人、私立探偵ブリジット・ローガンのほうでした。そう、愛車ポルシェ911カレラで卑しい街をかっ飛ばす、恐ろしく口の悪い、恐ろしく性格のきつい、恐ろしく矜持の高い、あの女性探偵です。

そのぶっ飛んだキャラクターゆえに、ブリジット（ブリディ）・ローガンは、本シリーズで、おそらくアティカスとならぶ、いえ、それ以上に人気を集めている登場人物でしょう。

いかにしてブリジットが現在の厄介な人格を形成するにいたったか。本書では、そのあたりがみごとに活写されています。まさにそこが読みどころです。

物語の粗筋紹介にはいるまえに、ブリジットの基本データを既刊からおさらいしておきましょう――

女は、扉のすぐ向こうの廊下に立って、われわれのほうを見ていた。漆黒《しっこく》の髪を肩の長さまで伸ばしている。明かりが当たっているところは青に近い黒さで、肌の白さを際立たせていた。女は、少なくともわたしとほぼおなじ背丈で、細身、たくましい肩をしており、美しい卵形の顔、ひきしまり、先の尖《とが》ったあご、こぶりな口に肉厚の唇、そして見事に青い瞳。両方の耳は、いくつもピアス孔が開けられ、小さなフープピアスやスタッドピアスがついており、左耳の軟骨近くにフープピアスが一個ついていた。ほかのものより細手のフープピアスが、左の鼻孔に通されている。（『守護者《キーパー》』百七十五頁）

ブリジットの初登場場面です。そのすぐあとで、彼女は次のように自己紹介します――

「ブリジット・ローガン」彼女は、手帳を取りだし、わたしのまえに掲げた。「アグラ&ドノヴァン探偵社に所属してる。あたしの私立探偵許可証、見える？　運転免許も見たい？　あたしは二十八で、百八十五センチ、誕生日は十一月九日、瞳の色はブルー、と書いてあるわ」（同書百七十七頁）

さらに、アイルランド系アメリカ人で、ライフセイヴァーズ等の薄荷菓子への〝口唇固着〟があり、もちろん、愛車は緑のポルシェというデータをつけくわえておきましょう。そして、なんと言っても語っておかねばならないのは、アティカスとの複雑な恋愛事情です。ブリジット、二十八歳の夏、ボディーガード業をいとなむナタリー・トレントと友人であったことから、ナタリーの同業者のアティカス・コディアック（二十八歳）と知り合い、恋仲になります（『守護者《キーパー》』）。しかし、それから四ヵ月後の十一月、ナタリーとアティカスが一夜を共にするという手ひどい裏切り行為が起こり、いったん関係が破局します（『奪回者』）。翌年、七月、アティカスの謝罪によって、ようやくよりがもどるきっかけが生まれます（『暗殺者《キラー》』）。

以上を押さえていただければ、おさらいは十分。すんなり本書にはいれるものと思います。

さて、物語は、シリーズ第三巻『暗殺者《キラー》』のラスト・シーンから二ヵ月ほど経った、九月二日にはじまります。朝の五時に目を覚ましたブリジットのもとに、精神的な妹とも言うべきライザ・スクーフから、救いを求める電話がかかってきます。ライザはブリジットより二歳若く、元麻薬中毒患者で、麻薬ほしさに売春していたころに妊娠した息子ゲイブリエル（現在十歳）をひとりで育てながら、救急救命士の資格取得めざして学校に通っている、本人曰《いわ》く「更生中のジャンキー」です。そのライザのもとに、五年ぶりに麻薬密売人のヴィンセント・ラークがやってきて、昔貸していた麻薬の代金を返せ、払えなければ、昔のように、「立ちんぼ」をして稼げと迫ったというのです。元の悲惨な生活にもどりたくないライザは、ブリジットに懇願します。「あいつを殺して」と――。

窮地に陥った友を救うために一肌脱ごうとしたブリジットでしたが、事態は泥沼の様相を呈し、ライザはラーク殺しの犯人として逮捕されてしまいます。ライザが刑務所送りになるのを救うべく、ブリジットは、ライザの無実を証言してくれる証人探しのため、危険極まりないヤク中のたまり場《シューティング・ギャラリー》へ向かうのですが、そこに待ち受けていたのは、凶悪非道の麻薬組織と、かたく封印していたみずからの暗い過去でした……。

あとは本文をお楽しみください。

ところで、じつを申しますと、当初、本書は本来のシリーズ主人公アティカス・コディアックがメインではない、いわば番外篇というその性格から、訳出される予定にはいっておりませんでした。もちろん、各作品はちゃんと時系列順を追っており、できれば順番に出していくのがいちばん良いにはちがいないのですが、なにせ出版不況の昨今、とりわけ翻訳書は、「売れない」のが基本で、ほとんどの翻訳書は重版されることなく初版のみで消えていく運命にあります。本シリーズも、一巻目、二巻目となかなか重版がかからず、三巻目を翻訳している時点で、つぎに番外篇を訳すよりも、まず先に本篇の五巻目 Critical Space のほうを訳出して、とりあえずアティカス・シリーズとしての収まりをつけたほうが良いと判断し、本書の翻訳権は取得されませんでした。ところが、三巻目『暗殺者《キラー》』が刊行されるや、たちまち重版がかかり、『守護者《キーパー》』と『奪回者』も同様に重版され、以後、各巻とも何度も増刷されるというスマッシュ・ヒット作となったのです。おかげで、評論家北上次郎氏をして、「私立探偵ブリジットを主人公としたシリーズ番外篇を早く読みたい」と言わしめた本書の版権をあらたに取得し、ここにお届けすることができました。これもひとえに本シリーズを愛好していただいた読者のみなさまのご支援の賜《たまもの》で、篤く御礼申し上げる次第です。

さて、本書の次は、いよいよコディアック・シリーズ本篇の Critical Space (2001) です。『暗殺者《キラー》』のあとがきで記しましたように、いままでの舞台ニューヨークを離れ、アティカスが世界を飛びまわり、とんでもない人物の警護にあたらざるをえなくなります。次こそ、お詫びの言葉ではじまるあとがきにならぬよう、なるべく早く読者のみなさまのお手元にお届けしたいものです。

最後になりましたが、本書の翻訳にあたっては、前作、前々作同様、飯干京子氏の協力を仰ぎました。ここに記し、心からの謝意を表します。

二〇〇四年十一月

古沢嘉通

# 解説

北上次郎

ようやく、ブリジットに会えた！ それが何よりも嬉しい。

本書は、ボディーガード（作者は、パーソナル・セキュリティ・エージェントと言っている）、アティカス・コディアックを語り手とするシリーズの番外篇で、私立探偵ブリジット・ローガンを主人公とするものだが（一部にアティカス・コディアックの視点が挿入されている）、このブリジットが何者なのかは、懇切丁寧な訳者あとがきがあるので、そちらを参照していただきたい。これ以上の紹介は屋上屋を架すことになる。しかし、まずは本篇のシリーズに少しだけ触れておく。

このシリーズはこれまで、『守護者《キーパー》』『奪回者』『暗殺者《キラー》』と三篇が翻訳されている。私がこのシリーズの存在に気がついたのは第二作『奪回者』の翻訳が刊行されたときで、あわてて第一作『守護者』を買いに走ったのは、その『奪回者』が緊迫感あふれる傑作だったからだ。ここでアティカスは十五歳の少女のボディーガードを依頼されるのだが、戦う相手は世界最強の特殊部隊SAS。なぜSASが少女を狙っているのかという謎を背景に、緊密なアクションが展開していく。しかし何よりも際立っていたのはその人物造形だった。アティカスは勤務中に親友ルービンを亡くした(それが第一作の『守護者』)ことの失意と自責に苦しみ、ルービンの恋人ナタリーはアティカスをいまだに許さず、しかし一緒に少女の護衛に取り組まなければならないという人間関係の複雑さが物語に陰影を与えていたのが一つ。もう一つは、ブリジットという恋人がいながら、そのナタリー(ブリジットの友人でもある)に肌を寄せてしまうアティカスの感情の混乱が、物語に奥行きを与えていたこと。つまり、アクション小説だと思って読み始めたら、そのアクションの向こう側に、豊穣な物語世界がひろがっていたのである。これでは急いで第一作を買いに走るのも当然だ。本篇のシリーズをまだお読みでない方はぜひとも三作、続けて読むことをおすすめしたい。ホント、すごいぞ。今ならまだ遅くない。

話をブリジットに絞ると、第三作『暗殺者』に、ブリジットは登場していない。エリカ(『奪回者』に登場した少女で、今はアティカスの被後見人となって一緒に暮らしている)が泊まりに行ったり、レストランで会う相手として名のみ登場するだけだ。『奪回者』のラストで、ナタリーと関係を持ってしまったことをアティカスがブリジットに告白したので、この二人はそれ以降距離を持っているのだ。

このブリジット、鼻ピアスをして、バイカージャケットを着て、風体がそもそも普通ではない。第一作『守護者』で、まだ恋人以前のとき、「乗んな、兄《あん》ちゃん、家まで送ったげるよ」とアティカスに言うのだ。この乱暴な口調に留意。いや、アティカスと関係を持ってからもなお、「今晩はカウチでひとりで寝るんだよ、兄《あん》ちゃん」と言うのである。訳者あとがきから引けば、「恐ろしく口の悪い、恐ろしく性格のきつい、恐ろしく矜持の高い」ヒロインである。そういう女性が恋人に裏切られたのだ。しかも相手のナタリーは自分の友人である。アティカスから離れたところに身を置くのも当然といっていい。そして、そのブリジットを主人公にしたシリーズ番外篇があると知ったので、『暗殺者』の新刊評を、「私立探偵ブリジットを主人公にしたシリーズ番外篇を早く読みたい。この間、彼女が何を考えているのか、知りたい」と結んだのである。彼女がどこで何をしているのか、大いに気になるではないか。

それが本書だ。アティカスから離れて、ブリジットが何を考えていたのか、この中にすべてがある。このヒロインが「恐ろしく口の悪い、恐ろしく性格のきつい、恐ろしく矜持の高い」理由も、ここにある。ブリジットにまさかこういうドラマがあるとは思ってもいなかったので、一気に物語に引き込まれていく。彼女が考えていたのはアティカスのことだけではなく、もっと大きな、自分の人生そのものだった。大きな壁にブリジットは直面していたのだ。そのドラマが巧みな人物造形と秀逸なプロットで語られていく。特に、第一部が終わって、第二部が始まるあたりでは、その緊張は頂点に達して、目を離すことが出来なくなる。考えてみれば、これだけ口が悪く、これだけ性格がきつく、これだけプライドが高いことに理由がないわけはないのだ。

冒頭近く、アティカスから送られた花束についていたカードを屑籠に放り込むシーンが出てくるが、この瞬間からブリジットの孤高の戦いが始まっていくと、彼女を抱きしめたくなってくる。全部自分でやらなくてもいいじゃないか、誰かの助けを借りてもいいじゃないかと言いたくなってくる。本篇シリーズの第三作『暗殺者』は、アティカスが「やあ、きみか。おれだよ」とブリジットに電話をかけるシーンで終わっていたが、その電話を受けたときのブリジットの心象風景が本書に出てくる。ナタリーと会うシーンだ。

「で、あいつだと声でわかったんだ。それっぽっちの言葉でだよ、ナタリー、そしたら心臓が急に喉元までせりあがってきて、そのあとあいつがすまないって言ったんだけど、あやうく聞き逃すところだった。聞き逃しそうになったのは、たぶんあたしが泣きそうになってたからだと思う。やっと電話をかけてきてくれたのが、あんまり嬉しかったから」

そういう感情を持ちながらなお、このヒロインは一人で戦うのである。旧友を救うためだけならやせ我慢することもないが、己の人生を取り戻すためでもあるので、彼女はそうせざるを得ない。かくて緊迫感あふれる物語が展開することになる。

『奪回者』で、「あいつみたいな女はしょっちゅう見てるんだ。実際よりも強面《こわもて》のふりをしようとしている。あの女はただのいい恰好しいだよ、アティカス」と言っていたエリカが、「ナタリーのほうがあんたに合ってるよ」と言っていたエリカが、なぜその意見を変えてブリジットと会うようになっていったのか、それも本書を読むと理解できる。『奪回者』から登場したエリカもまた、親の愛を知らず、夜の街を彷徨していたヒロインであり、おそらくこの少女はブリジットが隠していた傷と痛みをわかっていたものと思われる。本書でも、「よお、小娘」「よお、スケベ女」と呼び合う二人で、その口の悪さはお互いに変わらないが、しかしそこには痛みを知る者に共通する優しさがひそんでいる。

『守護者』のラスト近くに、アティカスがブリジットの部屋を訪れるシーンがあったことも思い出す。そのくだりから引く。

「バスルームのドアのそばの壁には、二枚の写真が掛かっている。一枚は、ブリジットとおぼしき若い女性の写真だ。黒髪をみじかく刈っていた。もう一枚は、いまの彼女とよく似ている当人の写真で、五十代の男性とだいたい同い年ぐらいの女性の肩にブリジットは腕をまわしていた。三人ともほほ笑んでいる」

本書を読み終えると、その瞬間的な幸せがいとおしくなってくる。その至福を、自分の人生を、ブリジットが果して取り戻すことは出来るのかどうか。

これは、自分が困難に直面していたときに助けてくれた旧友を救出するために、すべてをなげうつヒロインの物語である。そして同時に、己の尊厳を取り戻すために戦うヒロインの物語である。この番外篇のおかげで、アティカス・コディアック・シリーズがより大きなものになっていることを最後に付記しておきたい。

|著者|グレッグ・ルッカ　1970年、サンフランシスコ生まれ。ニューヨーク州ヴァッサー大学卒。南カリフォルニア大学創作学科で修士号を得る。1996年、プロのボディーガードを主人公にした『守護者（キーパー）』でデビュー、PWA最優秀処女長編賞候補に。続いて『奪回者』『暗殺者（キラー）』と快調にヒットを飛ばす。『暗殺者』の1ヵ月後から始まる番外編的作品である本書を経て、2001年にはシリーズ最新作Critical Spaceを発表している。

|訳者|古沢嘉通　1958年、北海道生まれ。大阪外国語大学デンマーク語科卒業。ルッカ『守護者（キーパー）』『奪回者』『暗殺者（キラー）』、コナリー『夜より暗き闇』（以上、講談社文庫）、プリースト『奇術師』（ハヤカワ文庫FT）など翻訳書多数。

耽溺者《ジャンキー》

グレッグ・ルッカ|古沢嘉通《ふるさわよしみち》 訳


講談社文庫
定価はカバーに
表示してあります

2005年2月15日第1刷発行

発行者――野間佐和子
発行所――株式会社　講談社
東京都文京区音羽2-12-21　〒112-8001
電話　出版部（03）5395-3510
　　　販売部（03）5395-5817
　　　業務部（03）5395-3615
Printed in Japan

デザイン―菊地信義
製版―――豊国印刷株式会社
印刷―――豊国印刷株式会社
製本―――株式会社若林製本工場

落丁本・乱丁本は購入書店名を明記のうえ、小社書籍業務部あてにお送りください。送料は小社負担にてお取替えします。なお、この本の内容についてのお問い合わせは文庫出版部あてにお願いいたします。

ISBN4-06-274982-3

# 講談社文庫刊行の辞

二十一世紀の到来を目睫に望みながら、われわれはいま、人類史上かつて例を見ない巨大な転換期をむかえようとしている。

世界も、日本も、激動の予兆に対する期待とおののきを内に蔵して、未知の時代に歩み入ろうとしている。このときにあたり、創業の人野間清治の「ナショナル・エデュケイター」への志を現代に甦らせようと意図して、われわれはここに古今の文芸作品はいうまでもなく、ひろく人文・社会・自然の諸科学から東西の名著を網羅する、新しい綜合文庫の発刊を決意した。

激動の転換期はまた断絶の時代である。われわれは戦後二十五年間の出版文化のありかたへの深い反省をこめて、この断絶の時代にあえて人間的な持続を求めようとする。いたずらに浮薄な商業主義のあだ花を追い求めることなく、長期にわたって良書に生命をあたえようとつとめるところにしか、今後の出版文化の真の繁栄はあり得ないと信じるからである。

同時にわれわれはこの綜合文庫の刊行を通じて、人文・社会・自然の諸科学が、結局人間の学にほかならないことを立証しようと願っている。かつて知識とは、「汝自身を知る」ことにつきていた。現代社会の瑣末な情報の氾濫のなかから、力強い知識の源泉を掘り起し、技術文明のただなかに、生きた人間の姿を復活させること。それこそわれわれの切なる希求である。

われわれは権威に盲従せず、俗流に媚びることなく、渾然一体となって日本の「草の根」をかたちづくる若く新しい世代の人々に、心をこめてこの新しい綜合文庫をおくり届けたい。それは知識の泉であるとともに感受性のふるさとであり、もっとも有機的に組織され、社会に開かれた万人のための大学をめざしている。大方の支援と協力を衷心より切望してやまない。

一九七一年七月

野間省一